MICHAEL KATZ KREFELD

Vermisst

GOLDMANN
Lesen erleben

Buch

Der Finanzmanager Mogens Slotsholm flüchtet von Kopenhagen nach Berlin, um dort einen geheimen Bekannten zu treffen. Offenbar hat er zuvor Gelder veruntreut, aber niemand weiß, wie hoch die Summe wirklich war. Doch Mogens kehrt nicht mehr zurück, und plötzlich fehlt jede Spur von ihm. Seine Schwester Louise macht sich Sorgen und kontaktiert den Ermittler Ravn, der noch immer unter dem Mord an seiner Freundin Eva leidet. Als Anzeichen auftauchen, dass Eva ihn vor ihrem tragischen Tod betrogen hat, stürzt er sich verzweifelt in die Suche nach Mogens, um sich abzulenken. Schließlich findet Ravn heraus, dass weitere Männer in Berlin verschwunden sind – und kurz darauf tot in der Spree gefunden wurden. Dahinter scheint ein Serienmörder zu stecken, der sich ganz besonders vom Element Wasser angezogen fühlt. Ravn und Louise setzen alles daran, Mogens zu finden, bevor ihn das gleiche Schicksal ereilt wie die anderen Opfer. Doch dafür müssen sie tief in der Vergangenheit der einst geteilten Stadt graben …

Weitere Informationen zu Michael Katz Krefeld
sowie zu weiteren lieferbaren Titeln des Autors
finden Sie am Ende des Buches.

Michael Katz Krefeld

Vermisst

Thriller

Aus dem Dänischen
von Knut Krüger

GOLDMANN

Die dänische Originalausgabe erschien 2014
unter dem Titel »Savnet«
bei Lindhardt og Ringhof, Kopenhagen.

1. Auflage
Deutsche Erstveröffentlichung August 2016

Published by agreement with Salomonsson Agency
Umschlaggestaltung: UNO Werbeagentur, München
Umschlagmotiv: Arcangel/Maria Heyens
Redaktion: Hanne Hammer
AG · Herstellung: Str.
Satz: omnisatz GmbH, Berlin
Druck und Bindung: GGP Media GmbH, Pößneck
Printed in Germany
ISBN: 978-3-442-48220-7
www.goldmann-verlag.de

Für Lis,
meine beste Freundin,
die schönste Frau,
mein Ein und Alles.

»All along the watchtower
Princes kept the view
While all the women came and went
Barefoot servants, too«

BOB DYLAN

1

Hohenschönhausen, Berlin, 11. Juli 1989

Die hufeisenförmige Haftanstalt lag im strömenden Regen in der Nacht still da. Hinter den hohen Milchglasscheiben des Wachturms, der der Ringmauer am nächsten stand, glitten schemenhaft die Silhouetten der Wärter vorbei. Unterhalb des Turms standen vier Soldaten der Division XIV, ihre Maschinengewehre hingen lose über ihren Schultern. Es war eine ruhige Nacht, ohne Überstellung weiterer Insassen. Die Männer wechselten hier und da ein Wort miteinander, während sie ihre Zigaretten vor dem Regen schützten, sodass die Innenseiten ihrer Hände jedes Mal aufleuchteten, wenn sie einen Zug nahmen.

Im ersten Stock von Zellenblock B blieb Oberst Hausser vor der Tür des Verhörzimmers stehen und betrachtete das rote Deckenlicht. Er war Mitte dreißig, wirkte durch sein faltiges Gesicht jedoch deutlich älter. Er war in Zivil, und sein knielanger Mantel schon völlig durchnässt. Ungeduldig trat er von einem Fuß auf den anderen, während sich seine Finger in den schwarzen Lederhandschuhen verschränkten. Im gesamten Gefängnis herrschte ein Ampelsystem, das verhinderte, dass ein Insasse, der von seiner Zelle in einen Verhörraum gebracht wurde, andere Insassen zu Gesicht bekam. Die systematische Isolation hatte Methode, und obwohl Hausser diese Regelung begrüßte, irritierte es ihn, dass er nun selbst warten musste. Sekunden später, nachdem der Gefangene passiert hatte, sprang die Deckenampel auf Grün. Hausser, der fast zwei Meter groß war, bog um die Ecke und stapfte den langen schmalen Gang hinunter, an dem sich zu beiden Seiten schallisolierte Räume mit gepolsterten Türen befanden.

Trotz der späten Stunde waren fast alle der insgesamt hundertzwanzig Verhörräume, die sich über drei Stockwerke verteilten, belegt. Das war eine weitere Grundregel der Strafvollzugsanstalt Hohenschönhausen: den Insassen jegliche Nachtruhe zu entziehen.

Hausser schloss den letzten Raum am Ende des Korridors auf und schaltete das Deckenlicht an. Das Büro war spartanisch eingerichtet und enthielt nichts als einen Schreibtisch, zwei Stühle und einen Aktenschrank – so wie die anderen hundertneunzehn Zimmer. Obwohl er seit sechs Jahren in dem Gefängnis arbeitete, hatte Hausser in diesem Büro noch kein einziges Verhör geführt. Es diente einzig allein dazu, seine ganz speziellen Verhörmethoden zu verschleiern. Hausser schob sich an dem leeren Schreibtisch vorbei, der den Großteil des Raums einnahm, und schloss mit einem kleinen glänzenden Schlüssel den Archivschrank in der Ecke auf. Aus der obersten Schublade zog er einen Schlüsselbund, den er in die Tasche steckte.

Wenige Minuten später stand er erneut draußen auf dem Hofplatz. Er schlug den Kragen hoch und eilte im strömenden Regen dem früheren Verwaltungstrakt entgegen, in dem sich heute das Depot befand. Vor der Treppe, die in den Keller führte, stand ein junger Wachsoldat. Als er Hausser erblickte, nahm er Haltung an und salutierte. Hausser stieg die steile Treppe nach unten. Aus dem Dunkel traten ihm zwei seiner Leute entgegen. Hausser nickte ihnen kurz zu, worauf sie sich ihm anschlossen. Gemeinsam schritten sie den Gang hinunter, an dem die engen feuchten Zellen lagen. Seit dem Ausbau des Gefängnisses dienten sie als Lagerräume – mit Ausnahme der letzten Zelle am Ende des Ganges. Sie gehörte zu Haussers Abteilung, der Sektion Z. Nur sehr wenige Personen wussten von diesem Raum und davon, was sich darin befand. Nicht einmal Genosse Mielke, der Minister für Staatssicherheit in der DDR, oder der Staatsratsvorsitzende Erich Honecker wussten von seiner Existenz. Hin und wieder erfuhren sie von den Ergebnissen, die hier erzielt wurden, aber das war auch alles.

Hausser holte den Schlüsselbund aus der Tasche und schloss die Tür auf. Die rostigen Scharniere knarrten, als er die schwere Zellentür mit einem Ruck aufzog.

In der Zelle brannte eine nackte Glühbirne, die ein spärliches Licht verbreitete. In diesen fensterlosen, nicht klimatisierten Raum waren einst zwanzig Gefangene auf einmal gepfercht worden. Jetzt stand nur noch eine große schwarze Metallkiste auf dem Boden. Sie bestand aus vier zusammengeschweißten Schiffstüren, die an den Enden mit Eisenplatten versiegelt waren. Hausser hatte die Türen seinerzeit von der Marinewerft in Rostock beschlagnahmt; die Schweißarbeiten hatte ein Arbeiter in aller Heimlichkeit direkt in der Zelle durchgeführt. Die oberste Tür, die als Deckel fungierte, hatte ein Bullauge. Im trüben Licht der Zelle schien es, als würde es Hausser einen trägen Blick zuwerfen. Von der rechten Seite der Kiste aus führte ein Gummischlauch zu einem Wasserhahn an der Wand. Allerdings war die Verbindung ein wenig undicht, sodass sich auf dem Boden eine kleine Lache gebildet hatte, über die Hausser einen Schritt machen musste, als er zu der Kiste weiterging. Er beugte sich über den rostigen Deckel mit der abgeblätterten schwarzen Farbe und rieb mit seiner behandschuhten Hand an dem Bullauge. Dann ballte er die Faust und schlug hart gegen das Glas. In der Kiste rumpelte es so heftig, dass das Wasser von innen gegen das Bullauge schwappte. Als Hausser erneut gegen das Glas schlug, wurde ein weißes aufgedunsenes Gesicht sichtbar. Mit blutunterlaufenen Augen warf es Hausser einen wilden Blick zu.

»Nur die Unschuldigen schlafen«, murmelte Hausser.

2

Christianshavn, 12. September 2013

Mogens drehte den Wasserhahn auf und spülte die letzten Reste des Haferbreis von seinem Teller. Mit der Spülbürste drückte er die Klumpen durch das stählerne Sieb des Abflusses, wo sie sich auflösten und verschwanden. Es war zehn vor sieben, aus der Nebenwohnung hörte er, wie die Nachbarn sich stritten und ein Kind schluchzte. Mogens trocknete sich die Hände an einem Geschirrtuch ab und schaute an sich hinunter, um sich zu vergewissern, dass er nicht auf sein weißes Hemd gekleckert hatte. Er öffnete den Kühlschrank, leerte den Inhalt in eine Plastiktüte, trat auf den Flur und ließ die Tüte im Müllschlucker verschwinden. Nachdem er in seine Wohnung zurückgekehrt war, ging er ins Bad, verstaute seine Zahnbürste und eine halb volle Tube Zahnpasta in seinem Kulturbeutel, in den er am gestrigen Abend bereits das Nötigste gepackt hatte. Er betrachtete sich im Spiegel. Strich sich die dünnen Haare aus der Stirn, nahm seine Brille mit den dicken Gläsern ab und rieb sich die müden Augen. Er war zweiundvierzig Jahre alt, hatte jedoch das Gefühl, bereits mehr als die Hälfte seines Lebens hinter sich zu haben. Seine ungesunde Lebensweise mit zu viel Fastfood und zu wenig Bewegung hatte deutliche Spuren in seinem schwammigen Gesicht hinterlassen. Er brachte mindestens zwanzig Kilo zu viel auf die Waage, und der extrem weite Anzug, den er heute trug, ließ ihn nicht gerade schlanker wirken. Doch damit sollte es bald vorbei sein. In Zukunft würde er weniger essen und mehr trainieren. Auch in dieser Hinsicht sollte der heutige Tag ein Wendepunkt sein. Er drehte sich um und ging ins Schlafzimmer, wo sein geöffneter Koffer auf dem Bett lag. Er legte sein Necessaire neben den durchsichtigen Plastikbeutel mit der blonden Perücke und der dunklen Sonnenbrille, womit er sich tarnen wollte, wenn die Zeit reif war. Fünf Minuten später stand er im Mantel an der Haustür, seine Lederaktentasche in der einen Hand, den Koffer in der anderen. Er warf einen letzten Blick auf die Wohnung, ehe er die Tür zuwarf, gewiss, niemals hierher zurückzukehren, ganz gleich, wie die Sache heute ausgehen würde.

Mogens ging die Overgade oberhalb des Wassers entlang, wo der Morgennebel immer noch über dem Kanal waberte, an dessen Kai die Boote vertäut waren. Die Plastikräder des Koffers ratterten so laut, dass sie eine Englische Bulldogge aufweckten, die auf dem Achterdeck eines Schiffs vor sich hin gedöst hatte. Der Hund kläffte und warf Mogens, der sofort die Straßenseite wechselte, einen grimmigen Blick zu. Als er den Fedtekælderen passierte, wo ein paar Obdachlose Kaffee tranken, nickte ein zahnloser Mann zu seinem Koffer hin und rief: »Bon voyasse!«

Mogens antwortete nicht und beschleunigte seine Schritte.

Kurz darauf zog er seinen Koffer über den Zebrastreifen am Christianshavns Torv und stellte sich an die Bushaltestelle vor dem Lagkagehuset, aus dem es verführerisch nach warmem Brot duftete. Nur die wenigsten wussten, dass sich hier einst ein Gefängnis befunden hatte, und Mogens wollte diesen Gedanken auch gar nicht weiterverfolgen. Er schaute ungeduldig auf seine Uhr, es dauerte immer noch zwei Minuten, bis der 9A kommen würde. Die Wartenden scharten sich bereits um ihn herum. Er spürte einen Anflug von Klaustrophobie. Ihm brach der Schweiß aus. Er musste seine Nerven in den Griff bekommen. Er litt ohnehin an einer Überfunktion der Schweißdrüsen und transpirierte bei der geringsten Anspannung, doch heute musste er wie die Ruhe selbst wirken. In diesem Moment rollte der Bus heran und öffnete seine Türen. Er spürte die Stöße der drängelnden Passagiere in seinem Rücken und quetschte sich in den überfüllten Bus.

Er bahnte sich seinen Weg zur Mitte des Fahrzeugs und stellte sich möglichst nah an die Türen, um zwischendurch ein bisschen Frischluft zu bekommen. Doch je länger die Fahrt durch die Innenstadt dauerte, desto weiter wurde er nach hinten geschoben, wo die Luft verbraucht war und er kaum atmen konnte. Er hatte das Gefühl, dass viele der anderen Fahrgäste ihn und seinen großen Koffer anstarrten. Dass sie ihn durchschauten und es nur eine Frage der Zeit war, bis jemand die Polizei rufen würde. Erneut spürte er Panik in sich aufsteigen und hätte sich am liebsten zur Tür gedrängt, um an der nächsten Haltestelle auszusteigen. Doch er riss sich zusammen, schloss die Augen und versuchte, seine Atmung unter Kontrolle zu bringen.

Als der Bus endlich den Hauptbahnhof erreichte, stieg er erleichtert aus und folgte dem Strom der Reisenden zu der breiten Treppe, die in die Ankunftshalle hochführte. Die Reiseübelkeit ließ allmählich nach und wurde vom Rausch des Adrenalins abgelöst, das durch seinen Körper pumpte. Mogens durchquerte die weitläufige Halle und ging zur Gepäckaufbewahrung an der Reventlowsgade. Er kam an dem kleinen Büro vorbei, das erst in einer Stunde besetzt sein würde. Das kalte Licht der Neonröhren wurde von den zahllosen Aluminiumtüren der Schließfächer reflektiert und verlieh der Gepäckaufbewahrung das Flair einer Leichenhalle. Er blickte starr auf den Boden und vermied es sorgsam, zu den an der Decke montierten Kameras aufzublicken. Die Polizei konnte ihn anhand der Bilder womöglich identifizieren, doch zu dieser Zeit würde er bereits über alle Berge sein. Er fand ein freies Schließfach und stellte seinen Koffer hinein. Dann bezahlte er die sechzig Kronen, die eine 24-stündige Aufbewahrung kostete. Wenn alles glattlief, würde er binnen fünf Stunden wieder zurück sein. Falls alles glattlief …

Er benutzte denselben Busfahrschein und setzte sich auf einen der vordersten Plätze. Die Linie A9 war nur schwach frequentiert. Dafür hatte der Morgenverkehr zugenommen, und die Rückfahrt durch die Stadt verlief etwas zäher als die Hinfahrt. Erneut blickte er auf die Uhr. Zwanzig vor acht. In sechs Minuten würde er wieder auf dem Christianshavns Torv stehen und jede Menge Zeit haben, um von dort aus die achthundert Meter bis zur Brobergsgade zu gehen. Um 07.59 Uhr würde er an seinem Arbeitsplatz einstempeln, genau wie an jedem Arbeitstag in den letzten knapp zwanzig Jahren. Keiner seiner Kollegen würde etwas ahnen. Alles war vollkommen normal. Er lächelte bei dem Gedanken … In diesem Moment kam der Bus mitten auf der Knippelsbro zum Stehen. Er starrte aus dem Fenster und sah, wie sich ein rotweißer Schlagbaum senkte. Der warnende Hupton traf ihn wie ein Blitz, während er zusah, wie sich die Brückenklappe mitsamt der Fahrbahn himmelwärts hob, als wäre dies eine direkte Ausfahrt in den bewölkten Himmel.

Das war doch nicht möglich. Das durfte einfach nicht sein. Er konnte sein Pech nicht fassen. Alles hatte er in seinem minutiösen Plan berücksichtigt, nur das nicht. Er warf einen panischen Blick auf die Uhr. Schon Viertel vor acht. Er blickte aus dem Fenster auf das Hafenbecken, wo sich ein Dreimastschoner im Schneckentempo der Brücke näherte. Im Stillen verfluchte er das altmodische Segelschiff. Wünschte die Besatzung zur Hölle, die den Passanten und Fahrradfahrern, die sich am Geländer postiert hatten und den unverhofften Anblick genossen, freundlich zuwinkte.

Um 8.04 Uhr sprang Mogens an der Haltestelle Christianshavns Torv aus dem Bus. Seine Aktentasche unter den Arm geklemmt spurtete er quer über die Straße und rannte die Dronningensgade hinunter. Er konnte sich nicht erinnern, wann er das letzte Mal so schnell gewesen war, und sein unbeholfener Laufstil verriet, dass auch sein Körper dies vergessen hatte. Als er endlich die Brobergsgade erreichte, musste er kurz innehalten, um ein wenig Atem zu schöpfen. Er strich rasch seine Kleidung glatt und wischte sich den Schweiß von der Stirn, ehe er durch das offene Tor schritt, das zum Firmensitz von Lauritzen Enterprise führte. Die Bauarbeiter und Handwerker des Unternehmens waren längst zu den verschiedenen Baustellen aufgebrochen. Auf dem kleinen Hof stand kein einziges Fahrzeug. In der Werkstatt sah er zwei Schmiede. Er stieg rasch die Treppe in den ersten Stock hoch, wo sich die Buchhaltung befand. Er öffnete die Tür und nahm die kleine Lochkarte, die seinen Namen trug, aus dem Regal neben der Uhr. Es war eine altmodische Firma, für die er arbeitete. Er hörte ein dumpfes KLUNK, die Stempeluhr zeigte 8.19 Uhr. Nie zuvor war er so spät zur Arbeit erschienen.

»Na, hast wohl nicht aus dem Bett gefunden.«

Mogens drehte sich um und stand dem Verkaufschef Carsten Holt gegenüber. Carsten war Mitte dreißig, sonnengebräunt und ziemlich kurzbeinig, als hätte sich nur sein Oberkörper voll entwickelt. Carsten besaß einen alten

Chevrolet Camaro und liebte es, über ihn zu reden. Deshalb wurde er von den meisten Kollegen Camaro Carsten oder einfach nur CC genannt, was ihm nicht das Geringste ausmachte.

Carsten zeigte mit dem Finger auf ihn. »Mein Gott, wie du schwitzt, Mogens. Bist du krank?«

»Nein, nein, überhaupt nicht«, antwortete Mogens, trocknete sich rasch die Stirn ab und legte die Stempelkarte an ihren Platz zurück. »Wie kommst du darauf, CC?«

»Dein Gesicht glänzt, als wärst du gerade durch den strömenden Regen gelaufen.«

Er schüttelte den Kopf und beeilte sich, in sein Büro zu kommen, während er Carstens Blick in seinem Rücken spürte.

Mogens erblickte einen Berg von Rechnungen und Belegen, die andere auf seinen Schreibtisch geworfen hatten. Im Grunde waren die jungen Frauen in seiner Abteilung für die Buchführung zuständig, nicht er. Er beschäftigte sich eher mit übergeordneten Dingen, sorgte dafür, dass die Bilanzen insoweit stimmten, dass sie keinen Ärger mit dem Finanzamt bekamen. In dieser Hinsicht hatte er immer zu den Kreativen gehört. Er ließ sich schwer auf den abgenutzten Bürostuhl fallen, der unter seinem Gewicht ächzte.

Seine gesamte Planung war durch eine Hubbrücke über den Haufen geworfen worden. Hatte Camaro Carsten ihm gerade einen misstrauischen Blick zugeworfen, oder bildete er sich das bloß ein? Mogens musste an die Bulldogge auf dem Achterdeck denken, die ihn böse angestarrt hatte. Das war bereits ein schlechtes Omen gewesen, ein Gruß aus der Hölle. Doch er musste jetzt weitermachen. Wenn er seinen Plan heute nicht durchführte, würde er nie von hier fortkommen.

3

Hohenschönhausen, Berlin, 11. Juli 1989

Hausser drehte an dem runden Griff, der an einer der Schiffstüren befestigt war. Es quietschte, als er mit beiden Händen daran zog und die Tür schwer auf eine Seite der Kiste fallen ließ. Der beißende Gestank von Urin schlug ihm entgegen. Die bleiche schwergewichtige Gestalt, die halb versunken in dem verunreinigten Wasser hockte, warf sich Hausser entgegen. Das Halsband und die Ledermanschetten, die die Handgelenke des Mannes umschlossen, waren durch eine Kette mit dem Boden der Kiste verbunden und hielten ihn unbarmherzig fest. Hausser betrachtete den stämmigen Mann, der um die sechzig war. Seine Haut sah durchsichtig aus und schien sich nach den vielen Tagen im Wasser bereits aufzulösen. Die schwarze Körperbehaarung des Mannes klebte ihm wie ein nasses Fell am Rücken und an den Gliedern. »Lassen … Sie mich frei … ich … bitte Sie …«, stammelte er mit bläulichen Lippen.

»Identifizieren Sie sich, Gefangener!«

Der Mann blickte flehentlich zu Hausser hoch. »Nummer 1-6-6 … bitte … lassen Sie mich gehen.«

»Nichts täte ich lieber«, entgegnete Hausser. »Glaubst du etwa, es macht mir Spaß, hier meine Zeit zu vergeuden?«

Der Mann schüttelte den Kopf.

Hausser zog den Schlüsselbund aus der Tasche. Der Mann

starrte wie hypnotisiert auf die Schlüssel, während er versuchte, Hausser seinen Arm mit der verschlossenen Manschette entgegenzustrecken. »Aber zuerst musst du mir die Wahrheit sagen.«

»Das … das habe ich doch schon getan.«

Hausser schüttelte den Kopf. »Drei Monate lang hast du die Vernehmungsleiter angelogen, bist einer Lüge nach der anderen überführt worden. Sie haben dich mit Kaffee und Zigaretten versorgt, waren freundlich zu dir, und dennoch – oder vielleicht deswegen – hast du ihnen Lügen aufgetischt. Deshalb haben sie dich mir überlassen.«

»Aber ich bin unschuldig. Ich weiß nicht mal, was ich verbrochen haben soll. Das hat mir niemand gesagt.«

»Du weißt selbst am besten, was du verbrochen hast. Das müssen wir dir nicht sagen. Doch statt deine Taten zu bereuen und zu gestehen, hast du dich entschieden zu lügen. Sieh dich an. Sieh, in was für eine Lage du dich gebracht hast.«

Der Mann wollte seine Stellung in der Kiste verändern und versuchte, die Beine zu strecken, aber die Enge und die Ketten hinderten ihn daran. »Ich habe Ihnen die Wahrheit gesagt.«

»Du willst mir also sagen, dass ich lüge?« Hausser ließ seinen Blick von dem Schlüsselbund zu dem Mann wandern.

»Nein … das … Ich weiß ja nicht, was man Ihnen erzählt hat. Aber ich habe auf alle Fragen ehrlich geantwortet. Habe alles erzählt. Ehrenwort. Ich habe nichts zu verbergen. Ich bitte Sie … ich halte das nicht mehr aus …« Er begann zu schluchzen, seine schmale Brust hüpfte im Takt dazu.

»Leo!«, rief Hausser.

Leo hörte auf zu schluchzen, offenbar überrascht, dass ihn zum ersten Mal seit seiner Festnahme jemand beim Vornamen nannte und nicht nur mit einer Nummer in Verbindung brachte.

»Es ist einzig und allein deine Schuld, dass du in dieser Situation gelandet bist. Hättest du sofort die Wahrheit gesagt, wärst du jetzt nicht hier, sondern bei deiner Frau Gerda, bei deinen Söhnen Klaus und Johan und dem kleinen Stefan. Dann wüssten wir, dass wir uns auf dich verlassen können und dass du uns helfen willst. Helfen, den Klassenfeind zu bekämpfen und die Spione der Faschisten zu enttarnen. All die Leute, die unsere Partei und unser Vaterland bedrohen. So einfach ist das. Du allein hast alles kompliziert gemacht.«

»Aber ich will doch helfen …«

»Unterbrich mich nicht!«

Leo biss sich auf die Lippen und starrte auf das trübe Wasser.

»Der einzige Grund, warum ich mit dir rede – warum ich dich nicht in deinen eigenen Ausscheidungen ertrinken lasse –, ist der, dass du *mich* bisher nicht angelogen hast. Ich bin gewillt, all die Lügen zu vergessen, die du meinen Kollegen erzählt hast. All die Zeit, die du vergeudet hast. All das Vertrauen, das du missbraucht hast. Deshalb denk jetzt gut nach, Leo, und wäge deine Worte sorgfältig ab.« Hausser zog die Brauen zusammen, sodass sie wie ein Schatten über seinem Nasenrücken lagen. »Ich kann Lügen nicht ausstehen. Ich verabscheue sie. Sie bereiten mir Übelkeit.« Hausser beugte sich vor und stützte seine Hände auf den Rand der Kiste. Der Schlüsselbund in seiner Hand scharrte an der Seite entlang, und Leo warf einen verstohlenen Blick darauf. Hausser senkte die Stimme. »Verstehst du, Leo? Verstehst du, was Lügen in mir auslösen?«

Leo nickte so eifrig, dass seine Ketten rasselten. »Was … was wollen Sie wissen?«, stotterte er.

»Wie viel zahlen sie dir? All die, denen du zur Flucht verhilfst?«

Leos Blick flackerte. »Ich … ich weiß ni…«

»Pass auf, dass dies nicht dein letzter Satz wird. Wenn du mich anlügst, schließe ich die Kiste und lasse dich in deiner eigenen Pisse ersaufen.«

»Tausend Dollar!«, rief er. »Manchmal auch mehr. Das kommt auf die Unkosten an.«

»Und wo graben deine Leute den nächsten Tunnel?«

Leo keuchte heftig, während er zögerte.

»Wo, Leo?« Hausser griff nach dem Deckel.

»Ruppiner Straße 8, da ist eine Autowerkstatt.«

Hausser nickte und ließ seinen Blick nachdenklich durch den Raum schweifen. »Ich glaube, die kenne ich. Die kümmert sich um die Fahrzeuge des Innenministeriums, nicht wahr?«

Leo nickte rasch. »Als wir damit anfingen, schien das eine gute Tarnung zu sein. Wir bekamen Hilfe von hochstehenden Parteifunktionären. Alle wollen jetzt gerne weg.«

»Und wie weit seid ihr?« Leo zuckte mit den Schultern. »Das weiß ich nicht. Aber es ist der längste Tunnel, der je geplant wurde, hundertsechsundvierzig Meter.« Er hörte sich fast ein wenig stolz an. »Es fehlte noch ein Stück, ungefähr vierzig Meter, als … als ich festgenommen wurde. Wenn die Jungs nicht aufgegeben haben oder abgehauen sind, müssten sie eigentlich fertig sein.«

Hausser richtete sich auf. »Wie viele Verräter sollen durch diesen Tunnel geschleust werden?«

»Etwa fünfhundert, vielleicht mehr. In der heutigen Zeit ist das fast wie eine unterirdische Filiale von Interflug … Entschuldigung, aber so ist die Realität.«

»Dafür brauchst du dich nicht zu entschuldigen. Ich schätze trotz allem einen Mann, der seine Arbeit ernst nimmt. Selbst einen Menschenschmuggler. Einen Menschenschmuggler und *Pädophilen* wie dich.«

Leo fiel die Kinnlade herunter.

»Oh ja, Leo, wir wissen alles. Die Staatssicherheit hat ihre Augen überall. In Schlafzimmern und Hinterhöfen, in dunklen Parks und auf den leeren Schulsportplätzen. Überall dort, wo du dich mit den Jungpionieren vergnügt hast. All den Kindern, die du mit Süßigkeiten aus dem Westen gelockt hast.«

Hausser ließ den Schlüsselbund in seiner Tasche verschwinden und griff erneut nach dem Deckel.

»Was tun Sie da?«, rief Leo. »Ich sage doch die Wahrheit ...«

»Das werden wir jetzt überprüfen. Und bis dahin bleibst du, wo du bist.«

Hausser warf den Deckel zu. Als er an dem Handgriff drehte, übertönte das Scharren der Sperrhaken Leos verzweifeltes Schluchzen in der Kiste.

* * *

Drei Stunden später, als die Morgendämmerung einsetzte und der Regen nachließ, kehrte Hausser in die Haftanstalt Hohenschönhausen zurück. Erschöpft von der nächtlichen Arbeit gähnte er herzhaft, als er die Zelle betrat. Zusammen mit einer Einheit der Division VII, die für die operativen Aufgaben der Staatssicherheit zuständig war, hatte er die Gegend um die Autowerkstatt in der Ruppiner Straße observiert. Es war ihnen schnell klar geworden, dass Leos Männer trotz seines plötzlichen Verschwindens mit den Grabungsarbeiten für den Tunnel immer noch in vollem Gang waren. Mehrere Personen waren im Laufe der Nacht im Werkstattgebäude ein und aus gegangen, und am frühen Morgen hatte ein voll beladener Lastwagen das Gelände verlassen. Hausser war sich sicher, dass unter der Plane Erde und Gesteinsbrocken verborgen waren. Darum gab es auch keinen Grund, Leo noch länger warten zu lassen. Hausser setzte sich auf den Rand der Kiste, schaute durch das Bullauge und fing Leos flehentlichen Blick auf. Er hob die Stimme. »Du hast die Wahrheit gesagt, Leo. Für jemanden wie dich, der sein Leben der Lüge geweiht hat, muss das eine Befreiung gewesen sein. Ich habe versprochen, dich nicht ersaufen zu lassen, und an dieses Versprechen hätte ich mich auch gern gehalten. Das Problem ist nur, dass Müller hier«, Hausser zeigte auf den Mann mit dem kurz geschorenen Schädel, der am Wasserhahn stand, »dagegen ist, dass jemand lebend aus der Kiste herauskommt.« In diesem Moment drehte Müller den Hahn auf, sodass das Wasser durch den Schlauch ins Innere der Kiste lief. Als Leo das Eindringen des kalten Wassers spürte, begann er zu schreien und an seinen Ketten zu zerren.

Hausser legte den Zeigefinger an die Lippen, während er den Kopf schüttelte. »Es geht nicht anders. Diese Kiste ist *unser* Geheimnis. Das am besten gehütete Geheimnis des Staates.« Durch das Bullauge beobachtete Hausser, wie das Wasser allmählich stieg und schließlich Leos Kopf bedeckte. Er spürte, wie Leo seinen Rücken verzweifelt gegen den Deckel stemmte. Doch er kämpfte einen ungleichen Kampf gegen die massive Stahltür, und schließlich verließen ihn die Kräfte. In der Zelle wurde es still. Als sich die Kiste vollständig mit Wasser gefüllt hatte, lief ein wenig an den undichten Seiten heraus. Müller drehte den Hahn zu. Hausser legte den Kopf auf die Seite und betrachtete die letzten Luftblasen, die aus Leos offenem Mund entwichen und zum Bullauge hinaufstiegen. Die Blasen des gelblichen Wassers ließen Hausser an ein frisch gezapftes Berliner Pilsner denken. Plötzlich hatte er mächtigen Durst. Es war eine erfolgreiche Nacht gewesen. Ein weiterer Verräter hatte sein Leben ausgehaucht, und schon bald würde jemand Leos Nachfolge in der Kiste antreten.

4

Christianshavn, 12. September 2013

Es war neun Minuten nach zwölf. Mogens saß hinter seinem Schreibtisch und trommelte mit den Fingern ungeduldig auf die Tischplatte. Durch die Türöffnung sah er die runde Uhr mit den römischen Ziffern, die im Vorzimmer an der Wand hing. Als sich der große Zeiger wie in Zeitlupe auf die II schob, stand er von seinem Stuhl auf. Er nahm die Klarsichthülle, die vor ihm auf dem Tisch lag, zog eine mittelgroße Büroklammer aus dem Becher mit den Kugelschreibern und steckte sie sich in die Brusttasche. Jetzt gab es kein Zurück mehr, sein Coup gegen Lauritzen Enterprise war in vollem Gang. Ein Coup, von dem er jahrelang geträumt und den er bis ins kleinste Detail geplant hatte. Jetzt würde er sich für all die Demütigungen rächen, die er von seinem Chef, Axel Pondus Lauritzen, hatte erdulden müssen. Jetzt war er nicht mehr das Dickerchen, der Idiot, der Hornochse und Einfaltspinsel, der zu blöde war, zwei und zwei zusammenzuzählen.

Mogens verließ sein Büro und spazierte durch das geräumige Vorzimmer, dessen sechs Schreibtischplätze erwartungsgemäß nicht besetzt waren. Drei der jungen Frauen, die hier arbeiteten, aßen jeden Mittwoch gemeinsam im Café Oven Vandet zu Mittag und würden frühestens in fünfundzwanzig Minuten wieder zurück sein. Die vierte hatte sich krankgemeldet, und die letzten beiden, Karen und Ellen Thyregod, seine eigene Sekretärin, waren zu dieser Zeit in der Kantine im zweiten Stock. Ellen war die Pünktlichste von allen und würde mit Sicherheit um Punkt halb eins wieder ihren Platz am Schreibtisch einnehmen; er hatte also keine Zeit zu verlieren. Er setzte seinen Weg ins Treppenhaus fort und eilte hinunter ins Erdgeschoss, wo sich die Werkstatt befand. Durch die offene Tür sah er den polnischen Werkmeister Stefaniak mit dem Rücken zu ihm an der großen Drehbank stehen. Im selben Moment hörte Mogens, wie draußen auf dem Hof eine Palette in den Lastenaufzug geschoben wurde. Beide Aufzugtüren standen offen, sodass man durch den Aufzug hindurch direkt in den Hof blicken konnte. Der Fahrer in der gelben Jacke zog seine Handkarre unter der Palette mit dem Büromaterial weg und schloss die Aufzugtüren hinter sich. Alle sechs Wochen wurde neues Büromaterial geliefert, und es war die Aufgabe des Büroboten, Rune, mit der Lieferung nach oben in den zweiten Stock zu fahren. Mogens wusste, dass Rune jedoch stets erst zu Mittag aß, bevor er sich nach unten bemühte, um die Aufzugtüren zu schließen. Jetzt musste Mogens nur noch darauf warten, dass Stefaniaks schwache Blase den Werkmeister auf die Toilette trieb, was mehrmals pro Stunde geschah. Dass Stefaniak bereits auf der Stelle trippelte, signalisierte Mogens, dass es nicht mehr lange dauern konnte. Wenige Minuten später verließ der Pole seine Drehbank, und Mogens konnte ungesehen durch die Werkstatt zum Aufzug spazieren. Behutsam zog er die Türen zu und drückte auf den Knopf. Der alte Warenaufzug fuhr ruckelnd in den zweiten Stock, wo Mogens ausstieg und sich in die kleine Nische zurückzog, die an dem langen Gang lag. Aus der Kantine am Ende des Ganges drangen Essensgerüche zu ihm herüber. In der Ferne hörte er das Schnattern seiner Kollegen. Er streckte vorsichtig den Kopf heraus und spähte zum Empfang hinüber, wo Pauline saß und in ihre Kopfhörer sprach. Lizette, die andere Rezeptionistin, war erwartungsgemäß nicht zu sehen, weil sie zu diesem Zeitpunkt in einem anderen Teil des Gebäudes beschäftigt war.

Er setzte seinen Weg fort und ging am Büro der technischen Zeichner vorbei, in dem nur Lasse, der Assistent eines der Ingenieure, saß. Lasse spielte wie immer voll konzentriert am Computer Counter-Strike und nahm keine Notiz von Mogens, als der sich an dem großen Fenster vorbeischlich. Mogens ging bis zu dem letzten Büro des Flurs weiter, vor dem er stehen blieb. Auf dem Messingschild an der Mahagonitür stand der Name des Direktors: Axel Pondus Lauritzen. Mogens legte sein Ohr an die Tür und lauschte, ehe er vorsichtig die Klinke herunterdrückte. Die Tür war abgeschlossen. Er nahm die Klarsichthülle, bückte sich und schob sie halb unter der Tür hindurch. Dann holte er die Büroklammer aus seiner Tasche, bog sie auseinander und führte sie behutsam in das Schloss ein. Er bewegte sie vorsichtig hin und her, bis auf der anderen Seite der Tür ein dumpfes Geräusch zu hören war. Mogens bückte sich erneut und zog vorsichtig die Klarsichthülle mit dem Schlüssel unter der Tür hervor. Er steckte den Schlüssel ins Schloss und öffnete die Tür.

Im Büro von Pondus Lauritzen roch es schwach nach Zigaretten. Mogens war schon unzählige Male in diesem Raum gewesen, in der Regel, um einen Rüffel zu kassieren. Trotzdem war es etwas ganz anderes, allein in dem düsteren Raum mit dem riesigen Mahagonischreibtisch, den Chesterfieldsesseln und den Porträts an der Wand zu stehen, die drei Generationen der Lauritzens zeigten – eine mürrischer als die andere. Lautlos schlich er über den dicken Teppich zum Tresor, der sich nahe am Schreibtisch befand. Von hier aus konnte er einen Blick in den Konferenzraum werfen, in dem Pondus Lauritzen am Ende des langen Tisches stand. Mogens hielt die Luft an und spürte sein Herz in der Brust hämmern, während er seinen Chef betrachtete. Pondus Lauritzen stand mit dem Rücken zu ihm, seine Hose schlackerte um seine Fußgelenke, das blaue Hemd hing ihm halb über seinen riesigen bleichen Hintern. Zu beiden Seiten von ihm schaute ein schlankes Frauenbein hervor. Die Zehennägel der Füße, die leicht auf der Tischplatte ruhten, waren rosa lackiert, ohne zu verraten, wer da auf dem Tisch lag. Doch Mogens wusste alles über die erotische Beziehung zwischen Lauritzen und Lizette, die sich jeden Mittwoch nach der Mittagspause abspielte. Eine Beziehung, die seit einem halben Jahr bestand und Mogens' Beobachtungen zufolge jedes Mal acht bis neun Minuten dauerte. Er hoffte, dass Pondus Lauritzen seiner sechsundsechzig Jahre zum Trotz auch heute über die volle Distanz durchhielt, und beeilte sich, den Zahlencode für den Safe einzugeben: links 19, rechts 47, links 12, rechts 5. Ein Code, den man sich ebenso leicht merken konnte wie Lauritzens Geburtstag. Es klickte im Schloss, und die Tür glitt langsam auf. Mogens warf einen nervösen Blick in Richtung Konferenzraum, wo der Direktor das Tempo erhöht hatte. Er musste sich beeilen. Im obersten Fach lagen die Ringordner mit den Jahresabrechnungen – sowohl die offiziellen für die Steuerbehörde als auch die tatsächlichen, die genau auflisteten, wie viel Schwarzarbeit geleistet worden war. Daneben lagen ein Stapel mit Wertpapieren sowie drei kleine Schmuckkassetten. Die unteren Fächer waren vollgestopft mit Banknoten. Tausend- und Fünfhundertkronenscheine stapelten sich Seite an Seite. Mogens war überwältigt von dem Anblick des vielen Geldes. Es war mehr, als er gedacht hatte, vermutlich fast eine Million. Er knöpfte seine Jacke auf und begann, die Scheine in das Innenfutter zu stopfen, das er zuvor aufgetrennt hatte, um das gesamte Geld in seinem viel zu großen Jackett verstecken zu können.

»Ja!«, rief jemand hinter ihm. Mogens ließ erschrocken ein Bündel Tausendkronenscheine fallen und drehte sich um.

»Ja! Ja! Ja!«, stöhnte Pondus Lauritzen. Offenbar war das sein Schlachtruf während des Akts, der sich seinem Höhepunkt näherte.

Als keine weiteren Scheine mehr in das Innenfutter passten, steckte sich Mogens die Hosenbeine in die Socken und ging dazu über, die Banknoten in seine Hose zu stopfen, die nun als riesiger Geldsack fungierte. Nachdem er das letzte Bündel aus dem Safe genommen hatte, richtete er sich auf und blickte an sich hinunter. Er sah wie eine ausgestopfte Vogelscheuche aus, und für einen Augenblick verfluchte er seine Gier, während die Geldscheine an seinen Oberschenkeln kitzelten.

»Jaaaaaaa!«, stieß Pondus Lauritzen ein letztes Mal erschöpft aus. Für einen kurzen Moment schwankte er mit roten Wangen hin und her. Schweiß tropfte von seinem Gesicht auf Lizettes nackte Brüste. »Verdammt, Lizette, du bringst mich noch um!« Er bückte sich, zog seine Hose hoch und die Hosenträger stramm. Ehe Lizette etwas erwidern konnte, drehte er sich um und ging in sein Büro. Er sah sich kurz um, als würde er spüren, dass etwas nicht in Ordnung war, doch sein dunkles Büro war leer.

Mogens stand im Warenaufzug, der auf dem Weg ins Erdgeschoss war. Er lehnte sich gegen die Palette mit dem Bürobedarf und spürte, wie ihm der Schweiß herunterlief, nicht nur wegen seiner Nervosität, sondern auch wegen der extra Schicht Futter in seinem Jackett. Als Letztes hatte er den Schlüssel wieder ins Schloss von Lauritzens Bürotür gesteckt.

Leider hatte er sie nicht abschließen können, sondern sich damit begnügen müssen, sie leise hinter sich zuzumachen. Er hoffte, dass Lauritzen es seiner eigenen Vergesslichkeit zuschreiben würde, dass sie nicht abgeschlossen war, konnte sich aber nicht sicher sein. Falls er Verdacht schöpfen sollte, würde er sofort einen Blick in den Safe werfen.

Mogens trat aus dem Fahrstuhl und stapfte in die Werkstatt. Stefaniak stand mit dem Rücken zu ihm und war so sehr in seine Arbeit versunken, dass es ihn offenbar nicht interessierte, wer den Aufzug benutzte. Mogens stieg so schnell wie möglich die Treppe zu seinem Büro hoch. Am liebsten hätte er das Fabrikgelände sofort verlassen, doch er musste erst die Mappe mit den Fahrkarten und seinem Pass aus seinem Büro holen. Das viele Geld in den Hosenbeinen behinderte ihn beim Gehen. Er kam sich wie Charlie Chaplin vor und glaubte, jeder müsse erkennen, dass sein Anzug mit Geld vollgestopft war. Glücklicherweise war noch keiner seiner Kollegen aus der Mittagspause zurückgekehrt. Er nahm seine Mappe vom Schreibtisch, und im nächsten Moment war er bereits wieder auf dem Weg die Treppe hinunter zum Ausgang und in die Freiheit.

»Mogens!«, hörte er eine Stimme eine halbe Etage über sich. »Nicht so schnell!«

Mogens erstarrte und drehte sich um.

Camaro Carsten eilte die Treppe hinunter und warf ihm einen neugierigen Blick zu. »Wo willst du denn hin?«

Mogens spürte, wie ihm der Schweiß auf die Stirn trat. »Ich … Das weißt du doch. Heute ist Mittwoch, und … ich muss … die Tippscheine …« Er klopfte leicht auf seine Mappe. In diesem Moment sah er, dass die Spitze eines Hundertkronenscheins aus seinem Jackenärmel lugte. Irgendwo musste das Futter aufgegangen sein, und es war nur eine Frage der

Zeit, ehe ihm das Geld förmlich aus der Kleidung quellen würde. Er schluckte.

»Ich weiß«, entgegnete CC lächelnd, »aber nicht, ehe du auch meine Scheine mitgenommen hast.«

»Ach natürlich … tut mir leid, dass ich dich vergessen habe.«

»Ich hoffe, du hast nicht dein ganzes Vermögen gesetzt.« Carsten zog ein paar Coupons aus der Jackentasche.

»Nein, nein, das habe ich nicht.«

»Hast du auch auf Everton gesetzt?«

»Ja, äh, mit doppelter Gewinnchance.« Mogens öffnete die Mappe und legte Carstens Coupons hinein. Ein paar Tausendkronenscheine lösten sich aus seinem Ärmel und segelten direkt in die Mappe, doch Carsten schien es nicht zu bemerken. »Wir können später abrechnen.« Mogens schloss die Mappe und wollte weitergehen, aber Carsten hielt ihn am Ärmel fest.

»Findest du das falsch, dass ich doppelt gesetzt habe?«

»Nein, nein«, antwortete Mogens und entzog ihm behutsam seinen Arm. »Wer nichts wagt … wie man so schön sagt.«

Mogens spazierte die Overgade oberhalb des Wassers entlang. Ein Touristenboot glitt auf dem Kanal vorbei, und er hörte die Erklärungen des Fremdenführers in drei Sprachen. Der beißende Wind, der vom Hafenbecken herüberblies, kühlte ihm die Stirn und tat ihm gut. Bisher war sein Plan aufgegangen. Jetzt musste er nur noch eins erledigen, bevor er von hier verschwinden würde.

5

Berlin, 12./13. September 2013

Um 22.30 Uhr fuhr der Intercity aus Kopenhagen in den Berliner Hauptbahnhof ein und kam auf Gleis 2 zum Stehen. Er war eine halbe Stunde verspätet, und sobald sich die Türen öffneten, strömten die Reisenden ungeduldig auf den Bahnsteig hinaus und eilten zu den Rolltreppen. Mogens stieg als einer der letzten Passagiere aus dem hintersten Wagen. Er trug ein hellrotes Poloshirt, eine blonde Perücke und eine große Sonnenbrille, hinter der er sich versteckte. Das Gesicht und die nackten Arme hatte er mit einer dicken Schicht Bräunungscreme eingerieben, die seiner Haut einen bronzefarbenen Teint verlieh.

Mogens stapfte den Bahnsteig entlang, während er zu den vielen Stockwerken der Bahnhofshalle hinaufblickte. An der Rolltreppe standen ein paar Beamte und musterten die Reisenden, während sie leise miteinander sprachen. Mogens wusste nicht, ob bereits nach ihm gefahndet wurde, und wenn er ehrlich war, war seine Tarnung der größte Unsicherheitsfaktor seines Plans. Als er seine Flucht geplant hatte, war es ihm naheliegend erschienen, sich als Tourist zu verkleiden, und er hatte sich an den vielen ausländischen Kreuzfahrttouristen orientiert, die im Sommer in ihrer bunten Kleidung Christianshavn bevölkerten. Doch hier, am Berliner Hauptbahnhof, stach er eindeutig aus der grauen Masse heraus und bereute seine Wahl. Aber die Beamten würdigten ihn keines Blicks, als er die Rolltreppe nahm, und Mogens zwang sich, nicht zurückzublicken, so gern er dies auch getan hätte. Er fuhr zwei weitere Rolltreppen hinauf, bis er die oberste der Shoppingarkaden erreichte, und kaufte an einem Kiosk fünf Telefonkarten. Er tauschte die SIM-Karte seines iPhones aus, und kurz darauf stand er am Taxistand vor dem riesigen Bahnhofsgebäude.

»Sohn… tagstraße Nummer 15«, sagte er zu dem Fahrer und zeigte ihm sicherheitshalber die Adresse, die er auf seinem iPhone gespeichert hatte.

Der Fahrer schaltete brummend den Taxameter ein. Kurz darauf rollten sie durch die nächtliche Stadt. Trotz der späten Stunde herrschte immer noch dichter Verkehr, und Mogens spürte eine gewisse Übelkeit, die ihn bei Autofahrten stets überkam, aber auch eine wachsende Euphorie, es bis hierher geschafft zu haben. Er hatte Berlin, dessen blutige Geschichte ihn faszinierte, schon lange einen Besuch abstatten wollen. Nicht allein wegen des Zweiten Weltkriegs, sondern auch wegen des Kalten Krieges, der sowohl die Stadt als auch den deutschen Staat in zwei Hälften geteilt hatte.

Er zog sein iPhone aus der Tasche und checkte seine Yahoo-Mails. Doch es gab keine neuen Nachrichten. Er scrollte durch seine Kontaktliste bis zu »Schumann48«. *Ich hab's geschafft. Ich bin da. Wann können wir uns treffen?* Er wiederholte die Nachricht auf Englisch und Deutsch und kam sich wie ein Fremdenführer vor, der versuchte, sich verständlich zu machen.

Eine Viertelstunde später setzte ihn das Taxi an der Adresse Sonntagstraße 15 in Friedrichshain ab. Von den vielen Bars auf beiden Seiten der Straße hörte er die Gäste, die immer noch draußen saßen. Die ausgelassene Stimmung überraschte ihn, da er vermutet hatte, dass es sich um eine stille Gegend handelte. Im selben Moment hörte er hinter sich ein paar dänische Stimmen, und er drehte sich zu der kleinen Gruppe mittelalter Touristen um, die gerade an ihm vorbeiging. Mogens zog den Kopf ein, ging rasch zur Haustür und drückte auf den Klingelknopf, auf dem »Schmidt« stand. Im nächsten Augenblick wurde er ins Treppenhaus eingelassen und stieg mit seinem Koffer in den zweiten Stock hoch.

»Sieht ja ganz schön schwer aus«, sagte der Mann, der in der Tür stand, auf Deutsch. Er trug Shorts und ein Tanktop, das offenbarte, dass er mehr Haare am Körper als auf dem Kopf hatte.

Mogens nickte zur Begrüßung. Er war zu sehr außer Atem, um etwas zu entgegnen.

»Sie müssen noch ein Stockwerk höher«, fuhr der Mann fort und zog einen Schlüssel aus seiner Tasche.

Mogens verstand nur die Hälfte dessen, was er sagte. »Be… zahlung?«

»Können Sie mir irgendwann morgen einwerfen«, antwortete der Mann und zeigte auf den Briefschlitz. »Auf euch Norweger kann man sich ja verlassen.« Mit einem Lächeln gab er Mogens den Schlüssel.

Mogens stellte den Koffer im dunklen Eingangsbereich ab. Dann ging er in den Wohnraum und schaltete das Licht an. Die Zweizimmerwohnung erinnerte ihn an sein eigenes Apartment in der Langebrogade und war nur spartanisch möbliert. Ohne jeden Schmuck oder Tingeltangel. Er hatte sie auf einer Internetseite entdeckt, auf der private Eigentümer ihre Wohnungen zeitweise vermieteten. Die meisten von ihnen taten dies schwarz und wollten weder einen Pass noch eine Steuernummer sehen, solange in bar bezahlt wurde. Er hatte sich für diese Wohnung entschieden, weil sie über einen längeren Zeitraum hinweg verfügbar war. Er hatte dem Eigentümer geschrieben, dass er aus Oslo stamme, in Berlin ein paar Freunde besuchen wolle und noch nicht wisse, wie lange er bleiben werde. Der Eigentümer, der den Nachbarn Schmidt als Strohmann benutzte, hatte zugesagt, solange die Miete vierzehn Tage im Voraus bezahlt wurde. Und obwohl Mogens nicht wusste, wie lange er auf diese Wohnung angewiesen sein würde, war sie bis auf Weiteres das perfekte Versteck.

Am nächsten Morgen stand Mogens auf dem schmalen Balkon und blickte auf die Straße hinunter. Er hatte kaum geschlafen. Die dichten Baumkronen verwehrten ihm den Blick auf die Cafés und Kneipen, doch die Geräusche der Gäste drangen zu ihm nach oben. Die Sonne schien von einem wolkenlosen Himmel, und es war bereits ziemlich warm. Viel zu warm. Er zog sein iPhone aus der Tasche und überprüfte erneut, ob irgendwelche neuen Mails eingegangen waren, was jedoch nicht der Fall war. Dann öffnete er den Browser und scrollte sich durch die Nachrichten der dänischen Tageszeitungen. Doch weder die Online-Ausgabe von *Politiken* noch von *Berlingske* oder dem *Ekstra Bladet* erwähnten die Angelegenheit. Vielleicht war sie trotz allem zu unbedeutend, oder die Polizei hielt sich während der Ermittlungen bedeckt. Ihm schoss der Gedanke durch den Kopf, dass sie vielleicht genau in diesem Moment seine Wohnung durchsuchten. Vielleicht sprachen sie mit seinen Nachbarn und Kollegen. Auch zu seinen Verwandten würde Kontakt aufgenommen werden, was schnell erledigt war, da er nur noch eine jüngere Schwester besaß, die er seit über einem Jahr nicht mehr gesehen hatte. Was würde Louise wohl denken, wenn die Polizei Erkundigungen über ihren Bruder einzog? Er schob den Gedanken rasch beiseite.

In diesem Moment vibrierte sein Handy. »Schumann48« erschien auf dem Display. *»Glad that you're finally here.«*

Für den Bruchteil einer Sekunde vergaß er den Anflug von Reue, den er bei dem Gedanken an seine Schwester empfunden hatte. Jetzt, wo sein neues Leben beginnen sollte, war das nicht mehr wichtig. Er öffnete die Nachricht und las sie.

6

Berlin, 14. September 2013

Die Linie S7 nach Potsdam schlängelte sich im warmen Licht der Nachmittagssonne träge durch Charlottenburg. Mogens saß im ersten Wagen, schaute aus dem Fenster und versuchte, den Namen der nächsten Station zu lesen. Obwohl die SMS-Anweisung, die er bekommen hatte, an Klarheit nichts zu wünschen übrig ließ, fürchtete er, womöglich an der falschen Haltestelle auszusteigen. Als sie Charlottenburg erreichten, sah er auf der Übersichtskarte, dass es noch zwei Stationen bis Grunewald waren, wo er aussteigen musste. Er war erleichtert, dass der vereinbarte Treffpunkt weit weg vom »Dänennest« Friedrichshain lag, obwohl ihm der Name Teufelsberg ein wenig Angst machte.

Mogens hatte seine Perücke in der Wohnung gelassen und begnügte sich mit der Sonnenbrille als Tarnung. In den dänischen Zeitungen stand weiterhin kein Wort über seinen Coup. Nicht einmal der *Christianshavneren*, seine Stadtteilzeitung, berichtete darüber. Inzwischen zweifelte er daran, dass die Öffentlichkeit jemals von seinem Verbrechen erfahren würde. Was er hinsichtlich seines neuen Lebens, das bald beginnen sollte, als großen Vorteil erachtete. Trotz der großen Summe, die er gestohlen hatte, war ihm klar, dass das Geld nicht ewig reichen würde. Dennoch war es ein großartiges Startkapital, und für seine weitere Zukunft hegte er wunderbare und berauschende Pläne. Solange er jeden Kontakt zu dänischen wie deutschen Behörden vermied, war er auf der sicheren Seite.

Zwölf Minuten später stieg er in Grunewald aus. Er durchquerte das Stationsgebäude mit seinem kleinen Glockenturm und machte sich zu dem Waldgebiet auf, in dem versteckt der Teufelsberg lag.

»Teuflisches Festival« stand auf dem bunten Plakat mit dem brennenden Dreizack. Es war vor einer kleinen Kneipe angebracht, in der man auch Fahrräder leihen konnte und die den Zugang zu dem großen Waldgebiet markierte. Das Plakat informierte darüber, welche Bands und Künstler während des dreitägigen Tanz- und Musikfestivals auftraten, das derzeit auf dem Hügel neben der ehemaligen Abhöranlage stattfand. Der Gedanke an laute Musik und viele Menschen behagte Mogens nicht. Dennoch setzte er sich treulich in Bewegung, folgte dem langen Pfad durch den Wald und sah nach den Papppfeilen, die alle paar hundert Meter in den Bäumen hingen und den Weg markierten.

Nachdem er eine Viertelstunde gegangen war, führten ihn die Pfeile zum Teufelssee, der am Fuße des Hügels lag. Mehrere Leute badeten darin. Ihre blassen Gesichter und Schultern leuchteten wie weiße Seerosen in dem schwarzen Wasser. Neben dem See breitete sich eine saftig grüne Wiese aus. Er war überrascht, so viele Nackte zu sehen, die dort im Gras lagen und die letzten Sonnenstrahlen des Tages genossen. Am entferntesten Ende der Wiese, nahe am Waldrand, vergnügte sich eine Wildschweinfamilie. Die voll ausgewachsene Sau und die drei Frischlinge wühlten unbehelligt in der weichen Erde. Mogens konnte nicht anders, als die vielen nackten Frauen mit ihren schweren Brüsten und tiefschwarzen Haaren zwischen den Beinen anzustarren. Er ging an einem nackten lesbischen Paar vorbei, das eng umschlungen direkt vor ihm im Gras lag. Abgesehen von einigen wenigen und nicht sehr erinnerungswürdigen Besuchen bei Prostituierten hatte er kein Sexleben. Doch Phantasien hatte er immer gehabt.

Es dauerte nur wenige Minuten, bis er die Nudisten hinter sich ließ und den steilen Weg in Angriff nahm, der zur Radarstation auf dem Teufelsberg hochführte. Schon bald hörte er Livemusik, und je näher er dem Gipfel kam, desto mehr Festivalbesucher schlossen sich ihm auf dem gewundenen Pfad an. Die meisten waren sehr viel jünger als er, hatten Piercings im Gesicht und farbige Tattoos am ganzen Körper.

Als er das Eisentor des ehemaligen Militärgeländes erreichte, bezahlte er notgedrungen dreißig Euro an den breitschultrigen Wachmann und bekam dafür einen Dreizack auf sein Handgelenk gestempelt. Hätte er gewusst, dass hier oben ein Festival stattfand und er so viel Geld bezahlen musste, um überhaupt eingelassen zu werden, hätte er diesen Treffpunkt niemals akzeptiert. Aber es war zu spät, um sich darüber zu ärgern, und stattdessen ging er an der früheren Bunkeranlage vorbei und stapfte weiter bergauf, dem riesigen Hauptgebäude mit den drei großen Antennenkuppeln entgegen. Vor dem Gebäude befand sich das eigentliche Festivalgelände mit einer großen Bühne und unzähligen Ständen, an denen neben Würstchen, T-Shirts und Wasserpfeifen alles Mögliche andere verkauft wurde. Über dem gesamten Gelände hing der säuerliche Geruch von Haschisch, Grillqualm und Urin.

Mogens blieb vor der Haupttreppe stehen, an der sie sich treffen wollten. Der Lärm der Menschen und die laute Rockmusik schüchterten ihn ein. Die Leute tanzten angetrunken und bekifft vor der Bühne herum, und er dachte, dass selbst Christiania im Vergleich zu diesem Spektakel ziemlich harmlos wirkte. Einige blickten schon argwöhnisch zu ihm herüber. Er glaubte, die Wörter Stasi und Nazi zu hören. Vielleicht hielten sie ihn für einen Polizisten in Zivil. Er zog sein Handy aus der Tasche und stellte fest, dass hier oben kein Netzempfang war. Er scrollte rasch durch seine Textnachrichten, um sich zu vergewissern, dass er am richtigen Ort war. Doch die Beschreibung war eindeutig. Er schaute sich um. Während der kurzen Zeit, die er jetzt hier war, waren schon viele weitere Menschen gekommen. Er bemerkte, dass die Sonne bereits unterging und bald die Dämmerung einsetzen würde. Die Vorstellung, im Dunkeln hier oben zu bleiben, gefiel ihm genauso wenig wie der Gedanke an den Rückweg durch den großen Wald. Oben auf der Bühne hörten die Musiker auf zu spielen. Das Publikum johlte und klatschte. Mogens zog sich langsam zurück. Er musste pinkeln und suchte nach einem Toilettenschild, doch an dieses Detail hatten die Veranstalter offenbar nicht gedacht. Er ging um das Gebäude herum und entfernte sich vom Festivalgelände. Hier, wo es weniger windgeschützt war, blies es heftig. Die zerrissenen Leinwände an den Radarkuppeln über ihm klangen wie zerfetzte Segel auf einem Geisterschiff. Von den meterhohen Eingängen zu den versiegelten Schächten der unterirdischen Anlage heulte unheilvoll der Wind. In diesem Moment hatte er das Gefühl, dass der Teufelsberg seinem Namen vollauf gerecht wurde, und er suchte sich rasch einen Busch, hinter dem er sich erleichtern konnte. Während er seine Notdurft verrichtete, wurde er plötzlich vom hellen Lichtstrahl einer Taschenlampe geblendet. Er sah zum Eingang des nächsten Schachts hinüber. Erneut blinkte dort ein Licht auf. Zuerst dachte er, jemand wolle einen Spaß mit ihm treiben, und er beeilte sich, fertig zu werden. Als er hinter dem Busch hervortrat, hörte er, wie jemand vom Schacht aus seinen Namen rief. Es klang wie ein melodisches Flüstern, das sich mit dem

Pfeifen des Windes vereinte. Langsam ging er zu dem Eingang. Erneut hörte er die Stimme.

»Hallo?«, fragte er ins Dunkel und kam sich ziemlich dämlich vor.

»Komm …«, flüsterten die Stimme und der Wind.

Mogens zögerte kurz, dann ging er in den Schacht weiter, wo die Dunkelheit ihn sofort verschluckte.

Über dem Hügel färbten die letzten Sonnenstrahlen den Himmel rot. Die alte Festung lag schwarz und mächtig da. Die drei Radarkuppeln türmten sich zu den Wolken hoch und erinnerten im schwindenden Licht an den Dreizack des Teufels, der den Himmel aufspießte.

7

Christianshavn, April 2014

Der Wasserspiegel des Kanals stand eineinhalb Meter über dem Pegel, was die Brücken, die sich über den Christianshavns Kanal spannten, aussehen ließ, als seien sie in die Knie gezwungen worden. Der Schiffsverkehr war komplett eingestellt worden, nur die Kajaks waren noch in der Lage, unter den Wölbungen hindurchzugleiten. Die beiden Stürme im Winter hatten das Wasser ins Hafenbecken gedrückt, und der nachfolgende Regen hatte die Situation in den umliegenden Kanälen weiter zugespitzt.

Auf dem nassen Achterdeck der *Bianca* saßen Ravn und Eduardo und aßen Rührei mit Schinken. Ravns Füße ruhten auf der Reling, während er seinen warmen Kaffee schlürfte. Es war ein kalter, aber schöner Morgen. Der Kaffee und das warme Rührei dampften mit ihrem Atem um die Wette.

»Globale Erwärmung«, sagte Eduardo und nickte in Richtung des hohen Wasserspiegels. »Das wird immer schlimmer werden.«

»So bleiben uns zumindest die nervigen Touristenboote erspart«, entgegnete Ravn.

»Ziemlich hoher Preis für ein bisschen Frieden, *amigo*.«

Ravn zuckte mit den Schultern, nahm ein Stück Schinken vom Teller und hielt es Møffe hin. Die Englische Bulldogge ließ sich nicht lange bitten und schnappte sich den Schinken aus seinen Fingern. Mit einem Schmatzen schlugen ihre Kiefer aufeinander.

»Fütterst du deinen Hund etwa mit Jamón Ibérico? Weißt du, was ich für den bezahlt habe?«

»Nee, aber muss ziemlich teuer gewesen sein, da Møffe ihn akzeptiert.«

Møffe kaute zufrieden, während Ravn ihm den Kopf tätschelte.

Kurz darauf stand Ravn von seinem Stuhl auf, zog den Reißverschluss seiner Lederjacke bis zum Hals hoch und stülpte sich die Kapuze über den Kopf.

Eduardo warf ihm einen fragenden Blick zu. »Wo willst du hin?«

»Ich bin in zehn Minuten verabredet.«

»Ein neuer Job?«, fragte er ironisch.

»Ich muss in meine Wohnung. Der Makler hat einen Käufer gefunden.«

Eduardo hob die Brauen. »Noch einen?«

Ravn nickte. »Der achte in drei Monaten. Die Interessenten stehen förmlich Schlange.«

»Und warum ist sie dann noch nicht verkauft?«

Ravn antwortete nicht.

»Du solltest dich um andere Dinge kümmern und dem Makler seine Arbeit überlassen.«

»Das tue ich ja. Ich helfe ihm nur ein bisschen, wogegen er nichts einzuwenden hat …« Ravn nahm den Becher vom Tisch und kippte den Rest des Inhalts über die Reling.

»Soll ich dich begleiten?«

»Wozu soll das gut sein?«

»Ganz ruhig, ich dachte nur …«

»Hör bitte auf.« Ravn drehte sich um und blickte den Kai hinunter. Er hatte sich immer noch nicht ganz daran gewöhnt, dass man sich durch den hohen Wasserspiegel auf Augenhöhe mit der Kaimauer befand. »Jemand, den du kennst?«

Eduardo drehte sich auf dem Stuhl um und blickte zu dem grauen Fiat 500 mit dem weinroten Stoffdach hinüber, der auf der anderen Straßenseite parkte. »Nein, aber ich hätte nichts dagegen.«

Hinter dem Steuer saß eine schlanke Frau, die elegant gekleidet war und Ende dreißig sein mochte. Als sie bemerkte, dass sie von den beiden Männern angestarrt wurde, startete sie den Motor.

»War sie schon lange da?«, fragte Eduardo.

»Keine Ahnung«, antwortete Ravn und zuckte mit den Schultern. »Aber vor ein paar Tagen war sie auch schon mal da.«

Die Frau gab Gas. Eduardo und Ravn sahen ihr nach, während sie die Straße hinunterfuhr. »Du hast immer noch deinen alten Bulleninstinkt.«

»Manche Dinge vergehen eben nie. Komm, Møffe!«, sagte Ravn und klopfte sich auf den Oberschenkel. Der Hund schnaufte wie eine Dampflokomotive, ehe er sich widerwillig in Bewegung setzte und zu seinem Herrchen trollte.

»Bist du sicher, dass ich nicht mitkommen soll?«

»Wer macht dann den Abwasch?«

Eduardo protestierte lautstark, während Ravn mit Møffe auf dem Arm an Land sprang. Er war ziemlich sicher, dass sich Eduardo schon bald auf sein eigenes Boot, das neben der *Bianca* lag, zurückziehen und den ganzen Abwasch ihm überlassen würde.

8

Ravn schlenderte die Dronningensgade entlang und zog den Wohnungsschlüssel aus der Tasche, als er sich dem Haus näherte. Am Klingelschild war nur noch ein schwacher Abdruck zu sehen, wo einst Evas und sein Name gestanden hatten, und wenn der neue Eigentümer über einen scharfen Zeigefingernagel verfügte, würde er die letzten Reste leicht abkratzen können.

Er nahm Møffe an die Leine, wohl wissend, dass er ihn all die Stufen würde hinaufzerren müssen. Als sie den zweiten Stock erreichten, öffnete seine alte Nachbarin die Tür. Die dicken Brillengläser vergrößerten Kettys Augen und ließen sie zusammen mit den blauen Haaren wie ein Insekt aussehen. Ravn grüßte sie höflich.

Die alte Dame nickte gemessen zurück. »Heute geht's hier zu wie im Taubenschlag.«

»Das ist bestimmt mein Makler mit ein paar potenziellen Käufern.«

»Schon wieder? Die trampeln da oben rum, dass mein Kronleuchter fast von der Decke fällt.«

»Ich wusste gar nicht, dass du einen Kronleuchter hast.«

Ketty blinzelte, ehe sie die Tür hinter sich zuzog. Ravn ging in den nächsten Stock weiter, wo seine Wohnungstür nur angelehnt war. Er holte tief Luft, ehe er sie aufschob und eintrat. Auf dem Boden lag ein Haufen Reklame. Seine Post ließ er sich schon seit langem auf die *Bianca* schicken, wo sie in der

Regel auf dem Achterdeck landete, doch gegen den Werbetsunami war er machtlos.

Er hörte ein Geräusch aus der Küche, und im nächsten Moment erschien der Kopf des Immobilienmaklers in der Türöffnung. Sein Verkäuferlächeln erstarb, als er Ravn erblickte. »Tho… Thomas Ravnsholdt«, begrüßte er ihn halbherzig.

Ravn nickte und schritt über die Reklame hinweg. Der Makler, der Kjeld Soundso hieß, zog seinen silberfarbenen Schlips gerade, der wie eine tote Schlange auf seinem Spitzbauch ruhte. Er senkte die Stimme: »Ich dachte, wir hätten abgemacht, dass ich für die Wohnungsbesichtigungen zuständig bin.«

»Ja natürlich. Ich wollte nur mal schauen, wie es so läuft.«

»Es läuft gut … bis jetzt.« Er warf Møffe einen missbilligenden Blick zu. »Aber es ist dem Verkauf nicht gerade förderlich, den da mitzubringen.«

Ravn schüttelte den Kopf. »Wie meinen Sie das? Alle lieben Møffe.«

Kjeld machte eine Handbewegung, als solle Ravn seine Stimme ein wenig dämpfen. »Natürlich, ist ja auch ein … liebes Tier. Aber mit Wohnungen ist es wie mit Autos: Haustiere treiben den Preis nun mal nicht in die Höhe.«

»Ach wirklich?« Ravn machte einen Schritt in Richtung Küche.

Kjeld versperrte ihm den Weg und legte ihm behutsam die Hand auf die Brust. »Thomas, vielleicht sollten Sie noch mal mit sich selbst zurate gehen, ob Sie auch wirklich zum Verkauf bereit sind. Ich kann gut verstehen, dass es einem schwerfällt, sich von einer liebgewonnenen Wohnung zu trennen, aber …«

Ravn zuckte mit den Schultern. »Mir liegt nicht viel an der Wohnung, also …«

»Und dennoch haben wir diese Situation früher schon einmal erlebt. Es gab einen Käufer, der bereit war, den geforderten Preis zu zahlen. Trotzdem haben Sie ihn abgewiesen.«

»Es muss schon der richtige sein ...«

»Der richtige Käufer, das habe ich schon verstanden. Es fragt sich nur, ob es diesen Käufer für Sie überhaupt gibt.«

Ravn sah ihn nachdenklich an. »Ich höre, was Sie sagen, Kjeld, und ich bin mehr als entschlossen zu verkaufen.«

In diesem Moment trat ein junger blonder Mann in einem dunkelblauen Anzug aus der Küche. »Also der Renovierungsbedarf ist doch erheblich«, stellte er mit affektierter Stimme fest. »In diesem Licht betrachtet kommt mir der geforderte Preis eher wie ein Angebot für einen Handwerker vor. Ich halte den Verkaufspreis, mit allem Respekt, für entschieden zu hoch.«

Thomas musterte den jungen Mann. Hielt ihn für einen Anwalt, Banker oder Steuerberater. Möglicherweise war er ebenfalls Makler, allerdings erfolgreicher als Kjeld, wenn man die Kleidung der beiden verglich. Auf jeden Fall ein aalglatter Scheißkerl, der zu viel Geld und zu wenig Manieren besaß.

»Es zwingt Sie ja niemand, die Wohnung zu kaufen«, sagte Ravn und warf ihm einen eisigen Blick zu.

Kjeld fand sein Verkäuferlächeln wieder. »Natürlich nicht. Dies ist ein freies Land.« Er lachte nervös. »Aber vielleicht sollten wir uns erst einmal den Rest der Wohnung ansehen. Es gibt ein wunderbar helles Schlafzimmer und einen etwas kleineren Raum, der perfekt als Kinderzimmer geeignet wäre.« Er zeigte zum Ende des Eingangsbereichs hin und brachte den jungen Mann dazu, ihm zu folgen.

Ravn sah ihnen nach. Natürlich war es gut, dass die Menschen verschieden waren, doch die Anzahl der Schlipsträger in diesem Viertel nahm allmählich überhand. Wenn das in diesem Tempo weiterging, dürften bald sämtliche Yuppies aus Nordseeland verschwunden sein. Er wusste bereits, dass Kjeld diesen Kandidaten von der Liste streichen würde, sobald die Wohnungsbesichtigung vorüber war.

Ravn stieß die Tür zum Wohnzimmer auf und trat ein. Er war überrascht, die junge Frau zu erblicken, die mit dem Rücken zu ihm stand und aus dem Fenster blickte, während ein kleiner Junge ungeduldig an ihrer Hand zerrte. Als er Ravn und Møffe sah, drückte er sich an das Bein seiner Mutter. Die Frau drehte sich um und lächelte Ravn an – ihr Bauch offenbarte, dass bereits das nächste Kind unterwegs war.

»Wollen Sie sich nicht setzen?«, fragte Ravn und zeigte auf das helle Sofa.

»Nein danke, es geht schon. Ich dachte eigentlich, wir könnten uns die Wohnung allein ansehen, aber Sie sind offenbar auch an ihr interessiert.«

»Ganz im Gegenteil. Ich will sie loswerden. Ich hab schon viel zu lange hier gewohnt«, entgegnete er lächelnd.

Sie nickte und ließ ihren Blick durch den Raum schweifen. »Sie ist wirklich sehr schön, wenn man …«

»Wenn man einiges instand setzt, ich weiß. Aber dafür ist die Lage hervorragend.« Er lächelte und machte eine ausladende Geste. »Ich wollte nicht wie ein Makler klingen, aber wir haben die Aussicht auf den Park immer sehr genossen.«

Der Junge fasste sich ein Herz und streckte Møffe seine Hand hin. »Nicht Magnus, du darfst fremde Hunde nicht anfassen.«

»Der beißt nicht, er sabbert nur ein bisschen.« Ravn lächelte den Jungen an. »Er heißt Møffe.«

»Møf-fe«, wiederholte der Junge. Die Frau ließ seine Hand los, und er durfte Møffe streicheln, der die unerwartete Aufmerksamkeit genoss. »Warum wollen Sie die Wohnung loswerden?«

Ravn fühlte sich von ihrer Direktheit ein wenig überrumpelt. Er zuckte die Achseln. Weil es kein ›Wir‹ mehr gibt.«

»Entschuldigen Sie, ich wollte nicht aufdringlich sein«, entgegnete die Frau, deren Wangen sich rot färbten.

»Sie brauchen sich nicht zu entschuldigen. Wir hatten hier eine schöne Zeit. Es ist wirklich ein wunderbares Viertel, eine Oase mitten in der Stadt.« In diesem Moment erklang, wie bestellt, das Glockenspiel der Erlöserkirche.

Sie wandte sich wieder dem Fenster zu, betrachtete die Wallanlagen mit den kahlen Bäumen und das Wasser im Stadtgraben dahinter. »Da drüben kann man bestimmt zu jeder Jahreszeit schöne Spaziergänge machen.«

»Und ob man das kann.« Wie sie dort am Fenster stand, eine zierliche Gestalt im Gegenlicht, fühlte er sich plötzlich an Eva erinnert. Am liebsten wäre er zu ihr gegangen, hätte seine Arme um sie geschlungen und sein Gesicht in ihren Haaren vergraben.

In diesem Moment kamen Kjeld und der junge Mann zu ihnen ins Wohnzimmer. Der zweite Teil der Wohnungsbesichtigung schien den Mann nicht positiver gestimmt zu haben. »Gehen wir, Schatz?«

Die Frau drehte sich lächelnd zu ihm um. »Mir gefällt die Wohnung sehr, Henrik. Sie ist einfach perfekt.«

»Aber findest du nicht, Schatz, dass wir erst mal …«

Sie hob ihr Kinn ein wenig, sodass ihr Blick über seinen hinwegging. »Ich bin sicher, dass wir uns hier rundum wohlfühlen werden.«

»Gut, wenn du meinst«, entgegnete er und biss sich auf die Lippe. »Aber ich glaube, dass …«

»Was für eine schöne Nachricht, nicht wahr, Thomas?« Kjeld lächelte nervös.

Ravn betrachtete den jungen Mann. Er war ihm weder

sympathisch, noch gefiel ihm die Vorstellung, dass er seine Wohnung übernehmen sollte. Er wandte sich an die Frau und den Jungen. »Ich bin sicher, dass es Ihnen hier gefallen wird, und wünsche Ihnen viel Glück.«

Zehn Minuten später war Ravn mit Møffe wieder allein in der Wohnung. Er hatte noch nicht richtig begriffen, dass er soeben seine Wohnung verkauft hatte, doch er war sich ziemlich sicher, dass Kjeld das Geschäft im Eiltempo abwickeln würde, nicht allein um seine Provision zu kassieren, sondern auch um keinen weiteren Kontakt mehr zu ihm haben zu müssen. Ravn ließ seinen Blick durch das helle Wohnzimmer schweifen, dessen wenige Möbel von einer dicken Staubschicht bedeckt waren. Sein Atem dampfte ihm aus dem Mund. Er hatte das Gefühl, sich in einem Mausoleum zu befinden. Evas Mausoleum. Dennoch war er sicher, dass sich das Paar hier ein gemütliches Zuhause schaffen würde – das hatte er in den lächelnden Augen der Frau gesehen. Ravn starrte mit leerem Blick auf das Eichenparkett vor dem Sofa. Einst hatte hier ein Glastisch gestanden, ehe er unter dem Gewicht von Evas Körper zu Bruch gegangen war. Hier hatte er sie ermordet aufgefunden, den Kopf von einem Einbrecher zertrümmert. Erneut sah er den dunklen Blutfleck vor sich. Wie sehr er auch die Dielen geschrubbt hatte, und ungeachtet, dass ihr Tod schon über zwei Jahre zurücklag, würde er diesen Anblick niemals vergessen. »Komm, Møffe«, sagte er und zog den Hund mit sich aus dem Wohnzimmer.

9

Lichtenberg, Berlin, 24. Juli 1989

Oberst Hausser kurbelte die Seitenscheibe des Ladas herunter und zeigte dem Wachhabenden seinen Ausweis. Dieser ließ seinen Blick zwischen dem Ausweis und Hausser, der starr geradeaus blickte, hin und her wandern. Im nächsten Moment erhielt Hausser seinen Ausweis zurück, und der schwere Schlagbaum hob sich langsam. Hausser setzte seinen Weg zwischen den monumentalen Hochhäusern hindurch fort, die alle zum Ministerium für Staatssicherheit gehörten. Die zweiundzwanzig Gebäude beherbergten einen Großteil der Mitarbeiter der Staatssicherheit, die sich in zwanzig Abteilungen mit verschiedenen Aufgabengebieten gliederte. Hausser parkte vor Haus 7, in dem sich seine eigene Abteilung befand. Er stieg aus dem Wagen und ging zum Haupteingang, wo er sich gegenüber einem Beamten erneut ausweisen musste.

Der penetrante Geruch des senffarbenen Linoleumbodens überraschte ihn stets aufs Neue, wenn er der Abteilung einen seiner seltenen Besuche abstattete. Der letzte lag schon mehr als fünf Monate zurück. Hausser nahm die Treppe in den ersten Stock, in der die Abteilung Z ihren Sitz hatte. Die Abteilung Z war eine geheime Unterabteilung der Abteilung VIII, die für operative Aufgaben wie Überwachungen und Verhöre zuständig war. Nur der innerste Kreis wusste von der Existenz der Abteilung Z und ihrer elementaren Bedeutung für interne sowie politische Angelegenheiten. Angelegenheiten, in denen Mitarbeiter der Staatssicherheit oder des SED-Parteiapparats in staatsfeindliche Aktivitäten verstrickt waren. In seinen neun Jahren als Angestellter der Abteilung Z war er an über einhundert Fällen beteiligt gewesen, und weit mehr als die Hälfte dieser Fälle hatten für die Beschuldigten ein tödliches Ende genommen.

»Du siehst scheiße aus, Hausser«, sagte Walther Strauss mit seiner asthmatischen und ewig kurzatmigen Stimme. Die glasigen Augen von Haussers Vorgesetzten schienen in seinem kugelrunden Gesicht zu verschwinden. Wie er da in seiner Generalsuniform mit den zu kurzen Beinen hinter seinem Schreibtisch hockte und in der Süßigkeitenschale nach der letzten Weinbrandbohne fischte, sah er wie ein missgestalteter Säugling aus. »Setz dich«, sagte er und zeigte auf den Stuhl auf der anderen Seite des Schreibtischs. Hausser begriff sofort, dass dies kein gemütlicher Plausch unter Kollegen werden würde, denn dann hätte er einen Platz auf dem Sofa und einen Wodka angeboten bekommen.

Hausser knöpfte seine Jacke auf, lehnte seine Aktentasche gegen ein Stuhlbein und setzte sich.

»Wo hast du gesteckt? Du warst nirgendwo zu erreichen.«

»Ich musste mich um eine dringende Angelegenheit kümmern.«

»Das weiß ich selbst. Ratalzick ist sehr unzufrieden wegen der vielen Todesfälle in Hohenschönhausen.«

Hausser zuckte mit den Schultern. »Wenn seine Vernehmungsleiter ein bisschen effektiver wären, könnten solche Vorfälle vermieden werden. Leo Danzig wurde drei Monate lang verhört – mit dem einzigen Ergebnis, dass Danzigs Leute einen Tunnel bis nach Charlottenburg gegraben haben«, bemerkte er ironisch.

»Sie sind ziemlich nervös da drüben. Ratalzick will keine Aufmerksamkeit erregen.«

»Aufmerksamkeit? Er leitet ein geheimes Gefängnis, von dem die Öffentlichkeit nichts weiß. Ich glaube, er kann sich ziemlich sicher fühlen.«

»In der gegenwärtigen Lage können wir uns nicht den geringsten Fehler erlauben.« Strauss lockerte den Knoten seiner grünen Uniformkrawatte. Trotz der Hitze in seinem Büro machte er keine Anstalten, das Fenster zu öffnen.

»Danzig ist an einer Lungenentzündung gestorben«, antwortete Hausser. Er öffnete seine Aktentasche und zog eine Sterbeurkunde heraus. »Unterschrieben vom Gefängnisarzt in Pommern«, fügte er hinzu und legte das Attest vor Strauss auf den Tisch. »Danzigs Angehörige haben eine Kopie bekommen und wurden darüber informiert, dass die Beisetzung bereits stattgefunden hat.«

»Schon wieder eine Lungenentzündung?« Strauss trommelte mit seinen Fingern auf den Tisch. »Das scheint ja die reinste Epidemie zu sein. Was ist mit seinen Leuten? Wurden die festgenommen?«

»Die Sache ist ein wenig komplizierter. Unter den Personen, die Republikflucht begangen haben, befanden sich auch mehrere Mitarbeiter des Innenministeriums und lokale Parteigenossen.«

Strauss fiel die Kinnlade herunter, während er vergeblich nach einer weiteren Weinbrandbohne fischte. »Verdammt …«

»Ja, das ist alles andere als gut.«

»Verdammt …«, wiederholte er. »Ich weiß wirklich nicht, was schlimmer ist, ein weiterer Tunnel mitten in Berlin oder Parteigenossen, die an Flucht denken. Wir sind erledigt, wenn das hier rauskommt. Das ist Wasser auf die Mühlen der Opposition, verstehst du das, Hausser? Das ist das erste Mal seit 1953, dass es eine Opposition im Land gibt.« Er öffnete die Schreibtischschublade und holte eine neue Packung Weinbrandbohnen heraus, die er hektisch aufriss. »Wir sitzen doch inzwischen auf einem Pulverfass. Sieh dir an, was in Polen und Ungarn passiert, und all das Gerede von Glasnost und Perestroika in der Sowjetunion ...« Er stopfte sich ein paar Weinbrandbohnen in den Mund und warf die übrigen in die Schale. »Alles wird auf uns, auf die Staatssicherheit, zurückfallen, und die ganze Welt schaut zu. Ist dir das klar?«

»Absolut.« Hausser atmete schwer. »Aber das wird nicht rauskommen.«

»Wie meinst du das? So was kommt immer raus.«

»Nein.«

»Du ... ihr habt doch wohl keine Parteigenossen hingerichtet, oder?« Er schluckte die Weinbrandbohnen hinunter.

Strauss' Kopflosigkeit begann Hausser zu ärgern. »Natürlich nicht! Ich bin doch nicht wahnsinnig!«

»Was dann?«

»In der Nacht vom 18. auf den 19. Juli hat eine erste Gruppe versucht, durch den Tunnel in die BRD zu gelangen. Insgesamt vierzehn Personen. Genau drei Minuten nachdem die ersten in der Werkstatt in der Ruppiner Straße verschwunden waren, hat sich eine Gruppe von Grenzsoldaten der Division XX vor der Werkstatt postiert, was Danzigs Komplizen dazu veranlasst hat, sich den Überläufern anzuschließen.«

»Du hast sie entkommen lassen?«

»Ja, weil ich davon ausgegangen bin, dass sie schon etwa die Hälfte des hundertvierzig Meter langen Tunnels hinter sich gelassen hatten. Daraufhin haben wir drei Lastwagen der Grenzpatrouille an dieser Stelle hin und her fahren lassen.«

»Und was ist mit den Überläufern?«

»Die wurden lebendig begraben. Das Gewicht der Lastwagen hat den Tunnel zusammenbrechen lassen.«

Strauss lächelte zum ersten Mal während ihres Gesprächs. »Verstehe. Ausgezeichnet. Gute Arbeit, Hausser.«

»Danke.«

»Gibt es einen Bericht dazu?« Er warf einen Blick auf Haussers Mappe.

»Wie sollte es einen Bericht über etwas geben, das nie stattgefunden hat?«

Strauss nickte. »Und jetzt?«

»Jetzt?« Er zuckte die Achseln. »Jetzt widmen wir uns einer neuen Aufgabe. Ich habe da schon ein paar im Auge …«

Strauss lehnte sich seufzend zurück. »Vielleicht sollten wir damit lieber noch ein bisschen warten.«

»Aber warum?« Hausser schüttelte den Kopf. »Die Klassenfeinde warten nicht.«

»Es weht jetzt ein neuer Wind. Nicht nur von außen, sondern auch innerhalb der Partei, selbst an der Spitze unserer Behörde.«

»Was schlägst du vor?«

»Hast du mal über eine beratende Tätigkeit nachgedacht?«

Hausser änderte seine Beinstellung und glättete die Bügelfalten seiner Hose. »Für irgendeine der anderen Abteilungen?«

»Ich dachte eigentlich an unsere Genossen im Ausland.«

Hausser schaute ihn verblüfft an. »Ich wusste gar nicht, dass wir immer noch Leute ins Ausland schicken.«

»Doch, doch, nach Mittelamerika, in die neuen afrikanischen Staaten und natürlich nach Kuba. Es gibt viele, die von unserem Wissen profitieren wollen.«

»Vielen Dank, aber daran habe ich kein Interesse. In der Abteilung Z gibt es noch viel zu tun.«

Strauss beugte sich vor und verschränkte die Hände über dem Bauch. »Ich bin selbst in Kuba gewesen. Vor vielen Jahren, als es die Abteilung Z noch nicht gab. Dieses Land kann ich nur wärmstens empfehlen. Phantastischer Rum, Zigarren so dick wie Unterarme, ein gutes Klima und dann natürlich die Frauen … alle sehr zugänglich. Warst du schon mal mit einer Schwarzen zusammen?«

»Woher dieser plötzliche Eifer, mich auf die andere Seite des Planeten zu schicken?«

Strauss ging darauf nicht ein und schaute träumerisch vor sich hin. »Diese Frauen sind ganz anders als unsere. Ihre Haut hat größere Poren, ihr Busch ist dicht und schwarz und riecht nach Tabak. Und ihre Klitoris, die ist so groß wie ein Pflaumenkern. Absolut phantastisch …«

»Soll die Abteilung Z geschlossen werden?«

Strauss warf Hausser einen traurigen Blick zu. »Höchstwahrscheinlich. Und es ist gut möglich, dass dann Sündenböcke gebraucht werden und Köpfe rollen.«

»Sündenböcke? Ich würde uns eher als Helden bezeichnen.«

»Ja, wir sind Helden«, bestätigte Strauss ohne Überzeugung.

»Das ist ein Fehler.«

»Das ist Politik.«

»Wie ich schon sagte, ein Fehler.« Fast hätte Hausser ausgesprochen, was er von den Politikern dieses Landes hielt, besann sich aber eines Besseren. Er sog die Luft hörbar ein. »Wenn du mich nicht versetzt, dann bleibe ich hier. Und suche mir einen neuen Fall. Etwas Großes.«

»Ausgezeichnet.« Strauss lächelte in sich hinein. »Aber pass auf dich auf, Hausser.«

Hausser nickte und stand auf. Er salutierte und verließ das

kleine dunkle Büro. Er war nicht nervös, hatte stets mit größter Umsicht agiert, sich gleichermaßen vor äußeren wie vor inneren Feinden des Sicherheitsapparats in Acht genommen. Hatte seine Berichte auf ein Minimum beschränkt und niemals ein Dokument unterzeichnet, das man ihm später zur Last legen konnte. Je weniger Aufzeichnungen, desto besser. Die Manie des Ministeriums, alles zu archivieren, betrachtete er als Schwäche. Viel wichtiger war es, im Schatten zu bleiben. Das war ihre beste Waffe. Er ging zu seinem Auto zurück und setzte sich hinters Steuer. Dass die Abteilung Z geschlossen werden könnte, war für ihn unvorstellbar. Er schüttelte den Kopf über diesen Gedanken und startete den Lada. Dann konnten sie gleich den gesamten Sicherheitsapparat abschaffen, was niemals geschehen würde. Er legte den ersten Gang ein und rollte an Haus 1 vorbei, wo die oberste Führungsspitze saß. Je eher er den nächsten großen Fall fand, desto besser.

10

Christianshavn, April 2014

Im strömenden Regen spazierte Ravn den Kai entlang. Møffe versuchte, mit ihm Schritt zu halten, geriet durch seine kurzen Beine aber ins Hintertreffen. Als sie den Havodderen erreichten, traten sie rasch durch die offene Tür. Obwohl es noch Vormittag war, war die Traditionskneipe schon voller Gäste, die Schutz vor dem Regen suchten und das schlechte Wetter als Vorwand nutzten, sich das erste Bier des Tages zu genehmigen. Ravn schlug die Kapuze seines Pullovers zurück und trocknete sich das Gesicht, während er die Theke ansteuerte.

Johnson erschien wie ein Schatten in der Türöffnung zum Hinterzimmer. In seiner großen Hand hielt er eine zierliche Kaffeetasse. »Ravn«, brummte er und nahm seinen Platz hinter der Theke ein.

»Ein Hoff bitte.« Ravn setzte sich auf einen Barhocker, öffnete den Reißverschluss seiner Lederjacke und zog ein Bündel Scheine hervor. »Ich sollte wohl erst mal meine Schulden begleichen. Wie viel kriegst du von mir?«

Johnson hob seine buschigen Augenbrauen, antwortete jedoch nicht. Stattdessen nahm er sich eine Cecil aus der Packung, die auf der Theke lag. Die Flamme des Feuerzeugs erhellte kurz sein Gesicht, ehe es hinter einer Rauchwolke verschwand. »Ich kann mir nicht vorstellen, dass die Bullen dir immer noch dein Gehalt zahlen. Hast du eine Bank ausgeraubt?«

»Nein, meine Wohnung verkauft. Ich hab zwar das Geld noch nicht, aber die Bank hat trotzdem meinen Dispo erhöht.«

Johnson öffnete die Flasche und stellte sie vor Ravn hin. »Soll ich dich jetzt beglückwünschen?«

Ravn trank einen Schluck. »Weiß ich nicht. Das Geld kann ich jedenfalls brauchen.«

»Hast du schon eine neue Wohnung gefunden?«

»Ich hab doch die *Bianca*.«

Johnson stellte die Tasse ab. »Du willst doch wohl nicht ständig auf dem alten Kahn wohnen.«

»Warum nicht? Das hab ich doch schon den ganzen Winter gemacht, und jetzt hab ich auch noch ein bisschen Geld, um sie instand zu setzen.«

»Hört sich wenig durchdacht an, wenn du mich fragst.«

»Tu ich aber nicht. Als ich die *Bianca* gekauft habe, musste ich das Darlehen übrigens mit meiner Wohnung absichern. Jetzt kann ich es zurückzahlen.«

Johnson klopfte seine Zigarette am Aschenbecher ab. »Das heißt, du hast deine schöne Wohnung gegen einen wertlosen alten Klipper eingetauscht?«

»So kann man's auch sehen.«

»Jedem das Seine.« Johnson schüttelte den Kopf.

Ravn leerte die Flasche und knallte sie auf die Theke. »Was schulde ich dir?«

»Das ging aber schnell.«

»Ich hab dem Makler versprochen, die Wohnung komplett auszuräumen, damit er heute den Schlüssel kriegen kann.«

»Und das willst du alles an Bord unterbringen?«

Ravn blickte zu Boden. »Nein, nein, das meiste ist schon

weg. Da sind nur noch … ein paar Dinge von Eva …« Er streckte die Arme aus und stand auf. Møffe, der neben dem Barhocker lag und offenbar wenig Lust verspürte, sich zu bewegen, stieß ein unwilliges Grunzen aus. »Jetzt sag schon, was schulde ich dir?«

»Das geht aufs Haus«, antwortete Johnson und räumte die leere Flasche weg. »Und was deine Schulden angeht, so hege ich nicht die geringsten Befürchtungen, dass du mit der *Bianca* auf und davon segelst. Sagen wir einfach, dass dein Dispo auch hier erhöht wird.«

Mit einer Rolle schwarzer Müllsäcke bewaffnet kehrte Ravn in seine Wohnung zurück. Der Anblick der leeren Räume war fast eine Erleichterung, als wären sie von den letzten Erinnerungen an das schreckliche Verbrechen, das hier stattgefunden hatte, befreit worden. Er hatte seine gesamte Habe für viertausendfünfhundert Kronen an einen Trödelhändler namens Flytte Finn aus Haslev verkauft, der im Gegenzug versprochen hatte, die Wohnung leerzuräumen. Da Flytte Finn nicht einmal versucht hatte, den Preis herunterzuhandeln, ging Ravn davon aus, dass seine Möbel immer noch einen gewissen Wert besaßen. Er hatte absichtlich einen Händler aus einem anderen Teil des Landes gewählt, damit es ihm erspart blieb, Evas und seine Möbel womöglich eines Tages bei einem der heimischen Antiquitätenhändler wiederzusehen. Nur den Kleiderschrank im Schlafzimmer hatte er Flytte Finn gebeten, nicht anzurühren.

Jetzt öffnete er die Schranktüren und betrachtete die Regale und Stangen, an denen Evas Blusen und Kleider hingen. Für den Bruchteil einer Sekunde bereute er es, dass Flytte Finn nicht alles mitgenommen hatte. Doch er hätte den Gedanken nicht ertragen, wenn sich ein anderer an ihren persönlichen Dingen zu schaffen gemacht hätte. Sein Blick fiel auf das blaue Kleid, das zwischen mehreren Blazern hing, und er nahm es heraus. Er hielt es vor sich hin und strich mit dem Handrücken über den glatten dünnen Stoff. Dieses Kleid hatte sie getragen, als er sie das erste Mal gesehen hatte. Als sie das erste Mal an der *Bianca* vorbeigegangen war. Jetzt kam ihm das wie ein früheres Leben vor. Er legte das Kleid sorgsam zusammen. Sie war inzwischen über zwei Jahre tot, ohne dass er nennenswert weitergekommen wäre. Er riss eine Mülltüte von der Rolle ab, öffnete sie und legte das blaue Kleid vorsichtig hinein. Danach begann er, T-Shirts, Blusen und Unterwäsche aus den Regalen zu nehmen. Nachdem er den ersten Sack gefüllt hatte, griff er nach dem zweiten. Er erhöhte das Tempo, riss Mäntel, Blazer und Hosen von den Kleiderbügeln und stopfte sie in die Plastiksäcke. Er wollte jetzt alles nur noch schnell hinter sich bringen, so wie man ein Pflaster von einer alten Wunde reißt.

Er stellte drei volle Kleidersäcke neben die Wohnungstür und kehrte zu dem Schrank zurück. Obwohl es das Einfachste gewesen wäre, die Säcke einfach in den Container zu werfen, der unten im Hof stand, hatte er sich im letzten Moment entschieden, die Kleider zum Secondhandshop an der Amagerbrogade zu schleppen. Sie der »kirchlichen Nothilfe« zu geben wäre ganz in Evas Sinne gewesen, deren Freigebigkeit und Hilfsbereitschaft seiner Meinung nach manchmal fast ein bisschen zu weit gegangen waren. Natürlich wusste er, wie sehr es ihn schmerzen würde, eines Tages eine fremde Frau in Evas Kleidern zu sehen, doch betrachtete er dies als sein persönliches Opfer im Dienste der guten Sache.

Als er den letzten Mantel in den Müllsack stopfte, fiel ein Handy aus der Tasche und landete vor ihm auf dem Boden. Er hob es auf. Es war ein altes Nokia mit Antenne. Er versuchte es einzuschalten, doch es hatte sich entladen. Er konnte sich nicht erinnern, es schon einmal gesehen zu haben, und war sich auch nicht sicher, ob es wirklich Eva gehört hatte. Sie hatte eins der ersten iPhones besessen, bei dessen Handhabung er ihr ständig hatte helfen müssen. Unzählige Male hatte sie ihn oder andere versehentlich angerufen, weil sie zufällig das Display berührt hatte. Er lächelte bei diesem Gedanken, bis ihm einfiel, dass der Einbrecher, der sie umgebracht hatte, auch ihr iPhone und ihr Portemonnaie, ihre Uhr und ihren Laptop mitgenommen hatte. Keiner dieser Gegenstände war je wieder aufgetaucht, der Täter trotz eines riesigen Polizeiaufgebots nie geschnappt worden. Man wusste lediglich, dass er zu einer der osteuropäischen Diebesbanden gehörte, die diesen Stadtteil damals mit Einbrüchen überzogen hatten, und vermutlich längst außer Landes war.

Ravn steckte das Handy in die Tasche. Er wollte nicht mehr über diesen verfluchten Fall nachdenken. Er wusste aus bitterer Erfahrung, dass ihn diese Gedanken in eine Dunkelheit trieben, aus der er sich nur heraustrinken konnte, und er war es leid, sich sprichwörtlich um den Verstand zu saufen, um sich an nichts erinnern zu müssen.

Er stellte den letzten Müllsack zu den übrigen. Vielleicht war es ihr Arbeitstelefon gewesen oder ein Handy, das sie vor dem iPhone besessen und später nicht mehr benutzt hatte. Er würde sich ein Ladegerät besorgen, um das Rätsel zu lösen. Falls es der Anwaltskanzlei gehörte, für die sie bis zu ihrem Tod gearbeitet hatte, würde sie es umgehend zurückbekommen. Dann war er endlich frei.

11

Berlin, 3. August 1989

In Polen hatte das Parlament eine Untersuchungskommission eingesetzt, die herausfinden sollte, ob der Geheimdienst politische Morde verübt hatte. In den westlichen Medien wurde darüber ausführlich berichtet. Hausser hörte davon durch die Abteilung V, die über alles informierte, was als westliche Propaganda betrachtet wurde. Die Polen hatten nach dem sogenannten Demokratisierungsprozess keine Zeit verstreichen lassen, dachte Hausser. Doch die Sache bereitete ihm kein großes Kopfzerbrechen. Für ihn waren die Polen schon immer ein Volk von Feiglingen gewesen, und es war völlig ausgeschlossen, dass so etwas in seinem eigenen Land geschah. Im richtigen Deutschland, wohlgemerkt. Er wusste jedoch auch, dass sich Strauss, wenn er von der Angelegenheit erfuhr, vor Angst in die Hose machen und größten Wert darauf legen würde, bis auf Weiteres keine neuen Risiken einzugehen. Hausser musste also schon in dieser Nacht einen neuen Fall finden.

Es war kurz vor Mitternacht, und abgesehen von dem Summen der Ventilatoren, die permanent liefen, um in dem unterirdischen Archiv eine gewisse Luftfeuchtigkeit aufrechtzuerhalten, war es vollkommen still. Die Aktenschränke sahen aus wie eine unendliche Reihe silbrig glänzender Dominosteine und enthielten über einhundert Kilometer von Observationsberichten all derer, die überwacht wurden. Hier waren alle Verräter, Abweichler und Staatsfeinde erfasst. Hausser hatte in einem der leeren Büros des Archivars Platz genommen und betrachtete die Stapel der Aktenmappen, die Müller ihm herausgelegt hatte. Es mussten mehr als fünfzig Fälle sein, die Müller mithilfe einiger Mitarbeiter vorsortiert hatte. Hausser massierte erschöpft seine Schläfen. In der Bevölkerung gab es so verdammt viele Verräter, und sie hatten so verdammt wenig Zeit, um ihnen das Handwerk zu legen. Leo Danzig war ein großartiger Fang gewesen, vor allem weil man mit seiner Hilfe vielen anderen Verrätern das Handwerk hatte legen können, doch bis es so weit gewesen war, hatte es Monate gedauert. Tausende von Stunden hatten sie ihn bearbeitet. Er selbst war gezwungen gewesen, aus der Deckung zu gehen und in Danzigs Wohnblock zu ziehen, um ihn ständig im Auge zu behalten. Er hatte den hilfsbereiten Nachbarn gespielt, im Hof hatten sie sogar zusammen Bier getrunken. Die Observation hatte sich über das gesamte Frühjahr erstreckt und für Leo in der Kiste geendet. Nach mehrmonatiger harter Arbeit war es ein erlösender Anblick gewesen, als Leo seinen letzten Atemzug getan hatte. Für den Staat und nicht zuletzt für Hausser selbst war es wie eine Befreiung.

Hausser öffnete seine Aktentasche und nahm eine Flasche Absinth heraus. Dieses dekadente Getränk war sein einziges Laster. Das Einzige, was er in den randvollen Intershops mit all ihren westlichen Waren kaufte. Der einzige Riss in seiner ansonsten so unerschütterlichen sozialistischen Überzeugung. Aber auch sein Freund und Helfer. Er goss die grünliche Flüssigkeit in das Glas, setzte ein silbernes Brouille darauf und legte ein Stück Würfelzucker in die Öffnung. Danach füllte er den Behälter des Brouilles mit Trinkwasser aus der Kanne, die auf dem Tisch stand. Langsam tropfte das gezuckerte

Wasser ins Glas. Er lauschte dem Geräusch und betrachtete den grünen Absinth, der sich allmählich in eine milchige Substanz verwandelte. Nachdem sämtliches Zuckerwasser ins Glas getropft war, leerte er es in zwei, drei gierigen Zügen und schenkte nach. Und erst nach drei weiteren Gläsern begann er mit dem Sichten der Dokumente. Ihm schwirrte der Kopf, und er wusste nicht, ob der Alkohol oder das Nervengift Thujon, das der Absinth enthielt, das tropfende Geräusch in seinem Kopf erzeugte. Es klang fast wie der Novemberregen auf der Karl-Marx-Allee oder wie das eiskalte Wasser, das in die Kiste strömte. Er brauchte einen ordentlichen Fall. Einen Fall, der Strauss das Maul stopfte und die Moral des Ministeriums wiederherstellte. Der allen zeigte, dass es immer noch Gerechtigkeit gab und die Verbrecher ihrer Strafe nicht entgingen, ganz gleich, wie hoch ihre Position im Parteiapparat war.

Er durchkämmte die ersten beiden Dokumentenstapel. In allen Fällen ging es um geringfügige Vergehen, und es ärgerte ihn, dass Müller ihm diese Fälle überhaupt herausgesucht hatte. Zwar waren mehrere Parteimitglieder involviert, doch gingen sämtliche Beschuldigungen von Parteifunktionären aus, die auf diese Weise wohl ihre Machtkämpfe austrugen. Das Tropfen in seinem Kopf wurde lauter. Er massierte sich die Schläfen, aber das half nicht. Er dachte, dass all diese Informanten mit ihren ständigen Anzeigen die Zeit des Geheimdienstes vergeudeten, den gesamten Apparat nur bürokratischer und ineffektiver machten. In Wahrheit deckten sie einen Schleier über die wirklichen Schuldigen, die von den Agenten in mühevoller Kleinarbeit identifiziert werden mussten.

Müde betrachtete er den letzten Stapel. Ganz oben lag eine vergilbte Umschlagmappe, die einen riesigen Wust von

Papieren zusammenhielt. Der Menge der Dokumente nach zu urteilen musste dieser Fall schon ein paar Jahre auf dem Buckel haben. Sicherlich ein Verdächtiger, der sich seit langer Zeit im Fadenkreuz befand. Sogar eine Videokassette war beigelegt. Er entfernte das Gummiband, das alles zusammenhielt. »Midas« stand auf der ersten Seite, was der Deckname des Verdächtigen war. Hausser blätterte rasch durch die ersten Seiten. Bei dem Verdächtigen handelte es sich um einen 38-jährigen Abteilungsleiter in der internationalen Abteilung der Staatsbank. Er war verheiratet und Vater eines neunjährigen Mädchens. Seine Frau, ein ehemaliges Model, arbeitete in einem exklusiven Intershop Unter den Linden. Hausser las über die ersten Observierungen, die vor mehreren Jahren stattgefunden hatten. Midas war illegaler Geschäfte mit Forumschecks verdächtigt worden, dem gängigen Zahlungsmittel in Intershops. In den folgenden Jahren hatte es mehrere externe Untersuchungen in der Staatsbank gegeben, wo Midas offenbar Wechselkurse sowie den Handel mit Edelmetallen manipuliert hatte. Außerdem schienen er und seine Mitarbeiter als Strohmänner für die Tochtergesellschaften westlicher Unternehmen zu fungieren. Die Liste der Vergehen war ellenlang, und es wunderte Hausser, dass dieser Mann, statt längst hinter Schloss und Riegel zu sitzen, eine steile Karriere in der Staatsbank gemacht hatte. Was nur eines bedeuten konnte …

Hausser schenkte sich ein weiteres Glas Absinth ein, diesmal ohne es zu verwässern. Er wollte den 70-prozentigen Alkohol genießen, während er sich die Videoaufzeichnung ansah. Er schob die schwere Kassette in den Rekorder, woraufhin die ersten grobkörnigen Bilder über den Monitor flimmerten. Er nippte an seinem Glas, während er sich die aneinandergereihten Überwachungsszenen ansah, in denen sich Midas mit einer Vielzahl von Personen traf. Haussers Verdacht bestätigte sich: Das Netzwerk von Midas war äußerst verzweigt und reichte bis in die obersten Kreise des Finanzsektors, der Schwerindustrie und natürlich auch des Parteiapparats. Dass er sich immer noch auf freiem Fuß befand, konnte zwei Ursachen haben. Zum einen war er in seiner Position vermutlich vielen einflussreichen Leuten von Nutzen, zum anderen wurde er offenbar von mehreren wichtigen Personen geschützt, die ihn brauchten, um unliebsame Parteikonkurrenten in Schach zu halten. Dieses Paradox machte den Fall äußerst kompliziert, für Hausser jedoch auch sehr attraktiv. Es war ein riesiger Fisch, den er hier an der Angel hatte. Mit ihm schien es sogar möglich, die gesamte Machtbalance zwischen Partei und Geheimdienst ins Wanken zu bringen.

Er betrachtete die körnigen Bilder, die ein vornehmes Hotelzimmer zeigten. Midas vergnügte sich mit zwei Prostituierten. Trotz seines fülligen Körperbaus musste ihm Hausser eine gewisse Attraktivität zusprechen. Hausser nippte an seinem Absinth, der ihm fast in die Lippen stach. Er las noch einmal die Personenbeschreibung. Midas' eigentlicher Name war Christoph Schumann. Hausser würde persönlich dafür sorgen, dass der Name Schumann möglichst bald zu einer Nummer in Hohenschönhausen wurde. Einer Nummer, die irgendwann gemeinsam mit ihm auf dem Boden einer Kiste ertrank. »Auf bald, Schumann«, murmelte Hausser berauscht und prostete den unscharfen Bildern zu.

12

Christianshavn, April 2014

Ravn fixierte die Ringschelle mit der Rohrzange und versuchte, die rostige Schraube mit einem viel zu kleinen Schraubenzieher zu lösen. Im nächsten Moment rutschte er ihm aus der Hand und landete platschend in der trüben Flüssigkeit, die sich auf dem Boden des Motorraums gesammelt hatte. »Scheiße!«

»Was ist los?«, fragte Eduardo, der in der Kajüte kniete und durch die offene Luke in den Motorraum hinabblickte. »Alles okay mit dir?«

»Ja, ver…«, rief Ravn aus dem engen Raum zurück. Nur seine Beine ragten aus der Luke, als wären sie Pleuelstangen eines offenen Motorblocks. Er beugte sich mit dem Oberkörper noch tiefer über den John-Deere-Motor, um den Boden des Maschinenraums zu erreichen. Ließ seine Hände durch das eiskalte Gemisch von Meerwasser und Dieselöl gleiten, ehe er den Schraubenzieher mit zwei Fingerspitzen zu fassen bekam. Kurz darauf schraubte er die Ringschelle wieder fest um den Verbindungsschlauch zwischen Ölbrenner und Benzintank. »Schalt ein!«, rief er Eduardo zu.

Eduardo richtete sich auf und ging zum Steuerpult, wo man die Standheizung regulieren konnte. Sekunden später begann der Ölbrenner zu summen, und er spürte einen Schwall warmer Luft an seinem rechten Bein.

»Funktioniert!«

Eduardo zog Ravn aus dem Motorraum, und gemeinsam schlossen sie die schwere Bodenluke. Ravn nahm sich einen Lappen und wischte sich die schmutzigen Finger ab. In der Kajüte wurde es bereits warm. »Sieht nicht besonders gut aus da unten. Beide Benzintanks sind völlig hinüber.«

»Das Problem lässt sich lösen«, entgegnete Eduardo mit selbstsicherer Miene.

»Wirklich?«

»Ich hab einen Clip auf Youtube gesehen. Du holst das Boot an Land, schneidest die Seiten auf und reißt die Tanks einfach her…«

»Niemand schneidet die *Bianca* auf.«

»Aber das sah wirklich ganz einfach aus.«

Ravn entgegnete nichts, sondern blickte an Eduardo vorbei zu der Frau mit den halbhohen schwarzen Stiefeln, die in diesem Moment das Achterdeck der *Bianca* betrat. Ravn drückte sich an Eduardo vorbei und trat durch die Tür der Kajüte. Er erkannte die elegante Frau wieder, die sich ihre langen blonden Haare aus dem Gesicht strich und ihn zaghaft anlächelte. Es war die Frau, die in letzter Zeit oft in ihrem Fiat 500 auf der anderen Straßenseite gesessen und ihn beobachtet hatte.

»Louise Slotsholm Nielsen«, stellte sie sich vor, zog einen ihrer Handschuhe mit dem langen Schaft aus und streckte ihm ihre Hand entgegen.

Ravn wischte sich die Finger ein weiteres Mal an dem Lappen ab, ehe er sie ergriff. »Thomas … Kennen wir uns?«

Sie schüttelte den Kopf. »Noch nicht.«

»Und was kann ich für Sie tun?«

Louise ließ ihren Blick über den Kanal schweifen. »Das … das ist ein wenig kompliziert …«

Er lächelte sie an. »Das kann ich mir denken, wenn Sie über

eine Woche gebraucht haben, um aus Ihrem Auto zu steigen und auf mein Boot zu kommen.«

Sie sah ihm kurz in die Augen. »Das haben Sie bemerkt?«

»Sie sind schwer zu übersehen«, antwortete Ravn.

In diesem Moment kam Eduardo aus der Kajüte und stellte sich überschwänglich vor. Louise nickte kurz. Offenbar war ihr die ganze Situation ziemlich unangenehm.

»Wollen Sie sich nicht setzen?«, fragte Ravn und zeigte auf einen der weißen Plastikstühle, die auf dem Achterdeck standen.

»Ich weiß nicht, ob ich Sie überhaupt hätte aufsuchen sollen.«

»Da Sie schon mal da sind, könnten Sie mir doch auch erzählen, worum es sich handelt.«

Louise zögerte. »Ich würde gern unter vier Augen mit Ihnen reden.«

Ravn nickte. »Ausgezeichnet. Eduardo wollte sowieso gerade …«

»…Kaffee machen«, fiel ihm Eduardo ins Wort, der offenbar nichts verpassen wollte. »Nicht zu stark, sondern genau so, wie ihr Dänen ihn gerne trinkt.«

Ehe Ravn widersprechen konnte, war Eduardo bereits in der Kombüse verschwunden, freilich ohne die Tür zu schließen.

Ravn bot ihr erneut einen Stuhl an und setzte sich ihr gegenüber. Møffe schaukelte heran und ließ sich neben seinem Herrchen nieder. Ravn kraulte ihn im Nacken, während er darauf wartete, dass Louise all ihren Mut zusammennahm. »Ich … ich habe in der Zeitung von Ihnen gelesen.«

»Okay …«

»Es tut mir schrecklich leid, was mit Ihrer Freundin passiert ist, das …«

»Danke, Louise, aber darüber möchte ich lieber nicht reden.«

Sie schüttelte den Kopf. »Nein, Entschuldigung, ich bin natürlich wegen einer anderen Sache gekommen.«

»Wegen was für einer Sache?«

»Die Zeitungen haben von dieser jungen Prostituierten berichtet, die Sie aus der Gefangenschaft befreit und zu ihrer Mutter zurückgebracht haben.«

»Masja. Was ist mit ihr?«

»Das … das war wirklich bewundernswert von Ihnen, ich meine … das haben Sie großartig …«, murmelte sie und verstummte.

Auch Ravn fühlte sich plötzlich unwohl und bereute es, sich auf dieses Gespräch eingelassen zu haben. »Vielen Dank, Louise, aber wenn Sie nichts anderes auf dem Herzen haben, dann würde ich jetzt gern zu meiner Arbeit zurückkehren.« Er zeigte ihr seine schmutzigen Hände und wollte aufstehen.

»Mein Bruder ist seit sechs Monaten verschwunden«, sagte sie schnell.

Ravn beugte sich vor. »Kenne ich ihn?«

»Nein, das glaube ich nicht, obwohl er gleich dort drüben gewohnt hat.« Sie drehte sich halb herum und zeigte auf das große Mietshaus am Applebys Platz. Mein Bruder geht nicht viel unter Leute. Ich dachte, dass Sie mir vielleicht helfen können.«

»Womit?«

»Ihn zu finden. So wie Masja.«

»Dass ich Masja gefunden habe, war reiner Zufall. Und ich habe auch nicht vor, so etwas noch einmal zu versuchen.«

Louise nickte und zog ihren langen Handschuh wieder an. »Entschuldigung, es war naiv von mir hierherzukommen, das ist mir jetzt klar.«

»Dafür brauchen Sie sich nicht zu entschuldigen. Ich kann Ihnen nur leider nicht helfen. Haben Sie schon Kontakt zur Polizei aufgenommen?«

»Die Polizei … ermittelt sowieso. Mein Bruder ist nicht nur verschwunden, es wird auch nach ihm gefahndet.«

»*Madre mia*, was hat er angestellt?«

Louise und Ravn sahen zu Eduardo hinüber, der in diesem Moment mit zwei dampfenden Kaffeebechern aus der Kajüte kam.

»Möchten Sie überhaupt noch einen Kaffee?«, fragte Ravn gezwungenermaßen.

Zur Antwort nahm Louise Eduardo einen Becher aus der Hand. »Mein Bruder hat Geld veruntreut. Ich kann es immer noch nicht fassen, aber das behauptet zumindest die Polizei.«

»Und ist mit dem Geld abgehauen?«, fragte Eduardo, während er an der Reling Platz nahm.

»Wolltest du nicht wieder rüber auf dein eigenes Boot?«, murmelte Ravn.

Louise nippte an ihrem Kaffee und blickte zu Eduardo hoch. Sie schien ihm dankbar für seine Frage zu sein. »Ja, so ist es wohl. Allerdings ist der fehlende Betrag nicht sehr hoch, ungefähr vierzigtausend Kronen.«

»Wenn er seit einem halben Jahr verschwunden ist, müsste das Geld längst aufgebraucht sein.«

Louise nickte.

»Und was sagt die Polizei dazu?«, wollte Eduardo wissen.

»Ich habe nicht mehr mit ihnen geredet, seit sie zu mir nach Hause gekommen sind und mich vernommen haben. Das ist schon ein paar Monate her. Sie haben so hartnäckig nachgefragt, als dächten sie, dass ich was damit zu tun habe.«

»Was für *Maricones*! Stimmt's, Ravn?«

Ravn schwieg. Er wartete im Stillen darauf, dass Eduardo

die Klappe hielt und diese Louise endlich von Bord ging, damit wieder Ruhe und Frieden auf der *Bianca* einkehrten.

»Das war ziemlich unangenehm«, fuhr Louise fort. »Deshalb hatte ich auch gehofft, dass …« Sie warf Ravn einen kurzen Blick zu.

»Dass was?«, fragte Ravn.

»In den Zeitungsartikeln stand, dass Sie bei der Polizei sind.«

»Das ist schon lange her.«

»Aber Sie haben doch bestimmt noch Kontakte und könnten sich umhören, ob es irgendwas Neues zu Mogens gibt.«

»Leider bin ich so ziemlich der Letzte, den sie auf dem Präsidium sehen wollen.« Ravn stand auf. »Ich denke, Sie sollten selbst Kontakt zur Polizei aufnehmen. Dort wird man Ihnen bestimmt weiterhelfen.«

Louise nickte und stand ebenfalls auf. Sie dankte Eduardo für den Kaffee und gab ihm den halb vollen Becher zurück. »Entschuldigen Sie, dass ich Ihre Zeit in Anspruch genommen habe.« Sie lächelte Ravn kurz an und drehte sich um.

Ravn und Eduardo folgten ihr mit den Augen, als sie von Bord ging und zu ihrem Auto zurückkehrte.

»Sag mal, hast du sie noch alle?« Eduardo drückte Ravn Louises Kaffeebecher in die Hand.

»Wie meinst du das?«

»Da kommt so eine superattraktive Señorita auf dein abgefucktes Boot, und du zeigst ihr die kalte Schulter? Du hättest ja zumindest so tun können, als wärst du ein kleines bisschen an ihrem Problem interessiert.«

»Warum hätte ich das tun sollen?«, fragte Ravn und zuckte mit den Schultern.

Eduardo schüttelte den Kopf. »Um bei ihr zu punkten, mit ihr auszugehen. *Comprende?* Was hast du nur in deinem Kopf?«

»Offenbar was anderes als du.«

Ravn stapfte in die Kajüte und stellte die Becher in die Spüle. Auf dem Tisch daneben lag Evas Handy. »Du hast nicht zufällig ein altes Ladegerät?«

Eduardo kam in die Kajüte und betrachtete das Handy. »Für das da? Glaub ich nicht. Warum?«

»Nicht so wichtig.«

»Das ist ja fast antiquarisch.«

Ravn spülte die Becher ab. Vielleicht hatte Eduardo recht. Vielleicht war er etwas zu schroff gewesen, doch er hatte nicht die geringste Lust, in der Vergangenheit zu graben, ob nun in seiner eigenen oder in der anderer Leute. Die Vergangenheit konnte mörderisch sein.

13

Prenzlauer Berg, Berlin, 16. August 1989

Die ersten Sonnenstrahlen des Tages brachen durch die Zweige der Bäume an der Greifenhagener Straße. Obwohl es erst 7 Uhr war, hatte sich die Luft bereits erwärmt. Aus den offenen Fenstern des Wohnblocks drangen Radiomusik und die Stimmen der Menschen, die gerade aufstanden. Die sechs Personen, die sich in dem Barkas-Lieferwagen versteckt hielten, schwitzten, während sie rauchten. Auf den vorderen Plätzen saß Hausser neben Müller. Durch die dunklen Gläser seiner Sonnenbrille behielt er den Eingang der Nummer 9 im Auge. Sie warteten seit fast drei Stunden, ohne dass irgendjemand aus der Tür gekommen wäre. Keiner der Männer sagte ein Wort. Sie waren alle darauf trainiert, die ewige Warterei der Observationen stoisch hinzunehmen.

Eine halbe Stunde später belebte sich die Straße allmählich. Menschen hasteten zur Arbeit, ein paar Bauarbeiter näherten sich dem Haus. Hausser schielte zu dem großen Müllwagen hinüber, der gleich vorüberrollen und ihnen kurzzeitig die Sicht versperren würde.

»Wir hätten näher dran parken sollen. Soll ich dafür sorgen, dass sie gleich weiterfahren?«, fragte Müller.

»Kein Grund, aus der Deckung zu gehen«, antwortete Hausser und schüttelte den Kopf.

In diesem Moment trat Christoph Schumann aus der Tür.

Er trug einen hellen Leinenanzug und hatte einen Diplomatenkoffer in der Hand. Seine Frau, der er die Tür aufhielt, wirkte neben ihm gertenschlank. Frau Schumann drehte sich um und rief nach ihrer Tochter, die nun ebenfalls erschien. Das kleine Mädchen trug die Uniform der Jungpioniere: blauer Rock, weißes Hemd, blaues Halstuch. Frau Schumann nahm das Mädchen an die Hand und überquerte mit ihr die Straße zu der Reihe parkender Autos hin. Der Stasiagent hinter Hausser stellte sein Teleobjektiv scharf und machte ein paar Fotos. Christoph Schumann öffnete seiner Frau und seiner Tochter die hintere Tür, worauf beide auf der Rückbank Platz nahmen. Er ließ seinen Blick rasch die Straße entlangschweifen, als spürte er die Gegenwart der Geheimdienstleute, ehe er die Tür zuschlug. In diesem Moment fuhr das große Müllauto an Hausser und dem Lieferwagen vorbei. Durch eine dichte Abgaswolke hindurch konnten sie noch erkennen, wie Schumanns champagnerfarbener Wagen die Straße hinunterrollte.

»Unglaublich, der fährt einen BMW«, stellte Müller fest. »Was kostet so einer?«

»Fünf bis sechs Jahreslöhne, mindestens«, antwortete ein Kollege hinter ihm. »Bestimmt ein Direktimport aus der BRD.«

Hausser öffnete die Tür und stieg aus. Die fünf Agenten folgten ihm auf dem Fuße, als er das Haus mit der Nummer 9 ansteuerte. Sie gingen durch das Tor und weiter zum Eingang, der sich auf der Rückseite des Gebäudes befand. Sie verschafften sich Einlass ins Treppenhaus und stiegen die Treppen bis in den fünften Stock hinauf, wo sich die Wohnung der Familie Schumann befand. Binnen fünfzehn Sekunden knackte Müller das Schloss mit einem Dietrich, und im nächsten Moment standen sie alle im Eingangsbereich, der immer noch nach Frau Schumanns blumigem Parfum duftete. Mit ein paar raschen Handbewegungen dirigierte Hausser die fünf Männer in verschiedene Teile der Wohnung, wo sie mit ihren Durchsuchungen begannen.

Hausser begab sich ins Wohnzimmer. Durch das große Panoramafenster hatte man freie Sicht auf einen Klostergarten auf dem Nachbargrundstück. Es war eine hübsche Gegend, in der die Schumanns wohnten, noch dazu in einer so exklusiven Wohnung, wie sie nur den wenigsten vergönnt war. Hier gab es Kunst an den Wänden, einen großen Fernseher sowie eine Stereoanlage samt einer beeindruckenden Plattensammlung. Die Sitzgruppe aus Leder sah nagelneu aus. Das Faszinierendste war jedoch die in Bambus gehaltene Hausbar mit den vier Barhockern und einer ganzen Reihe importierter Spirituosen, die vor einem riesigen Spiegel standen. Nicht einmal der Menschenhändler Leo Danzig hatte so teuer und geschmackvoll gewohnt.

Hausser durchquerte das Wohnzimmer und betrat Christoph Schumanns Heimbüro. Vor dem Schreibtisch standen mehrere Chesterfieldsessel um einen kleinen Mahagonitisch mit einem Humidor und einer Karaffe mit Cognac. Die Schmalseite des Zimmers wurde von einem raumhohen Bücherregal in Anspruch genommen. Haussers Blick wanderte an den Buchrücken entlang. Russische Autoren und deutsche Philosophen wie Nietzsche und Kant standen neben Baudelaire, Shakespeare und Hemingway. Es gab auch eine ganze Abteilung mit Krimis sowie, etwas weiter an der Seite, einige Bücher alter Systemkritiker wie Werner Bräunig, den Hausser selbst schätzte. Trotz dieser imponierenden Bibliothek zweifelte Hausser an Schumanns Belesenheit. Die Bücher waren reine Prahlerei, genauso wie die kubanischen Zigarren im Humidor und der importierte Cognac in der Hausbar.

Hausser ließ die Agenten das Büro durchsuchen und setzte seinen Weg ins Schlafzimmer fort. Er ging an dem Doppelbett vorbei zum Kleiderschrank, der eine ganze Wand einnahm. Öffnete die Türen und betrachtete die umfangreiche Garderobe. Kostbare Pelze hingen neben Abendkleidern, Hosenanzügen, Hemden und Blusen. Der Qualität und den Marken nach zu urteilen musste es sich auch hier um importierte Ware handeln. Um sich so eine Garderobe anschaffen zu können, musste ein einfacher Arbeiter sein Leben lang schuften. Aber die Schumanns waren ja auch keine normale Familie. Hausser zog die oberste Schublade auf, in der sich die Unterwäsche von Frau Schumann befand. Erneut stieg ihm der Duft ihres Parfums in die Nase, und er konnte es sich nicht verkneifen, an den mit Spitzen besetzten Unterhosen zu schnuppern, die ganz oben lagen. Dieser Geruch hatte etwas Anziehendes und Vulgäres zugleich. Es erregte Hausser, dass Frau Schumann ihre Unterwäsche parfümierte. Fast hätte er sich ein paar der Unterhosen in die Tasche gestopft, hielt sich aber im letzten Moment zurück.

Er schloss die Türen des Kleiderschranks und warf einen Blick in den hintersten Raum. Es war das Kinderzimmer. An der Wand hingen Poster von Nadia Comaneci und Karin Janz, die beide olympisches Gold im Kunstturnen gewonnen hatten. Auf einem zierlichen Sekretär stand ein gerahmtes Foto des Mädchens in Turnkleidung, das offenbar bei einem Wettkampf aufgenommen worden war.

»Sollen wir das Zimmer des Mädchens auch durchsuchen?«, fragte Müller, der hinter ihm stand.

»Natürlich«, antwortete Hausser. »Aber geht vorsichtig mit ihren Sachen um.«

Hausser zog sich in die Küche zurück, während die Agenten Fotos vom Rest der Wohnung machten. Er öffnete den gut gefüllten Kühlschrank und betrachtete die Käse- und Schinkenvorräte. Dann nahm er einen Karton mit Kondensmilch heraus, trank ein paar Schlucke und stellte ihn wieder zurück. Eigentlich mochte er keine Milch, aber die Schumanns mit ihrem dekadenten Lebensstil mochte er noch viel weniger.

»Wir hätten's dann«, sagte Müller und kam in die Küche.

Hausser schloss die Kühlschranktür. »Und was habt ihr gefunden? Irgendwelche Notizen, Rechnungen?«

»Nichts. Aber Schumann scheint mehr Geld zu haben, als er in der Staatsbank verdient.«

»Du hast wirklich eine messerscharfe Auffassungsgabe«, bemerkte Hausser ironisch.

Müller blickte zu Boden. »Zusammen mit dem, was bereits gegen ihn vorliegt, können wir Anklage wegen Korruption und Amtsmissbrauch erheben.«

»Ich will, dass wir sein gesamtes Netzwerk enttarnen. Ich will wissen, wo seine Konten sind und wer seine schützende Hand über ihn hält. Ich will, dass wir ihn in flagranti erwischen. Wir werden den ganzen Saustall ausmisten.«

»Tut mir leid, aber hier in der Wohnung gibt es keine Hinweise auf eine Mittäterschaft von anderen. Sogar gegen Schumann selbst gibt es nur Indizien.«

»Und darum machen wir weiter. Sag den Technikern Bescheid. Sie sollen die ganze Bude verwanzen, Audio und Video, in allen Räumen, auch hinten auf der Treppe.«

Müller strich sich mit der Hand über den Scheitel und blickte Hausser mit seinem gesunden linken Auge an. »Was sagt General Strauss dazu? Muss er so eine umfangreiche Aktion nicht genehmigen?«

Die anderen Agenten, die sich hinter Müller versammelt

hatten, sahen Hausser abwartend an. »Wenn du noch ein einziges Mal meine Autorität in Zweifel ziehst, dann sorge ich dafür, dass du in den Keller von Block 5 versetzt wirst und dort Briefe aufdampfen kannst, bis du schwarz wirst.« Hausser wandte sich zum Küchenfenster um und blickte hinaus. Unten im Hof fegte ein älterer Mann in einem blauen Kittel die Bodenplatten. »Der Hausmeister, wohnt der nicht im Erdgeschoss?«

»Ja, auf der rechten Seite«, antwortete Müller.

»Was wissen wir über ihn?«

»Wolfgang Völler. Witwer. Achtundsechzig Jahre alt, früher Busfahrer. Ist mit dreiundzwanzig Jahren in die Partei eingetreten.«

»Jemand soll ihn heute Nacht abholen.«

»Was liegt gegen ihn vor?«

Hausser zuckte mit den Schultern. »Lass dir was einfallen, Müller. Sorg einfach dafür, dass er in Hohenschönhausen bleibt, bis die Aktion hier beendet ist.«

Hausser drehte sich um und ging an Müller vorbei. »Die Techniker sollen die Kommandozentrale bei ihm einrichten. Die Aktion läuft genau wie bei Leo Danzig, also rund um die Uhr.«

»Verstehe. Wer zieht ein?«

14

Prenzlauer Berg, Berlin, 16. August 1989

Ein paar Tage nach der Durchsuchung des Objekts Greifenhagener Straße 9 trat Christoph Schumann durch das Tor. Vom Hinterhof her war das Geräusch eines kehrenden Besens zu hören. Es war später Nachmittag. Christoph kam direkt aus der Bank. Er trug sein Sakko über dem Arm, und die Schweißflecken auf seinem weißen Hemd zeigten deutlich, wie warm es war. Er ging an dem Hausmeister vorbei, der den Bereich an den Mülleimern fegte. Christoph zog den Schlüsselbund aus der Tasche und ließ sich ins Treppenhaus ein.

»Entschuldigen Sie«, hörte er hinter sich eine Stimme.

Christoph drehte sich um und sah den fremden Mann in dem blauen Hausmeisterkittel an.

Hausser wischte lächelnd seine Hand am Kittel ab, ehe er sie Christoph entgegenstreckte. »Mein Name ist Hausser, ich bin der neue Hausmeister.«

Christoph betrachtete die ausgestreckte Hand und ergriff sie gezwungenermaßen. »Wo ist Ihr Vorgänger geblieben, hieß er nicht Köhler … oder Völler?«

»Das weiß ich nicht … wahrscheinlich umgezogen.«

»Wie dem auch sei, wenn man ihn brauchte, war er meistens nicht da.« Christoph stieß die Tür mit seinem kräftigen Körper auf. »Ich hoffe, das ist bei Ihnen anders«, fügte er lächelnd hinzu.

»Worauf Sie sich verlassen können.«

»Im Badezimmer haben wir Probleme mit dem Abfluss. Könnten Sie die nächsten Tage mal danach schauen? Wir heißen Schumann und wohnen …«

»Im fünften Stock, ich weiß«, ergänzte Hausser und lächelte in sich hinein, nachdem Christoph im Treppenhaus verschwunden war. Dann drehte er sich um und fegte den letzten Teil des Hofes.

Zehn Minuten später schloss Hausser die Hausmeisterwohnung auf. In der muffigen Wohnung war es so warm wie in einem Backofen. Hausser warf den Kittel und sein T-Shirt im Eingangsbereich auf den Boden. Aus dem Wohnzimmer war ein Summen zu hören, und ein grünliches Licht drang durch den Türspalt. Hausser ging in die Küche und nahm eine Flasche Absinth und Eiswürfel aus dem Kühlschrank. Dann kehrte er in den Flur zurück und schob die Tür zum Wohnzimmer ganz auf. Grünliches Licht umgab ihn, und er sah zur hinteren Wand hin, wo die Techniker acht Monitore aufgestellt hatten. Die Videorekorder, die permanent Aufzeichnungen machten, summten ununterbrochen. Die ganze Anlage war mit den versteckten Kameras in Schumanns Wohnung verbunden. Hausser konnte somit alle Räume sowie den Absatz zur hinteren Treppe im Auge behalten. Darüber hinaus waren über zehn Mikrofone in der Wohnung der Schumanns installiert worden. Die technische Abteilung hatte ganze Arbeit geleistet. Hausser setzte sich auf den Stuhl vor die Monitore. Die Zeiten hatten sich geändert. Als er beim Geheimdienst begonnen hatte, waren noch Schmalfilme verwendet worden, die erst einmal entwickelt werden mussten. Seit dem Einzug der Videokameras konnten sie die Aufzeichnungen sofort auswerten. Außerdem waren diese im Laufe der Jahre immer kleiner geworden, sodass es inzwischen möglich war, winzige Kameraobjektive in den zu überwachenden Räumen anzubringen und Kabel durch die Wände bis zur Kommandozentrale zu ziehen.

Hausser starrte auf den mittleren Monitor, auf dem Christoph sich an seiner Hausbar einen Drink einschenkte.

»Lena, willst du auch einen Martini?«, schepperte Christophs Stimme aus den Lautsprechern.

»Sehr gern, Liebling«, kam Lenas Antwort aus der Küche. Haussers Blick wanderte zum nächsten Bildschirm, der zeigte, wie Lena am Herd stand und das Abendessen zubereitete.

»Sehr gern, Liebling«, wiederholte Hausser leise und füllte sein Glas mit Absinth.

15

Christianshavn, April 2014

Es duftete nach Kaffee, Petterøes-Tabak und dem Staub alter Bücher, die Seite an Seite in den Regalen von Victorias Antiquariat standen. Aus dem Reisegrammophon auf der großen Kaufmannstheke blies sich Chet Baker durch *Moonlight in Vermont*. Ravn durchforstete einen Pappkarton mit Elektrowaren. Ausrangierte Anrufbeantworter, Handys und Rechenmaschinen, die aus einem technischen Museum zu stammen schienen, lagen neben Ladegeräten und Verlängerungskabeln. »Bist du sicher, dass du ein passendes Teil hast?«, rief Ravn.

Im nächsten Augenblick tauchte Victoria auf der Schwelle zum Nebenraum auf, einen Stapel Bücher im Arm und eine Zimtschnecke zwischen den Lippen. Die Zimtschnecke hatte Ravn ihr mitgebracht. »Mhm, mhm«, antwortete sie, als sie die Bücher auf die Theke legte. Dann biss sie von der Zimtschnecke ab und nuschelte mit vollem Mund: »Wenn ich eins hab, dann ist es in der Kiste.« Victoria bürstete sich den Staub von ihrem Tweedblazer. »Bist du sicher, dass das eine gute Idee ist?«

»Wie meinst du das?«, fragte Ravn, während er sich tiefer in die Kiste hineinwühlte.

»Solltest du das Ding nicht lieber wegwerfen und die Vergangenheit ruhen lassen?«

Er hielt inne und sah sie an. »Ich lasse die Vergangenheit ruhen, aber vorher muss ich mich vergewissern, ob das nicht Evas Arbeitshandy ist.«

»Warum schickst du es nicht einfach an ihren früheren Arbeitgeber? Dann können die sich damit befassen.«

Ravn zog ein ziemlich großes Ladegerät aus dem Karton. »Und wenn es nicht Eva gehört hat, dann schicken sie es zurück?« Er schüttelte den Kopf. »Vielleicht geht sie das, was auf dem Handy gespeichert ist, ja gar nichts an.«

»Und dich ebenso wenig.« Als sie mit Kauen fertig war, griff sie in die Brusttasche ihrer Weste und fischte ein Päckchen Tabak heraus.

»Was hast du für ein Problem?«

»Gar keins. Ich finde es nur ein bisschen Big-Brother-mäßig, in den Sachen anderer Leute herumzuschnüffeln. Lass die Toten doch in Frieden.«

Er zog das Handy aus der Tasche und versuchte, das Ladegerät anzuschließen. »Passt nicht.« Er warf das Ladegerät zurück in den Karton.

Victoria rollte sich mit geübter Hand eine Zigarette, während sie mit der anderen ihr altes Ronson-Feuerzeug aus der Tasche zog. Im nächsten Moment loderte eine Stichflamme auf, die ihre silbergraue Löwenmähne in Brand zu setzen drohte. Victoria inhalierte begierig und schickte eine graublaue Rauchwolke zur Decke. »Also, wenn du das Ding unbedingt zum Leben erwecken willst …«

»Das will ich, um die Sache ein für alle Mal hinter mir zu lassen. Das ist alles.«

»Ja, ja«, sagte sie und steckte sich ihre Zigarette in den Mundwinkel. Sie schnippte mit den Fingern als Zeichen, dass er ihr das Handy geben sollte. »Diese ganze Hysterie mit den Ladegeräten ist ja eigentlich vollkommen unnötig. Denn die funktionieren doch alle auf dieselbe Weise, indem sie 220 Volt in 12 Volt umwandeln. Der einzige Unterschied besteht in der Größe der Anschlüsse, um die Konsumenten zu zwingen, sich stets das passende Gerät zu kaufen.« Sie nahm einen Brieföffner vom Tisch und schnitt das Kabel durch. »Für diese alten Handys tut es jedes beliebige Ladegerät.« Sie entfernte die Isolationsschicht des Kabels, bis die beiden Drähte freigelegt waren. »Du musst auf plus und minus achten, das ist alles.«

»Und wie soll ich das jetzt mit dem Handy verbinden?«

»Geht einfacher, als du denkst.« Sie schob das flache Ende des Brieföffners unter die Plastikabdeckung des Handys und hebelte sie auf. Ein paar Schrauben, die das Telefon zusammenhielten, fielen zu Boden.

»Hey, du machst es ja kaputt!«

»Unsinn«, entgegnete sie und legte das geöffnete Handy vor sich auf die Theke. Vorsichtig verband sie die freigelegten Drähte des Ladekabels direkt mit der Platine. »Stromzufuhr wäre hilfreich.«

Er bückte sich und steckte den Stecker des Ladegeräts in die Steckdose. »Passiert was?«

Victoria nickte. »Das Display leuchtet, das Handy lädt. Hast du die PIN?«

»Nein … woher soll ich die wissen?«

»Den PUK-Code?«

»Weiß nicht mal, was das ist.«

»Mannomann, du bist kein großer Techniker, was? Für deine Karriere als Privatdetektiv sehe ich schwarz.«

»Ich hab auch nie behauptet, dass ich Privatdetektiv werden will. Kriegen wir das Ding jetzt zum Laufen oder nicht?«

Sie drückte ihre Zigarette im Aschenbecher aus. In diesem Moment trat ein älterer Herr mit einem Stapel Bücher an die

Kasse. »Man kann auch die 112 anrufen, ohne das Handy anzubekommen«, erklärte Victoria.

»Wozu sollte das gut sein?«

»Bei einigen alten Handys kann man anschließend den Speicher anzapfen. Das heißt, man kann mit ihnen zwar nicht mehr telefonieren, aber Kontaktliste und SMS sind frei zugänglich. Mehr willst du doch nicht, oder?«

Ravn strich sich über sein struppiges Kinn. »Du bist ja eine ziemliche Expertin im Hacken von Handys.«

»Ist alles bloß Allgemeinwissen.«

»Vielleicht im Knast.«

Victoria lächelte kühl. Dann drehte sie sich um und ging hinter die Kasse.

Ravn starrte wie hypnotisiert auf das leuchtende Display. Im nächsten Augenblick piepte das Handy, und auf dem Display war zu lesen: »PIN eingeben«. Er blickte zu Victoria hinüber, die mit ihrem Kunden beschäftigt war, ehe er die 112 eintippte. Als er die Stimme der Notrufzentrale hörte, legte er auf und klickte das Menü an. Genau wie Victoria vorhergesagt hatte, konnte er nun die Kontaktliste öffnen. Er scrollte nach unten, doch keiner der Namen sagte ihm etwas. Was ja auch nicht verwunderlich war, da er ihre Mandanten oder Kollegen nicht persönlich gekannt hatte. Er erinnerte sich vage daran, dass ihr Chef Richard Soundso geheißen und sie hin und wieder eine Pia – oder war es Lene? – erwähnt hatte, die in derselben Kanzlei arbeitete. Doch keiner dieser Namen tauchte in der Kontaktliste auf. Erneut wurde ihm bewusst, wie wenig er eigentlich über Evas Berufsleben als Anwältin gewusst hatte. Zu Hause hatten sie nie über ihre Arbeit gesprochen und waren mit dieser Regelung sehr zufrieden gewesen. Die Wohnung war ihr geschützter Raum gewesen, frei von aller Gewalt, mit der Eva vor Gericht und er auf der Straße konfrontiert wurden – bis eines Tages ein Einbrecher dort eingedrungen war und mitten im Wohnzimmer ihren Schädel zertrümmert hatte. Er drückte auf die Taste mit dem Briefsymbol, worauf eine ganze Liste von SMS erschien. Gleich die ersten ließen keinen Zweifel daran, dass es sich um Evas Handy handelte. Sie enthielten ihren Namen samt verschiedener Aktenzeichen und Prozesstermine. Er scrollte so schnell, dass er sich in rasender Geschwindigkeit den Wochen vor ihrem Tod näherte. Als ihm zwischen den ganzen Nachrichten etwas ins Auge sprang, ließ er die Taste los und scrollte wieder ein Stück nach oben. Las die Überschrift, die sich zwischen zwei Aktenzeichen verbarg: Vermisse unsere Mittwochstreffen, gefolgt von einem Smiley. Er öffnete die Nachricht.

> Ich vermisse, vermisse, vermisse, vermisse, vermisse, vermisse, vermisse, vermisse, vermisse, vermisse dich … Geliebte!

Er klickte sich wieder zurück und scrollte weiter die Liste hinunter. Entdeckte weitere Privatmitteilungen, die sich zwischen Arbeitsnachrichten versteckten. Kleine persönliche Botschaften: Wie schön, dich heute zu sehen. / Danke für den Wein neulich. / So dürfen wir uns nicht mehr treffen ☺ / Zähle die Stunden, bis wir uns wiedersehen. / Glaube, ich bin verliebt. Nein, ich weiß es. / Mein Gott, bist du wunderbar, Eva.

Ravn hatte das Gefühl, als würde sich sein Innerstes nach außen kehren. Er bückte sich, riss das Netzkabel aus der Steckdose und wickelte es um das Handy, sodass Vorder- und Rückseite notdürftig zusammenhielten.

»Wo willst du hin?«, rief Victoria ihm nach.

Doch er war schon aus der Tür und stürmte wie ein Wahnsinniger die Straße hinunter. Das konnte nicht sein. Das war einfach nicht möglich. Er glaubte, sein Kopf würde jeden Moment explodieren, während Evas Handy wie Napalm in seiner Tasche brannte.

16

Prenzlauer Berg, Berlin, 7. September 1989

Hausser stand mit dem Rücken zu den Monitoren und knöpfte sein Hemd zu. In den letzten Wochen hatte er sich einen buschigen schwarzen Schnurrbart zugelegt. Er wusste selbst nicht, warum er das getan hatte, fand aber, dass er zu seiner neuen Identität als Hausmeister passte.

Er drehte sich um und warf einen trägen Blick auf den mittleren Monitor. Auf ihm war das Schlafzimmer der Schumanns zu sehen, die gerade zu Bett gegangen waren. Christoph schmiegte sich an seine Frau und begann, sie unter ihrem hellen Seidennachthemd zu streicheln. Hausser hatte schon frühere Annäherungsversuche von ihm beobachtet, doch schien Lena weniger sexuellen Appetit zu haben als ihr Mann. Heute jedoch hatte er offensichtlich mehr Glück. Lena gab sich seinen Berührungen hin, zog schließlich ihr Nachthemd aus und ließ es zu, dass er sich auf sie legte.

Hausser stopfte sich das Hemd in die Hose und verfolgte den sexuellen Akt auf dem Monitor. Christoph bewegte sich immer schneller. Als Lena ihm zu verstehen gab, er solle ein wenig leiser sein, verbarg er den Kopf in den Kissen. Nachdem Christoph gekommen war, nahm Hausser seine Windjacke vom Stuhl. Lena ging ins Badezimmer, um zu pinkeln und ihren Schoß zu waschen. Als sie ins Schlafzimmer zurückkehrte, war Christoph bereits eingeschlafen. Um 23.37

Uhr löschte sie das Licht und wandte ihrem Mann den Rücken zu, um zu schlafen.

Hausser nahm seine Schirmmütze vom Garderobenhaken im Flur und verließ die Wohnung. Er ging lautlos über den Hof auf die Straße, wo er sein Fahrrad aufschloss. Er rollte die Greifenhagener Straße hinunter. Er war schon seit Jahren nicht mehr Fahrrad gefahren. Das letzte Mal vielleicht in seiner Militärzeit oder noch früher, als Student. Er schlingerte ein wenig hin und her, was nicht nur an seiner mangelnden Fahrpraxis, sondern auch an seinem abendlichen Quantum an Absinth und Bier lag.

Zwanzig Minuten später war er in der Boyenstraße, wo er dem Stacheldrahtzaun folgte, der quer durch die Straße verlief. Draußen im Todesstreifen zwischen Zaun und äußerer Betonmauer erhellte das Flutlicht die dunkle Nacht. Er war sicher, dass ihn die Grenzbeamten im Wachturm längst bemerkt hatten und im Auge behielten. Es herrschte eine drückende Stille, und Hausser hörte, wie die Fahrradkette leicht am Schutzblech schleifte, während er den schwarzen Lada ansteuerte, der als einziges Auto in der dunklen Straße parkte. Hinter der beschlagenen Scheibe erahnte er die Konturen von Müller, der vermutlich schon lange gewartet hatte. Hausser stellte das Fahrrad ab und öffnete die Autotür. Er zögerte ein wenig, als er auf dem Vordersitz Strauss anstelle von Müller erblickte. Er versuchte, sein Erstaunen zu überspielen, während er grüßte und auf dem Beifahrersitz Platz nahm.

Strauss blickte starr vor sich hin. Dann explodierte er: »Warum zum Teufel bin ich nicht informiert worden?!« Sein Speichel flog in hohem Bogen gegen die Windschutzscheibe. »Vor über zwei Wochen hast du die Aktion gestartet, aber erst heute Morgen habe ich davon erfahren.«

»Die Bekanntheit des observierten Objekts machte es erforderlich, den Kreis der eingeweihten Personen möglichst klein zu halten.«

»Als dein Vorgesetzter hättest du mich davon in Kenntnis setzen *müssen*! Dein Verhalten ist indiskutabel!«

»Es tut mir leid, wenn ich die Situation falsch eingeschätzt habe. Aber ich hielt es für das Beste, dich im Nachhinein zu informieren. So wie in allen anderen Fällen mit letalem Ausgang.«

Strauss schnaubte. »Dann höre ich wahrscheinlich bald von einer weiteren Lungenentzündung in Hohenschönhausen.«

Hausser strich sich über den Schnurrbart. »Das kann ich nicht ausschließen. Midas hat jedenfalls eine ganze Menge zu berichten. Ob er das den Verhörleitern oder mir gegenüber tut, ist seine eigene Entscheidung.«

»Ich habe die Observationsberichte gelesen. Warum verhören wir ihn nicht gleich?«

»Weil vermutlich noch viel mehr Leute involviert sind. Leute, die wir auf frischer Tat erwischen wollen. Parteifunktionäre.« Hausser beugte sich vertraulich zu Strauss hin. »Vielleicht sogar aus unseren eigenen Reihen. Wir haben hier einen ganz dicken Fisch an der Angel.« Er lächelte.

»Verdammt, Hausser ...« Strauss starrte ihn an und schien erst jetzt seinen Schnurrbart zu bemerken. »Ist der ... echt?«

Hausser nickte lächelnd.

Strauss schüttelte den Kopf und zündete sich eine Zigarette an. »Kriegst du eigentlich nicht mit, was in der Welt da draußen vor sich geht? Das ZDF berichtet doch inzwischen täglich von dem ganzen Scheiß, der bei uns passiert.«

»Ich bin derzeit eher an anderen Kanälen interessiert. Verpasse ich irgendwas?«

»Mensch, Hausser, uns bricht hier alles zusammen. Die KP

in Polen ist am Ende. In den baltischen Staaten demonstrieren die Menschen auf offener Straße. Über eine Million Menschen haben sich neulich an den Händen gehalten und eine sechshundert Kilometer lange Kette gebildet.«

»Was ist deren Kette schon gegen unseren antiimperialistischen Schutzwall?«

»Siehst du nicht den Riss, der durch ihn hindurchgeht?«

Hausser blickte zur Mauer hinüber. »Nein. Wo soll der sein?«

Strauss kurbelte die Seitenscheibe hinunter und warf seine Zigarette hinaus. »Was hat die Observierung bisher ergeben?«

Hausser sah weg. Er hatte keine Lust, Rechenschaft abzulegen, weder über seine Aktionen noch über seine Methoden. »Wir haben ja gerade erst angefangen.«

»Die Sache läuft seit zwei Wochen. Was gibt es für konkrete Beweise?«

»Bis jetzt gibt es viele kleine Hinweise, die sich allmählich zu einem großen Bild zusammensetzen«, antwortete er ausweichend. »Man muss ein erfahrener Ermittler sein, um die richtigen Schlüsse zu ziehen«, fügte er hinzu.

»Sag mir, was du herausgefunden hast, Hausser, und zwar sofort!«

Hausser verschränkte die Arme vor der Brust. »Veränderte Tagesabläufe, gewisse Bemerkungen … alles weist darauf hin, dass da eine große Sache läuft.«

»Du musst dich schon etwas deutlicher ausdrücken.«

Hausser zuckte mit den Schultern. »Seit ein paar Tagen hat Midas seine Trinkgewohnheiten geändert. Bisher hat er sich immer an trockenen Martini gehalten, doch jetzt ist er zu Whisky-Soda übergegangen. Heute hat sich seine Frau ausnahmsweise auf Sex mit ihm eingelassen, und gestern hat er mit seiner Tochter gestritten. Es ging um irgendeinen Turnwettkampf in Dresden, an dem sie teilnehmen wollte, aber er hat es ihr verboten. Sie rauchen mehr und essen auch mehr Fleisch. Außerdem badet Midas seltener, aber das kann natürlich ein Zufall sein.«

Strauss starrte ihn sprachlos an. »Willst du mich verarschen?«

»Wie meinst du das?«

»Sag mal, hast du etwa getrunken?«

»Nicht der Rede wert. Wie ich schon sagte, ist nur ein erfahrener Ermittler in der Lage, das alles richtig auszuwerten.«

»Deine Ermittlungen sind genauso wahnsinnig wie die Welt um uns herum.«

Hausser biss sich in die Unterlippe. »Trotzdem ist da was im Busch. Midas hat irgendwas Großes am Laufen.«

»Du kriegst noch eine Woche. Wenn du bis dahin keine konkreten Ergebnisse hast, wird die Observierung von Schumanns Familie sofort beendet.«

»Das wäre meines Erachtens ein großer Fehler. Möglicherweise brauchen wir nur mehr Zeit, um ihm etwas nachzuweisen.«

»Eine Woche, Hausser.«

Hausser betrachtete den schwarzen Lada, der am Zaun entlang die Straße hinunterfuhr. Der Mond stand so tief, dass er soeben über die Mauer schien. Er war in eine Scheißsituation geraten, weil Strauss so ein Waschlappen war. In früheren Zeiten wäre er abgelöst worden. Beseitigt worden, korrigierte sich Hausser im Stillen. Er brauchte jetzt schnell Ergebnisse, wenn er die große Sintflut noch in Gang setzen wollte.

17

Christianshavn, April 2014

Ravn lehnte sich auf dem Sofa zurück. In einer Hand hielt er Evas Handy, in der anderen Hand ein halb volles Glas Jim Beam. Das Handy, das von einem Gummiband zusammengehalten wurde, war voll aufgeladen. Er nippte am Whiskey, während er auf das Display starrte. Auf dem Kanal glitt ein Ausflugsboot mit einem plappernden Touristenführer vorüber, was bedeuten musste, dass sich der Wasserpegel wieder seinem normalen Niveau näherte. Ein Unglück kommt selten allein, dachte er.

In den letzten Tagen hatte er zigmal sämtliche Textnachrichten gelesen, sodass er jetzt nur die Überschriften zu sehen brauchte, um sich an ihren Inhalt zu erinnern. Gemeinsam ergaben sie die ganze Geschichte des Betrugs. Zunächst die vorsichtigen Annäherungen, dann verschiedene Begegnungen, die zunehmend persönlicher und intimer wurden, und schließlich die unverhohlenen Liebeserklärungen. Die SMS waren in immer schnellerer Folge gekommen, bis zu der Woche vor ihrem Tod. Evas Antworten indes konnte er nicht finden, weil der Postausgang gelöscht worden war. Doch er brauchte sie auch nicht zu lesen, um zu wissen, worauf sie sich eingelassen hatte. Dazu war die Wortwahl der anderen Nachrichten allzu deutlich. Er stellte das Glas auf den Tisch und griff nach seinem eigenen Handy. Beim Einwohnermeldeamt hatte er bereits versucht, Namen und Adresse des Unbekannten herauszufinden, um diesem einen persönlichen Besuch abzustatten, doch ohne Erfolg. Daher sah Ravn keinen anderen Ausweg, als den Typen anzurufen und ihn seine ganze Wut spüren zu lassen. Ihm die Pest an den Hals zu wünschen und Prügel anzudrohen, falls er ihm je über den Weg laufen sollte. Ravn tippte die Nummer ein und spürte sofort, wie das Adrenalin durch seinen Körper pumpte und ihm einen bitteren Geschmack im Mund bescherte. Der Anruf ging durch, und im nächsten Augenblick meldete sich am anderen Ende eine Stimme. Es war eine automatische Ansage irgendeiner Telefongesellschaft, die mitteilte, dass diese Nummer nicht mehr existierte. Ravn legte auf und warf das Handy aufs Sofa. Er hätte auf Victoria hören und das alte Handy nie in Betrieb nehmen sollen, doch jetzt, da der Schaden eingetreten war, konnte er die Sache nicht einfach auf sich beruhen lassen. Sein Gehirn arbeitete auf Hochtouren, um irgendeinen Plan zu ersinnen, wie er den Dreckskerl, mit dem sie zusammen gewesen war, ausfindig machen konnte. Es musste doch noch andere Möglichkeiten geben, um an Hinweise zu kommen. Seine alte Wohnung hatte er längst ausgeräumt, ohne irgendwas Verdächtiges gefunden zu haben …

Er stand so hektisch auf, dass Møffe aufwachte und ein träges Bellen von sich gab. Plötzlich musste er an Evas Kleider denken, die er zum Secondhandshop gebracht hatte. Er hatte es so eilig gehabt, sie loszuwerden, dass er die Hosen- und Manteltaschen nicht kontrolliert hatte. Vielleicht war ihm auf diese Weise ein Brief, ein Foto oder die Quittung einer Bar entgangen, die sie besucht hatten.

Er leerte das Glas mit dem Jim Beam, ohne dass er ihm schmeckte. Es war schon zu lange her, dass er Whiskey wie Wasser getrunken hatte. Er nahm dies trotz allem als gutes Zeichen und leinte Møffe an.

Die kleine Türglocke des Secondhandshops in der Amagerbrogade bimmelte ein einziges Mal, als Ravn eintrat. Es roch ein wenig muffig in dem kleinen Raum, in dem die Kleider dicht an dicht auf ihren Bügeln hingen. Ravn ging zur Ladentheke, wo eine ältere Frau in einem roten Rollkragenpullover ein paar T-Shirts zusammenlegte. Leider war es nicht dieselbe Verkäuferin, der er vorgestern Evas Kleider übergeben hatte, was sicher alles einfacher gemacht hätte. Er nickte der Frau kurz zu und erblickte die schwarzen Säcke mit Evas Kleidern, die offenbar noch ungeöffnet hinter der Theke standen. »Diese Säcke dort«, erklärte er, »habe ich vorgestern hier abgeliefert.«

Die Frau nahm die Brille, die an einer Kette um ihren Hals hing, und setzte sie sich auf die Nasenspitze. Sie musterte ihn rasch von Kopf bis Fuß, ehe sie sich langsam zu den Säcken umdrehte. »Die da?«

»Genau. Ich würde die Sachen gern noch einmal kurz durchsehen.«

Sie wandte sich wieder Ravn zu und ließ die Brille auf ihre Brust fallen. »Tut mir leid, aber damit müssen Sie warten, bis wir alle Stücke sortiert und ausgezeichnet haben.«

»Sie verstehen mich nicht. Ich will nur kurz nachschauen, ob noch etwas in den Taschen ist. Das hatte ich vergessen.«

»Ach so?« Die Verkäuferin kniff den Mund zusammen. »Selbst wenn Sie wirklich derjenige sind, der die Säcke gebracht hat …«

»Ich *schwöre*, dass ich es war …«

»Dann gehören die Kleider … genau genommen … nun der kirchlichen Nothilfe, für die wir die Sachen verkaufen.« Sie verschränkte die Arme.

Ravn gab sich alle Mühe, die Ruhe zu bewahren, und atmete tief durch. »*Genau genommen* ist meine verstorbene Freundin, deren Kleider sich in diesen Säcken befinden, mir untreu gewesen. Und genau genommen muss ich die Taschen noch einmal durchsehen, ob sie vielleicht irgendwelche Hinweise enthalten, mit wem sie zusammen war. Ich könnte also … *wirklich* … gut Ihre Hilfe brauchen.« Er schaute sie flehentlich an.

Die Verkäuferin blinzelte. »Tja, das hört sich wirklich so an, als hätten *Sie* die Säcke gebracht. In diesem Fall …«

»Vielen Dank!« Ravn trat hinter die Theke und begann, die Säcke zu durchsuchen, während die ältere Dame ihm aufmerksam über die Schulter blickte.

Eine Viertelstunde später war er wieder auf dem Weg nach Christianshavn. Møffe trottete hinter ihm her. Der Ausflug zum Secondhandshop hatte sich als nutzlos erwiesen. Abgesehen von einer Haarspange hatte er in den vier Säcken nichts als Fussel gefunden. Er zog Evas Handy aus der Tasche und scrollte zum hundertsiebzigsten Mal durch die Textnachrichten. Es gab kaum Hinweise darauf, wer der Mann sein konnte, mit dem Eva ein Verhältnis gehabt hatte. Doch irgendwas sagte ihm, dass es keiner ihrer Kollegen aus der Kanzlei war. Dem Wortlaut seiner Nachrichten konnte er entnehmen, dass sie sich nur sporadisch getroffen hatten. Vielleicht war es einer ihrer Mandanten gewesen. Er verfluchte Eva im Stillen. Wenn sie unzufrieden mit ihrer Beziehung gewesen war, warum hatte sie dann nie etwas gesagt? Sie hätte sich doch beschweren, ihn seinetwegen auch beschimpfen oder ihm Sachen an den Kopf werfen können, doch sie hatte ihm nicht den geringsten Grund gegeben zu glauben, dass etwas zwischen ihnen nicht in Ordnung war. Was also hatte ihr gefehlt? Am Sex konnte es nicht gelegen haben … Plötzlich erschienen hässliche Bilder auf seiner Netzhaut, die Eva zusammen mit einem anderen Mann zeigten. Er beschleunigte seine Schritte und zerrte Møffe hinter sich her, der *Bianca* und der Flasche Jim Beam entgegen, die in der Kajüte auf dem Tisch stand.

Als er kurz darauf den Kanal erreichte, erblickte er einen Fiat 500 mit weinrotem Stoffdach, der unmittelbar gegenüber der *Bianca* parkte. Er war ziemlich sicher, wem dieser Wagen gehörte, doch im Moment hatte er nicht die geringste Lust, irgendwen zu treffen, und sie schon gar nicht. Dann verkroch er sich lieber im Havodderen, wo er unbehelligt im Dunkeln sitzen konnte. Er machte auf dem Absatz kehrt und hätte Louise fast über den Haufen gerannt.

»Hey«, sagte sie.

»Hey …«, stieß Ravn überrascht aus. »Laufen Sie mir etwa hinterher?« Er zwang sich zu einem Lächeln.

»Nein, nein, ich wollte nur sehen, ob Sie zufällig zu Hause sind.« Sie zeigte auf die *Bianca*. »Und als Sie nicht da waren, bin ich ein bisschen am Kai entlangspaziert. Schönes Wetter, nicht wahr?« Sie holte tief Luft und blickte in den Himmel, wo sich bereits wieder dichte Wolken vor die Sonne schoben.

»Geht so«, antwortete Ravn. »Wollen Sie etwas Bestimmtes von mir?« Er bereute bereits, dass er überhaupt fragte.

»Ich wollte Sie nur zu einem Glas Wein einladen.«

»Zu einem Glas Wein? Vielen Dank, aber den vertrage ich nicht … die Gerbsäure, Sie wissen schon … die schlägt mir auf den Magen.« Er strich sich über den Bauch, um deutlich zu machen, was er meinte.

Sie lächelte. »Dann vielleicht lieber zu einem Bier?«

»Louise«, sagte er und hoffte, dass er ihren Namen richtig in Erinnerung hatte. »Ich bin sicher, dass Sie mit mir nicht nur über das Wetter reden oder ein Gläschen trinken wollten. Also, worum geht's?«

»Sie haben recht«, entgegnete sie und schob die Hände in die Taschen ihrer engen Designerjeans. »Ich habe Ihren Rat befolgt und mich an die Polizei gewandt.«

»Und was hat die Ihnen gesagt?«

Sie warf ihm erneut dieses Cameron-Diaz-Lächeln zu und sah in diesem Moment außerordentlich gut aus. »Darf ich Sie jetzt auf ein Bier einladen?«

18

Prenzlauer Berg, Berlin, 16. September 1989

Hausser beugte sich vor, während er einen dunkelgelben Strahl in die Schüssel schickte. Sein Urin roch säuerlich und zeugte davon, dass er zu wenig trank. Auf Dauer konnte niemand von Schnaps und Zigaretten leben. Er musste sich was Ordentliches zu essen besorgen. Obwohl der Hunger ganz eigene Gedanken in Gang setzte, die ihn befähigten, Dinge zu sehen, die andere nicht sahen. Sie waren Midas dicht auf den Fersen, dessen war er so sicher wie nie zuvor. Sein einziges Problem bestand darin, dass die eine Woche, die Strauss ihm zugestanden hatte, längst vorüber und es nur eine Frage der Zeit war, bis Müller oder einer der anderen Agenten der Abteilung Z bei ihm auf der Matte stehen würde und …

In diesem Moment klingelte es an der Tür. Hausser zog an der Abzugskette und trat auf den Flur. Aus den Lautsprechern im Wohnzimmer konnte er Schumanns Tochter *Der kleine Trompeter* singen hören – eins der Lieder der Jungpioniere. Als es erneut klingelte, schloss Hausser die Wohnungstür auf und öffnete. »Guten Morgen, Herr Schumann.«

Christoph musterte Hausser. »Morgen«, entgegnete er. »Ich würde es sehr zu schätzen wissen, wenn Sie sich noch heute um unseren Abfluss kümmern würden.«

»Ihren Abfluss?«, fragte Hausser verwirrt und stopfte sich sein Hemd in die Hose.

»Das Waschbecken im Badezimmer ist verstopft. Das habe ich Ihnen schon mehrmals gesagt.«

Hausser nickte, als würde er sich erinnern. »Ich sehe mir das nachher an.«

»Am liebsten heute Vormittag, wenn meine Frau zu Hause ist. Und bitte so schnell wie möglich.« Christoph wartete nicht auf eine Antwort, drehte sich um und verschwand aus der Haustür. Hausser zog den Reißverschluss seiner Hose hoch und blickte ihm nach, während Christoph über den Hof ging.

Eine halbe Stunde später klopfte Hausser an die Wohnungstür der Familie Schumann. Er wäre gern schon früher gekommen, doch es hatte ein wenig gedauert, bis er den Werkzeuggürtel des Hausmeisters gefunden hatte, der sich nun um seine Taille spannte. Lena öffnete die Tür in einem schwarzen Seidenkimono mit roten japanischen Schriftzeichen. Sie duftete süßlich, doch ihre Miene war sauer. Sie ließ die Tür offen und ging ins Schlafzimmer zurück. »Das Badezimmer ist gleich links!«, rief sie.

Hausser trat in die Diele und zog die Tür hinter sich zu.

»Machen Sie bitte nicht alles schmutzig, die Putzfrau war gerade da«, rief Lena auf dem Weg ins Schlafzimmer am Ende der langen Diele.

Natürlich leistete sich Frau Schumann auch eine Putzfrau. Er wusste genau, wer da ausgenutzt wurde. Es war diese Klara, die im Vorderhaus wohnte. Er hatte gesehen, wie sie hier oben sauber machte, während die Schumanns bei der Arbeit beziehungsweise in der Schule waren. Manchmal trank sie von den Spirituosen, die sie hinterher mit Wasser auffüllte. Er hatte auch beobachtet, wie sie in Lenas Pelzmänteln durch die Wohnung tanzte und ihre Zigaretten rauchte. Auf dem Monitor war das ganz unterhaltsam gewesen. Als sähe man einem Pausenclown zu.

Im Badezimmer roch es nach dem fauligen Wasser, das sich im Waschbecken gesammelt hatte. Obwohl er kein Hausmeister war, sah er sich imstande, das Problem zu lösen. Er zog die Saugglocke aus seinem Gürtel und drückte sie auf den Abfluss. Nachdem er sie ein paarmal rauf und runter bewegt hatte, stand das Wasser bis zum Rand des Waschbeckens. Er entfernte die Saugglocke mit einem Ruck und sah, wie dicke Haarbüschel in dem trüben Wasser herumwirbelten. Mit einem Schraubenzieher holte er weitere Haarbüschel aus dem Ablauf. Die großen Seifenklumpen und Lenas lange schwarze Haare warf er auf den Boden. Allmählich sank der Wasserpegel im Waschbecken. Hausser wischte seine Finger an dem rosa Handtuch ab, das an einem Haken neben dem Spiegel hing. Dann ging er in die Diele und warf einen Blick durch die offene Schlafzimmertür. »Ich brauche einen Kessel mit kochendem Wasser!«

Lena rief zurück, er solle den nehmen, der in der Küche stehe.

Er fand den Teekessel neben der Spüle, füllte ihn mit Wasser, setzte ihn auf den Herd und wartete. Las einen Zettel, der auf dem Küchentisch lag. Es war etwas so Dekadentes wie ein Einkaufszettel. Ihm fielen die sechs Flaschen Wein und die Erinnerung an Lena auf, etwas zum Dessert zu besorgen. Obwohl in nächster Zeit niemand von ihnen Geburtstag hatte, schien die Familie Schumann etwas feiern zu wollen, und er zweifelte daran, dass es der bevorstehende vierzigste Jahrestag der Deutschen Demokratischen Republik war. Der Teekessel pfiff grell und stieß einen feinen Dampfstrahl aus. Er schaltete den Herd aus, trug den Kessel ins Bad und schüttete das heiße Wasser ins Waschbecken.

»Das wäre erledigt«, murmelte er und ging in die Diele. Durch die weiterhin geöffnete Schlafzimmertür sah er Lena vor dem Kleiderschrank stehen. Sie trug schwarze Spitzenunterwäsche und war damit beschäftigt, Nylonstrümpfe anzuziehen. Es wunderte ihn, dass sie nicht versuchte, sich seinem Blick zu entziehen, sondern vielmehr genau in seiner Sichtachse stand. Nachdem sie beide Strümpfe angezogen hatte, begann sie, ein Kleid auszusuchen. Die Kleiderbügel klapperten im Takt mit den Bewegungen ihrer Brüste. Hausser spürte seine Erregung.

Im nächsten Moment wurde ihm die Sicht auf Lena verdeckt, weil ihre Tochter in Pionieruniform in die Diele trat. Er versuchte sie anzulächeln, doch sie starrte ihn nur an. »Hallo, meine Kleine, wie heißt du denn?«

Das Mädchen starrte ihn weiter an, ohne zu antworten.

»Was für eine schöne Uniform du hast. Zu welcher Gruppe gehörst du denn?«

Das Mädchen streckte fordernd die Hand aus, und es dauerte einen Moment, bis Hausser begriff, dass sie den Teekessel haben wollte. Er reichte ihn ihr, und sie riss ihm den Kessel förmlich aus der Hand.

»Tschüss«, sagte sie.

Am Abend desselben Tages saß Hausser vor den acht Monitoren, aß eine Scheibe Brot mit Schinken und spülte beides mit einem kühlen Berliner Pilsener hinunter. Er hatte es sich unbewusst zur Gewohnheit gemacht, entweder zu essen oder etwas zu trinken, wenn die Familie Schumann zu Abend aß. Für Hausser hatte dies fast etwas Gemütliches.

Die Familie hatte sich um den kleinen Tisch mit der blauen Wachstuchdecke versammelt. Lena erzählte von einer Episode, die sich tagsüber im Intershop ereignet hatte. Ein paar ältere amerikanische Touristen hatten gestaunt, dass man in Dollar bezahlen konnte und dass das Warenangebot so vielfältig war. Lena hatte sie flüstern hören, dass der Sozialismus vielleicht doch gar nicht so übel wäre. Dazu sagte Christoph, dass sie mal vor den stets leeren Geschäften an der Schönhauser Allee Schlange stehen sollten.

Nachdem sie gegessen hatten, stand die Tochter als Erste vom Tisch auf. Hausser beobachtete auf einem anderen Monitor, wie sie in ihr Zimmer kam, sich an den Schreibtisch setzte und in einem Schulbuch las. Kurz darauf stellte Christoph seinen Teller in die Spüle, ging in sein Büro und schloss die Tür hinter sich. Im Schlafzimmer zog Lena sich aus und verschwand im Bad. Hausser fiel es schwer, sich von ihr loszureißen. Es kam ihm so vor, als würde er die morgendliche Szene noch einmal rückwärts betrachten, was ihren Reiz nicht minderte. Im Büro trat Christoph ans Bücherregal und zog einen Band heraus. Er setzte sich an den Schreibtisch und schlug ihn auf. Ein Stück Papier fiel heraus. Christoph legte es vor sich hin. Hausser beugte sich näher an den Bildschirm heran, und obwohl Lena nun nackt im Schlafzimmer stand, beanspruchte Christoph seine volle Aufmerksamkeit. Hausser wünschte sich, dass die Überwachungskamera eine Zoomfunktion besessen hätte, sodass er den Inhalt des Zettels hätte lesen können. Christoph griff zum Telefonhörer, worauf das Tonbandgerät neben Hausser ansprang. Christoph blickte auf den Zettel und wählte eine Nummer. Am anderen Ende der Leitung meldete sich eine dunkle Stimme: »Köster?« Ein Name, der Hausser in den vielen Dokumenten über Christoph noch nicht untergekommen war. Christoph lud Köster für den nächsten Tag um 19 Uhr zum Abendessen ein, und Köster nahm die Einladung an. Das Gespräch war kurz und formell. Innerhalb der nächsten Viertelstunde rief Christoph fünf weitere Personen auf seiner Liste an und lud sie zum Abendessen ein. Alle sagten zu. Drei Namen waren

Hausser bekannt. Einer gehörte zu einem Mitarbeiter des Außenministeriums. Seine Geduld war belohnt worden. Darauf hatte er die ganze Zeit gewartet.

In dieser Nacht ging Hausser zum Rosenthaler Platz hinunter und trat in eine Telefonzelle. Am liebsten hätte er Strauss angerufen, um ihm persönlich die frohe Kunde zu überbringen. Stattdessen meldete er sich bei Müller. »Wir bekommen bald Gäste«, teilte er mit und bat Müller, die Kiste in Hohenschönhausen bereitzuhalten. Es gab keinen Grund, die Zeit der Verhörleiter unnötig zu beanspruchen. Um diese Sache würde er sich persönlich kümmern.

19

Christianshavn, April 2014

Ravn war schon lange nicht mehr im Café Wilder gewesen. Eigentlich mochte er das Lokal, doch wenn er etwas trinken wollte, landete er aus unerfindlichen Gründen stets im Havodderen. Sie setzten sich unter das großformatige Ölgemälde einer nackten Frau, die auf dem Boden saß und von einem Meer leerer Flaschen umgeben war, das ganz hinten im Café hing. Louise bestellte ein Glas Sancerre, Ravn ein Jacobsen für sich und eine Schale Wasser für Møffe.

»Wie heißt Ihr Hund?«, fragte Louise.

»Møffe.«

»Der Name passt zu ihm.« Sie lächelte nervös.

»Was konnte Ihnen die Polizei über Ihren Bruder erzählen?«

»Nicht viel Neues …« Sie hielt inne und nippte an ihrem Wein. »Ich weiß nicht genau, wo ich anfangen soll.«

»Fangen Sie einfach mit dem Anfang an«, entgegnete Ravn und lächelte sie an.

Sie nickte und atmete tief durch. »Ich habe also all meinen Mut zusammengenommen und bin noch einmal aufs Polizeirevier gegangen. Das mag Ihnen vielleicht nicht besonders mutig vorkommen, aber wenn man sonst nie an so einem Ort ist und über Dinge reden muss, die … die sehr schmerzhaft sind, dann …«

»Doch, das ist mutig. Auf welchem Revier waren Sie denn? City? Am Halmtorvet?«

Sie nickte. »Kein sehr schöner Ort.«

»Mein alter Arbeitsplatz, und Sie haben völlig recht, es ist nicht gerade gemütlich dort. In welches Dezernat hat man Sie geschickt?«

»In gar keins. Ich habe mit zwei Beamten am Empfang gesprochen. Der eine trug eine Uniform und hat dann später einen Kollegen geholt, wahrscheinlich seinen Vorgesetzten. Troels Petersen war sein Name, Hauptkommissar, noch ziemlich jung, aber sehr förmlich.«

Ravn schüttelte den Kopf. »Kenn ich nicht. Was hat er Ihnen erzählt?«

»Genug, dass ich inzwischen davon ausgehen muss, dass sich Mogens das Firmengeld wirklich in die eigene Tasche gesteckt hat.«

»Gibt es irgendwelche technischen Beweise dafür?«

»Davon haben sie nichts gesagt, aber es gibt die Zeugenaussagen seiner Kollegen, und es ist schließlich eine Tatsache, dass Mogens plötzlich aus der Firma verschwunden ist, unmittelbar nachdem das Geld aus dem Tresor seines Chefs gestohlen wurde. 45.300 Kronen, um genau zu sein.« Sie nippte erneut an ihrem Wein. »Aber wer wirft denn sein ganzes Leben weg für so eine lächerliche Summe?«

Ravn zuckte mit den Schultern. »Wahrscheinlich mehr Leute, als man glauben sollte. Ich habe schon erlebt, dass Leute für weitaus weniger Geld ungeheuerliche Verbrechen begangen haben.«

»Aber so ist mein Bruder nicht. Das passt nicht zu ihm.«

Ravn trank einen Schluck Bier. »Manchmal glaubt man jemanden gut zu kennen und fällt dann plötzlich … aus allen Wolken.«

Sie lächelte vorsichtig. »Sie sprechen aus eigener Erfahrung?«

Er antwortete nicht.

Louise verschränkte ihre Finger. »Der Hauptkommissar hat gesagt, dass es in solchen Fällen nur eine Frage der Zeit ist, wann den Leuten das Geld ausgeht und sie sich freiwillig melden. Was wohl auch heißt, dass die Polizei gar nicht groß ermittelt, sondern einfach abwartet.«

»Wann haben Sie Ihren Bruder zum letzten Mal gesehen?«

»Das ist schon über ein Jahr her. Auf dem Begräbnis meiner Mutter.«

»Sind Sie zerstritten?«

»Überhaupt nicht. Um ehrlich zu sein, weiß ich nicht, warum wir uns so selten ...« Sie schlug den Blick nieder. Ravn spürte, dass sie ihm irgendetwas verschwieg.

»Und Sie haben nicht die geringste Idee, wo er geblieben sein könnte?«

Sie schüttelte den Kopf.

»Könnte er bei irgendeinem Freund oder einer Freundin untergetaucht sein? Hat er eine Beziehung?«

»Nicht dass ich wüsste. Ich habe ihn überhaupt noch nie in weiblicher Begleitung gesehen.«

»Besitzt er ein Sommerhaus oder ein Boot, auf das er sich zurückgezogen haben könnte?«

»Nein, er ist nicht so der Naturtyp.«

»Wo hält er sich denn normalerweise auf?«

»Hier in der Gegend, nehme ich an.« Sie wies mit der Hand aus dem Fenster.

»Besonders viel wissen Sie ja nicht über ihn.«

»Ich weiß genug«, entgegnete sie schroff. »Genug, um zu wissen, dass er das Geld nicht genommen haben kann.«

Ravn nickte. »Hatte er vielleicht Schulden?«

»Nein, dass ...«

»War er spielsüchtig?«

»Das kann ich mir nicht vorstellen.«

»Trinkt er?«

»Nein.«

»Irgendwelche Drogen? Koks?«

»Um Himmels willen, nein!«, antwortete sie erschrocken.

»Wäre es möglich, dass er von jemandem erpresst wurde?«

Sie sah ihn erstaunt an. »Davon weiß ich nichts, also ...«

»Aber Sie wissen es nicht, Louise. Sie können all das nicht mit Sicherheit ausschließen.«

Jetzt starrte sie ihn an, als hätte er ihr auf die Finger geschlagen.

Plötzlich bereute er seine Härte. Bereute, einfach in die Bullenrolle geschlüpft zu sein und sie auszufragen, als würde er sie vernehmen. Vermutlich eine alte Gewohnheit. Er hob entschuldigend die Hände. »Möchten Sie noch einen Wein?« Er zeigte auf ihr fast leeres Glas.

Sie schüttelte stumm den Kopf. »Nein danke«, antwortete sie und fuhr leise fort: »Ich weiß, dass Mogens ein zurückhaltender und zuverlässiger Mensch ist, der stets seine Arbeit getan und ansonsten ziemlich zurückgezogen gelebt hat. Dass er gern gelesen hat, vor allem historische Bücher über den Krieg und so. Außerdem mochte er klassische Musik, Richard Wagner ... Das sind die Dinge, die ich weiß.« Ihre Augen füllten sich mit Tränen. »Ich fürchte ... ihm ist etwas Schlimmes zugestoßen, da er schon so lange verschwunden ist.«

Ravn leerte sein Bierglas. Er hatte schon immer Probleme mit weinenden Frauen gehabt, vor allem weil sie ihn zu allem Möglichen überreden konnten. Und obwohl Louise noch keine Tränen über die Wangen liefen, hörte er sich sagen: »Also, wenn Sie möchten, dann kann ich natürlich mal bei meinen alten Kollegen vorbeischauen.«

Sie blickte ihn mit feuchten Augen an. »Das würden Sie wirklich tun?«

»Ich kann aber nicht versprechen, dass dabei etwas herauskommt.«

»Vielen, vielen Dank. Ich weiß Ihre Hilfe wirklich sehr zu schätzen.«

Er zuckte die Achseln. »Würden Sie mir eine Nummer geben, unter der ich Sie erreichen kann?«

Eine halbe Stunde später stand er auf dem Achterdeck der *Bianca* und beugte sich über die Reling, während er die Visitenkarte betrachtete, die Louise ihm gegeben hatte. »Louise Slotsholm Nielsen. Architektin (MMA). Dozentin der Technischen Hochschule.« Unter der Adresse der Hochschule, die draußen auf der Inselkette Holmen lag, stand ihre Handynummer – ihre *Arbeitsnummer*. Entweder war das eine Ironie des Schicksals oder ein Wink Gottes, der völlig angemessen war. Denn um der Wahrheit die Ehre zu geben, wollte er Louise nicht nur um ihrer schönen blauen Augen willen helfen, die im Übrigen grün waren, sondern weil er mit dem geplanten Besuch bei seinen alten Kollegen seine ganz eigenen Ziele verfolgte. Doch einer Sache musste er noch nachgehen, bevor er sich erneut auf dem Revier blicken ließ.

20

Prenzlauer Berg, Berlin, 17. September 1989

Um 18.45 Uhr öffnete Lena die Tür und trat mit ihrer Tochter auf den Hof. Am anderen Ende stand Hausser und fegte. Lena trug mit gestreckten Armen eine Auflaufform vor sich her, als wollte sie sichergehen, dass sie nichts auf ihr helles Kleid kleckerte. Sie trieb ihre Tochter, die sich demonstrativ langsam bewegte, zur Eile an. »Warum muss ich denn zu Klara, nur weil ihr Gäste bekommt?«

»Weil Kinder eben nicht immer dabei sein können, wenn Erwachsene sich treffen.«

»Ich bin doch kein Baby mehr.«

»Dann hör auf, dich wie eins zu benehmen. Du wirst es schön haben bei Klara, und ich habe euch beiden etwas Leckeres zu essen gekocht. Beeil dich jetzt.«

Hausser sah sie in der Eingangstür des Vorderhauses verschwinden, in dem Klara wohnte. Er hatte sich im Hof postiert, um die Ankunft von Schumanns Gästen mit eigenen Augen zu sehen. Am Morgen hatte er sich mit Müller auf dem Kollwitzplatz getroffen, wo Müller ihm schriftliche Informationen über die sechs Personen ausgehändigt hatte, die von Christoph eingeladen worden waren. Sie alle gehörten zur gesellschaftlichen Elite. Drei von ihnen waren Hausser und dem Geheimdienst seit längerer Zeit bekannt, die Übrigen nicht. Es handelte sich um Ernst Kohler, der eine Stelle als Abteilungsleiter im Finanzministerium bekleidete, um William Braun von der Bauakademie sowie um Oberst Heinz Schröder von der Abteilung O des Geheimdienstes. Eine Abteilung, die sich hauptsächlich mit der Herstellung gefälschter Dokumente für die Agenten im Westen beschäftigte. Hausser hatte keine Ahnung, was diese Männer im Schilde führten, doch es musste etwas sehr Wichtiges und Dringliches sein.

Lenas hochhackige Schuhe hallten im Treppenhaus wider, und im nächsten Moment eilte sie zurück über den Hof, ohne von Hausser Notiz zu nehmen.

Im Laufe der nächsten halben Stunde kamen Christophs Gäste, ein wenig eher als verabredet. Auch sie schienen Hausser nicht zu beachten, der immer noch so tat, als würde er in der Dämmerung den Hof fegen. Nachdem der letzte Gast eingetroffen war, stellte Hausser den Besen wieder in den Geräteschuppen, der sich neben den Mülltonnen befand, und kehrte in die Hausmeisterwohnung zurück.

Oben bei Midas hatten sich die Gäste bereits um den Esstisch versammelt und tranken Wein. Hausser schenkte sich ein Glas Absinth ein und leistete ihnen auf seine Weise Gesellschaft. Während Lena das Abendessen servierte, sprachen die Männer unbefangen über die angespannte Situation, die die Arbeit ihres *Konsortiums* erschwerte. Und ein paar Flaschen später begannen sie, über die großen Verdienstmöglichkeiten zu diskutieren, die in jenen Nachbarländern entstanden waren, in denen der Demokratisierungsprozess am weitesten fortgeschritten war. Ein Prozess, wie Braun erklärte, der letztlich zur Privatisierung des gesamten Bau- und Energiesektors führen könne. Man müsse nur zur richtigen Zeit am richtigen Ort sein, dann seien enorme Summen zu verdienen. Nach dem Essen wurde bei Zigarren und Cognac die angespannte Lage im eigenen Land erörtert. Auch wenn die

Protestbewegung in Leipzig wachse, sei es keinesfalls sicher, dass sie eines Tages so stark werde, um einen Regimewechsel wie in den Nachbarländern auszulösen. Schon gar nicht jetzt, nachdem die Kommunisten in China der Welt gezeigt hatten, wie man kritische Stimmen mundtot machte, indem sie auf dem Platz des Himmlischen Friedens ein Blutbad angerichtet hatten. Alle am Tisch waren sich einig, dass Honecker etwas Ähnliches zuzutrauen wäre. Wenn die massenhafte Abwanderung das Regime 1961 dazu gebracht hatte, eine Mauer zu bauen, wie würde man dann erst reagieren, wenn die Oppositionsbewegung im eigenen Land zu stark wurde? Vielleicht war es nur noch eine Frage von Wochen – oder Tagen –, bis es zu einer gewaltsamen Gegenreaktion kam.

Im Laufe des Gesprächs kam auch der eigentliche Grund dieses Treffens ans Tageslicht. Köster führte das Wort. Wenn ihr Konsortium eine Zukunft haben und jeder Einzelne von ihnen überleben wolle, so gebe es keine andere Möglichkeit als *Flucht*.

Hausser hätte fast sein Glas fallen lassen, als er das Wort hörte. Er setzte sich sofort den Kopfhörer auf, um auch wirklich jedes Wort zu verstehen. Die Männer am Tisch diskutierten die Details einer gemeinsamen Flucht und waren sich einig, dass sie von Ostberlin aus stattfinden solle.

»Einen Tunnel können wir vergessen, da passe ich nicht durch«, sagte Braun und strich sich über seinen voluminösen Bauch. »Außerdem habe ich Gerüchte gehört, dass der letzte Fluchtversuch durch einen Tunnel ein tragisches Ende genommen hat. Der Tunnel ist eingestürzt und hat alle lebendig begraben.«

»Wir werden weder einen Tunnel noch einen Ballon benutzen«, entgegnete Köster munter, »sondern direkt durch die Grenzkontrolle fahren.«

»Und wie soll das gehen ohne Visum?«, wollte Christoph wissen.

Köster machte eine rhetorische Pause, leerte sein Cognacglas und blickte in die Runde. »Mithilfe der französischen Botschaft. Das ist zwar nicht billig, aber wir haben schon das meiste in die Wege geleitet.«

»Kannst du das ein bisschen genauer erklären?«, fragte Christoph.

»Nur zu«, murmelte Hausser, während er auf den Monitor starrte.

»Der französische Kulturattaché, den ich *gut* kenne« – Körner rieb zwei Finger aneinander, als würde er Geld zählen – »hat versprochen, uns drei Diplomatenlimousinen zu besorgen.«

»Ich kann binnen einer Woche für die notwendigen Ausreisedokumente und für gefälschte Diplomatenpässe sorgen«, fügte Schröder hinzu.

»Du hast gesagt, es wäre nicht billig. Was kostet das genau?«, fragte Braun.

»Die Frage ist doch vielmehr, was es kostet, noch länger hierzubleiben«, sagte Christoph und lehnte sich auf seinem Stuhl zurück. »Ich bin dafür!« Die anderen am Tisch nickten zustimmend.

Eine halbe Stunde später hörte Hausser, wie die Männer die Treppen hinunterstiegen. Er schob die Verdunklungsgardine vor dem Wohnzimmerfenster zum Hof ein Stück zur Seite und betrachtete die Männer, die kurz darauf durch den Hof gingen. Schädlinge waren das, die beseitigt werden mussten. Gefährliche Insekten, die es auszurotten galt. Männer, die sich an anderen bereicherten, ohne selbst von irgendeinem Nutzen zu sein.

Der Abend war erfolgreicher gewesen, als er zu hoffen gewagt hatte. Die Vorbereitungen zu einer Republikflucht aufzudecken war sehr viel besser, als jemandem Korruption oder Veruntreuung nachzuweisen, denn für solche Fälle war das bürokratische Rechtssystem zuständig, und man konnte nie wissen, ob die Prozesse nicht doch mit einem Freispruch endeten. Republikflucht war etwas Endgültiges. Und durch die Mithilfe des Westens hatten diese Fälle internationalen Charakter. Da ging es um Agenten, die enttarnt wurden. Er leerte das Glas Absinth und schloss die Augen. In seinem Kopf drehte sich alles, er war mächtig berauscht. Diese Sache konnte die Rettung der Republik bedeuten, dachte er hingerissen. Im Stillen hörte er einen Chor der Jungpioniere den *Kleinen Trompeter* singen und sah eine Militärparade auf der Karl-Marx-Allee vor sich, die zu seinen Ehren abgehalten wurde. Er stand neben Strauss auf einem Balkon, nein, neben Erich Honecker, der ihm höchstpersönlich Beifall spendete, ihn unter dem Jubel der Bevölkerung umarmte und küsste. Es war ein heroischer Moment.

Hausser kippte vom Stuhl und blieb vor den flimmernden Monitoren auf dem Boden liegen, berauscht von Glück und Absinth.

21

Christianshavn, April 2014

Ravn erwachte von dem lauten Lachen auf Eduardos Ketsch. Er hatte Eduardo und seine neueste Eroberung seit gestern Abend gehört, als sie nach Hause auf sein Boot gekommen waren. Ravn wusste, wie das ablief. Zuerst wurde Musik aufgelegt und Wein getrunken, später ein Joint geraucht oder auch zwei, und dann konnte man die beiden sich die ganze Nacht über vergnügen hören. Am Morgen bekam das Mädchen noch einen Kaffee und einen liebevollen Tritt in den Hintern. Ravn hatte es längst aufgegeben, Eduardos Eroberungen zu zählen.

Ravn stand aus dem Bett auf, stakste auf die kleine Toilette und erleichterte sich. Durch das Bullauge sah er Eduardo, nur mit Boxershorts bekleidet, der einer jungen Blondine zuwinkte, die auf dem Kai gerade ihr Fahrrad aufschloss. Eduardo warf ihr noch eine Kusshand zu, ehe er in der Kajüte verschwand. Ravn pumpte Wasser in die Toilette und wollte sich gerade wieder ins Bett legen, als er Møffe sah, der ihn beleidigt anglotzte. Wenn er mit dem Hund jetzt nicht spazieren ging, würde er sich irgendwo auf dem Boot erleichtern. »Ich such mir nur schnell eine Hose, wenn du gestattest.«

Gemeinsam trotteten sie die Overgade oberhalb des Wassers entlang. Die Sonne stand hoch am Himmel, und trotz des beißenden Windes saßen schon viele Menschen am Kai und genossen ihren Vormittagskaffe an der frischen Luft und den herannahenden Frühling. An der Kreuzung zur Mikkel Vibes gade stand Victoria vor ihrem Antiquariat und wuchtete eine Kiste von der Ladefläche ihres uralten Volvo Kombis – ein weinroter PV 544. Ravn ging zu ihr. »Brauchst du Hilfe?«, rief er.

Victoria drehte sich halb zu ihm um.

»Danke, du könntest die letzte Kiste nehmen.«

Ravn nahm die Bücherkiste und folgte Victoria in ihren Laden. Sie stellten die Kisten zu den übrigen neben die Verkaufstheke. »Warst du auf dem Flohmarkt?«, fragte er.

»Nein, das war ein Räumungsverkauf wegen einer Geschäftsaufgabe. Das ist eine harte Branche, aber der Tod des einen ist bekanntlich die Gedichtsammlung des anderen.« Sie nahm ein Exemplar von Michael Strunges *Zukunftserinnerungen* in die Hand und bürstete den Staub ab. »Manches ist einfach zu wertvoll, um verkauft zu werden«, bemerkte sie und legte die Anthologie hinter sich auf den Tisch. »Hast du mein Ladegerät wieder mitgebracht? Das war nicht als Dauerleihgabe gedacht.«

»Ein bisschen brauche ich es noch.«

Victoria begann damit, die Bücher aus einer Kiste herauszuholen. »Geht in Ordnung, solange du dich an meine Adresse erinnerst und mir zum Dank ein paar Zimtschnecken mitbringst.«

Ravn steckte seine Hand in die Jackentasche und zog eine Papiertüte des Lagkagehuset hervor. Er warf sie vor Victoria auf den Tisch, die sie sogleich öffnete und den Inhalt mit einem Lächeln quittierte. »Das Ladegerät kannst du behalten. Kaffee?«

»Nein danke.«

»Ich bin überrascht, dich schon wiederzusehen. Du bist fast öfter hier als im Havodderen.«

»Kann schon sein«, entgegnete er und warf einen Blick in die Bücherkiste.

»Solltest du's mal mit Lektüre versuchen wollen, kann ich Wittgenstein und Kant wärmstens empfehlen«, sagte sie und klopfte vielsagend auf einen Bücherstapel, der sich vor ihr auftürmte. »In der Kinderabteilung gibt's natürlich auch *Das Phantom* und *Lucky Luke*.«

»Danke, ich verzichte. Ich bin eigentlich wegen dieses Handys gekommen, du weißt schon …«

»Ich weiß, in dem du unbedingt herumschnüffeln wolltest. Und, hat es Eva gehört?«

»Ja, sieht so aus …« Er vergrub die Hände in den Taschen.

Victoria richtete sich auf und sah ihn prüfend an. »Was soll das heißen? Ist es ihres oder nicht?« Er hatte das Gefühl, dass Victorias Röntgenblick durch ihn hindurchging. »Dann liefere es doch einfach an ihrem alten Arbeitsplatz ab.«

Er nickte. »Ja, das … werde ich am Ende wohl auch tun.«

»Bist du sicher, dass du nicht doch einen Kaffee willst?«

Er schüttelte den Kopf und ließ seinen Blick über die Buchtitel wandern, die sie herauszog. Er nahm zwei Bücher aus dem Stapel. In dem einen ging es um Yoga für Fortgeschrittene, in dem anderen um *Coaching*.

»Solche Bücher hat Eva geliebt. Von diesem Zeug hatten wir jede Menge zu Hause. Sie hat doch auch viele bei dir gekauft, richtig?«

Victoria nickte.

»Habt ihr auch über so was geredet, wenn sie hier war?«

»Worüber?«

Er zuckte mit den Schultern. »Weiterentwicklung, persönliche Dinge und … solche Sachen.«

»Wir haben über alles Mögliche geredet.«

»Sie hat sich dir also anvertraut?«

»Das will ich nicht sagen.«

»Wirklich nicht?«

Victoria sah ihn fragend an. »Wann hast du wieder bei der Polizei angefangen?«

»Wie meinst du das?«

»Das klingt hier wie ein echtes Verhör.«

Er riss die Hände hoch. »Ach, komm! Nur weil ich ein paar harmlose Fragen stelle ...«

»Nicht nur deswegen. Erst die Sache mit dem Handy, dann all diese Fragen. Was ist los, Ravn?«

Er atmete tief durch und erzählte Victoria von den SMS, die er entdeckt hatte. Und von seinen vergeblichen Versuchen, die Person hinter der Nummer mithilfe des Einwohnermeldeamts oder durch seinen Besuch im Secondhandshop ausfindig zu machen.

Victoria stellte die leere Kiste zurück auf den Boden. »Ich hab doch gesagt, dass das mit der Schnüffelei keine gute Idee ist. Dabei kommt nie etwas Gutes heraus.«

»Jetzt klingst du fast so, als wäre das meine Schuld. Wenn Eva nicht mit irgendeinem Penner rumgemacht hätte, wäre diese Situation doch nie entstanden.«

Victoria zog ihre karierte Tweedhose an den Bügelfalten nach oben und setzte sich auf die Kante der Theke. Aus ihrer Westentasche zog sie eine Packung Petterøes-Tabak. »Mensch, Ravn, Eva hat dich geliebt. Daran kannst du doch nicht zweifeln.«

Er schaute sie überrascht an. »Wie sollte ich das nicht tun?«

»Nur wegen ein paar SMS auf ihrem Handy?«

»Natürlich! Sie war doch eindeutig mit einem anderen zusammen!«

Er spürte, wie er allmählich die Beherrschung verlor.

»Dafür gibt es doch keine Beweise. Wenn du ihre Antworten auf seine Nachrichten nicht hast, dann weißt du doch gar nicht, wie weit sich die Sache entwickelt hat. Evas Liebe zu dir war echt. Egal, was passiert ist. Aber was du hier veranstaltest …« Sie zündete sich die selbst gedrehte Zigarette an und stieß den Rauch aus. »Das ist unwürdig.«

»Schon möglich«, knurrte Ravn und zog den Bürostuhl zu sich. Er ließ sich schwer darauf fallen und fuhr sich mit den Händen durch die Haare. »Es sei denn, der Typ hat etwas mit ihrem Tod zu tun.«

Victoria schüttelte lächelnd den Kopf. »Irgendetwas sagt mir, dass du das bereits ausschließen kannst. Dass das nicht sein kann.«

»Alles ist möglich! Ich hab mir schon überlegt, damit zu meinen alten Kollegen zu gehen und das Handy als Beweismaterial anzusehen.«

»Damit man den früheren Nutzer identifizieren kann?«

»Genau. Dann kriegt das Arschloch endlich die Prügel, die es verdient.«

Victoria kniff die Lippen zusammen und drückte die Zigarette so heftig im Aschenbecher aus, dass die Funken flogen. »Na großartig, Ravn, du hast echt Format. Wegen so eines Machobullshit lässt du es zu, dass Evas Andenken besudelt wird?«

»Wovon redest du?«

»Glaub mir, ich weiß, was dummes Geschwätz alles zerstören kann.«

Obwohl er nur wenig über Victorias Vergangenheit wusste, sah er ihr an, dass sie aus bitterer Erfahrung sprach. Für ihn war sie immer nur Victoria gewesen, eine gute Freundin, doch er wusste natürlich, was hinter ihrem Rücken getratscht wurde und dass viele sie als Lesbe und Psychopathin bezeichneten. Ersteres aufgrund ihres maskulinen Kleidungsstils. Letzteres aufgrund der Tatsache, dass sie nie ein Blatt vor den Mund nahm und keiner Konfrontation aus dem Weg ging. »Du irrst dich, Victoria. Darum geht es mir nicht.«

»Worum geht es dir dann? Siehst du denn nicht, dass du alles um dich herum kaputt machst? Eva war der wunderbarste Mensch, dem ich je begegnet bin. Du solltest dich unendlich glücklich schätzen, dass sie ein Teil deines Lebens war. Warum kannst du dich nicht einfach so an sie erinnern, wie sie gewesen ist?«

Er stand von dem Schreibtischstuhl auf, der zurückrollte und gegen die Wand krachte. »Weil ich nicht mehr das Gefühl habe, sie wirklich gekannt zu haben. Zwei Jahre lang habe ich um jemanden getrauert, den ich bedingungslos geliebt habe, dem ich voll und ganz vertraut habe. Und wozu das alles? Um schließlich herauszufinden, dass sie mich betrogen hat! Dass sie auf mich geschissen hat!«

»Du musst das hinter dir lassen, Ravn. Du musst den Blick wieder nach vorn richten.«

»Nichts täte ich lieber als das. Aber jetzt geht alles wieder von vorn los.« Er zog den Reißverschluss seiner Jacke zu. Victoria sah ihn betrübt an. Als sie den Kopf schüttelte, reflektierten ihre grauen Haare das Licht, das durch das Schaufenster fiel. »Das ist nicht der richtige Weg, Ravn.«

Er zuckte mit den Schultern. »Das weiß ich erst, wenn ich den Kerl gefunden und ihm die Fresse poliert habe.«

22

Pankow, Berlin, 22. September 1989

Auf dem Parkplatz vor den Hochhäusern, die in den Nachthimmel ragten, schälten sich Hausser, Müller und Strauss sowie drei junge Frauen aus Strauss' schwarzem Lada. Aus dem Autoradio dröhnten Schlager und hallten zwischen den Wohnblocks wider. Strauss war gefahren, was ihn nicht davon abgehalten hatte, die kleine füllige Helga auf dem ganzen Weg von dem Restaurant in Berlin-Mitte bis zu den Betonsilos in Pankow, wo sie wohnte, zu betatschen. Die Wohnung hatte er ihr besorgt. Als sie die Türen hinter sich zuschlugen, ließ Helga die Flasche mit dem Wodka fallen, die auf dem Boden zerschellte.

»Liebchen, du kleiner Tollpatsch«, lallte Strauss.

»Hab oben noch mehr, Schätzchen«, versicherte ihm Helga, das Gesicht vom Schnaps gerötet. Zu sechst nebeneinander, die Arme um die Hüften der anderen gelegt, schwankten sie grölend dem nächsten Hochhaus entgegen.

Hausser schaffte es gerade bis zum Treppenaufgang, ehe er in die nächste Hecke kotzte, was weniger am Schnaps als an dem fetten Essen lag, das sie in sich hineingeschlungen hatten. Er hatte ohnehin Schwierigkeiten mit fester Nahrung.

»War wohl doch ein Gläschen zu viel, Hausser.« Strauss klopfte ihm auf den Rücken, sodass er fast kopfüber in die Hecke gestürzt wäre.

Hausser bewahrte mit Mühe sein Gleichgewicht und wischte sich den Mund ab. »Vielleicht sollte ich lieber nach Hause gehen.«

»Nach Hause? Was willst du denn da? Du Glücklicher hast ja keine Familie, auf die du Rücksicht nehmen musst. Genieß deine Freiheit. Außerdem bist du es doch, der hier gefeiert wird.«

»Aber zu Hause wartet eine Aufgabe auf mich ...«

»Du kannst schon noch früh genug wieder den Hausmeister spielen. Christoph Schumann ist bei Braun, der auch observiert wird. Die beiden laufen uns schon nicht weg.«

Strauss hakte sich bei Hausser ein, und gemeinsam steuerten sie das Treppenhaus an, wo die anderen auf sie warteten.

Helga wohnte im neunzehnten Stock. Passend zu ihrem Alter, scherzte sie auf dem Weg zum Lift, obwohl sie und ihre Freundinnen eher Ende zwanzig waren. Als sie die unordentliche Wohnung betraten, in der es säuerlich nach Kohl und Zigaretten roch, machten sich die Frauen sofort daran, ein paar Gläser zu holen und Kerzen anzuzünden. Hausser ließ sich schwer auf das niedrige Sofa fallen, das außer ein paar mit Kissen bedeckten Getränkekästen das einzige Möbelstück in dem Zimmer war. Strauss ließ sich sein Glas füllen und leistete ihm Gesellschaft. Helga legte eine LP auf. *Run Runaway* von Slade. Die Frauen wollten tanzen, konnten aber nur Müller dazu animieren.

Strauss stieß mit Hausser an. Der nippte an dem billigen Wodka. »Was ist mit der Observierung der anderen Gruppenmitglieder?«, fragte Hausser.

»Ich arbeite daran, aber bei all den neuen politischen Bewegungen, um die wir uns kümmern sollen, sind wir alle total überlastet. Unsere Ressourcen sind allmählich ziemlich erschöpft.« Er rückte dichter an Hausser heran. »Wir sollten am besten gleich gegen Schumanns Gruppe vorgehen.«

»Wie meinst du das?«

»Die ganze Bande einbuchten. Die Fluchtpläne reichen doch völlig aus, dass sie ihre Posten verlieren und für viele Jahre in den Knast wandern.«

»Wenn es nur um die Posten ginge, wäre ich längst zur Tat geschritten. Aber hier geht es um Republikflucht, verdammt. Um renommierte Personen aus dem Westen als Mithelfer. Das kann eine ganz große Sache werden.«

»Die uns aber auch zum Verhängnis werden kann, Hausser.«

»Das wird nicht passieren.«

Strauss zuckte die Achseln und schien nicht überzeugt. »Oberst Schröder von der Abteilung Z könnte auch zum Problem werden. Wenn herauskommt, dass wir nicht sofort aktiv geworden sind, um das Sicherheitsrisiko zu beseitigen, kann das fatale Konsequenzen haben. Schwerwiegende *politische* Konsequenzen.«

»Zum Teufel mit der Politik. Das liegt doch wohl in unserer Verantwortung.«

Strauss legte ihm beschwichtigend die Hand auf die Schulter und senkte die Stimme.

»Ganz deiner Meinung. Aber wir sind Soldaten, und Soldaten führen Befehle aus, vergiss das nicht.«

Hausser trank einen Schluck. »Ich will Midas auf frischer Tat ertappen.«

»Du solltest da keine persönliche Angelegenheit draus machen, Hausser.«

»Natürlich nicht, ich bin ja nicht blöd. Er ist genauso ein Verräter wie die anderen auch, die ich zur Strecke gebracht habe. Bloß eine weitere miese Ratte.«

Strauss leerte sein Glas und schüttelte grinsend den Kopf.

»Und die wollen in Diplomatenkutschen über die Grenze flüchten? Die haben echt Eier, das muss man ihnen lassen.«

»Die ihnen bald abgeschnitten werden.«

Helga legte kurzatmig eine neue Platte auf. Die verstimmten Orgeltöne von Procol Harums *A Whiter Shade Of Pale* brachten Strauss sofort auf die Beine. Er ging zu Helga, die sich erst zierte, dann aber doch eng umschlungen mit ihm tanzte. Müller hatte seine Hand unter das Kleid von Helgas Freundin geschoben und ihr seine Zunge tief in den Mund geschoben. Die andere Freundin, die sich offenbar ein wenig überflüssig vorkam, setzte sich rittlings auf Haussers Schoß. Er sah die Frau mit den rotblonden Haaren und der Lücke zwischen den Schneidezähnen überrascht an.

»Mit deinem Schnurrbart siehst du aus wie ein Troll«, sagte sie und strich ihm über die Barthaare. »Aber wie ein süßer Troll.«

Hausser drehte ärgerlich seinen Kopf zur Seite. »Kein Interesse«, brummte er und versuchte sie wegzuschieben. Aber sie drückte ihre Beine zusammen und blieb auf ihm sitzen.

»Hat der Troll schlechte Laune?«, fragte sie mit einem Schmollmund.

Hausser sah sie mit glasigen Augen an. »Nutten hab ich noch nie gefickt, und bei dir werd ich nicht damit anfangen.«

Die Frau knallte ihm eine und ließ sich neben ihn auf das Sofa gleiten. »Ich bin keine Nutte.« Sie verschränkte die Arme vor der Brust. »Strauss«, rief sie in voller Lautstärke, um die Musik zu übertönen. »Sag deinem Freund, dass ich keine Nutte bin.«

Strauss hob sein Gesicht aus Helgas Haaren, in denen es begraben gewesen war. »Was? Nein, nein, das bist du natürlich nicht. Ihr seid wirklich die talentiertesten Tänzerinnen, die ich je gesehen habe. Die beste Tanzgruppe der Republik.

Wir kommen auch zu eurer Premiere, sobald wir euch einen Auftritt verschafft haben.« Er sah Helga in die Augen. Dann nahm er ihre erhitzten Wangen in seine Hände und küsste sie gierig.

Hausser schielte zu der Frau neben sich und hielt ihr sein leeres Glas hin. Sie hob die Wodkaflasche vom Boden auf, schenkte ihm etwas ein und füllte ihr eigenes Glas bis zum Rand. »Tut mir leid«, sagte Hausser. »Bin schon als Dreckskerl geboren worden, da kann man nichts machen.«

Sie zuckte mit den Schultern und stieß mit ihm an. »Wir haben alle unsere Rollen zu spielen.«

»Und was steht bei euch auf dem Spielplan?«

»*Salome*. Du weißt schon, diese Geschichte mit Johannes dem Täufer …«

»Dem der Kopf abgeschlagen wurde, ich weiß.« Hausser blickte zu Strauss hinüber. »Darf so was überhaupt aufgeführt werden?«, rief er und lächelte.

»Kommt drauf an, wer mit Johannes der Täufer gemeint ist. Ich hab schon vorgeschlagen, dass der Kopf auf dem Tablett der von Helmut Kohl sein sollte.«

Sie lachten alle. Hausser sah die Frau an. »Wie heißt du?«

»Nenn mich, wie du willst«, sagte sie und setzte sich wieder auf seinen Schoß.

Hausser streichelte ihre Schenkel und starrte auf ihre Brüste, die schwer unter ihrem Nylonhemd lagen. »Du erinnerst mich an eine Lena, die ich kenne«, sagte er, ohne es ernst zu meinen. Doch als sie ihn küsste und er die Augen schloss, dachte er dennoch, dass es so war. Und er dachte, dass der Sieg nahe war. Der Sieg des Volkes.

23

Christianshavn, April 2014

Ein paar Tage nach dem Gespräch mit Victoria saß Ravn gemeinsam mit Mikkel im Café Carlton am Halmtorvet. Das Café lag unmittelbar neben dem Polizeirevier, das sich als grauer hässlicher Betonklotz hinter dem Platz erhob. Der junge Kellner brachte Mikkel einen Caffè Latte und Ravn ein Carls Special.

»Dein Anruf hat mich überrascht«, sagte Mikkel, der seine Hände in den Taschen seiner Windjacke vergraben hatte. »Ist ja schon lange her …«

Obwohl er es zu verbergen versuchte, schien Mikkel ein wenig verstimmt über die lange Funkstille zu sein.

»Tut mir leid, dass ich mich nicht früher gemeldet habe. Ich hatte nur so viel um die Ohren.«

»Hast du einen neuen Job?«

Ravn schüttelte den Kopf. »Nein, aber ich habe endlich meine Wohnung verkauft, und als ich sie total ausgeräumt habe, da …«

»Wir vermissen dich da oben.« Mikkel machte eine vage Kopfbewegung Richtung Polizeirevier. »Schöne Grüße von den anderen.«

»Von Brask ja wohl nicht.«

Mikkel nippte an seinem Latte. »Nein, der scheint wirklich heilfroh zu sein, dass er dich los ist. Aber du musst unbedingt mal wieder vorbeikommen. Vermisst du uns denn gar nicht?«

»Hm, schon …«, murmelte Ravn in sein Bier.

Mikkel blickte aus dem Fenster auf den Halmtorvet. »Mein Gott, wie oft waren wir beide da draußen im Einsatz und haben Schnee geschaufelt.«

Ravn nickte. *Schnee schaufeln* war ein interner Ausdruck innerhalb der Sondereinheit, wenn es darum ging, irgendwelchen Dealern persönlich auf den Zahn zu fühlen. Ein echter Scheißjob und reiner Aktionismus, wenn irgendein Lokalpolitiker sich mal wieder in den Medien über die steigende Drogenkriminalität ausgelassen hatte.

Mikkel strich sich über seine kurz geschorenen Haare. »Weißt du noch, wie schnell die gerannt sind, wenn sie uns gesehen haben? Manche hätten echt bei den Olympischen Spielen mitmachen können.«

»Natürlich weiß ich das noch«, murmelte Ravn. Wie so vieles andere, das sie getan hatten. All die Schusswechsel, die Festnahmen irgendwelcher Rocker oder die Verfolgungsjagden mit dem Auto, bei denen sie Kopenhagen zu einer Formel-1-Rennstrecke gemacht hatten. All das, was sie als Kollegen und dicke Kumpel gemeinsam durchgemacht hatten. Aber er hatte keine Lust, über die alten Zeiten zu quatschen. Deshalb hatte er auch dieses Café ausgesucht, statt seiner alten Abteilung einen Besuch abzustatten. »Hast du was über diesen Mogens Slotsholm herausgefunden?«

Mikkel nickte. »Obwohl ich ziemlich lange nach den Berichten suchen musste. Ist ja nicht gerade der größte Fall der Welt. Warum interessiert er dich überhaupt?«

»Nicht mich, sondern seine Schwester. Ich hab versprochen, mal nachzuhaken, ob's was Neues gibt.«

»Sieht sie gut aus?«

»Wer?«

»Na, die Schwester.«

»Ja, ziemlich gut, aber das hat nichts mit der Sache zu tun.« Er trank einen Schluck Bier. Hatte Lust, das Glas in einem Zug zu leeren, ließ es aber bleiben. »Erzähl schon.«

»Scheint die klassische Geschichte zu sein: Buchhalter brennt mit der Kasse durch.«

»Und ihr seid sicher, dass er es war?«

»Daran besteht nicht der geringste Zweifel. Der hat sein Leben lang für diese Scheißfirma gearbeitet. Irgendwann hatte er dann wohl endgültig die Schnauze voll und ist mit der Kasse abgehauen.«

»Und wie hat er das angestellt?«

»So etwa im Stil der Olsen-Bande.« Mikkel grinste. »Während alle Kollegen beim Mittagessen in der Kantine waren, hat er im Nebenraum den Safe seines Chefs ausgeräumt.«

»Hatte er einen Schlüssel?«

»Nein, aber er kannte den Zahlencode.« Mikkel drückte mit einem Finger ein paar imaginäre Tasten. »Hat sich die fünfundvierzigtausend in die Tasche gestopft und ist raus aus dem Laden. Ein Kollege hat noch gesehen, wie er das Firmengelände verlassen hat.«

»Und die Durchsuchung seiner Wohnung?«

»Hat nix gebracht. Auch von Familienangehörigen und Nachbarn war nichts Brauchbares zu erfahren. Seitdem ist der Mann wie vom Erdboden verschluckt. Auf seinem Konto hat sich nichts getan. Er hat kein einziges Mal versucht, dort Geld abzuheben.«

»Warum die ganze Mühe für so wenig Geld?«

Mikkel zuckte die Schultern. »Woher soll ich das wissen? Vielleicht dachte er, dass mehr Geld im Safe wäre. Die Firma hatte ein paar Zulieferer gerade in bar bezahlt. Soviel ich weiß, handelt es sich um ein alteingesessenes Bauunternehmen, das haufenweise Arbeiter aus Osteuropa beschäftigt.«

»Schwarzarbeit?«

»Frag das Finanzamt.«

»Die Ermittlungen ruhen also?«

»Bis Mogens wieder auftaucht, ja. Was erzählt seine Schwester über ihn?«

»Sie haben nicht gerade ein enges Verhältnis. Ihr Bruder ist wohl ein ziemlicher Eigenbrötler, der liest und Richard Wagner hört.«

»Dann ist er bestimmt nach Bayreuth gefahren, um sich den *Ring* anzuhören«, scherzte Mikkel.

»Brillante Idee. Danke für die Hilfe.«

Mikkel schüttelte den Kopf. »Keine Ursache. Du musst das der Schwester ja nicht auf die Nase binden, aber wenn ihr Bruder nach so langer Zeit wieder auftaucht, dann wohl nur als Leiche.«

»Sehe ich auch so«, entgegnete Ravn und nickte.

Mikkel leerte sein Glas. »Ich muss dann mal wieder.«

»Da ist noch was …«

»Ja?« Mikkels Blick offenbarte, dass er fürchtete, was jetzt kommen würde. »Was denn?«

»Die Sache mit Eva.«

»Ich hab mich schon gefragt, wie lange es dauert, bis du darauf zu sprechen kommst.« Er lächelte verhalten. »Da gibt es nichts Neues. Du weißt doch selbst, wie das ist. Wenn nicht irgendwelche neuen Indizien oder überraschend Zeugen auftauchen, dann passiert da nichts.«

»Ja, ich weiß.« Er zog Evas altes Handy aus der Tasche und legte es auf den Tisch. »Das hier hab ich gefunden, als ich die Wohnung ausgeräumt habe.«

»Wem gehört das?«

»Das war Evas Arbeitshandy.« Ravn senkte den Kopf. Er hätte nicht gedacht, dass es ihm so schwerfallen würde, von den SMS zu sprechen, die er entdeckt hatte. Davon, dass Eva ihm vermutlich untreu gewesen war. Während er Mikkel davon erzählte, hatte er das Gefühl, jemand würde ihm unter dem Tisch die Eier abschneiden. Als Ravn fertig war, betrachtete Mikkel das Handy und drehte es auf der Tischplatte wie einen Kreisel. »Das … das tut mir wirklich leid. Das hast du nicht verdient.«

»Ich weiß nicht, ob es jemanden gibt, der so etwas verdient.« Ravn schnitt eine Grimasse. Mikkels Mitleid brauchte er nicht. »Das muss unbedingt unter uns bleiben.«

»Natürlich. Ich schweige wie ein …«

»Auch wenn das Handy nun Gegenstand der Ermittlungen wird.«

»Was?« Mikkel starrte ihn an. »Du willst das Handy doch wohl nicht als Beweismittel einreichen?«

»Ich möchte, dass du herausfindest, wer Eva diese SMS geschrieben hat.«

Mikkel atmete tief durch, suchte offenbar nach den richtigen Worten.

»Ich kann deine Wut gut verstehen. An deiner Stelle wäre ich genauso wütend, aber … wir wissen doch beide, dass das hier nichts mit dem Mord an Eva zu tun hat. Alle Umstände des Einbruchs und die Tatsache, dass es kein geplanter Mord war, sondern dass ein Schlag auf den Hinterkopf zu ihrem Tod geführt hat …«

»Du brauchst das nicht zu wiederholen. Schließlich hab ich sie gefunden.«

»Ich wollte die alte Wunde nicht wieder aufreißen. Aber du weißt genauso gut, dass der Täter mit 99-prozentiger Sicherheit zu einer der Ostbanden gehört hat, die damals in der

Gegend operiert haben, und dass er längst wieder das Land verlassen hat.«

»Trotzdem …«

»Was ich dir zu sagen versuche, ist, dass es überhaupt keinen Sinn macht, die Ermittlungen in eine falsche Richtung zu lenken, nur weil du rauskriegen willst, mit wem sie zusammen war.«

»Welche Ermittlungen? Die sind doch längst eingestellt. Das ändert also nichts.«

»Denk nach, Ravn. Willst du das wirklich ans Tageslicht zerren?«

»Nein. Deshalb bin ich ja auch zu dir gekommen, zu meinem alten Kumpel.«

»So wie immer, wenn du Hilfe brauchst?«

Ravn zögerte kurz, ehe er Mikkel durchdringend ansah. »Es braucht nur einen einzigen Anruf bei der Telefongesellschaft, dann wissen wir, wer er ist. Ich würde dasselbe für dich tun, das weißt du genau.«

Mikkel senkte die Stimme. »Verdammt, Ravn, das kann mich meinen Job kosten. Und im Gegensatz zu dir bin ich nicht bereit, mich auf ein altes Holzboot am Kopenhagener Kanal zurückzuziehen, verstehst du?«

Auf Ravns Gesicht breitete sich ein Lächeln aus. »Erstens ist die *Bianca* kein Holzboot, und zweitens liegt sie nicht am Kopenhagener, sondern am *Christianshavns* Kanal.«

»Sorry«, entgegnete Mikkel und konnte sich ein Grinsen nicht verkneifen. »Du weißt schon, dass Brask mich achtkantig rauswirft, wenn er davon Wind bekommt?«

»Das wäre zumindest das erste Mal, dass er von *irgendetwas* Wind bekommt.«

»Ich meine es ernst. Außerdem verstehe ich wirklich nicht, warum du das unbedingt wissen willst. Warum wirfst du das

Handy nicht einfach weg und ziehst endlich einen Schlussstrich unter die Sache?«

»Weil mir Schlussstriche nicht liegen und ich große Lust habe, den Typen nach Strich und Faden zu vermöbeln.«

Mikkel stand auf und nahm das Handy an sich. »Sanft und friedfertig wie eh und je«, bemerkte er ironisch.

Ravn zuckte mit den Schultern.

24

Prenzlauer Berg, Berlin, 1. Oktober 1989

Hausser erwachte im Schlafzimmer des Hausmeisters und starrte den braunen Fleck an, den ein Wasserschaden in der Wohnung über ihm verursacht hatte. Er versuchte sich zu strecken, doch seine Füße stießen in dem viel zu kurzen Bett sofort gegen das Fußende. Es war Sonntagvormittag, sein Kopf dröhnte, und sein Rücken schmerzte von der unbequemen Stellung, in der er gestern kopfüber ins Bett gefallen war. Im Treppenhaus zogen schleppende Schritte an seiner Wohnung vorbei, ehe ganz oben eine Tür geöffnet wurde. Er musste aufstehen und nachsehen, wer der Familie Schumann zu so früher Stunde einen Besuch abstattete. Im Aschenbecher, der auf dem Nachttisch stand, entdeckte er eine Kippe. Er zündete sie an und stapfte ins Wohnzimmer.

Der Kater machte ihm so zu schaffen, dass die Bilder auf den Monitoren vor seinen Augen flimmerten. Hausser setzte sich auf einen Stuhl und folgte der Liveübertragung aus Schumanns Wohnzimmer. Braun war gekommen. Soweit Hausser sich erinnerte, war kein weiteres Treffen zwischen Christoph und Braun verabredet gewesen, weder zu Hause noch in der Bank. Das bedeutete, dass die Observierungsmaßnahmen nicht ausreichten oder dass es sich um ein spontanes Treffen …

»Gut, dass du kommen konntest«, kam Christophs Stimme aus den Lautsprechern.

Hausser musste sich später mit Müller in Verbindung setzen und ihn dazu bringen, sich eingehender um Braun zu kümmern. An diesem kritischen Punkt der Überwachung durften sie keinen Fehler machen.

In diesem Moment sah er auf dem Monitor, wie Lena und ihre Tochter ins Wohnzimmer kamen. Braun umarmte sie beide. Dann erkundigte er sich höflich nach den Turnstunden der Tochter, die ebenso höflich antwortete, dass es ganz gut lief.

»Sie ist viel zu bescheiden«, schaltete sich Lena ein und strich ihr über die Haare. »Sie ist die Beste in ihrem Jahrgang.« Das Mädchen, dem das öffentliche Lob ein bisschen peinlich zu sein schien, verschwand in seinem Zimmer.

»Würdest du uns allen einen Drink machen?«, fragte Christoph seine Frau, die schon auf dem Weg zur Hausbar war.

»Für mich ist es dazu noch etwas zu früh«, wehrte Braun ab.

»Ich glaube, du wirst bald eine Stärkung vertragen können.«

»Hört sich ja dramatisch an«, entgegnete Braun.

Die beiden Männer nahmen auf den Barhockern Platz, während Lena die Drinks mixte.

»Die Zeiten sind ernst, und es müssen schwere Entschlüsse gefasst werden«, begann Christoph.

»Ich dachte, dass wir den schwersten Entschluss bereits gefasst hätten.«

»Die Situation ist aber nicht mehr so einfach. Auf der einen Seite halten Honecker und die Partei eisern daran fest, dass die Republik weiter bestehen wird. Und ich denke, sie haben immer noch die Macht, entsprechende Maßnahmen zu ergreifen.«

Braun nickte. »Was die Vergangenheit ja bewiesen hat.«

»Richtig. Und auf der anderen Seite quellen die Botschaften in Prag und Warschau über von unseren Landsleuten.

Und obwohl die Stasi alles versucht, die Demokratiebewegung bei uns zu ersticken, wird sie von Tag zu Tag stärker.«

»Worauf willst du hinaus?«

»Dass die Situation allmählich der an den internationalen Börsen gleicht. Das Schicksal der ganzen Nation hängt vom Glauben der Menschen ab. Und von der richtigen Einschätzung der Lage. Davon, den richtigen *Kauf* zu machen. Und so viel weiß ich zumindest, dass, wenn alle anderen verkaufen, man selbst in großem Maßstab kaufen muss.« Er machte eine Pause und nahm die drei Gläser Whiskey entgegen. »Wenn also alle anderen flüchten … dann ist es vielleicht doch besser zu bleiben.«

»Du willst nicht mehr flüchten?«

Christoph schüttelte den Kopf. »Ganz unter uns war dies nie mein Plan.« Er reichte Braun ein Glas, der daran schnupperte und dann begierig trank. »Ich muss zugeben, dass mich deine Kehrtwende überrascht, doch zugleich bin ich auch erleichtert. Ehrlich gesagt hatte ich auch gewisse Schwierigkeiten, mich mit Bart und Sonnenbrille in einem Diplomatenauto flüchten zu sehen. Ich habe auch Vera nichts von alldem erzählt. Aber was tun wir jetzt?«

»Ich hab die ganze Zeit schon gedacht, dass wir ganz von vorn anfangen müssten, wenn es uns glücken würde, in den Westen, in eine der neuen Demokratien zu kommen. Und ganz gleich, wie gut unsere Kontakte auch sein mögen, es wäre keinesfalls sicher, dass unser Konsortium Erfolg hätte. Wir würden stets mit anderen konkurrieren müssen, die den Markt viel besser kennen als wir. Schon allein durch die Tatsache, dass wir zugezogen sind. Wenn wir aber die wahnwitzige Situation in diesem Land bis zu seinem baldigen Kollaps aushalten, dann werden wir glänzende Verdienstmöglichkeiten haben.«

»Falls der Kollaps denn wirklich kommt.«

»Darin liegt natürlich ein gewisses Risiko. Aber stell dir mal vor, Braun, was passiert, wenn die gesamte Industrie und der finanzielle Sektor privatisiert werden. Wir könnten eine eigene Bank gründen, die ein Bauprojekt nach dem anderen finanziert. Und wenn es darüber hinaus noch zur Wiedervereinigung kommen sollte …«

»Ausgeschlossen«, entgegnete Braun und lachte.

»Aber denk den Gedanken doch mal zu Ende … Wo würde dann die neue Hauptstadt liegen?« Christoph zeigte auf den Boden. »Genau hier, in Berlin natürlich. Überleg nur, was hier alles gebaut werden würde, was für ein ökonomisches Kraftzentrum direkt vor unseren Füßen entstehen würde. Wie viel Kapital uns risikofreudige Unternehmer zur Verfügung stellen würden. Ausländische Investoren würden darum betteln, dass wir ihre Vermögen verwalten, und hier sprechen wir von Milliarden und Abermilliarden. All das liegt sehr wohl im Bereich des Möglichen, und davor wollen wir jetzt flüchten und unsere sicheren Positionen aufgeben?«

»Du scheinst ja schon ziemlich lange darüber nachgedacht zu haben.«

»Tag und Nacht. So eine Chance bekommt man nur einmal im Leben. Ein Kollege in der Bank hat halb im Spaß zu mir gesagt, dass in Russland die Oligarchen zurückkehren würden. Vielleicht hat er damit mehr recht, als er selbst glaubt. Und warum sollte das nicht auch hier passieren? In einem wiedervereinigten Deutschland werden wir den Ton angeben. Von jedem Kran wird unsere Fahne über der neuen Hauptstadt wehen, und das wird erst der Anfang sein«, sagte Christoph und lächelte breit.

Braun leerte sein Glas und stellte es auf den Tisch. »Was ist mit den anderen im Konsortium?«

»Wenn alles so läuft, wie ich hoffe, werden sie nicht mehr lange unsere Verbündeten, sondern schon bald unsere Konkurrenten sein. Sollte es irgendwann zu einer gerichtlichen Auseinandersetzung kommen, wäre ein Mann wie Oberst Schröder sogar gefährlich für uns.«

»Du scheinst dir deiner Sache ja verdammt sicher zu sein.«

Christoph blickte zu Boden und wirkte zum ersten Mal während ihres Gesprächs ein wenig besorgt. »Ich glaube, unsere Chancen stehen 60:40 zu unseren Gunsten. Aber eins ist gewiss: Wenn dieser Staat zur freien Marktwirtschaft übergeht, dann wird sich die Bevölkerung aufteilen in diejenigen, die sich rechtzeitig darauf eingestellt haben, und in jene ...« Er warf Braun einen ernsten Blick zu. »Am Anfang werden alle über ihre frisch errungene Freiheit jubeln, bis sie herausfinden, dass die das Einzige ist, was sie bekommen haben. Wer nichts hat, wird zum Sklaven der neuen Zeit werden. Und das ist nicht die Zukunft, die ich mir für mich und meine Familie wünsche. Noch einen Drink?«

Braun nickte. »Aber was sagen wir ... unseren Partnern?«

»Nichts. Wir planen weiter mit den anderen die Flucht, doch wenn der Tag kommt, was nicht mehr lange dauern wird, dann tauchen wir unter. Ich wette, dass die anderen es vorziehen werden, ohne uns zu fliehen, als allzu lange auf uns zu warten. Ob sie es schaffen, über die Grenze zu kommen, oder nicht, spielt keine Rolle. Hauptsache, wir sind sie los.«

Christoph hob sein Glas, und zu dritt stießen sie an. Braun machte Lena ein Kompliment für die Weitsicht ihres Mannes. Nannte ihn ein Genie und einen ausgebufften Strategen.

Hausser war wie gelähmt angesichts dessen, was er gerade mitgehört hatte. Am liebsten hätte er gleich seine Dienstpistole aus dem Schlafzimmer geholt und Christoph eine Kugel in die Stirn geschossen. Sein schöner Plan war durch die Intrige dieses Reaktionärs vereitelt worden. Christoph hatte ihn genauso hinters Licht geführt wie seine Verbündeten, und seine Gefühle Christoph gegenüber bündelten sich in einem einzigen Wort: HASS.

25

Christianshavn, April 2014

Zu den Tönen von *Un-Break My Heart* ging Johnson mit einem Tablett von Tisch zu Tisch und verteilte die Gläser mit Bourbon unter den Stammgästen. Es war schwer zu sagen, wer von ihnen an diesem verregneten Mittwochnachmittag einen Fünfer in die Jukebox geworfen hatte, um diese Schnulze von Toni Braxton zu hören. Nachdem Johnson das letzte Glas ausgeteilt hatte, kehrte er zur Theke zurück, an der Ravn und Eduardo auf zwei Barhockern saßen. Eduardo tippte auf seinem Laptop herum, um seinen Artikel für die *Information* fertigzustellen. Er hatte die Deadline für sein Feature über makroökonomische Herausforderungen in der Dritten Welt schon weit überschritten.

»Was feiern wir denn?«, wollte Niels Blåtand, der nur noch wenige Zähne im Mund hatte, vom anderen Ende der Theke wissen.

»Dass Ravn die *Bianca* abbezahlt hat«, antwortete Johnson. »Jetzt gehört das Boot endlich ihm.«

Niels hob sein Glas und prostete Ravn zu. »Dann viel Glück, Skipper! Könntest mir vielleicht mit einem Fünfhunderter aushelfen.«

Ravn zwinkerte ihm zu und leerte sein Shotglas als Antwort, dass das nicht infrage kam.

»Ist also alles gut über die Bühne gegangen?«, erkundigte

sich Johnson und nippte an seinem Kaffee. »Du hast das Geld bekommen?«

»Die Wohnung ist definitiv weg, und die *Bianca* gehört mir.«

»Und hast du noch Geld zum Leben übrig?«

»Klar, ich hab ja auch noch meinen laufenden Kredit.« Er zeigte auf seine leere Bierflasche. Johnson stellte ein neues Hof vor ihn hin und ging zu Niels, der die Hand gehoben hatte.

Ravn zog Louises Visitenkarte aus der Tasche und drehte sie in der Hand. Er hatte sie die letzten Tage schon anrufen wollen, wusste aber nicht richtig, was er ihr sagen sollte. Was Mikkel ihm erzählt hatte, war sicher nichts Neues für sie. Er wünschte, ihr irgendwie helfen zu können, wusste aber nicht, wie. Ihm blieb nichts anderes übrig, als sie anzurufen und ihr reinen Wein einzuschenken.

Eduardo bemerkte die Visitenkarte in Ravns Hand und hörte auf zu schreiben. »Was grübelst du?«

»Ach nichts«, antwortete Ravn und wollte die Karte wieder einstecken. Doch Eduardo reagierte schnell und schnappte sie ihm aus der Hand. Er hielt die Karte ins Licht der Lampe über der Theke. Ein breites Lächeln zog sein Gesicht auseinander. »Das ist doch *sie*! Die neulich auf dem Boot war.« Er las die Karte. »Oh, là, là, Louise Slotsholm Nielsen, Architektin«, las er.

»Na und?« Ravn versuchte, die Karte zurückzuerobern, doch Eduardo verteidigte sie geschickt, und so gab er es schließlich auf. »Sei nicht kindisch.«

»Hast du ein Date mir ihr?«

»Wovon redest du? Ich versuche ihr zu helfen, das ist alles.«

Johnson kehrte hinter die Theke zurück. »Was ist das?«, fragte er mit einem Blick auf die Karte.

»Ravns neue Freundin. Eine bildhübsche Architektin.«

»Ich kenn sie doch kaum«, wehrte Ravn ab und schüttelte den Kopf.

»Also, wenn du kein Interesse hast, kann ich sie ja mal anrufen.«

Diesmal war Ravn schnell genug, die Visitenkarte an sich zu bringen und sie sogleich wieder in seiner Tasche verschwinden zu lassen. »Hast du nicht schon genug andere Eisen im Feuer?«

Eduardo lächelte geschmeichelt und wandte sich wieder seiner Tastatur zu.

»Ist das die Schwester von diesem Buchhalter, der verschwunden ist?«, fragte Johnson.

Obwohl es Ravn nicht überraschte, dass Johnson bereits Bescheid wusste, warf er Eduardo einen tadelnden Blick zu.

»Alle haben doch schon von dieser Sache gehört«, murmelte Eduardo, ohne den Blick vom Bildschirm zu heben.

»Kennst du ihn?«, fragte Ravn und sah Johnson an. »Ist er mal hier gewesen?«

»Nicht dass ich wüsste.« Johnson nahm einen Lappen und wischte den Tresen ab. »Ich lege auch keinen Wert auf solche Gäste. Man muss schon ziemlich gewissenlos sein, um eine Firma zu bestehlen, für die man so lange gearbeitet hat.«

»Oder Robin Hood«, entgegnete Eduardo. »Vielleicht hat er das Geld der Kapitalisten ja wirklich den Armen gegeben.«

Johnson warf ihm einen missbilligenden Blick zu. »Du redest hier von einem hoch angesehenen alten Familienunternehmen.«

»Also ein altes Kapitalistengeschlecht, wird ja immer schlimmer.«

»Du kennst sie?«, fragte Ravn Johnson.

Johnson schüttelte den Kopf. »Nicht persönlich, aber die Familie Lauritzen ist für alle, die hier in Christianshavn aufgewachsen sind, eine Institution. Seit drei Generationen haben sie diesen Stadtteil auf Vordermann gebracht und unendlich viele Arbeitsplätze geschaffen.«

Eduardo schnaubte. »Die beschäftigen vor allem unterbezahlte Leiharbeiter aus Osteuropa. Ich hab vor ein paar Jahren mal einen Artikel über das Unternehmen geschrieben. Danach hatten die tierischen Ärger mit der Gewerkschaft.«

»Du meinst also, nur weil man nicht so ein Scheißkommunist ist wie du, hat man es verdient, in Misskredit gebracht zu werden?« Johnsons mächtiger Schatten türmte sich über Eduardo auf.

Eduardo lächelte friedfertig. »Hab ich ja nicht gesagt, *amigo*.«

Johnsons Blick wanderte von Eduardo zu Ravn. »Nach dieser Geschichte war Lauritzen gezwungen, eine Reihe von Leuten zu entlassen. Ich hab sogar gehört, dass es einige Zulieferer gibt, die schon lange auf ihr Geld warten. Und das sage ich nicht, um mich an dem allgemeinen Gequatsche zu beteiligen.«

»Hört sich doch seltsam an«, entgegnete Ravn. »Ich meine, dass angeblich nur fünfundvierzigtausend Kronen gestohlen worden sind. So eine Firma setzt doch Millionen um.«

Johnson hob abwehrend die Hände. »Ich geb nur weiter, was man sich so erzählt. An Klatsch und Tratsch bin ich nicht interessiert.«

»Ist angekommen, aber trotzdem …« Ravn trank einen Schluck Bier. Irgendwas stimmte nicht bei dieser Geschichte.

»Was meinst du?«

Ravn nahm Eduardos Shotglas, das immer noch voll war, und leerte es. Eduardo protestierte halbherzig. »Was mag Mogens für ein Motiv gehabt haben? Warum hat er sich an dem Geld vergriffen?«

»Weil er ein kleiner Scheißkerl ist«, mutmaßte Johnson.

Ravn schüttelte den Kopf. »Das erklärt seinen Charakter, aber nicht sein Motiv. Warum hat er sich entschieden, mit dem Geld abzuhauen?«

»Vielleicht wurde er erpresst«, schlug Eduardo vor.

»Bedrohung und Konsequenz müssen aber im richtigen Verhältnis zueinander stehen. Für eine Erpressung ist die Summe viel zu gering.«

»Vielleicht hat er einfach von einem anderen Leben geträumt, so wie der Rest der dänischen Bevölkerung«, sagte Johnson und machte eine seitliche Kopfbewegung in Richtung seiner Gäste.

»Wenn er irgendwo ein neues Leben anfangen wollte, ist der Betrag erst recht zu klein. Mogens ist nicht dumm. Er muss gewusst haben, wie viel im Safe war. Was angesichts dessen, was du über Entlassungen und unbezahlte Rechnungen der Firma berichtet hast, nur eins bedeuten kann …«

»Ich wollte da nichts in die Welt setzen …«

»Dass Mogens mit viel mehr Geld verschwunden ist, als die Firma gegenüber der Polizei angegeben hat.«

Eduardo blickte vom Monitor auf. »Ziemlich gute Story.«

»Über die du nichts schreiben wirst«, erwiderte Ravn.

»Und hier schon gar nicht«, fügte Johnson hinzu.

»Ist ja gut, jetzt schaut mich nicht so an«, verteidigte sich Eduardo. In diesem Moment kam eine junge blonde Frau zur Tür herein. Sie ging direkt auf Eduardo zu und schlang die Arme um ihn. Eduardo drehte sich erschrocken zu ihr um.

»Hier versteckst du dich also«, sagte die Frau.

Sie erinnerte Ravn an diejenige, die er neulich morgens an Bord von Eduardos Ketsch gesehen hatte, war sich jedoch nicht sicher. Und Eduardo machte auch keine Anstalten, sie vorzustellen. Stattdessen beeilte er sich, seine Datei zu schließen und den Laptop zuzuklappen.

»Lass uns irgendein gemütliches Restaurant suchen, ein bisschen *romantico*.« Er wartete nicht auf ihre Antwort, sondern nickte Ravn zum Abschied kurz zu und legte ihr den Arm um die Taille. Im nächsten Augenblick waren sie aus der Tür hinaus.

»Werden so rollige Kater in der Regel nicht kastriert?«, fragte Johnson.

Ravn nickte. »Je weiter der Frühling fortschreitet, desto höher wird die Quote.«

Ein paar Stunden später stand Ravn im Gang zwischen dem Billardzimmer und den Toiletten. Im Havodderen war inzwischen viel Betrieb, und ein paar Studenten hatten den Billardtisch mit Beschlag belegt. Ravn, dem die Beine einzuknicken drohten, lehnte sich gegen den Zigarettenautomaten. Er zog sein Handy und Louises Visitenkarte aus der Tasche und rief sie an.

»Louise Slotsholm …«, hörte er Sekunden später.

»Hallo, hier ist Thomas. Störe ich?« Am anderen Ende blieb es still. Ravn versuchte es noch einmal mit deutlicher Aussprache und seinem vollen Namen.

»Hey, Thomas.« Es klang so, als würde sie lächeln. »Du klingst ja so … fröhlich?«

»Ich hab … mit ein paar alten Kollegen gesprochen«, sagte er und gab sich größte Mühe, nicht über die einzelnen Buchstaben zu stolpern.

»Oh, danke! Konnten sie dir etwas Neues sagen?«

»Ja, äh, schon. Können wir uns vielleicht irgendwo treffen?«

»Sehr gern. Wo?«

Er schaute auf seine Armbanduhr. Konzentrierte sich auf die Zeiger und sah, dass es fast halb neun war. »Hast du schon was gegessen?«

26

Prenzlauer Berg, Berlin, 1. Oktober 1989

Prasselnder Regen ging auf die Schönhauser Allee nieder, und Hausser suchte Schutz unter der Hochbahn, die parallel zum Mittelstreifen verlief. Es regnete so stark, dass er von einer Wasserwand umgeben war, und direkt über ihm war das infernalische Donnern eines vorbeifahrenden Zuges zu hören. In ein paar hundert Metern Entfernung, an der Kreuzung zur Gneiststraße, sah er vor der gelben Telefonzelle eine lange Schlange. Er beschleunigte seine Schritte, drängte sich an den Ersten in der Schlange vorbei und rief: »Tut mir leid, das ist ein Notfall.«

Ein kräftiger Mann in einer schwarzen Lederjacke packte ihn an den Schultern und zog ihn zurück. »In diesem Scheißland ist alles ein Notfall, stell dich hinten an.«

Hausser zog seinen Ausweis aus der Tasche und hielt ihn dem Mann vor die Nase. Das Logo der Staatssicherheit ließ den Mann zurückweichen. »Verschwinden Sie!«, knurrte Hausser.

Die Schlange unter der Hochbahn löste sich auf, und die Leute liefen in den strömenden Regen hinaus.

Hausser riss die Tür der Telefonzelle auf. Der picklige Junge, der den Hörer in der Hand hielt, wollte protestieren, schwieg aber sofort, als er Haussers Ausweis sah. »Raus mit dir!«

Der Junge legte hastig auf und drückte sich an Hausser vorbei nach draußen.

Hausser warf ein paar Münzen in den Automaten und wählte. »Wir müssen uns sofort treffen!«, keuchte er in den Hörer.

»Hausser? Ist was passiert?«, fragte Strauss.

»Es gibt eine neue Entwicklung.«

»Hoffentlich nichts Dramatisches. Ich hab gute Neuigkeiten für dich.«

»Ach so? Können wir uns treffen … heute Abend? Am üblichen Ort in der Boyenstraße?«

»Das passt mir schlecht. Komm zur Lange Straße Nummer 11 am Ostbahnhof.«

»Warum so weit draußen?«

»Sei einfach um 8 Uhr da.« Strauss legte auf, und Hausser stand da mit dem Hörer in der Hand. Er musste Strauss von Christophs Doppelspiel berichten. Davon, dass er seine eigenen Fluchtpläne ad acta gelegt hatte. Die ganze Geschichte war ein Albtraum. Dabei war er sich so sicher gewesen. So sicher, Christoph Schumann alias Midas auf frischer Tat zu ertappen. Doch jetzt ging ihm Midas' Bemerkung, man müsse sich rechtzeitig auf die neue Zeit einstellen, nicht mehr aus dem Kopf.

Als Hausser am Abend den Ostbahnhof erreichte, hatte es noch immer nicht aufgehört zu regnen.

Am Vormittag hatte er sich nicht aufraffen können, in die Hausmeisterwohnung zurückzukehren und die Monitore anzusehen, die ihm Midas' perfektes Leben vor Augen führten. Stattdessen war Hausser in die S-Bahn gestiegen und kreuz und quer durch die graue Stadt gefahren. Er konnte es nicht mehr ertragen, Midas durch seine schicke Wohnung spazieren zu sehen, gleichermaßen gefeiert von seiner attraktiven

Frau und seiner strebsamen Tochter. Auch seine leicht nasale Stimme und das leise glucksende Lachen hielt Hausser nicht mehr aus.

Hausser stapfte die Lange Straße hinunter und kam um kurz vor acht zur Hausnummer 11. Vor der niedrigen Fabrikhalle hatte sich eine Schar junger Leute versammelt. Er hielt nach Strauss Ausschau, konnte ihn aber nirgends entdecken. In diesem Moment wurde das Tor geöffnet, und die Leute strömten hinein. Hausser bemerkte das handgemalte Schild, das an der Mauer klebte. Eine Tanzgruppe namens »Die Anemonen« führte *Salome* auf.

Als er eine Hand auf seiner Schulter spürte, fuhr er herum. Strauss lächelte ihn an. »Guten Abend. Sollen wir reingehen?«

»Willst du mich verarschen?«

»Ganz und gar nicht. Da wir für die Sicherheit im Staat zuständig sind, müssen wir unsere Augen überall haben«, antwortete er lachend. »Und um diese Sache hier wollte ich mich persönlich kümmern.« Er schob Hausser in die kleine Halle, in der die Leute auf Klappstühlen Platz nahmen. Am anderen Ende war eine provisorische Bühne aufgebaut. Zwei helle Scheinwerfer hingen an der Decke, und ein großes rosa Tuch markierte den Bühnenhintergrund.

»Wir müssen unbedingt miteinander reden«, drängte Hausser. Sie setzten sich auf zwei Stühle in der hintersten Reihe.

Ein junger Mann mit Hahnenkamm und Lederjacke drückte ihnen einen der bedruckten Zettel in die Hand, die er im Publikum verteilte. »Denkt an die Demo am Donnerstag«, sagte er in den Raum hinein. »Es ist wichtig, dass wir den Machthabern die Stirn bieten.«

Strauss legte den Zettel auf den freien Stuhl neben sich und beugte sich zu Hausser hin. »Die Aktion Midas ist in

Haus 1 sehr positiv aufgenommen worden. Es sind viele lobende Worte gefallen, vor allem, was dich betrifft.«

»Und was bedeutet das?«

»Dass die Sache mit großem Interesse verfolgt wird. So wie die Dinge derzeit liegen, kommt es sehr gelegen, jemanden an den Pranger stellen zu können. Dass auch Mitarbeiter der französischen Botschaft involviert sind, ist wirklich großartig. Ganz oben können sie es kaum noch erwarten, bis wir die ganze Bande an der Grenze in ihren Diplomatenautos erwischen.« Strauss zog eine Packung Weinbrandbohnen aus der Tasche und steckte sich ein paar in den Mund. »Du hast am Telefon gesagt, dass es Neuigkeiten gibt. Ist der Fluchtzeitpunkt schon bekannt? Was sagt Christoph Schumann?«

»Er … was Schumann betrifft, da …« Hausser zögerte. Er brachte es nicht über das Herz auszusprechen, dass sie ihn niemals auf frischer Tat ertappen würden. Oder dass Midas, wenn die Wirrköpfe hier im Saal recht behielten, als Einziger siegreich aus all diesen Turbulenzen hervorgehen würde. In diesem Moment begann die Vorstellung. Aus den Lautsprechern dröhnte elektronische Musik, während die Tänzerinnen die Bühne betraten. Sie trugen sehr kleine Höschen und hielten durchsichtige Schleier in den Händen, die sie um ihre Körper flattern ließen. Strauss widmete ihnen seine volle Aufmerksamkeit. »Helga ist für die Choreografie zuständig. Schau nur, wie anmutig sie ist.« Er zeigte in Richtung Bühne. Trotz ihrer gedrungenen Figur bewegte sie sich tatsächlich mit einer erstaunlichen Anmut. Die elektronische Musik dröhnte in Haussers Kopf, und der Anblick der über die Bühne wirbelnden Tänzerinnen bereitete ihm Schwindel. »Ich … ich muss gehen.«

»Und was war jetzt so wichtig?«, fragte Strauss.

»Ach nichts, ich hab schon eine Lösung gefunden«, log er.

»Alles läuft also wie geplant?«

»Könnte nicht besser laufen.«

In diesem Moment betrat eine nackte Frau mit buschigem Schamhaar die Bühne. Sie trug eine Platte mit einem Deckel darauf vor sich her. Als sie die Bühnenrampe erreicht hatte, blieb sie stehen und hob den Deckel. Der ganze Saal brach in tosenden Applaus aus. Auf der Platte lag ein Schweinekopf mit einer klobigen dunklen Brille. Einer Brille, wie Erich Honecker sie trug. Selbst Strauss konnte sich ein Grinsen nicht verkneifen. Er drehte sich zu Hausser um, doch dessen Stuhl war bereits leer.

Hausser stiefelte durch den Regen, ohne zu merken, dass er klitschnass war. Alles, was ihm vertraut war und woran er geglaubt hatte, schien sich plötzlich in Luft aufzulösen. Erst jetzt, im prasselnden Regen, begriff er, warum Midas' Worte ihn so erschüttert hatten. Es ging nicht nur um Hass oder Neid, obwohl er von beidem nicht frei war. Es ging um etwas viel Fundamentaleres. Zum ersten Mal hatte er seine eigene Angst gespürt. Die Angst, Midas könnte mit seiner Vorhersage recht behalten. Das war der kapitalistische Albtraum, vor dem ihn seine Ausbilder stets gewarnt hatten. Ihn sah Midas bereits am Horizont heraufziehen, und wenn er recht behielt, würde er, Hausser, all seiner Privilegien beraubt werden. Seiner Position bei der Staatssicherheit. Seiner Befugnisse. Und nicht zuletzt des Ehrgefühls, das nur Soldaten kannten. Stattdessen lief er Gefahr, selbst in den Knast zu wandern. Seine Untergebenen in der Abteilung Z würden ihn ans Messer liefern, um sich reinzuwaschen. Und selbst wenn er auf freiem Fuß blieb, würde er enden wie diese armen Teufel, deren Identität er im Laufe vieler Observierungen nur angenommen hatte: als Hausmeister, Zeitungsverkäufer, Müllmann, vielleicht sogar als Arbeitsloser wie die faulen Hunde im Westen.

Denn ohne den Geheimdienst, ohne die Abteilung Z und seinen Rang als Oberst war er ein Nichts. Das hier war alles, was er konnte. Das war sein Metier. Als er stehen blieb und sich umsah, bemerkte er, dass er mitten auf dem Alexanderplatz stand. Der Fernsehturm starrte zu ihm hinab wie das Überwachungsauge des Staates, und er blickte ehrfürchtig zurück. Er musste sich zusammennehmen. Er war einer der großen Söhne der Nation. Er durfte sein Land jetzt nicht im Stich lassen. Er setzte sich wieder in Bewegung, während ein Plan in seinem Kopf Gestalt annahm. Ein wahnwitziger Plan. Ebenso verzweifelt wie absurd. Doch er sah keine andere Möglichkeit. Ganz gleich, welchen Weg der Rest der Nation einschlug.

27

Christianshavn, April 2014

Ravn saß auf einem Sofa im Restaurantbereich des Cafés Oven Vande, ausschließlich von Paaren umgeben, die sich selbst genug zu sein schienen. Da Louise sich verspätete, nutzte er die Wartezeit, leerte den Brotkorb und trank eine halbe Kanne Wasser, um etwas gegen seinen Kater zu tun. So ausgiebig hatte er den Kauf seines Boots eigentlich gar nicht feiern wollen. In diesem Moment kam Louise zur Tür herein. Um den Hals hatte sie ein teuer aussehendes Tuch geschlungen, das in der Zugluft mit ihren Haaren um die Wette flatterte. Ravn winkte in Louises Richtung, die ihn erblickte und die Treppe zum Restaurantbereich nach oben stieg. Sie begrüßten sich kurz. Sie duftete nach einem dezenten Parfum und frischer Luft. Ravn bot ihr einen Platz auf dem Sofa an, doch Louise zog den Stuhl auf der anderen Seite des Tisches vor. »Wie schön, dass du so schnell kommen konntest«, sagte er.

»Tut mir leid, wenn du warten musstest, aber ich musste noch schnell etwas fertigstellen.«

»Du arbeitest noch so spät?«

Sie nickte. »Ich musste noch eine Vorlesung vorbereiten.«

Der Kellner trat an ihren Tisch, um die Bestellung aufzunehmen.

»Das Lamm kann ich wirklich empfehlen«, sagte Ravn.

Louise schüttelte den Kopf. »Mir reicht ein Mineralwasser, ich habe vorhin schon etwas gegessen, aber das soll dich nicht hindern …«

Ravn schaute sie überrascht an. »Nicht mal ein Glas Wein?«

Sie lehnte dankend ab. Ravn gab dem Kellner die Karte zurück, bestellte ein Ramlösa für Louise und ein Bier vom Fass für sich. »Ich bin gespannt, was du herausgefunden hast«, sagte Louise.

»Das ist nicht so viel«, entgegnete Ravn und lehnte sich auf dem Sofa zurück. »Ich habe mit einem früheren Kollegen gesprochen, der Gelegenheit hatte, die Polizeiberichte zu lesen. Alles deutet darauf hin, dass es tatsächlich dein Bruder war, der den Raub des Geldes in seiner Firma geplant und durchgeführt hat.«

Louise schien überrascht zu sein. »Aber das weiß ich doch. Gibt es keine Neuigkeiten, was die Ermittlung betrifft?«

»Sie tun ihr Bestes, aber …«

In diesem Moment brachte der Kellner die Getränke. Ravn schenkte Louise das Mineralwasser ein, die mit starrem Blick beobachtete, wie die Blasen der Kohlensäure nach oben stiegen. »Also immer noch nichts Neues?«

»In solchen Fällen ist das ganz normal. Da muss man viel Geduld aufbringen.«

»Danke, dass du es versucht hast.« Sie lächelte kurz und nickte ihm zum Abschied zu, ehe sie ihren Stuhl nach hinten schob.

»Warte mal«, sagte Ravn und brachte sie dazu, sich wieder hinzusetzen.

»Was?«

»Ich vermute, dass sich dein Bruder irgendwo in Europa aufhält und sich dort ein neues Leben aufbaut.«

»Aber er hat doch kein Geld, und es ist schon Monate her, seit er verschwunden ist …«

»Ich nehme an, dass er mehr Geld mitgenommen hat, als die Firma bei der Polizei angegeben hat. Vielleicht sogar viel mehr …«

Louise nippte an ihrem Mineralwasser. »Das musst du mir näher erklären.«

Ravn erzählte in groben Zügen, was er im Havodderen herausgefunden hatte, ohne freilich den Ort seiner Geistesblitze, seine Gesellschaft und die Anzahl der begleitenden Getränke zu erwähnen. Stattdessen erklärte er, ihm habe eine zuverlässige Quelle, die sich im Lokalmilieu bestens auskenne, bestätigt, dass die ehemalige Firma ihres Bruders seit Jahren auf Schwarzarbeiter zurückgreife und nach Mogens' Verschwinden in eine finanzielle Schieflage geraten sei. Was alles dafür spreche, dass Mogens eine beträchtliche Summe erbeutet habe. Louise blickte auf die Tischplatte.

»Aber wie kann man da sicher sein?«

Ravn nahm sein Glas und trank einen Schluck. »Natürlich kann man nicht sicher sein, dass es sich so verhält. Es sei denn, man ruft die Firma an und spricht mit dem Direktor.«

»Das würdest du tun?« Louises Gesicht hellte sich auf. »Das wäre wirklich eine große Hilfe für mich.«

»Du missverstehst mich. Ich meinte, dass ich an deiner Stelle den Direktor kontaktieren würde.«

»Ach so.« Ihre Hand krampfte sich um die Serviette. »Ich fände es wahnsinnig peinlich, einem Mann gegenüberzutreten, den Mogens bestohlen hat.«

»Ich hab ja auch nicht gesagt, dass es ein angenehmer Besuch sein würde.«

»Aber warum sollte er mir überhaupt etwas sagen? Er würde mir ja wohl nicht anvertrauen, dass es Schwarzgeld war, dass Mogens gestohlen hat.«

»Es sei denn, dass er die Chance sieht, etwas davon zurückzubekommen.« Ravn lächelte sie an. »Du kannst ihm ja sagen, dass du nur daran interessiert bist, deinen Bruder zu finden … das Geld könnte er dann ja zurückbekommen.«

»Aber wie soll ich ihm das versprechen?«

»Das kannst du natürlich nicht, und das ist auch nicht der springende Punkt. Der springende Punkt ist der, dass du ihn glauben machst, dass du dich darum bemühen würdest. Vielleicht verrät er dir ja dann, wie viel wirklich gestohlen wurde. Auf diese Weise kannst du zumindest herausfinden, ob Mogens genug Geld hat, um sich irgendwie durchzuschlagen.« Ravn sah ihr an, dass er sie positiv überrascht hatte.

»Das hast du dir wirklich gut überlegt«, sagte sie mit einem zaghaften Lächeln. »Ich weiß nicht, ob ich mich traue, aber du hast schon recht. Eigentlich sollte ich gleich morgen in der Firma anrufen und einen Termin vereinbaren.«

»Nein, ich glaube, es wäre besser, dort unangemeldet zu erscheinen. Das Überraschungsmoment sollte man nicht unterschätzen.«

Sie legte die Serviette vor sich auf den Tisch. »Hättest du etwas dagegen, mich zu begleiten?«

»Das alles geht mich nichts an, Louise.«

»Es würde mir wahnsinnig viel bedeuten.« Sie streckte ihren Arm über den Tisch und legte ihre Hand auf seine.

Die Berührung überraschte ihn, aber auf eine sinnliche Weise. »Es fällt schwer, dir etwas abzuschlagen.«

»Meinst du das im Ernst?« Er mochte ihr Lächeln und die Tatsache, dass sie lächelte, weil sie bereits wusste, dass er ja sagen würde. Es war ein Lächeln, das ihn an gute Zeiten erinnerte, und an das Lächeln einer ganz bestimmten Frau, auch wenn das schon eine Ewigkeit her zu sein schien. »Was?«, fragte er, als sie seine Hand drückte und ihn aus seinen Gedanken riss.

»Ich habe gefragt, ob wir uns ein Dessert teilen wollen. Die haben hier eine wahnsinnig leckere Crème brulée.«

»Die kennst du also«, entgegnete er lächelnd.

28

Prenzlauer Berg, Berlin, 2. Oktober 1989

Hausser drückte die Zigarette in der Spüle aus und blies den Rauch nach draußen. Er trank einen Schluck Wodka aus der halb leeren Flasche auf dem Tisch und gurgelte damit, bevor er ihn hinunterschluckte. Er brannte auf dem Weg in den Magen, wo er seinen Körper zum Leben erweckte. Aus der Küchenschublade nahm er ein mittelgroßes Messer und spuckte auf die breite Klinge. Dann begann er, sie an der Kante der Stahlspüle zu schleifen. Das schrille Geräusch nahm er nicht wahr, weil er mit seinen Gedanken bei der bevorstehenden Aufgabe war.

Hausser stieg lautlos die Stufen zu Schumanns Wohnung hinauf. Als er vor der Tür stand, lauschte er einen Moment, bevor er den Dietrich aus der Tasche zog und das Schloss knackte. Im nächsten Augenblick stand er im Eingangsbereich und nahm den Duft von Lena Schumanns Parfum in sich auf. Er zog das Messer aus der Tasche seines blauen Kittels, durchquerte in aller Ruhe die Diele und ging ins Wohnzimmer. Hausser blickte sich um. Es war ein seltsames Gefühl, hier zu stehen, nachdem er all die Räume so oft auf den Bildschirmen gesehen hatte. Als befände er sich inmitten einer Filmkulisse. Er setzte seinen Weg ins Schlafzimmer fort, doch die Tür war abgeschlossen. Er gab ihr einen Stoß, und sie glitt knirschend auf. Das Bett war leer und nicht gemacht. Auf dem Boden lagen Lenas Slip und Nachthemd. Für einen Augenblick bildete er sich ein, die Dusche im Bad am Ende der Diele zu hören, wo sie nackt unter dem fließenden Wasser stand. Hausser bückte sich und betrachtete die Steckdose neben dem Türrahmen. Mit dem Messer hebelte er das vordere Teil ab und zog vorsichtig an dem Kabel des kleinen Mikrofons, sodass es aus der Wand hing.

Ein paar Minuten später kehrte er in die Hausmeisterwohnung zurück und legte das Messer wieder in die Schublade. Den ersten Teil seines Plans hatte er ausgeführt. Er steckte die Hand in die Tasche und zog den Slip heraus, den er auf dem Boden im Schlafzimmer gefunden hatte. Dann vergrub er sein Gesicht in dem seidigen Stoff.

Als die Uhr 15.45 zeigte, kam Christoph zur Wohnungstür herein. Er kam als Erster der Familie nach Hause. Lena arbeite mittwochs immer länger im Intershop, und seine Tochter war wie üblich beim Turntraining. Hausser verfolgte auf dem Monitor, wie Christoph seinen Aktenkoffer im Eingangsbereich abstellte und seine Krawatte lockerte. Er wusste aus unzähligen Überwachungsstunden, dass Christoph danach ins Wohnzimmer gehen, sich einen Whiskey einschenken und sich damit auf die Bettkante setzen würde. Dann würde er das Glas in einem Zug leeren, rückwärts aufs Bett sinken und vor sich hin dösen, bis seine Frau ihn in eineinhalb Stunden, wenn sie selbst nach Hause gekommen war, wecken würde.

Auf dem Bildschirm sah Hausser, wie Christoph sich schwer auf das Bett fallen ließ und den Whiskey hinunterspülte. Er starrte eine Weile vor sich hin, bis ihm die geöffnete Steckdose ins Auge fiel, aus der das Mikrofonkabel herausschaute. Er stellte das Glas auf die Matratze, stand auf und ging zu der Steckdose. Vorsichtig zog er das Kabel noch etwas weiter heraus. Aus Haussers Lautsprechern drang lautes Knistern. Christoph riss an dem Kabel, woraufhin das Geräusch verstummte. Er sah sich hektisch im Schlafzimmer um und schlug entsetzt die Hände vor den Mund. Hausser lehnte sich im Stuhl zurück, während er den Stummfilm genoss, der sich im Schlafzimmer abspielte. Es war, als sähe er Buster Keaton auf Kokain.

Genau eineinhalb Stunden später konnte Hausser live miterleben, wie Lena die Wohnung betrat und vor Schreck ihr Einkaufsnetz fallen ließ, als sie die Verwüstung sah. Die Türrahmen zum Wohn- und Schlafzimmer sowie zur Küche waren brutal abgerissen worden. Tapetenstreifen lagen zerfetzt auf dem Boden. »Christoph!«, rief sie und stürzte ins Wohnzimmer.

Hausser folgte ihr auf dem nächsten Monitor. Das Wohnzimmer war noch schlimmer verwüstet. Die Bar war nur noch ein Haufen Kleinholz. Das Regal, in dem sich Bücher und Schallplatten befunden hatten, war umgeworfen, der Inhalt über den Boden verteilt. Alle Steckdosen waren geöffnet. Und inmitten des Chaos stand ein schwitzender Christoph und hielt eine Brechstange in der Hand. »Bist du … bist du wahnsinnig geworden?«, schrie Lena.

Er hielt sich den Zeigefinger an die Lippen und signalisierte ihr, dass sie schweigen sollte. Was Lena jedoch nicht aufhielt. »Du hast … unsere Wohnung zerstört. Warum?«

Christoph schleuderte das Brecheisen von sich, nahm sie am Arm und führte sie ins Schlafzimmer. Hausser konnte sie nicht mehr sehen, weil Christoph die Kameras im Schlafzimmer, in der Küche und in seinem Büro entdeckt und abmontiert hatte. Hausser war von Christophs Effektivität beeindruckt und zweifelte nicht daran, dass dieser auch die letzten Kameras und Mikrofone noch finden würde. Bis auf die

Geräte auf der Hintertreppe vielleicht. Hausser wusste aus jahrelanger Erfahrung, dass sich Verräter außerhalb der eigenen vier Wände stets in Sicherheit wähnten. Als wäre so eine Treppe neutrales Terrain. Doch nichts konnte falscher sein. Er sah und hörte alles durch das Mikro und die Kamera, die sich direkt über Christoph und Lena in der Lampe befanden.

»Wir werden überwacht«, flüsterte Christoph Lena zu. Er zeigte ihr ein paar Mikrofone, die er aus den Türstöcken gerissen hatte.

Lena starrte sie voller Abscheu an. »Was sagst du da? Wer überwacht uns?«

»Na, wer schon? Die Stasi.«

Ihr Unterkiefer verformte sich zu einer hilflosen Grimasse. »Was … was sollen wir jetzt machen?«

»Wir müssen sämtliche Kameras und Mikrofone rausreißen, die noch in unserer Wohnung sind.«

»Kameras? Sie haben uns auch gefilmt?« Lena brach in Tränen aus.

Christoph packte sie an den Schultern. »Nicht jetzt, mein Mädchen, ich brauch dich jetzt. Die Sache ist ernst und kann richtig böse für uns ausgehen.«

»Werden sie uns etwa festnehmen? Wenn … wenn sie etwas von der Flucht gehört …«

»Scht.« Er brachte sie zum Schweigen, beugte sich über das Geländer und warf einen Blick ins Treppenhaus, um sicherzugehen, dass sie allein waren. »Gute Frage. Wir können ja nicht wissen, seit wann wir schon überwacht werden.«

»Vielleicht haben sie ja gehört, wie wir zu Braun gesagt haben, dass wir doch nicht flüchten wollen. Könnte das unsere Rettung sein?«

»Im Gegenteil. Allein wegen dieses Gesprächs könnten sie uns des Landesverrats anklagen.«

»Aber wer kann uns denunziert haben? Du hast doch gesagt, dass nichts passieren kann, solange Schröder dabei ist.«

»Das habe ich auch gedacht.«

Lena trocknete sich vorsichtig die Augen, ohne die Wimperntusche zu verschmieren. »Könnte es sein, dass er die Seite gewechselt hat? Immerhin gehört er zur Stasi.«

Christoph schüttelte den Kopf. »Er ist derjenige, der am meisten zu verlieren hat. Braun und ich finanzieren ihn vollständig. Ohne uns hätte er gar nichts. Außerdem haben wir ein Druckmittel gegen ihn. Schröder ist ein verkappter Homo, der in seiner Freizeit draußen in Pankow kleine Jungs auspeitscht. Ich hab Fotos gesehen.«

Erneut begann sie zu weinen. »Pfui Teufel, wie widerlich das alles ist. Stell dir vor, dass fremde Leute uns ständig beobachtet haben. Unsere Tochter ... oder uns, wie wir ...« Sie konnte sich nicht dazu überwinden, den Satz zu beenden. »Warum musstest du sie auch zu uns nach Hause einladen?« Sie schlug ihm so hart vor die Brust, dass er ein paar Schritte zurücktaumelte.«

»Ich war sicher, dass ...«

»Ihr hättet euch auch an einem anderen Ort treffen können. Warum ausgerechnet hier? In MEINER Wohnung?«

»Aber ich konnte doch nicht wissen ...«

»Dann denk nach! Und tu irgendwas!«

»Das versuche ich ja, Lena.«

Sie wandte den Blick von ihm ab und lehnte sich gegen die Wand. »Verdammte Scheiße! Könnte Klara uns angezeigt haben? Ich hab schon länger den Verdacht, dass sie uns bestiehlt. Außerdem zieht sie meine Sachen an, wenn wir nicht zu Hause sind. Wenn sie bei uns sauber gemacht hat, hängt immer alles auf den falschen Bügeln.«

»Ich kann mir nicht vorstellen, dass es Klara war. Doch irgendjemand in diesem Wohnblock behält uns im Auge, das ist sicher. Die Kabel führen zu dem Leitungsnetz im Treppenhaus.«

»Glaubst du, dass … dass sie uns bald holen werden?«

»Ich weiß es nicht, Lena, aber ich glaube nicht. Es liefen schon andere Untersuchungen gegen mich, die ich jedes Mal stoppen konnte. Ich kenne genug wichtige Leute. Leute, die von mir und meinen Kontakten in der Staatsbank abhängig sind. Und ich wette, dass die Stasi im Moment sowieso alle Hände voll zu tun hat, die vielen aufkeimenden Protestbewegungen unter Kontrolle zu halten. Ich denke, dass wir eine reelle Chance haben, diesen Sturm zu überstehen, ob wir nun die anderen ans Messer liefern oder uns freikaufen müssen.«

»Was ist mit Braun? Sollen wir ihm Bescheid sagen?«

Christoph schüttelte den Kopf. »Dazu sehe ich keinen Anlass.«

* * *

Das Geräusch der harten Borsten des Besens hallte durch die Dunkelheit, als Hausser den Hof fegte. Er war sofort nach draußen geeilt, als er über das Mikrofon, das sich immer noch hinter der Küchenheizung befand, Lena Christoph hatte bitten hören, sämtliches Überwachungsequipment unverzüglich in den Mülleimer zu werfen. Vorher hatte er dem Gespräch gelauscht, das am Abendbrottisch stattgefunden hatte. Ihrer Tochter hatten die Schumanns weisgemacht, dass die Verwüstungen in der Wohnung daher rührten, dass ihr Vater eine Ratte in der Wand gehört hatte, die er glücklicherweise entdeckt und getötet hatte. Doch die Geschichte von der Ratte schien die Tochter nicht sonderlich zu beeindrucken. Stattdessen erzählte sie von ihrem heutigen Turntraining sowie von einem bevorstehenden Wettkampf.

»Sie fegen ja ganz schön spät. Sehen Sie überhaupt noch was?«, fragte Christoph, schmiss die Mülltüten in den hintersten Container und drückte sie weit nach unten zwischen die anderen Tüten.

»Geht schon«, antwortete Hausser lächelnd. »Obwohl man auf die Ratten achten muss, nicht wahr?«

Christoph entgegnete nichts, sondern starrte ihn nur schweigend an.

»Ja, ich glaube eigentlich nicht, dass noch welche da sind, aber man kann nie sicher sein, oder?«

Ein paar Minuten später stand Hausser wieder in der Hausmeisterwohnung vor den Bildschirm, auf dem der Absatz der Hintertreppe zu sehen war. Er betrachtete Midas und seine hübsche Frau, während er an seinem Absinth nippte.

»Es ist der Hausmeister«, flüsterte Christoph. »Ich glaube, er ist derjenige, der uns überwacht.«

»Dieser widerliche Kerl? Hat der überhaupt Verstand genug, um so etwas durchzuführen?«

Christoph zuckte mit den Schultern.

29

Prenzlauer Berg, Berlin, 4. Oktober 1989

Auf der Greifenhagener Straße hasteten die Leute zur Arbeit. Hausser hatte im Eingang der Hausnummer 9 Schutz vor dem beißenden Wind gesucht, rauchte eine Zigarette und beobachtete, wie der Haufen Blätter und Dreck, den er soeben zusammengefegt hatte, wieder aufgewirbelt wurde. Er wartete darauf, dass die Familie Schumann das Haus verließ, genau wie er jeden Morgen, seit Christoph die Überwachungsausstattung in der Wohnung entdeckt hatte, auf sie gewartet hatte. Sowohl Christoph als auch Lena hatten ihn im Vorbeigehen überrascht angesehen, ihn jedoch nicht angesprochen. Als fürchteten sie, dass sich ihre schlimmsten Befürchtungen bestätigen könnten. Hausser hatte auch gehört, wie sie sich auf der Hintertreppe darüber unterhalten hatten, ob der Hausmeister ein Stasiagent war oder bloß ein dreckiger Denunziant, wie Midas gemeint hatte. Hinter Hausser öffnete sich die Tür. Er drehte sich um. Christoph hielt seiner Frau und seiner Tochter die Tür auf.

»Guten Morgen«, sagte Hausser und schnippte den Zigarettenstummel auf den Boden.

Lena ignorierte ihn, während Christoph ihm kurz zunickte.

»Herr Schumann!«, rief Hausser, als Christoph schon halb die Straße überquert hatte, um zu seinem Auto zu kommen. Christoph drehte sich halb herum. »Ist der Abfluss wieder frei?«

Christoph sah ihn desorientiert an, dann nickte er. »Ja … ich glaube.«

»Soll ich noch mal kommen und nachsehen?«

»Danke, das ist nicht nötig.«

»Ihre Kleine und Ihre reizende Frau sollen doch das Bad benutzen können.«

Lena fuhr herum. Ihr Blick loderte. Sie wollte etwas entgegnen, doch Christoph verhinderte dies mit einer entschiedenen Handbewegung. Er zog den Autoschlüssel aus der Tasche und gab ihn ihr. »Setz dich ins Auto, Lena.«

Den Blick auf Hausser gerichtet riss sie Christoph den Schlüssel aus der Hand und ging mit ihrer Tochter über die Straße.

»Hab ich was Falsches gesagt?«, fragte Hausser und lehnte sich lächelnd gegen die Mauer.

Christoph schlenderte in aller Ruhe auf ihn zu. »Sie wirken wie jemand, der immer ein Auge auf alles hat, stimmt's, Erhardt? Ich darf Sie doch Erhardt nennen?«

»Sie können mich nennen, wie Sie wollen, Herr Schumann.«

»Danke, und Sie können mich Christoph nennen. Es gibt keinen Grund, so formell zu sein. Wir sind schließlich Nachbarn. Habe ich recht damit, dass Sie hier alles im Auge behalten?«

»Ich weiß nicht, was Sie meinen, Herr Schumann … Christoph. Aber ich bin schließlich der Hausmeister, also muss ich mich wohl um einiges kümmern.«

Christoph trat einen Schritt näher an ihn heran. »Wo kommen Sie eigentlich her, Erhardt?«

»Ich? Aus Graupa, einem kleinen Ort außerhalb von Dresden. Den kennen Sie bestimmt nicht.«

»Und wie lange wohnen Sie schon in Berlin?«

»Lange genug, um zu wissen, dass in drei Tagen die große Parade auf der Karl-Marx-Allee stattfindet.« Er lächelte breit. »Kommen Sie zum Jubiläumsfest? Es ist doch wirklich phantastisch, dass unsere Republik schon seit vierzig Jahren Bestand hat, nicht wahr?«

Christoph ignorierte die Frage. »Wo haben Sie früher gearbeitet?«

Hausser verdrehte die Augen. »Ach, hier und da. Ich gehe dahin, wo man mich braucht.«

»Und wie lange sind Sie schon Hausmeister?«

»Schon seit einiger Zeit.«

»Wer hat Sie eingestellt?«

»Die Hausverwaltung.« Hausser strich sich über den Schnurrbart. »Mir scheint, dass Sie mit irgendetwas nicht zufrieden sind, Herr Schumann. Habe ich irgendetwas getan oder gesagt, das Ihnen nicht passt?«

»Ich kenne alle von der Hausverwaltung. Wer hat Sie eingestellt?«

Hausser lachte. »Deshalb haben Sie also die große Wohnung bekommen. Sie sind ein kluger Mann mit vielen Verbindungen, habe ich recht?«

»Sagen Sie mir endlich, wer Sie eingestellt hat, oder soll ich das selbst überprüfen?«

»Tun Sie, was Sie für richtig halten, ich wollte nur sagen, dass Sie eine außerordentlich schöne Wohnung haben. Wirklich beeindruckend.« Hausser zog eine Packung Zigaretten aus der Tasche und bot Christoph eine an, der ablehnend den Kopf schüttelte. »Nicht Ihre Marke? Sie rauchen ausländische Zigaretten, wenn ich mich nicht irre. Sie wirken wie jemand, der … Marlboro raucht. Wie ein Marlboro-Mensch. Vielleicht sogar ein Yankee?« Er zwinkerte Christoph zu.

Christoph lächelte kühl.

Hausser sah ihm nach, als Christoph über die Straße zu seinem vornehmen Auto ging, in dem seine prächtige Frau und seine ebenso prächtige Tochter hinter glänzenden Scheiben saßen und demonstrativ geradeaus blickten, als würde sein Anblick ausreichen, um ihre wunderbare prächtige Welt zu besudeln. Als Christoph den Motor anließ, schloss Hausser die Augen und genoss das Schnurren des BMW-Motors. Es war ein ebenso vitales wie elegantes Geräusch, ein akustisches Sinnbild der technologischen Überlegenheit und nicht zu vergleichen mit dem plumpen Tuckern des Zweitaktmotors eines Trabants. Doch nicht einmal seine champagnerfarbene Nobelkarosse konnte Midas davor bewahren, auf direktem Weg in die Hölle zu fahren. Das war ebenso sicher wie die Tatsache, dass in drei Tagen die große Militärparade auf der Karl-Marx-Allee stattfinden würde, aller Protestmärsche in Leipzig zum Trotz.

30

Christianshavn, April 2014

»Lauritzen« stand in leuchtend grünen Buchstaben am Giebel des gelben Backsteinhauses. Das dreistöckige Fabrikgebäude hatte trotz seines kleinen Turms nichts Prachtvolles an sich, sondern wirkte vor allem einschüchternd. Ravn und Louise warfen einen Blick durch das offene Tor in den Hof, wo sieben, acht Arbeiter damit beschäftigt waren, zwei Lieferwagen zu entladen. Dem regen Treiben zufolge, das überall herrschte, schienen die Gerüchte vom Niedergang des Unternehmens stark übertrieben. Sie spazierten am Tor vorbei und nahmen die Treppe in den zweiten Stock, wo sich die Rezeption befand. »Alles okay mit dir?«, fragte er.

Sie nickte rasch. »Ja … aber ich bin sehr froh, dass du mitgekommen bist.«

An der Rezeption saß eine Frau Mitte zwanzig, die rote Haare und einen riesigen Busen hatte und in ihr Headset sprach. Nachdem sie ihr Gespräch beendet hatte, warf sie ihnen einen kühlen Blick zu. Ravn stellte sie beide kurz vor und bat um ein Gespräch mit dem Direktor.

»Haben Sie einen Termin?«

»Nein.«

»Dann tut es mir leid. Direktor Lauritzen ist in einer Besprechung … Es wäre sicher das Beste, wenn Sie später noch einmal anrufen und sich einen Termin geben lassen.«

»Leider müssen wir den Direktor heute sprechen. Es geht um einen früheren Angestellten, Mogens Slotsholm. Können wir da drüben warten?« Ravn zeigte lächelnd auf das Ledersofa, das gegenüber an der Wand stand.

»Einen Augenblick«, sagte sie und machte eine einladende Geste in Richtung Sofa. Sie nahm das Headset ab und legte es vor sich auf den Tisch. Louise und Ravn nahmen Platz und betrachteten die Rezeptionistin, die um den Empfangstresen herumging und im nächsten Korridor verschwand.

Direktor Axel Pondus Lauritzen saß zurückgelehnt in dem Stuhl hinter seinem Schreibtisch und verdeckte mit seinem massigen Körper das gesamte Fenster in seinem Rücken. Louise und Ravn saßen auf niedrigen Chesterfieldstühlen auf der anderen Seite des Schreibtischs. Pondus Lauritzen nahm Louises Visitenkarte, die zwischen seinen dicken Fingern verschwand. Er gab einen schmatzenden Laut von sich, während er die Karte studierte. Ravn fühlte sich an Møffe erinnert. Nicht nur durch die Schmatzlaute und seine gedrungene Gestalt, sondern auch durch den Unterbiss, den gewaltigen Kiefer, die schiefen Ohren und die Haare, die büschelweise aus ihnen herausschauten.

»Sie sind also nicht nur Mogens' Schwester, sondern auch Architektin«, brummte Pondus Lauritzen.

»Ja, ich … unterrichte draußen auf Holmen.«

Er legte die Karte vor sich auf den Tisch. »Von Leuten wie Ihnen leben wir. Sie machen unsere Arbeit erst möglich.«

»Das freut mich zu hören.«

»Wenn Sie nicht so viel pfuschen würden, gäbe es für uns nichts zu renovieren. Doch zumindest sehen Sie aus wie jemand, der einen positiven Einfluss auf seine Schüler hat.« Er verschlang sie mit seinem Blick. Louise schlug die Augen nieder. Pondus Lauritzen wandte sich an Ravn. »Und Sie?« Er musterte Ravn missbilligend. »Sie sehen mir nicht wie ein Architekt aus, in welcher Branche arbeiten Sie?«

»Ich befinde mich in einer Art Zwischenphase und begleite Louise nur als moralische Unterstützung.«

»Arbeitslos, so, so.« Er blickte zwischen Louise und Ravn hin und her, als wollte er herausfinden, welcher Art ihre Beziehung war. »Warum sind Sie zu mir gekommen? So viele Monate nach dem … Diebstahl.«

»Wir … ich möchte mich zunächst im Namen meines Bruders bei Ihnen entschuldigen.«

»Haben Sie etwas von ihm gehört?«

»Nein, leider hat er sich nicht gemeldet.« Sie schüttelte den Kopf. »Ich kann einfach nicht verstehen, wie er so etwas tun konnte.«

»Aber er hat es getan, glauben Sie mir«, entgegnete Lauritzen. »Ihr Bruder hat mich und meine Firma um ein Vermögen beraubt.« Er zeigte auf den Geldschrank, der in der Ecke stand. »Er hat unser Vertrauen missbraucht und alle hinters Licht geführt. Nicht zuletzt mich.« Er schlug sich auf die Brust.

»Das tut mir wirklich sehr leid. Irgendwie … muss er den Verstand verloren haben.«

»Kannte Mogens die Kombination für den Safe?«, fragte Ravn.

Pondus Lauritzen sah ihn durchdringend an. »Nein, die kennen nur ich und meine Sekretärin. Er muss sie sich erschlichen haben, ebenso wie den Zugang zu diesem Büro. Die Tür war abgeschlossen. Dennoch ist er irgendwie hier hereingekommen. Was ja schon einiges über seinen Zynismus aussagt. Darüber, wie sorgfältig er alles geplant hat.«

»Und trotzdem hat er nicht mehr mitgenommen?«

Pondus Lauritzens Augenbrauen zogen sich zu Donnerkeilen zusammen. »Fünfzigtausend sind eine Menge Geld!«

»45.300, um genau zu sein. Das ist zumindest die Summe, die zur Anzeige gebracht wurde, nicht wahr? Wer hat zuerst gemerkt, dass das Geld nicht mehr da war?«

»Meine Sekretärin. Warum fragen Sie?«

Ravn zögerte. Irgendetwas sagte ihm, dass die Anzeige bei der Polizei nicht mit Pondus' Einverständnis geschehen war. Falls tatsächlich, wie er vermutete, Schwarzgeld aus dem Safe entwendet worden war, hätte der Direktor das wohl lieber auf seine eigene Art geregelt, statt die Polizei einzuschalten. Vielleicht hätte er Mogens sogar ein Heer illegaler slawischer Arbeiter auf den Hals gehetzt. Ravn zuckte die Achseln. »Ich versuche nur, mir einen Überblick zu verschaffen. Dann können wir vielleicht auch herausfinden, wohin Mogens sich abgesetzt hat.«

»Meinetwegen kann er zur Hölle gefahren sein!« Pondus Lauritzen warf die Arme in die Luft.

»Ich verstehe Ihren Zorn«, entgegnete Ravn und beugte sich vor. »Mich wundert nur eins, Herr Lauritzen.« Ravn lächelte empathisch. »Wenn Mogens schon so einen verdorbenen Charakter hat und alles sorgsam geplant war, warum hat er sich dann nicht viel mehr Geld unter den Nagel gerissen – auch wenn vierzig- bis fünfzigtausend natürlich keine Kleinigkeit sind.«

»Ob man ein Dieb ist, entscheidet nicht die Höhe des Diebstahls.«

»Da gebe ich Ihnen recht. Aber Mogens muss doch gewusst haben, dass er für den Rest seines Lebens auf der Flucht sein würde, und dafür reicht eine solche Summe bei Weitem nicht.«

»So weit hat er vielleicht nicht gedacht, oder er hat geglaubt, dass im Safe mehr Geld ist.« Lauritzen schüttelte den

Kopf wie ein alter Boxer. »Muss ich Ihnen etwa erklären, wie ein Dieb darauf kommt, mich zu bestehlen?«

»Hin und wieder befinden sich also auch größere Beträge im Safe?«

»Ich wüsste nicht, was Sie das angeht.«

Ravn überhörte seine Replik. »Falls Mogens geglaubt hat, dass mehr Geld im Safe sein würde, würde das zumindest einiges erklären. Hatte er Grund zu dieser Annahme?«

»Wer sind Sie eigentlich? Ich habe das Gefühl, ich kenne Sie irgendwoher.«

»Wir sind fast Nachbarn. Ich wohne ein Stück den Kanal hinunter.« Er lächelte ihn an. »Ich bin wie gesagt nur als moralische Unterstützung für Louise mitgekommen. Und es tut mir leid, wenn ich etwas gesagt habe, das Ihnen gegen den Strich geht.«

Pondus Lauritzen schmatzte, während er Ravn unverwandt anstarrte. Ravn kannte diesen Blick von Møffe, wenn der riesigen Hunger hatte. »Und wenn er nun geglaubt hat, dass mehr Geld im Safe war, was dann?«

»Dann erklärt das zumindest die Mühe, die er sich gemacht hat. Es erklärt natürlich nicht, wie es ihm gelungen ist, sich so lange versteckt zu halten. Die vierzigtausend muss er doch längst ausgegeben haben.«

»Wollen Sie mir etwa unterstellen, dass wir bewusst eine geringere Schadenssumme angegeben haben? Das ist doch lächerlich.«

»Es gibt schließlich solches und solches Geld.«

»Ich glaube, unser Gespräch ist hier beendet.« Lauritzen zeigte zur Tür. Louise stand auf und gab ihm die Hand. »Ich möchte mich nochmals für meinen Bruder entschuldigen.«

Pondus Lauritzen beugte sich vor, nahm ihre Hand und drückte sie leicht. »Ich hoffe trotz allem, dass Sie ihn finden, damit Sie nicht mehr so traurig aussehen. Ich bin sicher, dass Sie noch viel hübscher sind, wenn Sie lächeln.«

Louise zog die Hand zu sich und wandte sich zur Tür. Ravn war aufgestanden und sah auf den riesigen Mann hinunter. »Je eher wir Mogens finden, desto größer ist die Chance, dass Sie Ihr rechtmäßiges Geld zurückerhalten.« Er verabschiedete sich von Pondus Lauritzen und folgte Louise zur Tür.

»Warten Sie«, sagte der Direktor und winkte sie zurück. »Verstehe ich Sie recht, dass Sie auf eine Belohnung aus sind? Auf eine Art Finderlohn?«

»Nein. Wir wollen nur eins: herausfinden, was mit Mogens geschehen ist. Ihn wieder auf den rechten Weg zurückführen, wenn Sie so wollen. An Geld sind wir nicht interessiert.«

Pondus Lauritzen verschränkte seine dicken Finger. »Mogens hat viel mehr gestohlen, als meine naive Sekretärin angegeben hat. Das Ganze hätte nie ans Licht kommen sollen.«

»Wie viel?«

»Achthundertsiebzigtausend Kronen in bar.«

»Achthundertsiebzigtausend …?« Louise fiel die Kinnlade herunter.

»Und nicht nur das. Er hat auch ein Rechnungsheft mitgenommen, das nicht für das Finanzamt bestimmt war. Ich hätte gern so viel zurück wie möglich, aber vor allem dieses Heft. Wenn Ihnen das gelingen sollte, bin ich bereit, die ganze Angelegenheit auf sich beruhen zu lassen und meine Anzeige zurückzuziehen. Den Behörden gegenüber zu erklären, dass es sich um ein Missverständnis gehandelt hat.«

Ravn und Louise gingen schweigend am Kanal entlang bis zum Marinemuseum, wo Louises Fiat 500 stand. Als sie fast bei ihrem Wagen waren, blieb Louise stehen und schaute Ravn in die Augen. Er sah, dass sie mit den Tränen kämpfte.

»Du warst großartig«, sagte sie.

»Nicht der Rede wert. Jedenfalls haben wir erfahren, wie viel Geld dein Bruder tatsächlich mitgenommen hat.«

»Ich meine es ernst. Ich war wirklich beeindruckt.«

Er mochte es nicht, Komplimente zu bekommen, und nickte kurz.

»Wenn man Lauritzen kennenlernt, versteht man fast, warum dein Bruder mit der Kasse abgehauen ist«, entgegnete er lächelnd.

Tränen liefen ihr über die Wangen.

»Entschuldige, ich wollte nicht, dass …«

»Du kannst nichts dafür. Es ist nur, weil … Ich dachte, es würde mich erleichtern zu hören, dass er genug Geld mitgenommen hat, um längere Zeit klarzukommen, aber jetzt macht mich die riesige Summe nur nervös. Jetzt kann ich mir fast nichts anderes vorstellen, als dass alles ein schlimmes Ende genommen hat. Dass ihn jemand zu dieser Sache überredet hat und dass Mogens …« Sie drehte sich um und ging zu ihrem Auto. »Entschuldigung.«

»Louise?« Ravn wollte die Autotür wieder öffnen, doch in diesem Moment ließ sie den Motor an und fuhr davon.

Ravn atmete tief durch. Vor dem Besuch bei Lauritzen hatte er gedacht, dass alles hier zu Ende sein würde, aber nun war er sich dessen nicht mehr so sicher. Er zog sein Handy aus der Tasche, um nachzusehen, ob Mikkel ihm eine Nachricht hinterlassen hatte, aber das war nicht der Fall. Ravn war durstig und schlenderte zum Havodderen.

31

Prenzlauer Berg, Berlin, 7. Oktober 1989

Die roten Fahnen wehten über die Mattscheibe. Es folgten Bilder von russischen Panzern, mobilen Raketenbatterien und von Soldaten, die zu den Klängen eines Militärorchesters im Stechschritt paradierten. Die Spitze des SED-Regimes mit dem Staatsratsvorsitzenden Erich Honecker in der Mitte stand neben den Ehrengästen auf der Tribüne und applaudierte. Staatsoberhäupter aus der ganzen Welt waren gekommen, um den vierzigsten Jahrestag der Republik zu feiern. Auch aus Nordkorea, Kuba und Rumänien. Selbst die Vorsitzenden der kommunistischen Parteien in der westlichen Welt waren vertreten und standen Seite an Seite mit Kim Il Sung, Nicolae Ceauşescu, Jassir Arafat und all den anderen. In den hintersten Reihen hatten die führenden Köpfe des Ministeriums für Staatssicherheit sowie die wichtigsten Beamten der anderen Ministerien Platz genommen. Hausser hatte Strauss bereits in der Menge entdeckt. Hätte Hausser seine Karten anders gespielt und mehr politischen Instinkt besessen, würde er nun auf der Tribüne stehen, statt in diesem Drecksloch von einer Wohnung vor dem Fernseher zu hocken. Aber er dachte nicht in politischen Dimensionen, glaubte nicht an so etwas. Er glaubte an den Apparat hinter allem. Er glaubte an einen starken Geheimdienst ohne politische Restriktionen. Im Grunde gab es nur einen Politiker, den Hausser respektierte, und das war der alte Honecker. Nicht so sehr wegen seines Status als Landesvater, sondern allein weil er ein unbeugsamer alter Tyrann war.

Es klingelte an der Tür. Hausser hatte keine Idee, wer das sein konnte. Er warf einen Blick auf den Monitor und sah, wie Lena im Wohnzimmer auf dem Sofa saß und die Hände rang. Es klingelte erneut. Hausser ging zur Tür und öffnete. Christoph stand im Treppenhaus vor ihm, und obwohl er sich zu einem selbstsicheren Lächeln zwang, merkte Hausser, dass er allen Mut zusammengenommen hatte, um vorbeizukommen.

»Herr Schumann, was für eine Überraschung. Ich dachte, Sie würden an den Feierlichkeiten des heutigen Tages teilnehmen.«

»Darf ich hereinkommen?«

»Ich wollte die Wohnung gerade verlassen. Wenn ich Ihnen irgendwie helfen soll, müsste es schnell gehen. Ist wieder der Abfluss verstopft?«

»Sie brauchen diese Komödie nicht länger zu spielen. Ich weiß, dass Sie kein Hausmeister sind.«

»Zumindest trage ich den Kittel, der zu dem Job gehört.«

»Ich habe Kontakt zur Hausverwaltung aufgenommen. Dort wusste niemand etwas davon, dass der alte Hausmeister aufgehört hat. Sie haben sich vielmehr Sorgen gemacht und wollten schon die Polizei alarmieren.«

»Was hat sie daran gehindert?«

»Das habe ich getan. Also, was ist mit ihm geschehen? Wo ist er?«

»Nicht dass das jemanden etwas anginge, aber ich glaube, er hat Probleme bekommen.« Hausser zuckte mit den Schultern. »Sicherheitstechnische Probleme. Aber wie kann ich *Ihnen* helfen?«

Christoph holte tief Luft. »Ich habe das hier heute Morgen hinter dem Heizkörper in der Küche gefunden.« Er zog ein kleines Mikrofon mit einem abgerissenen Kabel aus der Tasche und zeigte es Hausser. »Und das ist bei Weitem nicht das einzige Mikrofon, das ich gefunden habe.«

Hausser streckte die Hand aus, aber Christoph entfernte das Mikro aus seiner Reichweite. »Darüber hinaus noch mehrere versteckte Videokameras.«

»Es ist sicher nicht besonders schön für Sie und Ihre hübsche junge Frau, auf diese Weise überwacht zu werden. Aber warum erzählen Sie mir das?«

»Weil ich mir ziemlich sicher bin, dass Sie es sind, der uns überwacht.« Er zeigte in die Wohnung. »Dass Sie für die Stasi arbeiten.«

Hausser lachte. »Das hört sich ein bisschen paranoid an.«

»Trotzdem leugnen Sie es nicht.«

»Warum sollte die Staatssicherheit Sie überwachen? Haben Sie sich etwas zuschulden kommen lassen?«

»Jetzt tun Sie nicht so klug. Ich weiß nicht, für welche Abteilung Sie arbeiten oder welchen Rang Sie haben. Aber lassen Sie sich eins gesagt sein.« Er schaute Hausser durchdringend an. »Mit mir können Sie nicht so umspringen wie mit jeder x-beliebigen anderen Person. Ich habe Macht und Einfluss in der Partei und in der Organisation, für die Sie arbeiten. Und zwar auf bedeutend höherem Niveau als Sie. Und in Zeiten wie diesen kann sich niemand sicher sein, wie sich die Dinge entwickeln werden. In Zeiten wie diesen sollte man seine Verbündeten mit Bedacht auswählen.«

Hausser wandte willentlich seinen Blick ab und schaute zu Boden. »Wollen Sie mich noch etwas fragen, oder sind wir fertig?«

»Wie funktioniert das hier? Ich habe keine anderen neuen Gesichter in dieser Wohnanlage gesehen, also gehe ich davon aus, dass Sie allein für die Überwachung verantwortlich sind.« Christoph kniff die Augen zusammen. »Am Anfang ist es bestimmt hochinteressant, andere Menschen auszuspionieren, das fände ich vermutlich auch. Die intimsten Details mitzubekommen, Streitereien in der Familie mitzuhören, Frauen im Bad zu beobachten, sich anzusehen, wie andere Sex haben. Alles sehr unterhaltsam. Doch irgendwann wird auch das zur Routine, und man begreift, dass alle mehr oder weniger das gleiche Leben führen. Tagein, tagaus derselbe Trott. Und schließlich bringt man nicht mal mehr die Energie auf, sich die Bänder anzusehen, die man aufgenommen hat. Man nimmt einfach neue auf und liefert die alten ab. Sind ja sowieso andere Leute, die für das Verfassen der Anklageschrift zuständig sind. Leute, die sich im System an viel höherer Stelle befinden als man selbst. Und ich denke, dass man sich im Laufe der Zeit wieder seines eigenen Lebens bewusst wird. Sich fragt, welchen Zweck es hat. Ob es wirklich nichts anderes als diese Zurückgezogenheit zu bieten hat. Man sieht sein Leben buchstäblich an sich vorbeiziehen. Habe ich recht?«

Hausser zuckte die Achseln. »Mit Ihrer lebhaften Phantasie hätten Sie Schriftsteller werden sollen.«

»Danke, ich bin mit meinem Job bei der Bank zufrieden. Sind Sie verheiratet? Wartet irgendwo Ihre Familie auf Sie? Oder hat Ihr Job bei der Stasi das verhindert?« Christoph versuchte sich an einem empathischen Lächeln, das ihm so halbwegs gelang. »Habe ich nicht recht mit meinen Vermutungen?«

»Und wenn Sie das haben?«

»Was passiert, wenn Sie Ihre Aufzeichnungen nicht weitergeben? Was geschieht, wenn die Bänder zufällig beschädigt werden? *Bandsalat*, heißt es nicht so?«

»Ich glaube, ich verstehe nicht, was Sie meinen«, sagte Hausser und lächelte schief, als wollte er andeuten, dass sie sich möglicherweise doch verstanden.

»Ich denke, dass wir zu einer Übereinkunft kommen könnten. Nehmen wir einmal an, es gäbe da gewisse Aufzeichnungen, die mich vielleicht interessieren könnten. Nicht dass irgendetwas Illegales bei uns stattgefunden hätte, aber vielleicht wurden missverständliche Dinge geäußert. Vielleicht haben wir Besuch bekommen, von dem andere nichts erfahren sollten. Episoden aus unserem Privatleben, die wir lieber für uns behalten würden. Solche Aufzeichnungen.«

»Bandsalat ist ein gutes Wort.«

»Das freut mich, dass Sie das so sehen. Im Gegenzug könnte ich Ihr Leben ein wenig angenehmer machen, indem Sie zum Beispiel Zugang zu den Intershops bekämen. Ich könnte Ihnen Ihre Mühe in Dollars entgelten. Ich bin sicher, dass wir da eine gute Lösung finden.«

Hausser kratzte sich am Kopf. »Das hört sich ja fast nach Bestechung an.«

»Nein, eher nach einer kleinen Anerkennung für den Hausmeister, wenn er seine Arbeit zufriedenstellend ausgeführt hat. Egal, ob es sich nun um einen verstopften Abfluss handelt … oder um Bandsalat.« Christoph lächelte und streckte die Hand aus, um den Deal zu besiegeln. »Ich kann ein guter und großzügiger Freund sein. Das werden Sie rasch feststellen.«

Hausser sah die Hand an, schlug jedoch nicht ein. Das vage Lächeln, das seinen Mund umspielte, wich einem kühlen Blick. »Ich fand es schon immer sehr interessant, dass mächtige Männer wie Sie glauben, alles regeln zu können, nur weil sie auf einem bestimmten Gebiet erfolgreich sind. Sie sagten vorhin, dass Sie nicht wüssten, zu welcher Abteilung ich gehöre, und dass Sie selbst Verbindungen zur Staatssicherheit haben.« Er lächelte überlegen. »Rufen Sie doch morgen Ihren guten Freund, Herrn Braun, an, und fragen Sie ihn, wie es ihm geht. Dann werden Sie Antworten auf all Ihre Fragen erhalten. Noch einen schönen Tag, Herr Schumann, und grüßen Sie Ihre schöne junge Frau und Ihre talentierte Tochter von mir.«

Hausser schloss die Tür, ging ins Wohnzimmer zurück und ließ sich schwer in den Sessel fallen. Er streckte seine Hand nach dem Bierglas aus und trank einen Schluck. Das Bier war inzwischen schal geworden, auch dafür hasste er Midas. Nachdem er eine Weile der Militärparade im Fernsehen zugesehen hatte, holte er ein paar Münzen aus seiner Tasche, mit denen er Müller anrufen konnte.

32

Prenzlauer Berg, Berlin, 8. Oktober 1989

Die nackte Glühbirne über dem Absatz der Hintertreppe wurde eingeschaltet. Ihr Licht fiel auf die ersten Treppenstufen, weiter unten war alles finster. Christoph und Lena kamen aus der Küchentür, er immer noch im Mantel. Hausser hatte sich auf diesen Moment gefreut, war gespannt auf Midas' Reaktion. Und der Anblick des verzweifelten Mannes auf dem Monitor enttäuschte ihn nicht.

»Etwas Schreckliches … Es ist … etwas Schreckliches passiert«, keuchte Christoph.

»Was … was ist passiert? Du machst mir Angst.«

Christoph schluckte ein paarmal, als versuchte er, seine Stimme unter Kontrolle zu bringen. »Braun, er ist …«

»Was ist mit ihm?«

»Ein Unfall …«

»Wie denn?«

»Ich habe gerade mit Vera gesprochen, sie ist total außer sich. Braun war gestern mit ihrem Hund Laika spazieren. Normalerweise dauert das so zwanzig Minuten, also wurde Vera nervös, als eineinhalb Stunden vergangen waren und er immer noch nicht zurück war. Sie ist rausgegangen, um nach ihm zu suchen, und an der Spree ist sie dann einem jüngeren Ehepaar begegnet, die bei Laika standen. Sie haben erzählt, dass der Hund die ganze Zeit winselnd am Ufer entlanggelaufen ist. Sie haben alle nach Braun gesucht und sich schließlich an die Polizei gewandt. Ein paar Stunden später haben sie die Suche aufgegeben, und Vera ist nach Hause gefahren, um dort zu warten.«

Lena hielt sich ängstlich die Hand vor den Mund. »Das ist ja furchtbar. Wird er immer noch vermisst?«

Christoph schüttelte den Kopf. »Die Polizei hat schließlich Brauns Leiche gefunden, sie ist ein Stück flussaufwärts an Land geschwemmt worden. Sie wird in den nächsten Tagen obduziert, aber es heißt, dass nichts auf eine Gewalttat hindeutet. Dass er vermutlich einfach in den Fluss gefallen und ertrunken ist.«

»Oh nein!« Lena schlang die Arme um ihn und drückte sich an ihn. »Hältst du es für möglich, dass er freiwillig … ich meine, dass er Selbstmord begangen hat?«

»Ich weiß es nicht, aber eigentlich kann ich mir das nicht vorstellen.«

Sie blickte zu ihm auf. »Was ist … du verbirgst doch etwas vor mir … ich sehe es dir an.«

»Als ich gestern mit Hausser geredet habe …«

»Ja?«

»Am Ende unseres Gesprächs hat er gesagt, ich solle morgen bei Braun anrufen, dann würde ich sehen, wie viel Macht er hat. Ich glaube, *das* war seine Antwort.«

Lena löste sich aus Christophs Arm. »Du hast doch gesagt, dass ihr euch einig geworden seid und dass er nur Geld haben wollte wie alle anderen.«

»Ich wollte dich nicht beunruhigen.«

»Du hast mich angelogen?«

»Nein, verdammt, ich wollte dich beschützen, damit du dir nicht zu viele Sorgen machst. Vielleicht ist es ja auch nur ein Zufall.«

»Das glaubst du doch selbst nicht. Was sollen wir jetzt machen?«

»Wir dürfen nicht in Panik verfallen. Obwohl ich am liebsten einfach abhauen würde.«

»Aber das geht nicht. Unsere Fluchtpläne sind doch schon aufgeflogen. Und eigentlich wolltest du ja auch gar nicht fliehen.«

»Natürlich nicht. Ich denke ja auch nur laut. Aber es gibt auch andere Möglichkeiten, von hier wegzukommen, obwohl das eine Katastrophe für uns wäre.«

Hausser lächelte. Obwohl sich das Land in einem chaotischen Zustand befand, lief die Aktion Midas in die richtige Richtung. Er hörte, wie die Schumanns sich gegenseitig Mut zusprachen, doch ihre Stimmen verrieten, dass es ihnen an Überzeugung fehlte. Midas sprach davon, dass sich die Zeiten ohnehin bald ändern würden. Falls das sein *Masterplan* war und ihm in dieser Situation nichts Besseres einfiel, war er eine leichtere Beute, als Hausser gedacht hatte. Es war an der Zeit, die nächste Phase einzuleiten.

33

Christianshavn, April 2014

»Nein, ich weiß nicht, wann er wieder da ist«, antwortete der Hauptkommissar mit der hellen Stimme am anderen Ende der Leitung, »aber Sie können ihm gerne eine Nachricht hinterlassen. Wie war noch mal Ihr Name?«

»Ich versuche es später noch mal«, brummte Ravn und legte auf. Es hatte mal eine Zeit gegeben, als alle auf dem Revier seinen Namen kannten, aber diese Zeit war schon lange vorbei. Inzwischen schien die gesamte Ermittlungsabteilung mit Pfadfindern besetzt worden zu sein. Er steckte sein Handy in die Tasche und ging aufs Achterdeck. Mindestens zwanzig Mal hatte er schon versucht, Mikkel zu erreichen, aber der war wie vom Erdboden verschluckt. Ravn vermutete, dass er kalte Füße bekommen hatte hinsichtlich der geheimen Nachforschungen, um die er ihn gebeten hatte. Mikkel war schon immer die Tugend in Person gewesen, aber auch ein guter und loyaler Freund, ganz gleich, ob es um Berufliches oder um Privates ging. Dennoch hatten sie stets versucht, das Private auf ein Minimum zu begrenzen, es von all den unerfreulichen Dingen, mit denen sie beruflich konfrontiert wurden, fernzuhalten. Falls Mikkel und nicht der Idiot Brask jetzt das Sagen hätte, dachte Ravn, könnte er sich sogar vorstellen, seinen alten Job wieder aufzunehmen. Aber auch nur vorstellen.

»Bekomme ich einen Kaffee?«

Ravn drehte sich um und sah Louise auf dem Kai stehen. Sie lächelte schüchtern zu ihm herab.

»Jederzeit«, antwortete er, »wenn du mit Pulverkaffee zufrieden bist.«

Louise kam zu ihm aufs Achterdeck. Es freute ihn, dass sie nicht mehr so traurig aussah wie bei ihrer letzten Begegnung.

Ravn räumte Kleider und Zeitungen vom Sofa. Kurz darauf saßen sie nebeneinander und nippten an dem kochend heißen Kaffee. Keiner von ihnen sprach ein Wort, und in der Kajüte war nichts zu hören außer dem Schwappen der Wellen und dem Knirschen der Taue. »Ich glaube, ich habe bisher noch nie jemanden gekannt, der ein Boot besitzt«, sagte sie und sah sich in dem engen Raum um. »Das ist wirklich ein schönes Boot.«

»Es muss noch weiter instand gesetzt werden. Aber eines Tages werde ich schon damit fertig werden.«

»Hier ist es jedenfalls wunderbar ruhig. Du bist wirklich zu beneiden.«

Er sah sie prüfend an, um festzustellen, ob sie es ernst meinte. Vor allem weil er davon ausging, dass sie ein viel luxuriöseres Ambiente gewohnt war als die enge Kajüte auf einem alten Kahn. Doch Louise schien ihren Besuch an Bord tatsächlich zu genießen.

»Es tut mir leid, dass ich letztes Mal so überstürzt aufgebrochen bin.«

»Aber das macht doch nichts. Im Grunde gab es ja auch nichts mehr zu sagen.«

»Ich war einfach so aufgewühlt. Zum einen wegen des vielen Geldes, aber auch weil wir den Ort gesehen haben, an dem Mogens so viele Stunden seines Lebens verbracht hat. Bei diesem unangenehmen Mann … Es waren weniger seine Worte als sein ganzes Auftreten, seine Ausstrahlung.«

Ravn musste lächeln. »Ja, Lauritzen ist schon ein komischer

Typ. Aber jedenfalls haben wir bekommen, was wir wollten, und du musst ihn ja nicht wiedersehen.«

Sie nickte. »Es macht mich nur traurig, dass Mogens nie erzählt hat, wie es ihm geht, und dass ich auch nie danach gefragt habe. Ich fühle mich schuldig deswegen.«

»Dazu hast du keinen Grund. Das war seine eigene Entscheidung, genau wie die, mit all dem Geld abzuhauen.«

Sie nahm den Becher und wärmte ihre Hände daran. »Obwohl mein Bruder älter ist als ich, war ich immer diejenige, die auf ihn aufgepasst hat, als wir Kinder waren. Ich habe dafür gesorgt, dass ihm nichts passiert und die anderen in der Schule ihn in Ruhe gelassen haben.«

»Klingt ja ganz so, als sei er auch schon damals ein Eigenbrötler gewesen.«

»Absolut. Mogens war ein Nerd erster Klasse. Er hatte immer die besten Noten, wurde aber nie zu einem Geburtstag oder zu einer Party eingeladen.«

»Und du?«

»Ich hatte immer gute Noten und wurde auch ständig eingeladen.«

»Warum überrascht mich das nicht?« Er lächelte, doch Louise erwiderte sein Lächeln nicht.

»Ich habe die Mistkerle um den Finger gewickelt, wenn sie ihn auf dem Kieker hatten. Habe ihn um jeden Preis beschützt.«

»Er hat ein Riesenglück, so eine Schwester zu haben. Wie war das später, als ihr erwachsen wart?«

»Mogens ist nie erwachsen geworden.«

»Aber du?«

Sie sandte ihm ein schiefes Lächeln. »Ich habe einen Mann gefunden, Professor und Architekt. Wir haben einen Sohn bekommen, Theo, der viel zu schnell groß wird und schon auf die weiterführende Schule geht.« Sie schüttelte den Kopf. »Aus irgendeinem Grund ist Mogens nie Teil unserer Familie geworden.«

»Du sagtest neulich, du hättest ihn seit der Beerdigung eurer Mutter nicht mehr gesehen.«

»Ja, wir ... mein Mann ... mein Exmann und Mogens kamen nicht gut miteinander aus. Nicht dass sie sich lauthals gestritten hätten, das liegt ihnen beiden nicht. Sie hatten sich einfach nichts zu sagen. Da herrschte eisiges Schweigen.«

»Hört sich für mich nach einer ganz normalen Familie an.«

Sie lachte. »Danke. Es tut gut, das zu hören.«

Ravn leerte seinen Kaffeebecher und sah sie an. »Wenn du einen guten Rat haben möchtest, dann glaube ich, du solltest nicht mehr so viel an deinen Bruder denken.«

Sie nickte und starrte in ihren Becher. »Ja, ich weiß. Das sagen mir alle. Trotzdem kann ich nicht aufhören, mir Sorgen um ihn zu machen. Und jetzt, wo ich weiß, was für eine enorme Summe er gestohlen hat, mache ich mir mehr Sorgen denn je. Ich glaube, dass ihn jemand dazu gebracht hat. Ihn unter Druck gesetzt hat.«

»Aber die Polizei hat doch seine Kollegen vernommen, ohne jemanden der Mittäterschaft zu verdächtigen.«

Louise sah ihm in die Augen. »Darf ich dich um einen Gefallen bitten?«

Ravn lehnte sich zurück. »Um welchen?«

»Dass du mich in seine Wohnung begleitest. Die liegt gleich da drüben.« Sie zeigte aus dem Fenster in Richtung Applebys Platz auf der anderen Seite des Kanals. »Es dauert nur eine halbe Stunde.«

Ravn atmete durch. »Warum?«

»Wenn es dort irgendeinen Hinweis gibt, der uns weiterbringt, dann bist du es, der ihn findet.«

»Aber die Polizei ist doch längst da gewesen. Und du doch bestimmt auch.«

Sie nickte. »Aber du kannst etwas, das andere nicht können …«

Er lächelte verlegen. »Danke für die Blumen, aber du kennst mich doch gar nicht, Louise, und das Letzte, was ich brauchen kann, ist, mich tiefer in diese Sache zu verstricken.«

»Zwanzig Minuten, dann sind wir wieder zurück, und ich werde dich nie wieder mit diesem Thema belästigen. Dann wirst du mich nie mehr wiedersehen.«

»So war das nun auch nicht gemeint.«

Der verletzliche Blick, den er auffing, war bestimmt vielfach erprobt, um ihrem Bruder aus der Bredouille zu helfen. Doch er musste sich eingestehen, dass auch er dafür empfänglich war.

34

Prenzlauer Berg, Berlin, 13. Oktober 1989

Tränengas hing über der Greifenhagener Straße, die am späten Nachmittag einsam und verlassen dalag. Alle, die von der Arbeit heimkehrten, schlossen rasch die Türen hinter sich und vergewisserten sich, dass keine Fenster mehr offen standen. Nur Hausser stand noch auf der Straße. In der Ferne skandierten die Demonstranten auf der Schönhauser Allee, die parallel zur Greifenhagener Straße verlief. Der metallisch scharfe Geruch des Tränengases hatte Hausser stets an den Duft nasser Pflastersteine erinnert, den er aus seiner Kindheit in Graupa so gut kannte. Er trug seine dunkle Windjacke und lehnte sich gegen einen Baum, während er darauf wartete, dass Christoph von der Staatsbank nach Hause kam. Christoph, der seinen Tagesablauf geändert hatte, um ihm auszuweichen. Der nur noch die Hintertreppe benutzte, um seine Wohnung unbemerkt zu erreichen und ebenso unbemerkt wieder zu verlassen. Der am Morgen immer früher aus dem Haus ging, sodass Hausser noch im Bett lag, wenn er zur Arbeit aufbrach. Dass Brauns Tod Christoph eingeschüchtert hatte, war natürlich ausgezeichnet, doch es war an der Zeit, erneut mit ihm zu sprechen. Die Zeit stand nicht still, und wenn er seinen Plan mit Christoph in die Tat umsetzen wollte, durfte der Prozess nicht stagnieren.

In diesem Moment glitt Christophs champagnerfarbener

BMW um die Ecke. Er parkte unmittelbar hinter dem Tor, das zur Hausnummer 9 führte. Er nahm seinen Aktenkoffer vom Beifahrersitz, stieg aus und schloss die Tür hinter sich. Hausser überquerte die Straße. Die lärmenden Demonstranten auf der Schönhauser Allee veranlassten Christoph, sich umzudrehen. Als er Hausser sah, der die Hände tief in den Taschen vergraben hatte, erschrak er.

»Mensch ... haben Sie mich erschreckt«, sagte Christoph, während er um seine Fassung rang.

»Warum das?«

Er zuckte mit den Schultern und versuchte, sich an Hausser vorbeizudrängen.

»Haben Sie Ihren Freund Braun erreicht?«

Christoph blieb stehen. »Was wollen Sie ...?«

»Was ich will?« Hausser zog die Brauen hoch. »Das ist eine sehr allgemeine Frage. Frieden in der Welt. Ein paar neue Schuhe. Eine Fahrt in Ihrem Luxusschlitten.«

Christoph rang sich ein Lächeln ab. »Nein, im Ernst.«

»Das ist mein Ernst. Setzen Sie sich auf den Beifahrersitz, dann machen wir eine kleine Spritztour.«

»Wo... wohin?«

Hausser antwortete nicht. Stattdessen nahm er eine Hand aus der Tasche und schnippte mit den Fingern. »Den Schlüssel.«

Mit Hausser am Steuer und Christoph auf dem Beifahrersitz rollte der große BMW die Greifenhagener Straße hinunter. Hausser gab behutsam Gas und schaltete. Er genoss den sanften Wechsel in den dritten Gang und nickte anerkennend. »Da haben Sie wirklich ein großartiges Auto, Christoph. Wenn ich das Geld hätte, würde ich mir auch so eins leisten. Was kostet so ein Wagen, 30, 40, 50.000?«

»Ich … Den leiht mir ein Freund oder besser gesagt seine Firma.«

»Wirklich? Also solche Freunde hätte ich auch gerne. Er wohnt bestimmt auf der anderen Seite der Mauer, stimmt's?«

»Der Wagen ist hier ganz legal zugelassen. Alle Papiere sind in Ordnung, das kann ich Ihnen versichern.«

»Zum Teufel mit den Papieren! Es ist mir total egal, wie Sie sich diesen Wagen beschafft haben, Christoph.«

»Ich glaube … meine Frau wartet auf mich. Vielleicht sollten wir jetzt lieber … umkehren, wenn das für Sie okay ist?«

»Sie sehen mir nicht wie ein Mann aus, der sich in allem nach seiner Frau richtet, so hübsch sie auch sein mag. Lehnen Sie sich einfach zurück, und genießen Sie die Fahrt. Machen Sie das Radio an. Zeigen Sie mir, was für Musik Sie hören, wenn Sie von der Arbeit nach Hause fahren.«

Christoph zögerte. Erst als Hausser eine ungeduldige Handbewegung machte, schaltete er das Radio ein. *»Aruba, Jamaica ooo I wanna take ya …«*, erklang Carl Wilsons Stimme, begleitet von den Beach Boys, aus den Boxen.

»Ich glaube nicht, dass das DDR 1 ist«, sagte Hausser mit ernster Stimme.

»Entschuldigung, die Frequenz … muss sich von allein verstellt haben.« Christoph wollte sofort einen anderen Sender suchen.

Hausser lachte. »War doch nur Spaß. Hört sich gut an. Muss die Hitparade sein. Die höre ich selber auch. Geben Sie mir eine von den Zigaretten da.« Er zeigte auf die Packung Marlboro vor der Windschutzscheibe. Christoph streckte den Arm aus und griff nach der Packung. Hausser zog den Zigarettenanzünder aus der Mittelkonsole und schnappte sich eine Zigarette aus der Packung. »Ich wusste, dass Sie ein Marlboro-Mensch sind.«

»Ich glaube, es heißt Marlboro Man – nicht dass das wichtig wäre.«

Hausser sog den Rauch tief in die Lunge und stieß ihn zufrieden wieder aus. »Sie leben ein komfortables Leben, Christoph, das muss ich Ihnen lassen.«

Christoph blickte verlegen auf seine Schuhe. Hausser bog auf die Schönhauser Allee ab. Als sie die nächste Kreuzung erreichten, hielt er. Das Tränengas der Polizei hing wie ein Schleier über der Straße und hüllte die Hochbahn ein, wo gerade ein Zug durch den Dunst brauste. Zu den Klängen der Beach Boys betrachteten sie den Rückzug der Demonstranten. *»Down to Kokomo«*, summte Hausser mit starkem Akzent.

Die Demonstranten liefen an ihnen vorbei. Viele von ihnen hatten blutige Verletzungen davongetragen. Über den Schultern trugen sie Schilder und Banner, als wäre das ein Kreuzzug. Auf mehreren Schildern stand: »Wir sind das Volk.« Hausser zeigte mit dem Finger darauf. »Fühlen Sie sich als einer von ihnen? Fühlen Sie sich als Teil des Volkes?«

»Ich … ich weiß nicht, was ich darauf antworten soll.«

»Weil Sie nicht sicher sind, ob Sie mit diesen Leuten sympathisieren?«

»Weil ich das Gefühl habe, dass ungeachtet, was ich sage, es nicht das ist, was Sie hören wollen.«

»Eigentlich ist es ganz einfach. Ich bin ausschließlich an der Wahrheit interessiert.« Er drückte den Zigarettenstummel im Aschenbecher aus. »Und jetzt wäre der perfekte Zeitpunkt, mir all das zu erzählen, was sich in Ihrer Wohnung abgespielt hat.«

»Ich … Inwieweit kennen Sie die Pläne, die wir diskutiert haben? Ich meine, wie lange überwachen Sie uns schon?«

»Christoph, auf diese Weise wollen wir nun wirklich nicht miteinander reden.«

»Entschuldigung, ich wollte nur … nichts wiederholen, was Sie vielleicht schon wissen.«

»Das sollte im Moment Ihre geringste Sorge sein.«

Christoph begann zu erzählen, wie das Konsortium, dessen Mitglied er war, im Zuge des Zusammenbruchs in den benachbarten Ländern sowie der Entwicklung in der Deutschen Demokratischen Republik über die Möglichkeiten diskutiert hatte, die sich daraus ergaben. Vor dem Hintergrund dieser Diskussionen war irgendwann die Idee einer Republikflucht aufgetaucht. Eine Idee, die sich schnell verselbstständigt und reale Planungen nach sich gezogen hatte. Hausser hörte zu, ohne eine Miene zu verziehen. Er hatte das meiste von dem, was Christoph berichtete, schon mit eigenen Ohren gehört. Sein Geständnis brachte keine neuen Tatsachen ans Licht. Dennoch war es ein gutes Gefühl, dass ihm Christoph, der fortwährend mit den Tränen kämpfte, nun persönlich seine Sünden gestand. Schließlich beteuerte Christoph, dass er selbst nie habe fliehen wollen, dem Konsortium gegenüber aber eine falsche Loyalität gezeigt habe. Eine Loyalität, die er heute bitter bereue. Deshalb hätten er und Braun auch vereinbart, sich nicht an der geplanten Flucht zu beteiligen. Hausser fand es interessant, dass Christoph versuchte, seine Taten zu rechtfertigen, obwohl Hausser seine wahren Motive, im Land zu bleiben, doch kannte. Aber das sagte er nicht, sondern ließ Christoph weiter sein Herz ausschütten. All das gehörte zu seinem Plan.

Draußen auf der Schönhauser Allee fuhren Mannschaftswagen der Polizei vorbei, auf deren Dächern Wasserwerfer montiert waren. Zwei in Zivil gekleidete und mit Gummiknüppeln bewaffnete Beamte erblickten den BMW und liefen auf ihn zu. Hausser zog den Reißverschluss seiner Jacke herunter und holte seinen Ausweis heraus. Er drückte den Ausweis gegen die Seitenscheibe. Die beiden warfen einen flüchtigen Blick auf den Ausweis, erboten Hausser einen Gruß und verschwanden wieder.

»Und jetzt?«, fragte Christoph. »Nehmen Sie mich fest?«

Hausser angelte sich eine weitere Zigarette aus der Schachtel. Christoph zog rasch sein goldenes Dunhill-Feuerzeug aus der Tasche und gab ihm Feuer. Hausser stieß den Rauch aus. »Wann soll die Flucht stattfinden?«

»Das ist noch nicht entschieden. Aber bald. Schröder hatte Probleme, die notwendigen Papiere zu besorgen. Alles andere ist vorbereitet.«

»Wir reden also über einen Zeitraum von wenigen Wochen?«

Christoph nickte.

»Ich brauche wohl nicht zu betonen, dass Ihre eigene Situation maßgeblich davon abhängt, dass wir die Verräter erwischen.«

»Natürlich helfe ich Ihnen. Sie haben mein Wort.«

»Von nun an arbeiten Sie für mich. Ihr Deckname ist Midas.«

Christoph nickte. »Ich verstehe. Wie der mythische König, der alles, was ihm in die Hände kam, in Gold verwandelte?«

»Nein, wie der Midas, der seine Zukunft in einem dunklen Kellerloch verbringen wird, wenn er nicht tut, was man ihm sagt.«

»Entschuldigung. Und ich möchte noch mal betonen, wie leid mir das alles tut. Natürlich hätte ich mich gleich an die Behörden wenden müssen, als mir diese Dinge zu Ohren gekommen sind.«

Hausser ertrug sein Geplapper nicht länger und stieg aus dem Wagen. Er trat vor den Kühler und betrachtete die Gruppe der uniformierten Beamten mit ihren Schäferhunden. Die

Hunde bellten aus vollem Hals, als wollten sie den Demonstranten an die Kehle gehen. Hausser dachte an den Blutdurst dieser Tiere. An ihren Instinkt, der tief in ihnen schlummerte und an einem Tag wie diesem geweckt wurde. Es musste ein berauschendes Gefühl für sie sein, so mit ihrer inneren Existenz im Einklang zu stehen. Selbst Hunde mussten doch etwas empfinden. Er winkte Christoph zu als Zeichen, dass er verschwinden sollte.

35

Prenzlauer Berg, Berlin, 13. Oktober 1989

Von der kleinen silbernen Brouille, die auf dem Rand des Glases ruhte, schmolz das Eis und landete Tropfen für Tropfen in dem starken Absinth. Hausser achtete darauf, nicht gegen das Glas zu stoßen, während er in Christophs Akte blätterte. Auf dem Bildschirm über ihm saßen Christoph und Lena auf der Hintertreppe und hielten jeder ein Bier in der Hand. Es hatte etwas Kameradschaftliches, wie sie direkt aus der Flasche tranken und sich eine Zigarette teilten.

Während der letzten zehn Minuten hatte Christoph seiner Frau von der schrecklichen Begegnung mit Hausser erzählt, die heute stattgefunden hatte. Dass er bereits geglaubt hatte, sein letztes Stündlein habe geschlagen, als Hausser den Autoschlüssel verlangt hatte und sie davongefahren waren.

»Trotzdem hast du die Situation gut gemeistert. Was für ein dreckiges Schwein!«

Christoph nickte. »Die Stasi ist brutal und gnadenlos, aber auch dumm und vorhersehbar. Solange man genug Kreide frisst und auf demütig macht, hat man sie in der Hand. Das habe ich sofort gemerkt. Nur deshalb habe ich *überlebt.*«

Hausser blickte schnaubend zum Monitor hoch. Christoph hatte offenbar wieder Mut gefasst, und das erstaunlich schnell, wenn man bedachte, dass er sich noch vor zwei Stunden vor Angst fast in die Hose gemacht hatte.

»Ich finde es nur schrecklich, dass du sie jetzt mit Informationen versorgen sollst. Stell dir vor, wenn das eines Tages rauskommt. Was werden die Leute dann von dir denken?«

»Wie sollte das denn rauskommen?« Er trank einen Schluck Bier. »Eigentlich sind wir doch in keiner so schlechten Position.«

»Was soll das denn heißen? Die Situation könnte kaum schlimmer sein.«

»Jedenfalls genießen wir jetzt einen gewissen Schutz.«

»Aber was ist mit den anderen?«

»An ihrer Lage können wir nicht viel ändern. Es ist ja auch nicht so, dass wir sie direkt ans Messer liefern. Sie wären sowieso erwischt worden. Und wenn sich alles weiter in die richtige Richtung entwickelt, werden sie wohl nur kurz in den Knast wandern.«

»Aber sind wir ihnen nicht eine Warnung schuldig?«

»Sei doch nicht naiv, Lena. Das könnte unseren eigenen Tod bedeuten. Wir sollten ihre Flucht lieber als Plus für uns ansehen, als etwas, das unsere Verhandlungsposition mit Hausser und der Stasi verbessert. Wir sollten uns jetzt ganz darauf konzentrieren, trotz Brauns beklagenswertem Tod weiterhin seine Kontakte zu nutzen. Vielleicht sollten wir Vera als eine Art Strohmann miteinbeziehen.«

Lena küsste ihn auf den Mund. »Du bist der klügste Mensch, den ich kenne. Du bist den anderen immer einen Schritt voraus.« Sie stand auf und ging zu der offenen Küchentür.

»Hab ich dir eigentlich schon mal erzählt, dass ich Schachmeister an unserer Schule war?«

»Ungefähr hundertmal«, entgegnete sie lächelnd und verschwand in der Küche.

Christoph blieb auf der Treppe sitzen und rauchte die Zigarette fertig. Als das Licht der Glühbirne erlosch, leuchtete nur noch die Glut im Dunkeln. Auf dem Monitor war sie nur als ein verpixelter Fleck zu erkennen. *»Schachmeister«*, murmelte Christoph vor sich hin.

In diesem Moment fand Hausser, wonach er gesucht hatte, und zog behutsam den braunen Umschlag aus dem Stapel. Er nahm die Brouille von dem Glas und nippte an dem verdünnten kühlen Absinth. Dann öffnete er den Umschlag und zog die Schwarz-Weiß-Fotos heraus. Er ließ das halbe Dutzend Bilder rasch durch seine Finger gleiten. Sie zeigten den nackten Christoph mit zwei Prostituierten in einem Doppelbett. Sie waren zum selben Zeitpunkt entstanden wie die Videoaufzeichnungen, die er gesehen hatte, als er die Aktion in Gang gesetzt hatte. Sie stammten aus Leipzig, wo Christoph an einer Konferenz teilgenommen hatte, ehe er ins Fadenkreuz der Ermittlungen geraten war. Aufgenommen worden waren sie zum Zweck einer möglichen späteren Erpressung. Das Ministerium für Staatssicherheit verfügte über Tausende solcher »schlafender Vorgänge«, um hochrangige Politiker und Beamte jederzeit unter Druck setzen zu können. Selbst über Honecker gab es eine geheime Akte. Sie enthielt nichts Besonderes außer gelegentlichen außerehelichen Aktivitäten, die ihm niemand verübelte, der seine Frau Margot kannte.

Hausser schob die Bilder in den Umschlag zurück. Morgen würde er dafür sorgen, dass Lena sie an ihren Arbeitsplatz im Intershop geschickt bekam. Dort würde sie der Schock viel tiefer treffen, als wenn sie die Fotos zu Hause sah. In Anbetracht ihrer Selbstdisziplin ging Hausser davon aus, dass sie nicht an Ort und Stelle zusammenbrechen würde, doch ihre Kollegen würden spüren, dass etwas Furchtbares geschehen war. Dass ihre perfekte Mitarbeiterin, das frühere Topmodel der DDR, das so gut verheiratet war, eine Niederlage erlitten hatte. Die Scham über das, was passiert war, sowie die neue Sicht ihrer Kolleginnen auf sie würden für Lena weitaus schlimmer zu ertragen sein als die sexuellen Eskapaden ihres Mannes. Das, vermutete Hausser, würde sie ihm niemals verzeihen. Und das würde Midas so sehr isolieren, als säße er bereits in seiner Kiste in Hohenschönhausen.

36

Christianshavn, April 2014

Louise schob die Tür zu Mogens' Wohnung auf. Im Eingangsbereich türmte sich die Werbung mehrerer Monate zu einem riesigen Haufen. Der Strom war längst abgestellt worden, und in der dunklen, kalten Wohnung hatte sich ein abgestandener Geruch ausgebreitet, als wäre man in einem Mausoleum. Sie erinnerte Ravn in beunruhigender Weise an seine alte Wohnung.

»Woher hast du den Schlüssel?«, fragte er.

»Den hat mir Mogens kurz nach seinem Einzug gegeben. Das haben wir immer so gemacht, die Schlüssel ausgetauscht. Seit unserer Studienzeit.«

»Dann hat er also auch einen Schlüssel zu deiner Wohnung.«

»Äh, nein …« Sie wandte den Blick ab. »Ich bin nie dazu gekommen, ihm einen zu geben … Andreas, mein Exmann, hatte etwas dagegen, und Mogens hat auch nie danach gefragt, also …«

»Wollen wir uns ein bisschen umsehen?« Ravn wartete nicht auf Louises Antwort, sondern ging auf direktem Weg ins Wohnzimmer. Die wenigen Möbel waren von einer dicken Staubschicht bedeckt. Ravn zog ein paar Schubladen auf. »Hast du das alles durchgesehen?«

Sie nickte. »Nur in den obersten Schubladen sind noch ein paar alte Unterlagen, die anderen sind leer.«

Ravn überflog den Inhalt der obersten Schublade. Louise schien recht zu haben. Er ging zum Sofa und hob alle Kissen hoch, um nachzusehen, ob sich vielleicht darunter etwas verbarg. »Was passiert jetzt mit der Wohnung? Soll sie verkauft werden?«

»Zwangsauktion.«

Er bückte sich und tastete die Sprungfedern unter dem Sofa ab. Aber auch dort war nichts versteckt.

Sie setzten ihren Weg in das kleine Schlafzimmer fort und betrachteten Mogens' Futonbett. »Bei seinem Ordnungssinn sollte man fast glauben, dass er beim Militär war«, bemerkte Ravn mit einem Blick auf das Bett.

»Mogens war nie beim Militär. Er wurde ausgemustert.« Louise setzte sich vorsichtig auf die Bettkante, als wollte sie die Decke nicht in Unordnung bringen. »Tut mir leid, dass ich dich umsonst hierhergeschleppt habe.«

»Wir sind ja noch nicht fertig.«

»Wir haben doch schon die ganze Wohnung durchsucht, ohne irgendetwas zu finden.«

»Manchmal hilft es, nach den Dingen zu schauen, die *nicht* da sind.«

»Ich glaube, ich verstehe dich nicht.«

Ravn stellte sich auf das Bett und zog eine kleine Taschenlampe aus der Tasche. »Ich rede von dem, was er auf seine Flucht mitgenommen hat und was uns vielleicht Hinweise auf seinen Aufenthaltsort geben kann.« Er stellte sich auf die Zehenspitzen und richtete den Lichtkegel oben auf den Kleiderschrank.

»Was machst du da?« Louise blickte zu ihm hoch.

»Mogens ist auch nicht anders als der Durchschnitt der Bevölkerung, und neunundneunzig Prozent aller Menschen deponieren ihre Koffer entweder unter dem Bett oder auf dem Kleiderschrank. Und da sein Futonbett zu niedrig ist, um einen Koffer darunterzuschieben, wird er wohl den Platz auf dem Schrank genutzt haben. Man sieht es an der unterschiedlich hohen Staubschicht.« Ravn zeigte mit dem Finger darauf, und Louise streckte den Hals, ohne vom Bett aufzustehen.

»Sieht so aus, als hätte er einen mittelgroßen Koffer mitgenommen, in dem Platz für sechzig bis siebzig Liter ist.« Ravn sprang vom Bett herunter und machte die vier Schranktüren weit auf. Er ließ die Hand über die Bügel mit den billig aussehenden Anzügen und Polyesterhemden gleiten. Ein paar Bügel waren leer. »Abgesehen von dem Anzug, den er anhatte, glaube ich nicht, dass er einen weiteren Anzug mitgenommen hat. Höchstens ein oder zwei Hemden.« Ravn betrachtete die halb leeren Fächer. »Ein Mann mittleren Alters hat in der Regel etwa sechs Unterhosen und ebenso viele Sockenpaare sowie eine ansehnliche Zahl einzelner Exemplare.« Er zeigte Louise lächelnd eine einzelne Socke. »Da hier fast gar keine Unterwäsche mehr ist, können wir annehmen, dass er das meiste mitgenommen hat.« Ravn bückte sich, um einen Blick in die unteren Fächer zu werfen, in denen zwei T-Shirts, eine Strickjacke sowie eine zerknitterte Flanellhose zurückgeblieben waren. Mogens schien sich für eine praktische und leichte Garderobe entschieden zu haben.

»Und was sagt uns das?«, fragte Louise.

»Dass Mogens seine Reise ebenso sorgsam geplant hat wie den Diebstahl bei Lauritzen. Seinen gefütterten Mantel hat er ebenso dagelassen wie seine Winterstiefel. Vielleicht wollte er an einen warmen Ort.«

»Mogens hat die Wärme gehasst.«

Ravn zuckte mit den Schultern. »Okay. Hatte er einen Führerschein?«

Sie schüttelte den Kopf. Ravn setzte sich neben sie auf das

Bett und rieb sich die Bartstoppeln. »Wir wissen, dass er seinen Pass bei sich hatte, aber kein Visum beantragt hat. Was darauf hinweisen könnte, dass er sich immer noch irgendwo in Europa aufhält. Dort kann er sich frei bewegen, da es kaum noch Grenzkontrollen gibt.«

Louise nickte. »Und mit Lauritzens Bargeld braucht er kein Geld von der Bank abzuheben, was seinen Aufenthaltsort verraten würde.«

»Vielleicht hat er den Bus oder den Zug genommen und ist irgendwo auf dem Land?«

»Mogens wird immer übel beim Fahren. Der würde keine längere Busfahrt durchstehen, ohne die anderen Passagiere vollzukotzen.«

»Dann gehen wir mal davon aus, dass Mogens von seinem Arbeitsplatz aus direkt zum Bahnhof gefahren ist und mit einer knappen Million in der Tasche den Zug in irgendein *mäßig warmes* Land auf dem Kontinent genommen hat. Wenn er klug genug ist, wird er sich in irgendeiner Großstadt niedergelassen haben, wo man leicht untertauchen kann.«

»Dann könnte er also ebenso gut in Amsterdam oder Paris wie in Hamburg oder irgendeiner anderen Großstadt sein. Da gibt es doch Hunderte von Möglichkeiten.«

Ravn nickte. »Gibt es irgendeine Fremdsprache, die er gut beherrscht?«

»Nein, er ist eher der naturwissenschaftliche Typ.«

»Hast du nicht erzählt, dass er Richard Wagner mag?«

»Nicht genug, um sich dafür in Deutschland niederzulassen.« Louise stand auf und schloss die Türen des Kleiderschranks. Dann drehte sie sich zu Ravn um. »Irgendwie habe ich das Gefühl, dass wir nicht viel weitergekommen sind.«

Ravn zuckte mit den Schultern.

Louise ging aus dem Zimmer, und er folgte ihr auf den Flur.

»Hast du die Taschen kontrolliert?«, fragte er und zeigte auf den Mantel.

»Die sind leer.«

Plötzlich spürte er einen heftigen Harndrang. Dieser verdammte Pulverkaffee. »Kann ich mal die Toilette benutzen?«

Sie nickte. In dem kleinen Bad am Ende des Flurs tastete er kurz nach dem Lichtschalter, ehe ihm einfiel, dass der Strom abgestellt war. Er schaltete die Taschenlampe ein und platzierte sie auf der Ablage über dem Waschbecken. Nachdem er fertig war, wusch er sich die Hände und betrachtete sein Gesicht im Spiegel. Etwas an der Wand hinter ihm erregte seine Aufmerksamkeit. Er drehte sich um und betrachtete die kleine Abdeckkappe direkt unter der Decke. Die Farbe auf einer der Schrauben war abgekratzt und zeugte davon, dass die Kappe vor nicht langer Zeit entfernt worden war. Ravn zog sein Leatherman-Multitool aus der Tasche und löste die beiden Schrauben.

»Alles okay mit dir?«, rief Louise vom Flur aus.

»Einen Augenblick!«, rief er zurück. »Ich bin gleich bei dir.«

Er drückte den Schraubenzieher in den Spalt zwischen Wand und Kappe und hebelte sie auf. Ein kalter Wind schlug ihm aus dem Hohlraum entgegen. Er nahm die Taschenlampe von der Ablage und leuchtete in das Dunkel. Hinter dem Gewirr von roten Kabeln erblickte er einen verstaubten Schuhkarton. Er steckte den Arm in das Loch und bekam ihn mit den Fingerspitzen zu fassen. Vorsichtig zog er ihn heraus, hob den Deckel ab und betrachtete den Inhalt. »Louise! Ich glaube, ich hab was gefunden. Etwas Wichtiges!«

37

Prenzlauer Berg, Berlin, 19. Oktober 1989

Die Dunkelheit lastete schwer auf dem Kollwitzplatz. In den nackten Zweigen der Bäume, die den kleinen Park in der Mitte des Platzes umstanden, hallte das monotone Rauschen des Windes wider. Christoph schwankte betrunken von einer Seite zur anderen, während er in die Hecke pinkelte. Als er fertig war, schloss er seinen Hosenstall und wischte sich die Finger am Mantel ab. Mit unsicheren Schritten überquerte er den Platz und ging zur Husemannstraße hinüber.

Hausser folgte ihm in gemessenem Abstand. Er wusste, dass Christoph denselben Ort ansteuerte wie jeden Abend, seit Lena das Foto von ihm und den beiden Prostituierten gesehen hatte. Bei ihnen zu Hause war der Teufel los gewesen, und Christoph musste von seiner zerschmetterten Hausbar in die umliegenden Kneipen flüchten. Hausser hatte den Krach im Hause Schumann nicht nur über die noch verbliebene Kamera im Wohnzimmer verfolgt, sondern – ebenso wie alle anderen Nachbarn – auch die lautstarken Wortgefechte mitbekommen, die durch das ganze Gebäude schallten. Lena hatte abwechselnd geschrien, geweint und mit Gegenständen nach ihrem Mann geworfen. Christoph hingegen war vor Scham fast völlig verstummt. Tag für Tag forderte sie die Scheidung, und Tag für Tag versuchte er sie umzustimmen. Für Hausser trug die ganze Situation ironische Züge. Jetzt, da alle von der deutschen Wiedervereinigung sprachen, bekam Christoph von seiner Frau den Laufpass – wie auch Honecker von der SED den Laufpass bekommen hatte. Letzteres ging Hausser nahe. Der Alte war unerschütterlich gewesen, während die Welt um ihn herum in Scherben ging. Zum Dank war er durch das Leichtgewicht Egon Krenz ersetzt worden, der früher die Jungpionierbewegung geleitet hatte. Was das Land jetzt brauchte, war kein Pfadfinderführer mit einer fragwürdigen Vergangenheit, sondern ein tatkräftiger Soldat. Jemanden, der mit eisernem Besen für Ordnung sorgte.

Hausser stand auf der anderen Straßenseite, als Christoph ins Budike 15 hineinwankte. Hausser zündete sich eine Zigarette an und lehnte sich gegen die Mauer. Er mochte diese Gegend mit den alten Gründerzeithäusern, die rätselhafterweise den Luftangriffen der Alliierten entgangen waren. Hier war es zwar nicht so schön wie an der Karl-Marx-Allee, doch strahlte das Viertel einen gewissen Stolz aus. Nachdem er die Zigarette fertig geraucht hatte, überquerte er die Straße und betrat ebenfalls die Kneipe.

Die Tische waren nur etwa zur Hälfte besetzt. Christoph saß an der hinteren Wand vor einem Pilsner Urquell und starrte auf die Tischplatte. Hausser bestellte beim Barkeeper ein Echt Berliner, nahm die Flasche und setzte sich Christoph gegenüber. Der hob schwerfällig den Kopf. »Sie …«

»Prost, Midas«, sagte Hausser und hob die Flasche. Christoph stieß nicht mit ihm an.

»Warum haben Sie die Fotos geschickt? Ich hatte doch gesagt, dass ich Ihnen helfe.«

»Soll ich jetzt fragen: Welche Fotos?«

Christoph schüttelte den Kopf. »Wollten Sie mich damit bestrafen?«

»Verdienen Sie es, bestraft zu werden, Midas?«

Christoph ging nicht darauf ein. »Warum? Sagen Sie mir den Grund?« Er schlug so hart auf den Tisch, dass sein Bier überschwappte.

Hausser holte tief Luft. »Vielleicht mag ich Sie einfach nicht. Vielleicht habe ich Sie ausgewählt, so wie ein Raubtier seine Beute auswählt. Den Wolf fragt ja auch niemand, warum er das Schaf reißt, obwohl er schon satt ist. So ist nun mal der Lauf der Natur. Vielleicht ist ihm jede Schwäche verhasst, und er betrachtet die Schwäche des Lamms deshalb als seinen größten Feind.« Hausser breitete lächelnd die Arme aus. »Aber ich bin kein Wolf, und ich habe auch keine Fotos verschickt«, log er, ehe er fortfuhr: »Warum sollte ich das auch tun? Sie arbeiten doch für mich. Das würde nur unser gutes Verhältnis zerstören, habe ich recht?«

Christoph antwortete nicht, sondern trank einen Schluck Bier.

»Ich weiß, was Ihnen wirklich zu schaffen macht. Sie sind in Panik, weil Sie den Überblick verloren haben. Neben Ihrem Hochmut ist das Ihre größte Schwäche.«

»Sie hören sich wie ein verdammter Pfaffe an.«

»Das ist nicht meine Absicht. Betrachten Sie mich lieber als hässliches Werkzeug der Wahrheit.«

»Und was ist die Wahrheit?«

»Dass der Staat immer bestehen wird. Dass er stärker als seine Individuen ist. Und dass Sie, mein Freund, jetzt auch ein Teil seiner Maschinerie sind. Dass Sie zum ersten Mal in Ihrem unbedeutenden Leben etwas Nützliches tun. Jetzt leisten Sie endlich Ihrem Staat einen Dienst, statt sich nur um Ihr eigenes Wohlergehen zu kümmern. Das muss doch ein gutes Gefühl sein.«

Christoph blickte auf die Tischplatte und senkte die Stimme. »Über die geplante Flucht habe ich nichts mehr gehört. Ich glaube fast, dass sie abgeblasen wurde.«

»Warum? Die Sache war doch schon so weit gediehen.«

»Hier in Berlin passiert im Moment zu viel. Und an den Grenzübergängen dürfte schärfer kontrolliert werden als je zuvor.«

»Ich sehe, dass Sie Geschmack am tschechischen Bier gefunden haben.« Er nickte zu der Urquell-Flasche hin. »Wie sehen Ihre eigenen Pläne in dieser Richtung aus?«

»Sie haben mich doch rund um die Uhr überwacht. Also sollten Sie selbst am besten wissen, dass ich nicht vorhabe, in die Tschechoslowakei zu flüchten.«

Hausser strich sich über den Schnurrbart. »Wenn's nach mir ginge, sollte man das ganze Pack einfach flüchten lassen. All die Demonstranten und diejenigen, die ständig was zu meckern haben. Was dieser Staat braucht, sind keine Reformen, sondern loyale Bürger. Idealisten im Dienste der gemeinsamen Sache, nicht wahr?«

Christoph brummte in sein Bier.

Hausser faltete ein Blatt Papier auseinander und legte es vor Christoph auf den Tisch.

»Was ist das?«

»Eine Liste von Konten, die Sie überprüfen sollen. Welche Transaktionen hat es gegeben? Zu welchem Zeitpunkt? Über wie hohe Beträge?«

Christoph nahm den Bogen in die Hand und überflog die Aufstellung. »Wem gehören diese Konten?«

»Das spielt keine Rolle. Beschaffen Sie mir einfach die Informationen.«

Christoph warf das Blatt auf den Tisch. »Aber das kann ich nicht. Das ist nicht meine Abteilung. Außerdem fällt es leicht auf, wenn ein Unbefugter solche Informationen einsieht.«

Hausser lachte in sich hinein. »Lieber Midas, Sie sind doch längst aufgefallen. Sonst säßen Sie jetzt nicht hier. Das ist die Grundlage unserer Zusammenarbeit: Ich will Informationen, und Sie besorgen sie mir.«

»Und wenn ich gefeuert werde?«

»Dieses Risiko sind Sie bis jetzt willentlich eingegangen, um sich persönlich zu bereichern. Jetzt tun Sie es im Interesse der Sicherheit dieses Staates. Betrachten Sie das als Heldentat.«

»Verdammt«, ächzte Christoph und stand auf. »Das hört niemals auf, oder?«

Hausser trank von seinem Bier.

* * *

Hausser lag im Bett und hörte über Kopfhörer, wie Christoph Lena ein weiteres Mal anflehte, ihn nicht zu verlassen. Doch Lena ließ sich nicht erweichen und bestand weiterhin auf der »unausweichlichen Scheidung«.

»Das ist doch schon über zehn Jahre her, Lena! Ich war an dem Abend nicht ich selbst«, schluchzte er. »Die Stasi hat mich vergiftet. Die haben mir irgendwas ins Essen getan, damit sie all das in Szene setzen konnten. Damit sie einen Keil zwischen uns treiben können, wann immer es ihnen passt.« Hausser konnte sich ein Lächeln über Christophs Ausflüchte nicht verkneifen, bis Lena mit lauter Stimme verkündete: »Das darf nie wieder vorkommen, verstehst du? Ich toleriere so eine Schwäche bei dir nicht. Das ist jämmerlich und primitiv.«

Hausser stand abrupt auf und ging ins Wohnzimmer. Auf dem Monitor sah er, dass sie nebeneinander auf dem Sofa saßen und sich an den Händen hielten. Erst jetzt fiel ihm auf, dass Lena immer noch ihren Ehering trug und er ihre

Ankündigung, sich scheiden zu lassen, vielleicht zu ernst genommen hatte.

»Wenn du mir noch eine Chance gibst, werde ich dafür sorgen, dass du es nie bereuen wirst«, sagte Christoph.

»Versprich mir, dass wir das Leben haben werden, das wir uns immer gewünscht haben. Fern ab von alldem hier.« Sie ließ ihren Blick missbilligend durch das Wohnzimmer wandern.

»Ich verspreche es. Ich überlege sowieso, ob wir uns nicht trotzdem auf den Weg machen sollten.«

»Du meinst, mit Schröder und den anderen flüchten?«

»Nein, ich glaube, daraus wird eh nichts. Ich habe gedacht, wir könnten versuchen, nach Warschau zu kommen und von dort aus weiter ...«

Hausser lächelte den Monitor an und ballte triumphierend die Faust. Nun machte es sich, wie erwartet, bezahlt, dass er den Druck auf Midas abermals erhöht hatte.

»Ich bin sicher, dass wir es gut haben werden, wenn wir nur weit von hier wegkommen ...«

Lena ließ seine Hand los. »Und so mittellos enden wie alle anderen Flüchtlinge?«

»Ich habe meine Kontakte im Westen. Dort können wir von vorn anfangen.«

»Du meinst, von ganz unten anfangen? Du hast doch selbst gesagt, dass es hier die besten Möglichkeiten für uns gibt. Wollten wir deshalb nicht bleiben? Und auf den Systemwechsel warten? Auf die Zeit des Wiederaufbaus? Um reich zu werden?«

»Doch, natürlich, aber die Lage ist ein wenig komplizierter geworden.«

»Dann sorg dafür, dass sie wieder unkomplizierter wird, Christoph. Wenn wir zusammen noch eine Chance haben wollen, dann vergiss die Fluchtpläne, und sorg dafür, dass wir hier eine Zukunft haben.« Sie stand auf und ließ Christoph allein auf dem Sofa zurück.

Hausser ließ seine Stirn auf die Tischplatte fallen. Er war so nah dran gewesen. So verdammt nah dran.

38

Christianshavn, April 2014

In der Kajüte der *Bianca* stand Louise an dem kleinen Tisch und starrte auf den fleckigen Schuhkarton, dessen Deckel sie abgenommen hatte. Der beginnende Regen trommelte sanft auf das Dach.

»Anscheinend gibt es vieles, was ich von meinem Bruder nicht weiß.«

»Alle haben ihre Geheimnisse«, entgegnete Ravn, der die Küchenschränke nach etwas Trinkbarem durchsuchte. Bis jetzt hatte er nur eine Flasche Gammel Dansk gefunden, und Louise hatte dankend abgelehnt.

»Ich verstehe nur nicht, warum er all das Zeug hier versteckt hat.«

»Ich glaube, dass der Karton so etwas wie eine Trophäe ist. Obwohl er gewusst hat, dass er nicht zurückkehren wird, wollte er ihn nicht wegwerfen. Dazu war ihm der Inhalt zu wichtig. Stattdessen hat er seinen Schatz lieber an einem sicheren Ort versteckt, an dem niemand suchen würde.«

»Außer dir«, entgegnete Louise und setzte sich.

Ravn drehte sich zu ihr um. »Ich glaube, ich weiß, wo noch etwas Wein ist, wenn du Lust darauf hast.«

»Mehr denn je.«

Er ging nach draußen zum Steven und kehrte kurz darauf mit einer nassen Flasche Weißwein ohne Etikett zurück.

»Das ging aber schnell«, sagte Louise.

Ravn nickte, während er die Flasche entkorkte. Er war sicher, dass der Wein gut sein würde, denn Eduardos Geschmack war wirklich nicht schlecht. Er wusste allerdings auch, dass es mächtigen Ärger geben würde, wenn Eduardo entdeckte, dass die Flasche Wein, die er an einer Schnur zum Kühlen in den Kanal gehängt hatte, verschwunden war. Ravn nahm zwei Gläser aus der Spüle und setzte sich neben Louise.

»Mogens ist wirklich ordentlich«, sagte Ravn und schenkte ihnen ein.

In dem Karton lagen Dutzende von Briefen sowie ausgedruckte E-Mails von Frauen, mit denen er sich in den letzten Jahren geschrieben hatte. Mogens hatte seine Antworten auf ihre Mails ausgedruckt und mit Büroklammern an die Briefe geheftet. In gewisser Weise herrschte in seiner Korrespondenz die gleiche Ordnung wie in seinem übrigen Leben.

»Ich mag es nicht, in seinen privaten Sachen herumzukramen«, sagte Louise und nippte an ihrem Wein. »Es kommt mir verkehrt vor, ihn auszuspionieren.«

Ravn kam nicht umhin, an seine eigene Schnüffelei in Evas Vergangenheit zu denken, schob diesen Gedanken aber gleich wieder von sich. »Auf der anderen Seite könnten die Briefe aber darüber Aufschluss geben, mit wem er zuletzt in Kontakt war.«

Louise zuckte die Achseln und begann, aufs Geratewohl in den Briefen zu blättern. Manche Frauen hatten Fotos in mehr oder minder unbekleidetem Zustand von sich beigelegt. Ihr Blick fiel auf einen Brief, der schon ein paar Jahre alt war. »Vivi aus Brande. Beschreibt sich selbst als erotischen Steinbock und Mutter von vier Katzen.« Sie fand Mogens Antwort und schüttelte leicht den Kopf. »Er schreibt, dass er Flugkapitän bei SAS ist. Und er schreibt von den zahlreichen Orten, die er auf seinen Reisen kennenlernt, und von dem vielen Geld, das er verdient.«

Sie legte die an Vivi adressierten Mails weg und nahm sich ein anderes Schreiben an eine andere Frau vor. »Oh, hier hat er eine noch steilere Karriere hingelegt. Er schreibt, er sei Oberarzt und Gefäßchirurg an einer Klinik. Sein Verdienst ist auch noch mal gestiegen.«

»Echt beeindruckend«, entgegnete Ravn ironisch. »Ist es okay, wenn ich mitlese?« Er zeigte auf den großen Stapel an Briefen im Schuhkarton.

»Ja klar«, antwortete sie, und sie begannen gemeinsam, seine Korrespondenz zu sichten. Es zeigte sich rasch, dass Mogens' Phantasie keine Grenzen gesetzt waren. Doch das Muster seiner Antworten auf die vielen Kontaktanzeigen war stets das gleiche. Immer berichtete er ausufernd von seinen Verdiensten und Erfolgen, und nahm man alle Briefe zusammen, kam man auf eine stattliche Anzahl militärischer und akademischer Titel, nicht zu vergessen die Millionen und Abermillionen Kronen, die er in seinem abenteuerlichen Berufsleben gescheffelt hatte und die ihn zweifellos zu einem der reichsten Männer Dänemarks machten. Er war sowohl IT-Millionär als auch Börsenspekulant und Immobilienmakler – ein wahres Multitalent und Finanzgenie. »Es ist schon auffällig, wie viele Frauen diese Komödie mitgespielt haben«, sagte Louise. »Als würden sie gern selbst an diese Illusion glauben.«

»Doch zu irgendeinem Zeitpunkt«, entgegnete Ravn, »scheint er ihnen die kalte Schulter gezeigt zu haben. Jedenfalls lässt kein einziges Schreiben vermuten, dass er sich mit einer der Frauen getroffen hat.«

Louise nickte. Vermutlich hatte er den Kontakt jedes Mal dann eingestellt, wenn das erste Treffen bevorstand. Das Treffen, das ans Tageslicht gebracht hätte, wer er wirklich war. Es gab auch ein paar hasserfüllte Briefe von Frauen, die sich betrogen und im Stich gelassen fühlten und die ihn wüst beschimpft hatten.

»Es gefällt mir nicht, dass er all diese Frauen zum Narren gehalten hat«, sagte Louise. »So etwas verdient niemand.«

»Zumindest hat er nicht versucht, sie finanziell übers Ohr zu hauen, so wie die Typen hier.« Er zog eine Mail aus dem Stapel, die er bereits gelesen hatte. »Das hier ist ein typischer Nigeria-Brief.«

»Was ist ein Nigeria-Brief?«

»Das ist ein Brief, in dem der Betrüger das Opfer um Geld bittet, indem er sich zum Beispiel für eine heiratswillige junge Frau ausgibt, die finanzielle Hilfe braucht, um sich das Flugticket leisten oder ein krankes Familienmitglied versorgen zu können. Oder für einen Geschäftsmann mit einer grandiosen Idee oder einem eingefrorenen riesigen Vermögen, das gegen eine kleine Summe freigegeben und geteilt werden kann. Man nennt diese Art von Briefen Nigeria-Briefe, weil viele in der Tat aus Nigeria kommen.«

»Glaubst du, Mogens könnte auf so einen Brief hereingefallen sein?«

Ravn zuckte mit den Schultern. »Er scheint diese Mails nicht beantwortet zu haben. Lass uns versuchen, eine der Frauen zu finden, denen er zuletzt geschrieben hat.« Sie gingen die zweite Hälfte des Stapels durch. Die meisten Briefe und Mails stammten von Frauen aus dem Ausland, die Mogens über internationale Kontaktbörsen kennengelernt haben musste. Es waren Absender aus allen Teilen der Welt dabei, und je weiter entfernt sie von Dänemark waren, desto blühender war Mogens' Phantasie gewesen.

»Ich glaube, das ist einer der letzten Briefe«, sagte Louise und nahm den vorletzten Ausdruck in die Hand. »Sie hat mit ›Eine Berlinerin‹ unterschrieben. So hat sich doch auch Marlene Dietrich genannt.«

Ravn musste lächeln. »Und wie hat er sich ihr gegenüber genannt? Frank Sinatra?«

Louise schüttelte den Kopf. »Dieses Mal scheint er ziemlich ehrlich gewesen zu sein, vielleicht weil die ›Berlinerin‹ ihn genau darum gebeten hat. Sie habe all die Lügen satt, schreibt sie.« Louise warf Ravn einen kurzen Blick zu, ehe sie den englischsprachigen Brief übersetzte: »Ich habe kein Bedürfnis, mich mit Leuten abzugeben, die sich jünger, schöner und reicher machen, als sie wirklich sind. Wir sind doch alle Menschen aus Fleisch und Blut, unabhängig von unserem Alter und Aussehen. Wir alle träumen von einer besseren Zukunft, davon, dass der morgige Tag lichter und schöner sein möge als der heutige. Dass unser Glück gleich an der nächsten Ecke auf uns wartet. Bist du es, der an der Ecke steht? Finde ich bei dir mein Glück?«

»Was hat Mogens geantwortet?«

Louise lächelte. »Er hat die Wahrheit geschrieben. Dass er in Christianshavn wohnt und einen öden Job hat, aber den Weg dorthin liebt, der am Kanal entlangführt.«

Ravn beugte sich vor. »Steht da irgendwas von einem geplanten Treffen?«

Louise blätterte rasch die vielen Seiten durch. »Nein, es … sieht nicht so aus. Der Briefwechsel endet ziemlich abrupt. Einen Monat bevor Mogens verschwunden ist«, ergänzte sie und zeigte auf das Datum am Briefkopf. »Sie schreibt, wie schön Berlin um diese Jahreszeit ist und von einem Konzert, auf dem sie war. Aber auf diesen Brief hat Mogens nicht mehr geantwortet … oder er hat die Antwort nicht ausgedruckt.«

»Gibt sie irgendwo ihren Namen oder ihre Adresse an?«

Louise sah ein paar Briefe durch. »Nicht direkt, aber hier steht eine Mailadresse: *Schumann48@yahoo.com*.«

Ravn leerte sein Glas. »Wie lautet Mogens' Mailadresse?«

»Er ist auch bei Yahoo. Wahrscheinlich hat er die Adresse zu dieser Gelegenheit eingerichtet. Es ist jedenfalls eine andere als die, die ich habe.«

»Du kannst ja mal an seine Yahoo-Adresse schreiben. Vielleicht kontrolliert er sie noch.«

»Ja, stimmt.« Louise legte die Briefe weg und nippte an ihrem Wein. »Aber ich frage mich, was ich schreiben soll.«

»Schreib ihm, dass du ihn vermisst und dass du ihm helfen willst. Und erklär ihm, dass Lauritzen die Anzeige gegen ihn zurückzieht, wenn er sein Geld und das Rechnungsbuch wiederbekommt. Und selbst wenn die Polizei an der Anklage festhält, wird die Strafe recht milde ausfallen. Schreib ihm, dass alles nicht so schlecht aussieht, wie er es vielleicht befürchtet.«

Louise nickte und legte die Briefe in den Karton zurück.

Ravn begleitete Louise zum Auto auf der anderen Straßenseite und stellte den Schuhkarton auf den Beifahrersitz.

»Vielen Dank, Thomas. Ich weiß gar nicht, was ich ohne dich getan hätte.«

Ravn steckte die Hände in die Taschen und zuckte mit den Schultern. »Nicht der Rede wert. Ich hoffe, dass du ihn erreichst und irgendwie zur Vernunft bringen kannst.«

Louise stellte sich auf die Zehenspitzen und küsste Ravn auf den Mund. Der Kuss überraschte ihn. Er behielt die Hände in den Taschen, während er ihn erwiderte und ihre Zungenspitze an seiner spürte. Sie löste sich von ihm und lächelte ihn kurz an. Dann setzte sie sich ins Auto.

Ravn stand wie angewurzelt auf dem Pflaster und beobachtete, wie ihr Fiat 500 langsam in Richtung Christianshavns Torv verschwand.

»Welcher Drecksack hat meinen Wein geklaut?«, schallte eine Stimme von Eduardos Boot herüber.

39

Sieben Monate zuvor
Berlin, 19. September 2013

Die Kälte brachte Mogens wieder zu sich. Er schlug die Augen auf, doch es war unmöglich, in der rabenschwarzen Finsternis irgendetwas zu erkennen. Das eiskalte Wasser, in dem er lag, schmerzte ihn bis ins Mark und ließ seinen Körper unkontrolliert zucken. Er versuchte, sich aus der tiefen Wanne zu befreien, doch seine Fuß- und Handgelenke waren am Boden der Wanne angekettet. Als er sich streckte, bemerkte er die zusätzliche Kette um seinen Hals, die seinen Kopf so fixierte, dass er den Mund soeben über Wasser halten konnte. Panisch zerrte er an den Ketten, die sich nur umso fester um seine Gliedmaßen schlossen. Das Wasser schwappte ein wenig über den Rand der Wanne, und sein Hilferuf hallte als Echo durch die Dunkelheit. Als die Kette um seinen Hals ihn zu erwürgen drohte, gab er seine Bemühungen auf, sich zu befreien. Er schnappte nach Luft und versuchte, seine Panik unter Kontrolle zu bringen, was ihm kaum gelang. Die Angst vor dem Ertrinken war übermächtig, und er schluchzte leise in sich hinein. Er wusste weder, wie er hier gelandet war, noch, wo er sich befand. Die Angst machte es ihm unmöglich, konzentriert nachzudenken. Lauritzen … die Flucht … Berlin … Hauptbahnhof … das Warten … E-Mails … Schumann48 … Berlinerin … Teufelsberg … das Flüstern des Windes … Dunkel … Dunkel.

Dann hörte er plötzlich Schritte. Und dann ein Scharren, als würde ein Stuhl über den Betonboden gezogen. »Hilfe!«, rief Mogens. »Helfen Sie mir!«

Stille.

Er nahm ein süßliches Parfum wahr, dessen Duft sich mit dem Gestank des abgestandenen Wassers und der muffigen Luft mischte. Erneut rief er um Hilfe.

Die Dunkelheit antwortete wieder mit einem undefinierbaren Quietschen. Im nächsten Moment ergoss sich eiskaltes Wasser über seinen Kopf. Mogens schrie panisch auf und schnappte verzweifelt nach Luft. Er versuchte, der Wasserkaskade auszuweichen, doch die Kette um seinen Hals hielt ihn gnadenlos fest. Der Wasserpegel stieg und bedeckte nun den unteren Teil seines Gesichts. Aus Angst zu ertrinken wagte er nicht mehr zu rufen und atmete krampfhaft durch die Nase. Als das Wasser ihn ganz umschloss, hielt er so lange wie möglich die Luft an. Es pochte in seiner Brust. Ihm wurde schwindelig. Schließlich gab er dem Schluckreflex nach und spürte, wie er auf den Grund der Wanne sank, ehe alles um ihn herum verschwand.

* * *

Als Mogens wieder zu sich kam, war er von totaler Finsternis umgeben und lag immer noch festgekettet in der nun leeren Wanne. Das Tropfen eines Hahns über seinem Kopf kam ihm wie ein höhnisches Glucksen vor. Als wollte es ihm mitteilen, dass jederzeit neue Wassermassen über ihn hereinbrechen und ihn ertränken konnten wie eine Ratte in der Tonne. Erneut breitete sich dieser süßliche Parfumgeruch um ihn aus.

40

Berlin, 24. Oktober 1989

Strauss grapschte mit seinen dicken Fingern nach den Weinbrandbohnen in der Glasschale und stopfte sich eine Handvoll in den Mund, der bereits voll war. Sein lautes Schmatzen erfüllte das kleine dunkle Büro, dessen Jalousien heruntergelassen waren. Hausser saß ihm gegenüber auf einem Stuhl und kaute nervös an einem Nagel. Die dunklen Ringe unter seinen Augen sowie die millimeterlangen Bartstoppeln zeugten von seinem Schlafdefizit und seinem miserablen Allgemeinzustand.

»Glaubst du, ich könnte mir einen Scheinwerfer ausleihen?«, fragte er plötzlich. »Du weißt schon, einen von der Sorte, die auch die NVA benutzt.«

»Was willst du mit einem Scheinwerfer?«

»Midas den Nachtschlaf rauben. Wir könnten im Klostergarten nebenan ein Gerüst mit ein paar Farbeimern darauf aufstellen und so tun, als würde das Gebäude renoviert werden.«

»Du siehst selbst aus, als müsstest du dich dringend ein bisschen erholen. Außerdem bin ich mir sicher, dass die Nationale Volksarmee ihre Ausrüstung selber braucht.«

»Ach so«, sagte er und spuckte ein Stück Nagelhaut aus. »Wie wär's dann mit einer Lebensmittelvergiftung. Da wir Zugang zu seiner Wohnung haben, könnten wir den Lebensmitteln ein bisschen Strychnin zusetzen und Midas so langsam entkräften.«

»Bist du des Wahnsinns? Willst du eine ganze Familie vergiften? Die haben doch auch eine Tochter.«

»Ja, Renate, neun Jahre alt. Das ist doch nichts anderes, als was sie in Hohenschönhausen machen. Dort experimentieren sie mit Röntgenstrahlung. Mehrere Gefangene sind daraufhin an Leukämie erkrankt. Ich persönlich finde, dass dieser Prozess viel zu lange dauert.«

Strauss hörte zu kauen auf und sah Hausser beunruhigt an. »Wir sind aber nicht in Hohenschönhausen. Wir sind mitten in Berlin, bei einer ganz normalen Familie. Staatsbürgern der Deutschen Demokratischen Republik.«

»Genau! Das ist ja auch das Einzigartige an diesem Fall.«

»Was ist das Einzigartige?«

Hausser streckte seinen Rücken. »Was sind die drei Grundregeln bei der Internierung von Staatsfeinden?« Er wartete nicht darauf, dass Strauss antwortete. »Erstens: Identitätsverlust des Inhaftierten. Zweitens: Orientierungsverlust des Inhaftierten. Drittens und am wichtigsten: Entmündigung des Inhaftierten. Das weiß jeder Spionageoffizier. Mit Midas werde ich bald bewiesen haben, dass der Staat keine Gefängnisse mehr braucht, um seine Feinde auszuhorchen. Wir können dieselben Ergebnisse bei ihnen zu Hause erzielen.«

Strauss faltete seine Hände. »Ich mache mir Sorgen um dich, Hausser. Dieser Fall hat dich ... total vereinnahmt.«

»Ich muss ihn nur noch zur Strecke bringen, Strauss ... Das kann nicht mehr lange dauern.«

»Müller sagt, es gäbe keine Anzeichen mehr dafür, dass Schumann oder andere Mitglieder seiner Gruppe einen Fluchtversuch wagen werden. Es heißt sogar, dass der besagte französische Botschaftsangehörige abberufen worden ist.«

»Müller weiß gar nichts. Midas plant immer noch seine Flucht … ebenso wie die anderen«, fügte er rasch hinzu.

Strauss holte eine neue Packung Weinbrandbohnen aus der Schublade und füllte sie in die Schale. »Ich setze dich nur davon in Kenntnis, was mir berichtet wurde. Was ist das eigentlich für eine Geschichte mit den Bankkonten, die Schumann gerade untersucht? Die Abteilung XVIII war in heller Aufregung und hätte Schumann fast festgenommen, bis sie begriffen haben, dass er einer unserer Informanten ist.«

»Diese Konten haben keinerlei Bedeutung. Ich habe Midas nur mit der Recherche beauftragt, um ihn zu stressen und den Druck auf ihn zu erhöhen. Das gehört zur Entmündigung und Demütigung dazu. Die dritte Grundregel, du verstehst?«

»Verdammt, Hausser! Du bist zu weit gegangen. Ich bin gezwungen, den Fall zu schließen. Es hat keinen Sinn mehr, ihn weiterzuverfolgen.«

»Was soll das heißen? Der Mann hat sich jahrelanger staatsfeindlicher Aktivitäten schuldig gemacht. Außerdem plant er die Republikflucht.«

»Die gesamte Bevölkerung plant doch gerade die Republikflucht. Die Straßen wimmeln nur so von Staatsfeinden. Die erste freie Gewerkschaft ist gerade gegründet worden. Wir haben weiß Gott schon genug um die Ohren …«

»Eine Gewerkschaft, hier?«

»Ja, verdammt! Sie nennen das Reform. Ich brauche dich, Hausser. Stell den Fall Midas ein, hol ein bisschen Schlaf nach, werd nüchtern, wenn das hilft, oder schluck ein paar Pillen, aber kehr in die Realität zurück.«

Hausser rieb sich müde das Gesicht. »Du hast recht«, sagte er. »Vielleicht ist das alles umsonst, ich weiß nicht …«

»Weinbrandbohnen?« Strauss hielt ihm die Schale hin.

»Nein danke.«

Strauss stopfte sich ein paar in den Mund und schüttelte den Kopf. »Es gibt Gerüchte, dass Krenz eine Generalamnestie für alle Republikflüchtlinge und Demonstranten durchsetzen will. Was sagst du dazu?«

»Dass genau das herauskommt, wenn man einen Pfandfinder zum Staatschef macht.«

»Sie hätten Margot zur Nachfolgerin ihres Mannes machen sollen«, sagte Strauss.

»Du hättest Margot Honecker zur Führerin unserer Nation gemacht?«

»Ja, warum nicht? Als Ministerin für Volksbildung hat sie an den Grundschulen ein obligatorisches Schießtraining eingeführt. Das ist die Art von Entschlusskraft und Weitsicht, die wir heute brauchen.«

»Du hast recht«, entgegnete Hausser mit alarmiertem Gesichtsausdruck und stand auf. »Natürlich.«

»Und jetzt?«

»Am Prozess hat es nicht gelegen. Die drei Grundregeln gelten immer noch. Es war nur das falsche Subjekt.«

»Wovon redest du?«

Hausser antwortete nicht, sondern drehte sich um und ging zur Tür.

»Wo willst du hin? Wir sind noch nicht fertig …«

Hausser eilte durch die Abteilung, begleitet von dem unverkennbaren Geräusch eines Reißwolfs. Zwei Mitarbeiter schredderten Papiere mit derselben Geschwindigkeit, mit der Strauss seine Weinbrandbohnen aß. Kein schöner Anblick. Doch ganz gleich, wie kritisch die Situation auch war, in der sich die Republik befand, er wollte den Fall Midas nicht ad acta legen. Und jetzt schon gar nicht, wo Strauss ihn auf die perfekte Lösung gebracht hatte.

Es war ein Fehler gewesen, sich ausschließlich auf Midas zu konzentrieren und Lena außen vor zu lassen. Wie bei den Honeckers war auch sie die Stärkere von beiden. Darum war sie es auch, die er brechen musste, wenn er sie zur Flucht treiben wollte. Eine Flucht, die sie hoffentlich direkt in den Todesstreifen an der Mauer führte. Trotz der Wankelmütigkeit der Politiker ging er davon aus, dass die Gewehre der Grenzbeamten immer noch präzise trafen.

Hausser trat auf den Parkplatz hinaus, wo die dunklen Gebäude des Geheimdienstes wie stolze Wachtürme in den Himmel ragten. Ihr Anblick gab ihm innere Ruhe, und so verzieh er sich seine eigene Dummheit. Er wusste, dass es Lena vor allem um Reichtum ging, und vermutete, dass ihre Angst auch dort lag. Der Gedanke an alles, was nun geschehen würde, machte ihn regelrecht euphorisch.

41

Kopenhagen, April 2014

Ravn stand an der Kreuzung Victoriagade/Halmtorvet und lehnte an der Hausmauer. Møffe lag zu seinen Füßen, offenbar müde vom langen Warten. Auf den Bänken des Marktplatzes saßen junge Eltern mit Kinderwagen neben den Alkoholikern des Viertels und genossen den Frühling, der endlich auf dem Weg zu sein schien. Ravn behielt die Parkplätze vor dem Polizeirevier im Auge, die den zivilen Fahrzeugen vorbehalten waren. Er hatte am Vormittag ein weiteres Mal vergeblich versucht, Mikkel auf seinem Handy zu erreichen, und danach auf dem Revier angerufen. Dort hatte man ihm gesagt, dass Mikkel beschäftigt sei und erst am späten Nachmittag zurückkehren würde. Also hatte er beschlossen, ihn direkt vor dem Polizeigebäude abzufangen, als hätte er es auf einen Ganoven abgesehen.

Während er auf ihn wartete, musste er an Louise denken. Seit sie sich vor mehreren Tagen an ihrem Auto verabschiedet hatten, hatte er nichts mehr von ihr gehört. Am liebsten hätte er sie angerufen, wusste aber nicht, wie er die Sache angehen sollte. Vor allem weil der Kuss zwischen ihnen immer noch seine Wirkung entfaltete. Er war sich nicht sicher, welche Bedeutung er ihm geben sollte. Ob er nur ein Ausdruck der Dankbarkeit gewesen war oder ob von Louises Seite mehr dahintersteckte. Doch so oder so hatte er Eva gegenüber ein schlechtes Gewissen. Was natürlich absurd war, zumal er sich gerade nähere Informationen dazu erwartete, mit wem sie ihn betrogen hatte.

In diesem Moment rollte ein dunkelblauer Golf heran und parkte auf dem letzten der freien Plätze ihm gegenüber. Er erkannte Mikkel hinter dem Steuer.

Ravn eilte über die Straße und zog Møffe hinter sich her, während Mikkel und Dennis Melby aus dem Wagen stiegen.

»Mikkel!«, rief Ravn.

Die beiden Beamten drehten sich zu ihm um.

»Lebt der hässliche Köter immer noch?«, fragte Dennis mit einem Lachen über das Dach hinweg.

Ravn ignorierte ihn und sah Mikkel an. »Ich hab tausendmal versucht, dich zu erreichen.«

Mikkel verriegelte das Auto. »Du weißt doch, wie das ist. Wir hatten hier einen tierischen Stress wegen der Umstrukturierung und …«

»Hast du was rausgefunden?«

Mikkel wandte sich an Dennis. »Geh schon mal vor, ich bin in fünf Minuten da.«

»Halt die Ohren steif, Ravn. Ihr seht euch schon ziemlich ähnlich.« Er nickte zu Møffe hin, dem die Zunge aus dem Maul hing. Ravn sah Dennis schweigend nach, während dieser sich umdrehte und schweren Schrittes dem Haupteingang entgegenstapfte. Er hatte diesen aufgeblasenen Schwachkopf noch nie ausstehen können, der aussah, als hätte er sich mit anabolen Steroiden vollgestopft.

»Hast du herausgefunden, wem die Handynummer gehört hat?« Ravn sah Mikkel in die Augen.

»Noch nicht.«

»Okay … hat das irgendeinen Grund, abgesehen … von eurer Umstrukturierung?«

Mikkel lehnte sich gegen den Wagen. »Ich dachte, ich hätte dir einen Gefallen getan.«

»Inwiefern?«

»Indem ich dir Bedenkzeit gegeben habe. Damit du herausfinden kannst, ob das wirklich eine gute Idee ist.«

»Danke für deine Fürsorge, ich habe jede Menge nachgedacht, deshalb bin ich auch zu dir gekommen und hab dich um Hilfe gebeten.«

»Aber begreifst du denn nicht, wie dumm das ist? Welchen Ärger das gibt?«

»Es gibt keinen Ärger.«

»Ach nein?« Mikkel sah ihn skeptisch an. »Dann erzähl mir mal, was passiert, wenn ich dir einen bestimmten Namen nenne. Dann stehst du nämlich zehn Minuten später bei dem Typen auf der Matte und haust ihm eine rein. Was dir eine Anzeige wegen Körperverletzung einbringt, worauf natürlich die Frage gestellt wird, wie du überhaupt an seine Nummer gekommen bist. Und damit ist auch *meine* Karriere im Eimer.«

»Ich werde ihm keine reinhauen. In so was bin ich ganz schlecht. Ich tu mir immer selber weh.« Er lächelte. Mikkel lächelte nicht.

»Ich kenne dich, Ravn. Du kannst nichts auf sich beruhen lassen. Melby hat recht. Du bist wie dein Hund.«

»Mit den Jahren sind wir beide viel sanfter geworden. Außerdem hab ich jemanden kennengelernt.«

»Ehrlich?« Mikkel löste sich von dem Auto. »Wen?«

»Niemanden, den du kennst.« Er blickte zu Boden, als er flunkerte. »Ist noch ganz frisch. Deshalb will ich auch mit der alten Sache abschließen.«

»Bist du heute Abend zu Hause?«

»Dort oder im Havodderen.«

»Ich werd schon was rausfinden«, sagte Mikkel und klopfte auf das Dach seines Golfs. Dann verschwand er im Gebäude.

Ravn wollte ihn nicht unter Druck setzen und nahm sich fest vor, Mikkel aus allem rauszuhalten.

»Jetzt komm schon, alter Junge«, sagte er und zerrte an der Leine, doch Møffe weigerte sich.

Im Grunde waren weder er noch sein Hund im Laufe der Jahre sanfter oder weniger dickköpfig geworden. Im Gegenteil.

42

Prenzlauer Berg, Berlin, 26. Oktober 1989

Hausser klopfte so fest an die Wohnungstür, dass es im Treppenhaus widerhallte. Er hatte seinen Schnurrbart gestutzt, und das eine Glas Wodka, das er sich zum Morgenkaffee genehmigt hatte, verlieh seinem Gesicht eine frische Farbe. Alles in allem fühlte er sich fast vorzeigbar.

Ein Scharren an der Wohnungstür, und eine Sekunde später streckte Klara ihren Kopf heraus. Sie sah Hausser schlaftrunken an. »Guten Morgen … Herr Hausser, was kann ich für Sie tun?«

Er warf ihr einen kühlen Blick zu. »Ich weiß, dass Sie bei der Familie Schumann putzen, die Wäsche waschen und ab und zu auf die Tochter aufpassen, korrekt?«

Sie öffnete die Tür ein bisschen weiter. Sie trug einen fleckigen Morgenmantel und ausgetretene Pantoffeln. »Ja und?«

»Ich möchte Sie bitten, diese Arbeit einzustellen.«

»Warum das?«

Er überhörte die Frage und trat einen Schritt näher. »Wie viel Geld bekommen Sie dafür?«

»Das ist eine persönliche Sache zwischen mir und Frau Schumann, die niemanden etwas angeht, schon gar nicht den Hausmeister.« Sie hob ihr Kinn.

»Ich weiß, dass Sie für Ihre Arbeit in einer ausländischen Währung bezahlt werden. Mit Geld, das sich die Familie

Schumann unrechtmäßig erworben hat. Daher machen Sie sich mitschuldig, wenn Sie es annehmen.«

Ihr Mund stand weit offen. Sie wollte etwas erwidern, doch ehe sie dazu kam, hatte Hausser seinen Stasiausweis gezückt und hielt ihn ihr vor die Nase. »Wir haben Sie beobachtet, Klara.« Er schaute an ihr herab und ließ seinen Blick auf ihren schweren Brüsten ruhen, die den Morgenmantel ausbeulten. »Bis jetzt waren Sie doch stets wertvoll für die Partei, und früher haben Sie sogar die Staatssicherheit unterstützt. Wir erinnern uns immer noch an Ihre Hilfe in Leipzig, wo Sie uns in der Möbelfabrik, in der Sie gearbeitet haben, die Namen der abtrünnigen Kollegen genannt haben.«

Klara senkte den Kopf und starrte auf den Boden.

»Deshalb gehe ich einmal davon aus, dass die Sache mit den Schumanns nur ein Missverständnis war, sind wir uns da einig?« Mit einem Finger hob er ihr Kinn an und zwang sie, ihn anzusehen. »Sind wir uns einig?«

»Ja, es … tut mir sehr leid.«

»Was zahlen sie Ihnen?«

»Je nachdem, meistens eine Mark pro Stunde. Also D-Mark, meine ich. Ich kann Ihnen gerne das geben, was ich gespart habe. Ich will das Geld sowieso nicht haben.«

»Sie haben das Geld angenommen, Klara. Jetzt behalten Sie es auch.«

Er sah, wie sie mit den Tränen kämpfte. Ihre Lippen zitterten, und ihre Augen glänzten. Hausser musste an eine Kuh auf dem Weg zur Schlachtbank denken. »Ich … ich werde mich von diesen Leuten fernhalten. Das verspreche ich.«

»Sehr gut, Klara, das werde ich so zu Protokoll nehmen. Alles andere hätte mich auch enttäuscht.«

Hausser tätschelte ihr die Wange. Erst vorsichtig, dann mit kurzen, festen Schlägen, gegen die sie sich nicht wehrte. Er beobachtete ihre Augen, während ihre Wangen sich allmählich rot färbten. Als ihr schließlich die Tränen herunterliefen, hörte er auf. »So, das reicht. Geh jetzt rein, und wisch dir das Gesicht ab, Klara.«

43

Berlin-Mitte, 26. Oktober 1989

In der Mittagszeit spazierte Hausser Unter den Linden entlang, wo die Menschen sich auf beiden Seiten der Straße die Nasen an den Intershops plattdrückten. Da diese nur Westgeld akzeptierten, hatten die wenigsten seiner Landsleute die Möglichkeit, dort einzukaufen. Er zweifelte daran, dass sich Klara für die D-Mark, die sie bei der Familie Schumann bekommen hatte, mehr als eine Strumpfhose hätte leisten können.

Hausser überquerte die Straße, die sowohl von Trabants als auch von ausländischen Fabrikaten mit bundesdeutschen Nummernschildern dicht befahren war. Er setzte seinen Weg bis zu der eleganten Boutique Madeleine fort, die an der Kreuzung Friedrichstraße/Unter den Linden lag. Vor der Boutique hatte sich eine lange Schlange gebildet, doch als er dem schmächtigen Kerl an der Tür seinen Ausweis zeigte, wurde er sofort eingelassen.

Der Innenraum mit seiner gedämpften Beleuchtung und den pastellfarbenen Wänden duftete nach Parfum und verströmte eine exklusive Atmosphäre. Die Kundinnen, zumeist Frauen mittleren Alters in Begleitung ihrer erwachsenen Töchter, hatten alle denselben starren und selbstzufriedenen Gesichtsausdruck, als gehörten sie einer besonders ausgewählten, privilegierten kleinen Gruppe an, was sie im

Grunde genommen auch taten. Hausser sah sich zunächst einen Ständer mit Kleidern an und dachte, er müsse sich irren, als er die Preisschilder las. Jedes einzelne Kleid kostete mehrere hundert D-Mark, eines sogar über tausend.

»Kann ich Ihnen behilflich sein?«, hörte er hinter sich eine wohlbekannte Stimme.

Hausser drehte sich um und lächelte Lena an.

»Sie …«, sagte sie verblüfft, und er bemerkte sofort, dass seine Gegenwart sie nervös machte.

»Ich hatte schon immer Lust, mir einen dieser Läden mal von innen anzugucken. Es ist ja wirklich … sehr einladend hier, trotz allem.«

»Wollen Sie etwas kaufen?«

»Nennen wir uns doch beim Vornamen, Lena. Ich heiße Erhardt. Wir sind schließlich Nachbarn. Und nein, ich will nichts kaufen. Die Preise hier liegen deutlich außerhalb meiner Möglichkeiten.«

»Dann ist das also eher ein *formeller* Besuch?«

»Ganz und gar nicht, Lena. Sie machen einen nervösen Eindruck.« Er legte ihr die Hand auf den Unterarm, was sie erstarren ließ. »Dazu besteht nicht der geringste Anlass. Ihr seid alle in sicheren Händen«, sagte er lachend und machte eine Geste, die den gesamten Raum umfasste. »Ich bin sicher, dass es selbst im Westen am Kurfürstendamm kein Geschäft gibt, das so schick ist wie dieses hier.«

»Das interessiert mich nicht. Aber wir tun unser Bestes, um dem Staat gutes Geld einzubringen. Wenn ich nichts anderes für Sie tun kann, würde ich mich jetzt gern wieder meinen Kunden widmen.«

»Aber selbstverständlich. Ich werde Ihre Zeit nicht länger in Anspruch nehmen als unbedingt nötig.« Er zog den Reißverschluss seiner Jacke nach unten und einen braunen Umschlag heraus. »Ich bin nur gekommen, um Ihnen das hier zu geben.«

Er hielt ihr den Umschlag hin, doch sie machte keine Anstalten, ihn entgegenzunehmen. »Was … was ist da drin?«

Der Umschlag schien sie sichtlich zu verunsichern und an den zu erinnern, den er ihr vor kurzem ins Geschäft geschickt hatte. Den mit den Fotos von ihrem Mann und den beiden Prostituierten. Er unterdrückte ein Lächeln. »Bilder … Fotos, die ich beschafft habe.«

»Was für Fotos?«

»Tja, wie nennt man das? Porträts vielleicht, künstlerische Aufnahmen, Modefotos … Ich bin in solchen Dingen nicht so bewandert«, fügte er lächelnd hinzu. »Jetzt öffnen Sie schon den Umschlag.«

Sie nahm ihn gezwungenermaßen entgegen. »Danke, aber ich warte lieber, bis ich Pause habe. Ich muss jetzt wirklich weiterarbeiten.«

»Ich bestehe darauf.«

Sie holte tief Luft und sah sich rasch im Laden um, bevor sie das Kuvert öffnete. Vorsichtig zog sie die Bilder halb heraus. »Wie sind Sie an die gekommen?«

Er machte eine ausladende Geste. »Ich habe meine Beziehungen.«

Lena drehte den Umschlag und zog die Fotos ganz heraus. Sie konnte sich ein Lächeln nicht verkneifen. »Das ist wirklich schon lange her …«

»1978. Ihre ersten Probeaufnahmen. Es sind auch welche vom Alexanderplatz dabei. Wie Sie sehen, kann man auch mit im Osten hergestellter Mode eine richtig gute Figur machen, ich meine … wenn man die richtige Figur dazu hat.« Er lächelte.

»Das Foto war für die *Sibylle*.« Sie betrachtete das Foto, auf dem sie Seite an Seite mit zwei anderen Models stand.

»Sie sind mit Abstand die hübscheste. Neunzehn Mal waren Sie auf dem Titelbild. Da war alles dabei, von der *Sybille* bis zu *Modische Maschen*.«

»Ja, öfter als jedes andere Model in diesem Land«, sagte Lena und blätterte weiter in den Fotos, die ihre gesamte Modelkarriere umfassten.

»Sie sind hübscher als manche Schauspielerin, die ich gesehen habe.«

»Ich weiß nicht, was ich sagen soll«, entgegnete sie und schob die Bilder zurück in den Umschlag. Sie sah ihn kühl an. »Warum zeigen Sie mir diese Fotos?«

»Sie sind mir zufällig in die Hände geraten, und ich dachte, sie würden Sie interessieren.« Hausser strich sich über seinen Oberlippenbart. »Schon seltsam, dass Sie hier gelandet sind.«

»Ich beklage mich nicht.«

»Wirklich nicht? Vielleicht täusche ich mich ja, aber ich hatte Sie für sehr viel ehrgeiziger gehalten.«

»Ich weiß nicht, worauf Sie hinauswollen.«

»Ach, das weiß ich wahrscheinlich selbst nicht genau.« Er gab ihr zum Abschied die Hand. Lena wollte sie rasch wieder loslassen, aber er hielt ihre fest. »Doch, jetzt fällt es mir ein. Ich glaube, ich habe begriffen, dass Schönheit und nicht zuletzt Jugend in Ihrer Branche eine exklusive Ware mit einem raschen Verfallsdatum sind. Deshalb muss man sich selbst so teuer und so schnell wie möglich verkaufen, wenn man ein materialistisches Leben anstrebt. Und man kann nur hoffen, dass man die richtige Entscheidung getroffen hat. Dass man einen Partner gewählt hat, der die eigenen Hoffnungen auf ein Leben auf der Sonnenseite einlöst. Darauf wollte ich hinaus. Noch einen schönen Tag, Lena.«

Hausser trat auf die Straße und schlenderte zurück zum Rathausplatz. Die Dämmerung hatte bereits eingesetzt. Sobald er eine Telefonzelle fand, würde er dafür sorgen, dass das heute Lenas letzter Arbeitstag in der parfümierten Madeleine-Boutique war, wo alle Träume begannen.

44

Christianshavn, April 2014

Das schrille Lachen von Eduardos rothaariger Freundin schallte durch den Havodderen. Ein paar der schlummernden Stammkunden am Tresen warfen mürrische Blicke dorthin, wo sie und Eduardo saßen und Händchen hielten. Eduardo bedeutete ihr grinsend, ein wenig leiser zu sein, und schenkte ihr Bier nach. Ravn ging zu Johnson und bestellte eine Runde. Am Billardtisch war er gerade von Victoria gedemütigt worden, die sich bereits dem nächsten Herausforderer zuwandte. Ravn trank einen Schluck Bier und blickte zu Eduardo hinüber, dessen weibliche Begleitung er noch nie gesehen hatte. In diesem Moment kam Mikkel herein und ließ seinen Blick durch die schummrige Kneipe schweifen, bis er Ravn erblickte und sich zu ihm an die Bar gesellte. »Entschuldige die Verspätung«, sagte er.

»Was willst du trinken?«

»Dasselbe wie du«, antwortete er und zeigte auf das Hof.

Ravn machte ihn mit Johnson bekannt, der ein Bier aus der Kiste nahm. »Du bist also Mikkel? Seit der da«, er machte eine Kopfbewegung in Ravns Richtung, »den Dienst quittiert hat, kommen hier nur noch selten Bullen vorbei.«

Mikkel zuckte mit den Schultern. »Wollen wir uns irgendwo hinsetzen?«, fragte er Ravn.

Sie verzogen sich von der Theke und setzten sich an einen

der Tische vor den bleigefassten Fenstern, die zum Kanal hinausgingen.

»Ich dachte, das willst du bestimmt wiederhaben.« Mikkel öffnete seine Windjacke, zog Evas Handy hervor und legte es auf den Tisch. Ravn warf einen Blick darauf, machte jedoch keine Anstalten, es an sich zu nehmen. »Was hast du herausgefunden?«

»Ich könnte dir jetzt natürlich erzählen, dass ich nicht weitergekommen bin. Dass die Telefongesellschaft die Auskunft verweigert hat und die Sache damit gestorben ist.«

»Aber?«

»Aber ich will dich nicht anlügen.«

»Hast du ihn jetzt gefunden oder nicht?«

In diesem Moment war wieder das schrille Lachen von Eduardos Freundin zu hören. Sie schlug sich rasch die Hand vor den Mund und machte eine entschuldigende Geste zu den anderen Gästen hin, während Eduardo sie an sich drückte.

Mikkel wandte sich wieder Ravn zu. »Das Ergebnis wird dir nicht gefallen.«

»Es handelt sich also um jemanden, den ich kenne?«

Mikkel ignorierte die Frage. »Ehrlich gesagt spielt das alles doch überhaupt keine Rolle. Denn Eva hat dich geliebt, egal, was du glaubst.«

»Ist es jemand, den ich kenne?«, wiederholte Ravn mit Nachdruck.

»Ja.«

»Wer?«

Mikkel sah das Handy an, das auf dem Tisch lag. »Die SMS, die sind total aus dem Zusammenhang gerissen.«

»Wie meinst du das?«

»Weil alles nicht so ist, wie es den Anschein hat.«

Ravn schüttelte den Kopf. »Das kannst du doch gar nicht

wissen …« Plötzlich starrte er Mikkel ungläubig an, dessen Blick auf die Tischplatte genagelt war. Erst jetzt ging ihm ein Licht auf. »Du …?« Seine Stimme versagte.

»Es ist nichts zwischen uns passiert … nichts Ernstes.«

»Du … und Eva?«, wiederholte Ravn.

»Es war nie etwas Körperliches zwischen uns, das musst du wissen!«

»Du hast ihr diesen ganzen Scheiß geschrieben?«

»Das tut mir alles schrecklich leid, ich wollte nie, dass es so weit kommt, ehrlich. Ich hatte extreme Gewissensbisse, vor allem nach ihrem Tod.«

»Ach, soll ich jetzt etwa Mitleid haben?« Ravn ballte entrüstet die Fäuste.

»Glaub mir, ich fühle mich wie der letzte Scheißkerl.«

Ravn hörte klar und deutlich, was Mikkel sagte, doch irgendetwas in ihm versuchte, ihm permanent einzureden, dass er nur träumte. Dass er jeden Moment an Bord der *Bianca* erwachen und versuchen würde, den Albtraum abzuschütteln. »Wann?«

»Willst du das wirklich wissen?«

»Wann hat es angefangen?«

Mikkel schluckte. »Vor vier, fünf Jahren ist meine Mutter schwer erkrankt … sie wurde dement. Die Demenz hat sich so schnell entwickelt, dass mein Bruder und ich ein Pflegeheim für sie suchen mussten. Am Ende hat sie uns nicht mal mehr erkannt …«

»Spul vor bis zum Zeitpunkt, als du Eva getroffen hast.«

»Mein Bruder und ich brauchten Beratung wegen der Sache mit der Vormundschaft. Und da ich keine Lust hatte, die Krankheit meiner Mutter und die Familienstreitigkeiten mit einem Fremden zu besprechen, habe ich mich an die einzige Anwältin gewandt, die ich kannte. So hat es angefangen.«

»Ich hab nicht mal gewusst, dass du einen Bruder hast.«

»Wir haben ja auch nie über private Dinge gesprochen.«

Ravn schnaubte. »Nein, dazu hattest du ja meine Freundin. Was ist mit deiner Frau? Weiß sie davon?«

»Nein, niemand weiß etwas davon. Zu mehr als diesen blöden SMS ist es ja auch nicht gekommen.«

Ravn spürte eine gewaltige Wut in sich aufsteigen. »Lüg mich nicht an! Ihr habt euch doch getroffen, das geht aus den Nachrichten klar hervor.«

»Zweimal ... auf ein Glas Wein. Und Eva hat die ganze Zeit nur von dir geredet ... Ich war es, der sich danebenbenommen hat. Ich hab mich in sie verliebt, nicht umgekehrt.«

»Du solltest jetzt gehen.«

»Es tut mir so leid, Ravn. Ich weiß nicht, was ich anderes sagen soll als ... Entschuldigung.« Er stand auf und schob leise den Stuhl zurück an den Tisch. Einen Augenblick hoffte er, dass Ravn noch etwas sagen würde. Doch Ravn schwieg, starrte bloß mit geballten Fäusten auf die Tischplatte.

»Ruf an, wenn ...« Mikkel sprach den Satz nicht zu Ende und drehte sich um.

Ravn leerte die Bierflasche und stellte sie so vor sich hin, dass er das Etikett lesen konnte. Er versuchte, das abzuwehren, was bereits auf dem Weg war, doch er hatte bereits einen Tunnelblick. Das Adrenalin pumpte durch seinen Körper. Das Herz hämmerte in seiner Brust. *Bumm, bumm, bumm* machte es, während das Blut in jeden einzelnen Muskel strömte. Er bestand nur noch aus Instinkt und einem Urtrieb, der sich in heißer Wut manifestierte.

Er sprang so abrupt auf, dass sein Stuhl auf den Boden krachte. Mikkel drehte sich halb nach dem Geräusch um. Ravn warf sich auf ihn und zwang Mikkel mit seinem ganzen Gewicht nach hinten. Der Tisch, auf dem sie landeten, gab nach, und im nächsten Moment lagen sie auf dem Boden, Ravn auf Mikkel. Er versetzte ihm einen krachenden Kinnhaken und ließ eine gestreckte Gerade auf Mikkels Nase folgen. Mikkel schoss das Blut aus beiden Nasenlöchern. Ravn wollte den Kampf mit einem Kopfstoß beenden, doch Mikkel zog seinen Kopf so schnell zur Seite, dass Ravns Schädel unliebsame Bekanntschaft mit der Tischplatte unter ihnen machte. Ihm wurde schwarz vor Augen. Im nächsten Augenblick fühlte er Mikkels Faust auf seinem rechten Auge und wie Mikkel versuchte, sich unter ihm wegzuschieben. Ravn schlug ein paarmal nach ihm, wirbelte aber nur die Luft auf. Dann hörte er über sich eine tiefe Stimme und spürte ein paar kräftige Hände, die ihn am Kragen packten und hochrissen. »So, die Party ist zu Ende!«, schrie ihm Johnson ins Ohr, während er ihn eisern festhielt. Sein Tunnelblick verschwand, das heißt, am Ende des Tunnels tauchte plötzlich der Havodderen auf. Mikkel rappelte sich mühsam hoch, lädiert und blutend. »Du willst bestimmt gehen, während ich ihn hier festhalte«, sagte Johnson zu ihm.

Mikkel verstand die Botschaft und humpelte zur Tür. Ravn versuchte, sich aus Johnsons Armen zu befreien, hatte jedoch keine Chance.

»*Madre mia*, Ravn, was ist denn mit dir los?« Eduardo stand mit großen Augen vor ihm.

»Ich bin schon okay«, brummte Ravn Johnson zu. »Du kannst mich jetzt loslassen.«

Johnson lockerte seinen Griff. »Was zum Teufel ist eigentlich in euch gefahren? Ich dachte, ihr seid Freunde.«

»So kann man sich täuschen.«

45

Prenzlauer Berg, Berlin, 29. Oktober 1989

Auf dem Platz vor dem alten roten Rathaus hatten sich mehrere tausend Menschen versammelt. Der Generaloberst der Polizei stand neben dem Bürgermeister auf der Eingangstreppe und sprach abwechselnd mit den Demonstranten und in die Kameras der Nachrichtenjournalisten. Im Namen der Volkspolizei entschuldigte er sich dafür, dass die Beamten während der letzten Demonstration mit aller Härte vorgegangen waren. Danach waren der Bürgermeister und eine Reihe hochrangiger SED-Politiker an der Reihe, über Reformen und Menschenrechte zu sprechen. Die Menschen klatschten im Takt und erinnerten Hausser, der vor dem Fernseher saß, an eine Schar von Pinguinen. Für ihn waren die Leute am Rednerpult noch größere Verräter als die Menschen auf dem Platz. Allerdings wunderte er sich, dass die Demonstranten nicht begriffen, dass diese Banditen da alles tun würden, um zu überleben. Er schaltete den Fernseher aus und ging.

Es war 14.30 Uhr. Vor einer guten Stunde hatte er beobachtet, wie Lena in Begleitung ihrer Tochter mit mehreren Wäschesäcken die Wohnung verlassen hatte. Nachdem er Klara jeden Kontakt mit der Familie Schumann verboten hatte, musste Lena jetzt selbst putzen und sich um die Wäsche kümmern. Er betrachtete es als einen Akt der Gerechtigkeit, dass die vermögende Familie, die stets auf eine eigene Waschmaschine verzichtet und stattdessen Klara dafür bezahlt hatte, ihre schmutzigen Kleider zu waschen, die Wäsche jetzt selbst in der gemeinsamen Waschküche waschen musste.

Hausser schritt durch den schmalen dunklen Kellereingang. Der Gestank des Schimmels vermischte sich mit dem synthetischen Geruch des Fewa-Waschpulvers. Das rotierende Geräusch der Waschtrommeln schallte durch den Keller. Hausser blieb in der Tür stehen und lehnte sich gegen den Rahmen. Hinter den vier Waschmaschinen erstreckte sich der Trocknungsraum, in dem die Wäscheleinen wie Telegrafenleitungen von einer Wand zur anderen gespannt waren. Lena wuchtete gerade die schwere nasse Wäsche über eine dieser Leinen. Unter den Achseln zeichneten sich auf ihrer Bluse ein paar Schweißflecke ab. Sie bat ihre Tochter, die neben dem roten Korb auf Rädern stand, ihr noch ein paar Wäscheklammern zu geben.

»So wird man zur Arbeiterin«, sagte Hausser und trat in den niedrigen Kellerraum.

Lena fuhr herum.

»Tut mir leid, wenn ich Sie erschreckt habe.« Er lächelte und ging in Seelenruhe an den Waschmaschinen vorbei. »Lassen Sie sich nicht stören.«

Lena nahm ein Hemd aus dem Korb und warf es über die Leine.

»Ich glaube, ich sehe Sie wirklich zum ersten Mal hier unten. Sonst hat Klara das immer gemacht, stimmt's?«

»Klara ist krank«, sagte das Mädchen.

»Renate!«, sagte Lena streng und streckte die Hand aus zum Zeichen, dass sie noch eine Wäscheklammer brauchte.

Hausser strich dem Mädchen über die Haare. »Dann ist es ja gut, dass ihr selbst waschen könnt. Ist ja auch viel besser. Ist es nicht ein gutes Gefühl, mit anzufassen?«

Das Mädchen nickte. »Ja, das ist es.«

»So spricht ein echter Jungpionier. Wie alt bist du?«

»Neun.«

»Ein schönes Alter. Bist du gut in der Schule?«

Sie nickte.

»Und was macht das Turnen? Ich weiß, dass du viele tolle Medaillen gewonnen hast, nicht wahr?«

»Ja, das stimmt«, antwortete sie sichtlich überrascht über sein Wissen.

»Renate, sei so gut und geh rauf in die Wohnung, da liegen noch ein paar Wäscheklammern.«

Das Mädchen schaute die Wäscheklammern an, die es in der Hand hielt, und danach ihre Mutter. »Aber hier sind doch genug Klammern …«

»Tu, was ich dir sage.«

Sie legte die Klammern auf die Waschmaschine und rannte durch den Keller.

Lena nahm das nächste Kleidungsstück aus dem Korb.

»Wie Sie schwitzen, Lena!«

Sie versuchte offensichtlich, seinem Blick auszuweichen.

»Ist nicht so ganz dasselbe wie Ihre Arbeit bei Madeleine, oder? Nicht ganz dasselbe wie ein Fotoshooting auf dem Alexanderplatz.«

»Ich weiß genau, was Sie versuchen, Hausser.« Sie schüttelte den Kopf, während sie ein weiteres Wäschestück aufhängte. »Ich komme sehr gut ohne die Arbeit in der Boutique klar.«

Hausser warf einen Blick in den Korb und ließ eine Hand durch die nassen Kleidungsstücke gleiten. »Sogar Ihre Wäsche ist dekadent.« Er schüttelte lachend den Kopf. »Die ganzen ausländischen Marken.«

»Wollen Sie unsere Wäsche jetzt auch noch inspizieren? Nur zu!« Sie schob ihm den Korb hin.

»So war das doch nicht gemeint. Aber seien Sie sich gewiss, dass ich alles weiß, egal, was Sie planen. Was natürlich nur zu Ihrem Besten ist … da Sie sich ja nicht anständig benehmen können.« Er reichte ihr zwei Unterhosen aus dem Korb, die sie ihm aus der Hand riss.

Er betrachtete sie, während sie die Unterwäsche aufhängte. »Ich glaube, Sie werden nie zu einem wirklichen Teil unserer Gemeinschaft werden. Im Westen hätten Sie es bestimmt besser. Ich würde Ihnen die Flucht fast gönnen.« Er reichte ihr ein weiteres Kleidungsstück, das sie ihm sofort aus der Hand riss. »Sie hätten sich an Ihren ursprünglichen Plan halten sollen, statt mit den anderen ein doppeltes Spiel zu spielen. Sehen Sie nur, wie es all den anderen Verrätern ergangen ist, die geflohen sind. Ihnen ist jetzt Amnestie gewährt worden. Und während Sie hier im Waschkeller stehen, kaufen die sich drüben auf dem Kurfürstendamm dumm und dämlich.« Er lächelte. »Fast kann ich spüren, wie weh Ihnen das tut. Wie ungerecht Ihnen das vorkommen muss.«

»Glauben Sie wirklich, dass das alles ist, was ich will?« Sie schüttelte Kopf.

»Sie vergessen wohl, dass ich alles über Sie weiß. Jedes kleinste Detail.« Er musterte sie von oben bis unten.

»Was wollen Sie eigentlich von mir, Hausser?«

»Sichergehen, dass Sie Ihre Situation richtig einschätzen.«

»Meine Situation?« Sie hielt inne und schaute ihn an. Hinter ihnen setzte eine Maschine zum Schleudergang an. »Und was ist mit Ihrer eigenen Situation? Sind Sie wirklich so blind, dass Sie nicht sehen, was hier gerade vor sich geht? Sie reden die ganze Zeit vom Westen. Kapieren Sie nicht, dass es schon bald kein West oder Ost mehr geben wird? Wovon Sie reden, ist die Zukunft.«

»Ich weiß, dass Sie und Ihr Mann das bedauerlicherweise

denken. Beruhend auf Ihren Hoffnungen, dass der Kapitalismus ein Selbstbedienungsladen für Schmarotzer und Betrüger ist. Aber Sie werden enttäuscht werden. Genau wie die Wirrköpfe da draußen auf der Straße.«

»Meinen Sie die dreihunderttausend Menschen, die gestern in Leipzig demonstriert haben?«

»Ach, sind Sie auf einmal solidarisch mit den Massen?«, erwiderte er ironisch.

»Bald werden wir alle reisen können, wohin wir wollen. Zumindest alle, die nicht verantwortlich für die Untaten in diesem Regime sind. Was sagen Sie dazu, Herr Stasimann?«

Hausser lächelte nicht mehr.

»In welchem Loch wollen Sie sich dann verstecken?«

»Ich glaube, Sie sollten jetzt aufhören.«

»Warum? Ihre Zeit ist bald vorbei. Die Zeit all derer, die sind wie Sie. Unbedeutende Menschen, die kein eigenes Leben haben und die nichts sind ohne ihren Stasiausweis.« Sie stemmte die Hände in die Hüften. »Lassen Sie mich raten, wo Sie wirklich wohnen … draußen in einem dieser Betonsilos, zusammen mit all den anderen Stasitypen, die genauso einsam und erbärmlich sind wie Sie. Eigentlich habe ich nur noch Mitleid mit Ihnen, verstehen Sie das?«

Er trat einen Schritt auf sie zu und schob den Wäschekorb zur Seite, der zwischen ihnen stand. »Ich wünschte, ich könnte Ihren Mut respektieren, aber ich weiß, dass er nur eine Folge Ihrer Unwissenheit ist. So wie bei all den anderen Klassenfeinden, denen ich begegnet bin und die von ihrer eigenen Arroganz verblendet waren. Die glaubten genau wie Sie, dass die Welt, in der sie lebten, mit ihrer Familie, ihren Nachbarn und Kollegen, die einzige Realität war, die es gab. Selbst ihre utopischen Träume von einem Leben im Westen hatten nur Taschenformat. Sie besaßen nicht genug Phantasie, um sich den Abgrund vorzustellen, der sich direkt unter ihnen auftat. Sie begriffen erst, wie nahe sie diesem Abgrund waren, wenn sie in die Dunkelheit hinuntergezogen wurden. In meine Welt, Lena.«

Lena warf den Kopf in den Nacken, doch er sah, dass seine Worte sie erschreckt hatten, also fuhr er fort. »Weil ihr keinen Blick für uns habt, versteht ihr nicht, welches Unglück euch treffen kann, bevor es zu spät ist. Deshalb überhören wir auch eure verzweifelten Hilferufe, wenn ihr entdeckt, dass alles verloren ist. Wir sind es, die die Maschine am Laufen halten, die den Sand zwischen den Zahnrädern entfernen.« Hausser lächelte und strich ihr eine schweißnasse Locke aus der Stirn.

Ihre Lippen zitterten nervös, doch ihr Blick war fest.

»Egal, was Sie glauben … Sie haben keine Chance. Sie sind am Ende … ihr seid alle am Ende.«

In diesem Moment hörte die Maschine hinter ihnen auf zu schleudern, und bis auf Lenas keuchenden Atem war nichts mehr im Keller zu hören. Hausser stand so dicht vor ihr, dass er ihre Brust an seiner spürte. Ihr Schweißgeruch vermischte sich mit dem Geruch der nassen Wäsche. Es war ein unangenehmer Geruch, so ganz anders als der süße Duft, den er sonst mit ihr verband. Ein Klara-Gestank, dachte er angewidert und bekam umso größere Lust, sie mit der Wäscheleine zu strangulieren und zwischen Hemden und Unterwäsche aufzuknüpfen.

»Mama …« Renate stand mit einer Handvoll Wäscheklammern an der Waschmaschine.

Lena drückte sich an Hausser vorbei, nahm rasch die freie Hand ihrer Tochter und zog sie mit sich fort.

Hausser trat einen Schritt nach hinten und spürte die aufgehängte Wäsche wie eine klamme Hand in seinem Nacken.

Er drehte sich blitzschnell um und riss, rasend vor Zorn, die Wäsche von der Leine.

Ein paar Minuten später stand er keuchend neben der Waschmaschine. Das Schlimmste war, dass sie recht hatte. Selbst für eine dumme Gans wie sie war es sonnenklar, dass der Staat mit dem Rücken zur Wand stand. Dass jederzeit alles zusammenbrechen konnte. Doch noch hatte *er* Macht und Befugnisse. Und ehe es zu spät sein würde, sollte sie diese Macht zu spüren bekommen und ihn von ihrer Angst kosten lassen. Er wollte in ihr ertrinken.

46

Prenzlauer Berg, Berlin, 1. November 1989

Auf dem Spielplatz, der zwischen den kahlen Bäumen am Helmholtzplatz lag, lärmten die Kinder, während sie aus Leibeskräften schaukelten und die Rutschbahn hinunterrutschten. Renate und ihre beiden gleichaltrigen Freundinnen ließen sich vom Nieselregen nicht stören, sondern wetteiferten miteinander, wer auf den niedrigen Holzpflöcken, die den Spielplatz umstanden, die tollsten Kunststücke hinbekam.

Renate machte eine Pirouette und spähte stolz zu ihrer Mutter hinüber, die ihr den Rücken zugewandt hatte und mit einer der anderen Mütter im Gespräch war. »Guck mal, Mama!«, rief Renate.

Lena drehte sich halb herum und nickte rasch. »Renate, ich geh mal eben Streichhölzer kaufen!«, rief sie und winkte mit der Zigarettenschachtel.

Renate, ganz in Anspruch genommen von ihrem Spiel, antwortete nicht.

Lena verabschiedete sich von der Frau mit dem Kinderwagen und ging den schmalen Schotterweg hinunter, der zur Raumerstraße führte. Als sie den Bürgersteig erreichte, öffnete sich die Seitentür eines kleinen weißen Lieferwagens. Hausser und Müller stiegen aus. Der Anblick der beiden überraschte Lena, und sie blieb kurz stehen. Die beiden packten sie an den Armen und schoben sie durch die offene

Tür in das Fahrzeug. Erst in der Türöffnung begann sie sich zu wehren. »Hilfe!«, rief sie. »Hilfe!«

Die Frau mit dem Kinderwagen schaute die Straße hinunter und sah, wie die Tür des Lieferwagens zugeschlagen wurde. Müller drehte sich zu ihr um. Sein Blick veranlasste sie, sofort weiterzugehen.

Die Zelle im Lieferwagen roch scharf nach Urin, und der Boden war mit dunklen Blutflecken bedeckt. Hausser legte Lena Handschellen an und befestigte sie an der Kette, die an einer Metallschiene unter der Decke hing, sodass ihre Arme gestreckt waren. Sie versuchte verzweifelt, sich zu befreien, doch es war zwecklos.

»Sie haben kein Recht …« Sie starrte Hausser ängstlich an, der ihr gegenüber auf einer Bank saß. Er warf einen Blick auf seine Armbanduhr und zog ein kleines Diktiergerät aus der Tasche, in das er sprach: »Es ist 13.34. Der 1. November 1989. Soeben festgenommen wurde Frau Lena Schumann, geboren am 2. Juli 1957 in Fürstenwalde. Sind SIE Lena Schumann?« Er hielt ihr das Diktiergerät vor den Mund.

»Meine Tochter … sie ist allein … auf dem Spielplatz …« Lena machte eine seitliche Kopfbewegung zu dem vergitterten Fenster hin, hinter dem der Spielplatz zu erkennen war.

»Antworten Sie! Sind Sie Lena Schumann?«

»Das wissen Sie doch … lassen Sie mich raus … ich bitte Sie.«

»Die Gefangene hat sich identifiziert.« Er schlug mit der flachen Hand so hart gegen die Innenseite des Wagens, dass es laut widerhallte. Im nächsten Moment heulte der Motor auf, und der Wagen setzte sich in Bewegung. Lenas Augen waren von Panik erfüllt. »Meine Tochter … halten Sie an, ich bitte Sie … sie ist allein.«

Er schaute sie kühl an. »Daran hätten Sie früher denken müssen.«

»Lassen Sie mich … bitte … raus!«

Hausser schlug erneut an die Wand. Der Wagen machte eine Vollbremsung, sodass Lena mit dem Kopf gegen die Stahlwand der Fahrerkabine krachte. Benommen und mit einer blutenden Stirnwunde kroch Lena zu dem kleinen Gitterfenster und warf einen verzweifelten Blick nach draußen. »Ich werde … eine Erklärung abgeben … oder was immer Sie wollen … aber ich muss wissen … dass meine Tochter sicher nach Hause kommt.«

»Warum haben Sie sich diese Sorgen nicht früher gemacht? Bevor Sie und Ihr Mann mit Ihren illegalen Machenschaften begonnen haben. Bevor Sie Dokumente gefälscht und Forumschecks gestohlen haben.«

»Es tut mir leid … ich werde alles gestehen, was ich getan habe. Aber lassen Sie mich jetzt bitte, bitte zu meiner Tochter.«

Hausser schüttelte rigoros den Kopf. »Dazu ist es zu spät, Lena, und das haben Sie sich selbst zuzuschreiben. Der einzige Grund, dass Sie jetzt hier sitzen, ist der, dass Sie es als wichtiger angesehen haben, Ihr Heim mit allem möglichen Schrott zu füllen und einer ungeheuren Gier nachzugeben, als sich um Ihre Tochter zu kümmern.«

»Ich bitte Sie!«, schluchzte Lena.

»Sie bitten mich? Erinnern Sie sich daran, was ich Ihnen neulich im Keller gesagt habe? Dass wir jeden Ihrer Schreie um Gnade überhören werden. Und was haben Sie geantwortet? Sie haben gesagt, dass Sie keine Angst vor mir haben, dass meine Zeit vorbei sei. Und jetzt sagen Sie mir ehrlich: Fühlt sich das so an?«

Sie schüttelte den Kopf.

»Schauen Sie aus dem Fenster.« Er packte die Kette ihrer Handschellen und zog sie ganz nah ans Fenster heran.

»Was sehen Sie da draußen, Lena? Die Oberfläche, genau wie ich Sie Ihnen beschrieben habe. Ihre Tochter auf dem Spielplatz, Mütter mit ihren Kindern, Leute auf dem Weg zu einer weiteren Demonstration.« Er zeigte auf eine Gruppe junger Männer, die mit ihren selbst angefertigten Plakaten die Straße überquerten. »Sehen Sie sich die Oberfläche an.« Er ließ die Kette los, und sie legte schluchzend ihr Gesicht ans Fenster.

»Sagen Sie mir … was ich tun soll …«

»Ich kann nichts mehr für Sie tun. Außerdem haben Sie sich nass gemacht.« Er nickte in Richtung ihrer Strumpfhose, deren Innenseiten sich dunkel verfärbt hatten. »Und Sie haben noch nicht einmal unsere Zellen kennengelernt. Vielleicht stecke ich Sie in eine Gummizelle, in der Sie im Dunkeln fixiert werden, damit Sie sich nicht selbst etwas antun können.«

»Ich flehe Sie an … mich freizulassen … für Renate.«

»Glücklicherweise gibt es Heime für Kinder wie Renate, die von ihren kriminellen Eltern im Stich gelassen wurden. Glücklicherweise ist der Staat barmherzig und kümmert sich um diese verlorenen Kinder.«

»Sie dürfen sie nicht wegschicken.«

»Ich bin selbst in einem Kinderheim aufgewachsen, und sehen Sie, was aus mir geworden ist.« Er breitete die Arme aus. »Solche Orte machen einen stark. Denn man muss stark sein, um so etwas zu überleben. Kinder können grausam zueinander sein.«

»Sie dürfen das nicht an ihr auslassen.«

»Sie selbst haben Renate diesem Schicksal ausgesetzt.« Hausser beugte sich vor und blickte auf den Spielplatz hinaus. In der Ferne sahen sie Renate auf den Holzpflöcken balancieren. »Gott sei Dank ist sie noch so jung, dass sie ihre Eltern vergessen wird. Ihre Mutter, die sie im Stich gelassen hat.«

Lena musste sich übergeben. Das Erbrochene klebte an ihrem Kinn und lief an ihrer hellen Jacke hinunter.

»Sehen Sie sich an. Sehen Sie, wie schwach Sie sind.« Hausser schloss ihre Handschellen auf, sodass sie in ihr eigenes Erbrochenes sank.

»Ich bitte Sie … ich tue alles, was Sie von mir verlangen.« Sie hob den Arm und legte ihre Hand auf seinen Oberschenkel.

Er schaute darauf, ohne sie zu entfernen. »Werden Sie gegen Ihren Mann, Christoph Schumann, aussagen?«

»Ja …«

»Werden Sie uns Informationen liefern, die seine Verbrechen gegen den Staat aufdecken?«

»Ja …«

»Wie kann ich wissen, dass Sie die Wahrheit sagen, Lena? Sehen Sie mich an! Wie kann ich wissen, dass Sie das nicht nur sagen, um wieder auf freien Fuß zu kommen und mit Ihrer Tochter flüchten zu können?«

»Ich verspreche, Ihnen zu helfen. Ich schwöre es bei meinem Leben und beim Leben meiner Tochter.«

»Woher soll ich wissen, dass Sie mir gegenüber wirklich loyal sind?« Ein kurzer Blick auf ihre Hand genügte, dass sie begann, die Innenseite seiner Schenkel zu streicheln.

»Ich bin … loyal.«

»Ich erinnere mich, dass Sie mich einsam und erbärmlich genannt haben.«

»Entschuldigung … das habe ich nicht so gemeint. Ich war zornig und hatte Angst …«

»Aber was ist, wenn ich Ihnen jetzt sage, dass Sie recht hatten, was die Einsamkeit angeht? Wer soll mich in Zukunft vor der Einsamkeit bewahren? Wer soll mich für meine Großzügigkeit belohnen, die ich Ihnen gegenüber an den Tag lege?«

Sie wischte sich den Mund ab und kroch näher an ihn heran. »Ich werde das tun … ich werde Sie belohnen.«

»Willst du mein kleiner Honigmund sein? Willst du mich Paps nenne, wenn ich dich reite?«

»Ja, das will ich … Paps.« Sie nickte, öffnete den Reißverschluss seiner Hose und steckte ihre Hand hinein.

Hausser ließ sie seine Härte spüren, ehe er ihre Hand wieder wegnahm. Dann zog er die Tür auf. Frische Luft drang zu ihnen herein, zusammen mit den Geräuschen der Straße und des Spielplatzes. »Bis bald, Lena. Wir sehen uns sehr bald wieder.«

Lena kroch an ihm vorbei durch die geöffnete Tür. Er sah, wie sie ungelenk die kleine Böschung hinauflief, die zum Spielplatz führte, und hinter den kahlen Bäumen verschwand.

* * *

Der Regen trommelte auf das Dach der Telefonzelle, während das helle Licht der Autoscheinwerfer auf der Schönhauser Allee durch die beschlagenen Scheiben brach. Hausser lehnte sich gegen die Wand der Telefonzelle, warf ein paar Münzen ein und wählte eine Nummer. Er war ein wenig beschwipst, aber nicht zu sehr, um sein Vorhaben zu gefährden. Den gesamten Nachmittag und Abend hatte er das Leben der Schumanns mithilfe der verbliebenen Wohnzimmerkamera verfolgt. Und während Lena einen Wermut nach dem anderen getrunken hatte, bis Christoph nach Hause gekommen war, hatte sich Hausser mehrere Gläser Absinth gegönnt. Ihrem Mann gegenüber hatte Lena ihre Fassade aufrechterhalten und nichts von den Ereignissen des Nachmittags erwähnt. Dass Christoph ihr nichts angemerkt hatte, sagte mehr über seine mangelnde Aufmerksamkeit als über ihr Schauspieltalent aus.

»Schumann«, meldete sich Christophs Stimme am anderen Ende.

Hausser hielt das kleine Diktiergerät an den Hörer und schaltete es ein.

»Hallo?«, fragte Christoph ungeduldig.

Im nächsten Moment erklang Lenas Stimme in der dunklen Telefonzelle. Christoph lauschte ihr schweigend, während sie versprach, ihn ans Messer zu liefern. *Willst du mein kleiner Honigmund sein? Willst du mich Paps nenne, wenn ich dich reite? – Ja, das will ich … Paps.*

47

Christianshavn, April 2014

Ravn saß am Steuerpult der *Bianca* auf der Flybridge, hatte die Beine auf den Nebensitz gelegt und hielt Evas Handy in der Hand. Es war weit nach Mitternacht, und über dem Christianshavns Kanal herrschte absolute Stille. Er schaute auf das grüne Display. Bald würde das Handy keinen Strom mehr haben, das Batteriesymbol blinkte bereits. Dass Mikkel die SMS an Eva geschickt hatte, machte alles nur noch schlimmer, zumal er einige davon geschrieben haben musste, während sie zusammen im Dienst gewesen waren. Er fasste sich an sein schmerzendes Auge. Obwohl Johnson ihm direkt nach der Schlägerei eine Packung Eis zum Kühlen gegeben hatte, war das Auge immer noch ziemlich geschwollen. Er wusste, dass Mikkel mindestens ebenso starke Schmerzen hatte wie er.

In diesem Moment hörte er Schritte auf dem Achterdeck. Da Møffe nicht reagierte, musste es eine ihnen wohlgesinnte Person sein, die die Stufen zur Flybridge heraufkam.

»Hier oben bist du also.«

Ravn drehte sich halb um und sah, wie Eduardo das Deck betrat. »Was verschafft mir die Ehre? Brauchst du irgendwas?«

»No«, antwortete Eduardo und setzte sich hinter ihn auf den Doppelsitz. »Bist du okay?« Erst jetzt bemerkte er Ravns blaues Auge. »Tut das weh?«

»Nur beim Zwinkern.«

»Hast ja auch ganz schön auf ihn eingeprügelt. Ich hab dich noch nie so wütend gesehen«, sagte er und holte eine Handvoll Pistazien aus seiner Tasche. Er bot sie Ravn an, aber der lehnte ab.

»Ich glaub, ich war auch noch nie so wütend.«

»Ist da der alte Bereitschaftspolizist in dir zum Leben erwacht?«

Ravn schüttelte den Kopf. »Ganz im Gegenteil. Früher ging es stets darum, einen kühlen Kopf zu behalten. Wer das nicht kann, kann gleich seinen Dienst quittieren.«

Eduardo knackte eine Nuss mit den Zähnen. »Ich kann dich jedenfalls total verstehen, auch wenn ich Pazifist bin … Johnson hätte dich nicht aufhalten sollen.«

»Dann hätte ich ihn wahrscheinlich erschlagen.«

Eduardo zuckte mit den Schultern. »Okay, das wäre vielleicht nicht so günstig gewesen.« Er senkte die Stimme und beugte sich zu Ravn hin. »Weißt du, wie lange Eva und er zusammen waren?«

»Du brauchst nicht zu flüstern. Ich glaub, dass sowieso fast ganz Christianshavn Bescheid weiß. Aber ich hab keine Ahnung, wie lange. Fünf Minuten wären schon zu lange.«

»Selbst eine Sekunde wäre unverzeihlich, *amigo*.« Er spuckte die Schale aus. »Ich kann das von Eva nur einfach nicht glauben.«

»Er hat auch gesagt, dass *er* sie bedrängt hat … Könntest du so was tun?«

»Bitte? Für wen hältst du mich?« Eduardo schien wirklich beleidigt zu sein.

»Ich dachte nur, unter all den Frauen, mit denen du was gehabt hast, müssen doch auch ein paar verheiratete gewesen sein.«

»Jede Menge!«, rief Eduardo. »Aber ihre Männer kenne ich

nicht. Das ist also ihr Problem. Weißt du, dänische Männer sind einfach nicht gut im …« Er schien nach dem passenden Wort zu suchen.

»Im Bett?«

»*No, no.*« Eduardo schüttelte energisch den Kopf. »Im Zuhören! Aber Zuhören ist sehr, sehr wichtig. Man muss den Frauen immer zuhören. Wenn du was von Louise willst, dann musst du ihr erst mal zuhören, bis dir die Ohren abfallen.«

Ravn musste lächeln. »Will ich aber nicht, ich werde also meine Ohren behalten.«

Eduardo nickte und holte noch mehr Nüsse aus seiner Tasche. »Was ist jetzt mit diesem Mikkel-Schwein, *el porco?*«

»Was soll mit ihm sein?«

Er blinzelte mit seinen kugelrunden Augen. »Könnte es sein, dass er etwas mit Evas Tod zu tun hat?«

»Was?«

»Ich meine, wenn es vielleicht doch kein Einbrecher war, der sie getötet hat, wenn es Mikkel war, getrieben von Eifersucht. Vielleicht hat er ja gedacht, dass Eva dich verlassen würde … und dann sind sie in Streit geraten und … Hast du schon mal an diese Möglichkeit gedacht?«

Ravn nickte. »Mikkel hat mit Evas Tod nichts zu tun.«

»Sicher?«

»Hundert Prozent. Mikkel und ich waren im Einsatz, als es passiert ist.« Ravn beugte sich über die Reling und warf einen Blick auf Eduardos Ketsch, um zu sehen, ob in dessen Kajüte Licht brannte, doch es war alles dunkel. »Was ist mit deinem Date? Du solltest sie nicht zu lange allein lassen.«

»Simone musste nach Hause.« Er zuckte die Schultern. »Das heißt, ich hab sie nach Hause geschickt … damit ich für meinen besten Freund da sein kann.« Er machte eine ausladende Geste.

»Sehr rührend. Aber jetzt sagt dir dein bester Freund, dass er müde ist und dass du gern die ganzen Nussschalen von seinem Deck aufsammeln kannst, bevor du wieder gehst.« Er zeigte auf den Haufen von Pistazienschalen, die um Eduardos Füße herumlagen.

Eduardo sammelte lachend die Schalen auf und warf sie über Bord. »Ich höre, dass es meinem Freund wieder besser geht. Das ist gut.«

Als Eduardo kurz darauf auf sein eigenes Boot zurückkehrte, blieb Ravn auf der Flybridge sitzen. Er ließ seinen Blick über den Kanal schweifen, dessen Oberfläche wie dunkle Seide aussah. Er zog das Handy aus der Tasche und sah es ein letztes Mal an, ehe er es in einem hohen Bogen über die Reling warf. Es war unglaublich, wie viele Hüpfer so ein altes Nokia noch auf dem Wasser machte, bevor es endlich unterging.

48

Prenzlauer Berg, Berlin, 2. November 1989

Kurz nach zehn Uhr vormittags entdeckte Christoph die letzte versteckte Kamera im Wohnzimmer. Mit aller Kraft riss er sie aus dem Stuck an der Decke, sodass die Verbindung unterbrochen und es auf Haussers Monitor schwarz wurde. In seiner Wut übersah Christoph jedoch das Mikrofon, das immer noch in der Fassung des Kronleuchters steckte, und so konnte Hausser hören, wie Christoph ihn verfluchte. Fast schien es so, als fühlte sich Christoph von der Szene im Lieferwagen mehr gedemütigt als Lena. In den Tagen danach hatten die beiden kaum ein Wort miteinander gewechselt. Christoph hatte sich in der Bank krankgemeldet und zu Hause in seinem Büro verschanzt, während Lena die meiste Zeit weinend auf dem Sofa gesessen hatte. Nur wenn Renate zu Hause war, versuchten sie, eine gewisse Normalität aufrechtzuerhalten. Allerdings brachte dieser Versuch einen derart künstlichen Umgangston mit sich, dass Renate sich jedes Mal so schnell wie möglich in ihr Zimmer zurückzog. Am dritten Tag nach dem Überfall saßen Christoph und Lena auf dem Treppenabsatz unter der nackten Glühbirne und Haussers letzter Kamera, nachdem sie Renate zu Bett gebracht hatten. Sie teilten sich ein Bier und eine Zigarette. Anfangs schwiegen beide, und als sie zu reden begannen, sprachen sie so leise, dass Hausser die Lautstärke voll aufdrehen musste, um sie zu verstehen.

»Ich hab das alles doch nur gesagt, um Renate zu retten.«

»Und hättest du auch getan, was du ihm versprochen hast?«

Sie schlug den Blick nieder. »Er hat damit gedroht, uns Renate wegzunehmen. Sie in ein Heim zu geben.«

»Und das hast du geglaubt? Wie bequem.« Er trank einen Schluck Bier.

»Er hatte mich angekettet. Ich war dort eingesperrt, während Renate allein auf dem Spielplatz war.«

»Entschuldige, es ist nur … dieses Schwein! Dieses verdammte Schwein! Ich könnte ihn umbringen für all das, was er uns antut.«

Sie schüttelte den Kopf. »Wir müssen rational denken. Und wir müssen von hier verschwinden.«

»Und ihn gewinnen lassen?«

»Verstehst du nicht, dass wir schon verloren haben? Wir können von Glück reden, dass wir noch auf freiem Fuß und nicht längst hinter Gittern sind.«

Er nahm ihre Hand. »Ich hab gestern mit Schröder geredet. Er sagt, dass intern alles zusammenbricht und die Stasi damit begonnen hat, sämtliche Akten zu vernichten. Denen brennt der Boden unter den Füßen. Ein paar Topleute haben sich schon abgesetzt. Es werden keine neuen Fälle mehr verfolgt, und es gibt auch keine Festnahmen mehr. Es gibt sogar Gerüchte, dass bereits die ersten politischen Gefangenen freigelassen werden.«

»Aber … warum dann das alles?«

»Wegen Hausser. Das ist allein sein Werk.«

»Das macht die Sache ja fast noch schlimmer. Und wenn er sich an Renate vergreift …?«

»Ich werd mir schon was einfallen lassen.« Er ließ die Zigarette auf den Boden fallen und trat sie mit der Sohle aus.

»Was?«

»Irgendwas.«
»Ich will nicht mehr länger hierbleiben.«
»Das weiß ich.«

49

Prenzlauer Berg, Berlin, 3. November 1989

Hausser hatte seine Kopfhörer aufgesetzt und versuchte mitzubekommen, was in der Wohnung der Schumanns passierte. Er hatte die Lautstärke des Mikrofons in ihrem Wohnzimmer voll aufgedreht, verstand aber trotzdem nur Bruchstücke von dem, was gesagt wurde. Ohne Zweifel herrschte dort ein reges Treiben. Möbel wurden verrückt und Schubladen geleert, während die Schumanns im Flüsterton miteinander sprachen. Hausser ärgerte sich, dass Christoph die letzte Kamera entdeckt und ihm damit die Möglichkeit genommen hatte, die Vorgänge am Bildschirm zu verfolgen.

Um die Mittagszeit verließ Christoph mit seiner Aktentasche unter dem Arm die Wohnung. Hausser überlegte, ob er den Moment nutzen sollte, um Lena erneut unter Druck zu setzen und in Erfahrung zu bringen, was sie vorhatten. Andererseits wollte er nicht unnötig eingreifen, falls sie wirklich ihre Flucht vorbereiteten. Stattdessen heftete er sich an Christophs Fersen, der die Greifenhagener Straße hinunterging, bis er in der Stargarder Straße schließlich eine Telefonzelle fand. Allein die Tatsache, dass er nicht von zu Hause aus telefonierte, zeigte Hausser, dass etwas im Busch war. Christoph telefonierte fast eine Viertelstunde, ehe er wieder auf die Straße trat. Auf dem Heimweg kaufte er in einem Blumenladen einen Strauß orange Gerbera.

Am Abend nachdem die Familie Schumann zu Abend gegessen hatte und Renate ins Bett gegangen war, bot sich Hausser auf dem Monitor plötzlich ein überraschender Anblick: Christoph stand auf der Hintertreppe und trug einen Anzug, in dessen oberstem Knopfloch eine Gerbera steckte. Er küsste Lena zum Abschied und ging die Stufen hinunter.

»Pass auf dich auf«, sagte sie und winkte ihm nach.

Hausser nahm rasch seine Jacke und stürzte gerade noch rechtzeitig in die Küche, um zu hören, wie Christoph die Tür zum Hinterhof öffnete. Hausser wartete einen Moment, bevor er ihm folgte. Als er auf den Hof trat, hörte er die Tür zur Pappelallee zuschlagen. Er lief über den dunklen Hof bis zur Straße, wo in diesem Moment hustend ein Trabi vorbeifuhr. Hausser spähte die Straße hinunter und konnte in der Ferne Christoph ausmachen, der bereits die Kreuzung zur Stargarder Straße erreicht hatte und in diesem Moment um die Ecke bog. Hausser lief bis zur Kreuzung und sah, wie Christoph gegenüber der Gethsemanekirche, vor der sich eine kleine Menschenmenge versammelt hatte, die Straße überquerte. Er ging direkt an der Menge vorbei und verschwand in der Kirche.

Hausser betrat den vollen Kirchenraum. Obwohl er wusste, dass dies ein Versammlungsort der Demokratiebewegung war, überraschte ihn die große Anzahl an Menschen, die sich hier eingefunden hatten. Vor dem Altar stand ein Mann mit einem weißen Bart, der von der morgigen Demonstration sprach, die er als historischen Wendepunkt im Kampf um die Freiheit bezeichnete. Hausser hatte ihn schon einmal gesehen, konnte sein Gesicht aber nicht richtig einordnen. Vielleicht ein Autor, Schauspieler oder Sänger. Auf jeden Fall eine *dekadente* Erscheinung. Christoph saß mit verschränkten Armen in der ersten Reihe nahe des Taufbeckens und starrte mürrisch vor sich hin. Es vergingen fast zwanzig Minuten, ehe er aufstand und durch eine Tür am Ende des Raums verschwand. Hausser ging rasch den Mittelgang entlang zu der Tür. Er trat in den kleinen Garten hinter der Kirche und folgte dem Kiesweg, der zur Straße führte. Fünfzig Meter vor ihm überquerte Christoph den kleinen Platz bei den am weitesten entfernten Wohnblöcken.

Als Hausser dorthin kam, war Christoph verschwunden. Vor ihm lag eine schmale Passage, die zu einer Reihe von Treppenaufgängen führte. Er eilte sie entlang und kam zu einem verlassenen Hof. Er verfluchte sich, dass er Christoph aus den Augen verloren hatte, und ging zu dem Platz zurück. Im selben Moment erblickte er zwei Männer, die direkt auf ihn zukamen. In den Händen hielten sie Gegenstände, die wie Keulen aussahen. Er wollte umkehren, als er hinter sich schnelle Schritte hörte. Zwei weitere Gestalten traten aus dem Dunkel. Die eine schwang eine Motorradkette, die andere eine mit Nieten besetzte Holzkeule. Die vier Männer kreisten Hausser ein. Zweifellos Schläger, die Christoph angeheuert hatte. Ihrer Ausrüstung nach zu urteilen ziemlich billige Schläger, aber nichtsdestoweniger gefährlich. »Das wollt ihr nicht wirklich.«

»Bist du sicher?«, hörte er eine Stimme hinter sich. Der Mann schwang seine Kette, und Hausser konnte gerade noch ausweichen.

Hausser riss seinen Ausweis aus der Tasche, vor allem um Zeit zu gewinnen. »Staatssicherheit! Verschwindet!«

»Deine Stasimarke hilft dir hier auch nicht weiter.«

»Ich gebe euch eine letzte Chance. Verschwindet, oder ihr werdet alle festgenommen!«

Hausser hörte ein pfeifendes Geräusch und spürte einen brennenden Schmerz, als sich die Nieten der Keule in seinen

Oberschenkel bohrten. Nur mit Mühe hielt er sich auf den Beinen. Das Ende der Kette kam auf seinen Kopf zugesaust, aber er wehrte sie ab. Als sie sich um seinen Unterarm wickelte, riss der Mann an der Kette und fixierte seinen Arm. Der dritte Mann hämmerte ihm seinen Gummiknüppel auf die Nieren. Der vierte hatte mit seiner Keule bereits weit ausgeholt. Hausser stoppte ihn mit einem gezielten Schlag auf seinen Adamsapfel. Mit einem gequälten Laut ließ der Angreifer seine Waffe fallen. Die Schläge, die ihn trafen, nahm Hausser nur halb wahr, während er die Keule aufhob. Er schlug nach dem Mann mit der Kette und traf seinen Kiefer, der mit einem krachenden Geräusch brach. Der Mann ließ die Kette los, und Hausser zog sie zu sich. Jetzt hatte er Oberwasser. Spürte das Adrenalin, das durch seinen Körper pumpte und den Schmerz dämpfte. Zwei Gegner hatte er bereits ausgeschaltet, das war ein halber Sieg. Er schwang die Kette nach dem Mann hinter ihm. Der Mann wehrte sie ab. Als Hausser erneut ausholte, spürte er einen heftigen Schlag auf den Hinterkopf. Er schwankte, während der Mann vor ihm zum Angriff überging. Nieten bohrten sich in seinen Arm. Er verlor die Kette aus der Hand. Der nächste Schlag traf ihn im Gesicht. Ihm wurde schwarz vor Augen. Im nächsten Augenblick lag er auf dem Asphalt. Die vier Männer ragten über ihm auf. Er hörte ihr Keuchen. Sie beschimpften und bespuckten ihn und begannen, systematisch auf ihn einzuschlagen. Einer nach dem anderen ließ seine Waffe auf ihn niedersausen. Wie Holzfäller, die gemeinsam Brennholz spalteten.

* * *

Christoph sah den Männern zu, während sie ihre monotone Arbeit verrichteten. Er biss sich in die Fäuste, vermutlich um seinem Brechreiz zu widerstehen.

Schließlich drehten die Männer Haussers leblosen Körper herum. Sein Gesicht war zerschmettert, Jacke und Hemd waren blutdurchtränkt, Arme und Beine zu den Seiten gespreizt, was ihm das Aussehen einer überfahrenen Kröte verlieh. Die Männer nickten sich zu und wandten sich an Christoph. »Das Geld. Hast du den Rest dabei?«, fragte der Mann mit dem Knüppel.

Christoph zog ein Bündel Zwanzigdollarscheine aus der Tasche.

Mit blutigen Fingern zählte der Mann das Geld, ohne sich darum zu kümmern, dass die Scheine rote Flecken bekamen. Als er fertig war, steckte er das Geld in die Tasche.

Christoph schluckte. »Ist er … tot?«

Die Männer warfen einen Blick auf Haussers reglose Gestalt. »Wenn er tot aussieht, dann ist er auch tot.«

»Ich will nur ganz sicher sein.«

»Kannst ja selber nachschauen.« Der Mann reichte ihm den Knüppel.

Dann gab er den anderen ein Zeichen, und die Männer verschwanden den dunklen Weg hinunter.

Vorsichtig trat Christoph an Hausser heran und blickte auf die blutige Masse vor sich hinunter. Er bückte sich und stieß ihn leicht mit dem Knüppel an, ohne dass Hausser eine Reaktion zeigte. Christoph ließ den Knüppel fallen und lief davon.

50

Prenzlauer Berg, Berlin, 4. November 1989

Hausser dämmerte vor sich hin. Hausser erwachte. Hausser hörte die Sirene und hatte das Gefühl, dass ihn jemand erwürgen wollte. Er versuchte, Widerstand zu leisten, doch der Rettungssanitäter sagte ihm, er solle ganz still liegen. Hausser hatte keine Kraft, um Widerstand zu leisten. Fand sich damit ab, dass sein Kopf in einer Halsmanschette und sein Arm in einer Schlinge steckten. Er bekam eine Morphiumspritze und sank wieder ins Dunkel. Die Schmerzen bescherten ihm einen turbulenten Traum, bis er von einem grellen Licht geweckt wurde, das durch seine flatternden Lider drang. Sein Mund war trocken. Sein Körper gehorchte ihm nicht. Es dauerte, bis er begriff, dass er in einem Krankenhausbett lag. Am Fenster stand ein Arzt und zog die Jalousie hoch. Hausser wollte sich aufsetzen, aber die Schmerzen waren zu stark. Er spürte die Halsmanschette und den Brustverband, registrierte, dass ein Oberschenkel, der rechte Arm und sein Kopf ebenfalls einbandagiert waren. Er kam sich wie eine Mumie vor. »Wo bin ich?«

Der Arzt drehte sich um. Seine Bartstoppeln und sein müder Blick zeugten davon, dass er bereits eine lange Schicht hinter sich hatte. »Sie sind wach … Erstaunlich, wenn man bedenkt, wie viel Morphium wir in Sie hineingepumpt haben.«

»Wie spät ist es?«

Er blickte auf die Uhr. »Halb drei.«

»Helfen Sie mir auf.«

Der Arzt trat an sein Bett. »Sie haben einen offenen Schädelbruch und ein daraus resultierendes riesiges Ödem. Wir haben den ganzen Morgen Flüssigkeit aus Ihrem Kopf abgesaugt. Ich habe schon Leute gesehen, die vom Zug überfahren wurden und weniger schwer verletzt waren als Sie. Es ist wirklich ein Wunder, dass Sie noch leben.«

»Wenn Sie mir jetzt nicht aufhelfen, ist es ein Wunder, wenn Sie hier weiter arbeiten dürfen. Wissen Sie überhaupt, wer ich bin?«

»Oberst Erhardt Hausser, Ministerium für Staatssicherheit. Ich habe Ihren Ausweis gesehen.« Er beugte sich zu ihm hin und fuhr mit leiser Stimme fort: »Und wenn mein hippokratischer Eid nicht wäre, hätte ich die Flüssigkeit einfach ansteigen lassen und Sie Ihrem Schicksal überlassen. Gute Besserung.« Damit verließ der Arzt das Zimmer.

Hausser schloss die Augen. Er musste Kontakt zu Müller aufnehmen. Er musste Midas sofort einbuchten. Ihn unverzüglich in die Kiste sperren. Er brauchte ein Telefon, und zwar sofort. Er musste jetzt die richtigen Prioritäten setzen. Einen Schritt nach dem anderen machen. Wenn er erst aus diesem Bett kam, würde er sich auch anziehen können. Und wenn er das geschafft hatte, konnte er vom Zimmer der Pflegekräfte aus telefonieren.

Hausser brauchte eineinhalb Stunden, um sich anzuziehen. Das Krankenhaushemd hatte er angelassen. Trotz des Morphiums stand sein Körper immer noch unter Schock, und er zitterte unkontrolliert, als hätte er Fieber. »Rufen Sie … diese Nummer an … Ministerium für Staatssicherheit.«

Die junge Krankenschwester hinter dem Schalter schaute

ihn erschrocken an. Er schob einen Zettel und seinen Ausweis über die Theke, und sie schluckte, als sie den Ausweis sah. Sie wählte die Nummer. »Da … geht niemand ran.«

»Sie rufen beim Ministerium für Staatssicherheit an, natürlich … geht da jemand ran. Versuchen … Sie es noch mal.«

Die Krankenschwester unternahm einen weiteren Versuch, doch ohne Erfolg. »Die ganze Stadt spielt verrückt wegen der Demonstrationen, vielleicht liegt es daran. Soll ich Sie jetzt wieder auf Ihr Zimmer bringen?«

»Rufen Sie mir ein Taxi!«

Trotz der heftigen Proteste der zuständigen Ärzte gelang es Hausser schließlich, entlassen und in ein klappriges Wolga-24-Taxi gesetzt zu werden, das vor dem Haupteingang wartete.

Während der Fahrt blickte der Fahrer unablässig in den Rückspiegel, um sich zu vergewissern, dass sein Fahrgast noch lebte. In der Nähe des Alexanderplatzes blieben sie in den Menschenmassen stecken. Hausser sah aus dem Seitenfenster. Überall liefen Menschen auf den Fahrbahnen zwischen den Autos hindurch. »Was ist hier los?«, murmelte Hausser.

»Alle wollen zur großen Kundgebung auf dem Alexanderplatz. Hier ist echt die Hölle los. Von einer Million Teilnehmer ist schon die Rede, und es werden immer mehr. Die ganze Parteispitze ist da – wahrscheinlich um die Lage zu entschärfen, nehme ich an.«

»Die Lage …« Sein Kopfschmerz wurde unerträglich, und je stärker er wurde, desto lauter hörte er ein verstimmtes Klavier und Lou Reeds leiernde Stimme *A Perfekt Day* singen. Er war sich nicht sicher, ob die Stimme aus dem Autoradio kam oder tief in seinem malträtierten Kopf saß.

Irgendwann im Laufe des Abends erreichten sie endlich die Zentrale. Das schwere Gittertor war geschlossen. Dahinter standen vier Wachsoldaten mit erhobenen Maschinengewehren. Der Taxifahrer half Hausser beim Aussteigen. Der zeigte den Wachen seinen Ausweis, woraufhin sie ihn einließen. Sie fuhren ihn zu Haus 7 und stützten ihn den ganzen Weg bis in den ersten Stock zur Abteilung Z. Als Hausser den Raum betrat, hörte er sofort das unverkennbare Rattern der Schredder. Eine ganze Gruppe von Mitarbeitern war damit beschäftigt, die vier Reißwölfe zu füttern, die aufgestellt worden waren. Hausser starrte den riesigen Haufen Konfetti an, der sich zu ihren Füßen angesammelt hatte. Es kam ihm vor wie der Tag des Jüngsten Gerichts. Er schleppte sich bis zu Strauss' Büro und klopfte, ehe er die Tür öffnete.

Drinnen stand Müller und leerte den Inhalt von Strauss' Aktenschrank auf einen Rolltisch. Strauss war nirgends zu sehen.

»Was ist denn mit dir passiert? Bist du okay?«, fragte Müller.

»Sehe ich okay aus? Was machst du in Strauss' Büro?«

»Aufräumen. Wir sollen alle Spuren beseitigen. Befehl von Haus 1.«

»Nur weil sich in der Stadtmitte ein paar Demonstranten versammelt haben?«

»Die Demonstranten spielen keine Rolle. Es geht um unsere Führung, die ebenfalls da ist. Sogar Wolf. Ich hab gesehen, wie er im Fernsehen von Offenheit und Versammlungsfreiheit geredet hat.« Müller konnte sich ein Lächeln nicht verkneifen.

Hausser stützte sich an der Wand ab. »Wolf? Unser Markus Wolf?«

Müller nickte.

Hausser setzte sich auf das Sofa. »Ist Strauss auch dort?«

»Strauss hat Urlaub genommen. Auf unbestimmte Zeit.«

»Festgenommen?«

Müller lachte. »Nein, nach Ungarn geflüchtet, und von

dort aus weiter, denke ich. Zusammen mit Schröder und zwei Tänzerinnen. Frau und Kinder hat der alte Bock einfach hier zurückgelassen. Weinbrandbohnen?« Er nahm die Schale vom Schreibtisch und reichte sie Hausser. Hausser schüttelte den Kopf und verzog vor Schmerz das Gesicht. »Wir müssen Midas sofort festnehmen. Dem hab ich meinen Zustand zu verdanken.«

»Ich dachte, du wolltest ihn zur Flucht verleiten.«

»Wollte ich auch, aber diese Chance scheint vorbei zu sein. Jetzt kann ich es kaum erwarten, ihn nach Hohenschönhausen zu bekommen.«

»Tut mir leid, aber es dürfen keine weiteren Festnahmen mehr erfolgen. Direktive von Haus 1.«

»Was soll das, verdammt? Ich will ihn noch heute Nacht in der Kiste haben.«

Müller blickte schweigend zu Boden.

»Verstehst du, was ich sage, Müller?«

»Ja, aber das geht nicht. Ich war zusammen mit dem Schlosser in Hohenschönhausen und hab sie auseinandergebaut.«

»Was habt ihr gemacht?«

»Die Türen hat er rausgeschnitten und anschließend zum Schrottplatz gefahren.«

»Du hast den Schlosser meine Kiste zerstören lassen?«

»Er ist gut in so was, ja. Wir müssen doch alle Beweise vernichten. Erst recht solche. Es ist nur eine Frage von Tagen, bis sie hier anrücken.« Er zeigte aus dem Fenster auf das Eingangstor, als meinte er es buchstäblich. »Und dann will ich nicht mehr hier sein.« Er lächelte Hausser vage an, der in düsteren Gedanken gefangen schien. »Ich weiß, wo du deinen Absinth versteckst. Soll ich ihn holen?«

»Ja, danke, Müller.« Erneut drängte sich Lou Reed in seinen Kopf.

Wenige Minuten später führte Hausser das Glas Absinth an die Lippen. Blut lief ihm aus dem Mundwinkel und vermischte sich mit der klaren Flüssigkeit zu einer purpurfarbenen Wolke. Irgendjemand würde für all das hier bezahlen.

51

Christianshavn, April 2014

»Bist du wach?«, hörte er eine helle Stimme.

Ravn schlug die Augen auf. Über ihm schwebte ein verschwommenes Gesicht. Er war sich nicht sicher, ob er wach war oder nur träumte. Unter dem Gesicht wurde eine Hand sichtbar, die an das schmutzige Fenster in der Luke über seinem Bett klopfte. Erst jetzt ging ihm auf, dass Louise dort oben auf dem Deck stand und zu ihm hinunterschaute.

»Guten Morgen«, sagte sie. »Ich habe etwas zum Frühstücken mitgebracht.« Ravn sah zwei Kaffeebecher und eine Bäckertüte.

Ravn nickte und setzte sich im Bett auf. »Gib mir zwei Minuten, dann komme ich zu dir raus.«

Er schwang die Beine aus dem Bett und stakste in das winzige Bad, wo er sich binnen sechzig Sekunden die Zähne putzte, ein wenig Wasser ins Gesicht und in die Haare spritzte, damit sie nicht abstanden, und ein sauberes T-Shirt anzog. Den Anblick seiner Jogginghose, in der er geschlafen hatte, musste sie aushalten.

Ravn ging zu Louise hinauf, die auf einem der weißen Plastikstühle saß und Møffe mit einem Croissant fütterte. Sie und der Hund waren bereits dicke Freunde. »Guten Morgen«, wiederholte sie lächelnd.

»Ist nicht noch Nacht?« Er setzte sich ihr gegenüber.

»Es ist halb neun«, antwortete sie und gab ihm einen der Kaffeebecher.

»Was führt dich so früh hierher?«

»Ich war auf dem Weg zur Uni und dachte, ich bringe dir einen Kaffee vorbei, als Dank für deine Hilfe.«

»Ich dachte, für die hättest du dich schon bedankt.« Sie lächelten sich kurz an. Ravn nahm sich ein Croissant aus der Tüte. Er entfernte den Deckel von dem Becher und tauchte das Croissant in die warme Flüssigkeit.

»Was ist mit deinem Gesicht passiert? Du siehst aus, als wärst du total zusammengeschlagen worden.«

»Bin gegen einen Tisch gelaufen.«

»Einen Tisch, wie …?«

»Ach, das ist eine lange und unerfreuliche Geschichte«, sagte er und biss in das Croissant. »Hast du deinem Bruder geschrieben?«

Sie nickte und schaute in ihren Becher. »Ich hab's mehrfach probiert, aber er ist nicht zu erreichen.«

»Kann ja sein, dass er nicht gestört werden will … mit seiner Berlinerin.«

»Deshalb habe ich ihr auch geschrieben.«

»Ach wirklich?« Ravn nickte anerkennend. »Hat sie schon geantwortet?«

Louise schüttelte den Kopf. »Nein.«

»Vielleicht solltest du ihr noch mal schreiben.«

»Ich habe ihr viermal geschrieben.« Sie atmete tief durch, ehe sie fortfuhr. »Und jedes Mal habe ich sie gebeten, mir mitzuteilen, wann sie zuletzt etwas von Mogens gehört, ihn vielleicht sogar gesehen hat. In meiner letzten Mail habe ich sie gefragt, ob sie Mogens nicht dazu bringen kann, mir zu schreiben, falls er bei ihr in Berlin ist. Aber die Mail konnte nicht zugestellt werden.«

»Warum nicht?«

»Weil die E-Mail-Adresse plötzlich nicht mehr existiert.«

»Das kann verschiedene Ursachen haben.«

»Das weiß ich, doch irgendwie habe ich das Gefühl, dass sie versucht, ihre Verbindung zu Mogens zu vertuschen. Aber wenn er in Berlin ist, wäre es doch gut möglich, dass sie die letzte Person ist, die ihn gesehen hat.«

»Warum gehst du damit nicht zur Polizei? Auch wenn das für sie nicht die größte Sache der Welt sein mag, könnten sie sich doch vielleicht mit ihren deutschen Kollegen in Verbindung setzen oder sogar die Mailadresse ermitteln.«

Louise knüllte ihren leeren Pappbecher zusammen. »Ich will die Polizei da außen vorlassen. Ich will nur wissen, ob es Mogens gut geht. Darum habe ich auch den Namen der Frau recherchiert und herausgefunden, dass es in Berlin nur vier Personen gibt, die so heißen.«

»Welchen Namen? Berlinerin?«, fragte Ravn lächelnd.

»Natürlich nicht. Aber die E-Mail-Adresse lautete Schumann mit einer Zahl dahinter. Und in ihrer zweiten Mail an Mogens schreibt sie, dass sie Renate heißt. Mogens hat ihr den Spitznamen ›Berlinerin‹ gegeben, mit dem sie dann später selbst unterschrieben hat.«

»Renate Schumann«, sagte Ravn. »Und du glaubst wirklich, dass Mogens bei ihr ist?«

»Das wäre zumindest eine Möglichkeit. Ich werde mir jedenfalls ein paar Tage freinehmen, um nach Berlin zu fahren und die vier Frauen aufzusuchen, die ich gefunden habe.«

Ravn wäre vor Überraschung fast vom Stuhl gefallen. »Hältst du das wirklich für eine gute Idee?«

»Ich muss doch irgendwie herauskriegen, was mit ihm passiert ist.«

»Kannst du ihnen nicht einfach schreiben oder sie anrufen?«

»Du hast doch neulich selbst gesagt, dass man das Überraschungsmoment ausnutzen muss.«

»Schon, aber hinter Mogens' Verschwinden könnte ja auch ein Verbrechen stecken. Und du hast keine Ahnung, wem du in Berlin begegnen wirst. Hinter so einem Namen könnte sich jede x-beliebige Person verstecken.«

Louise nickte. »Darüber bin ich mir im Klaren, darum wollte ich dich auch fragen, ob du nicht Lust hast, mich zu begleiten.«

Er schaute in seinen Kaffeebecher. »Louise, das …«

»Ich bezahle auch die Flugtickets und alles andere.«

»Es tut mir leid«, sagte er und meinte es auch. »Aber es geht nicht.«

»Okay«, entgegnete sie kaum hörbar und lächelte ihn wehmütig an. »Musst du erst noch Bekanntschaft mit ein paar weiteren Tischkanten machen?«

Er blickte zu ihr auf. »Ja, so ungefähr.«

Louise nahm ihm den Becher ab und stopfte ihn zusammen mit ihrem eigenen in die leere Bäckertüte. Dann tätschelte sie Møffe den Kopf und stand auf.

»Louise, ich muss dir wirklich davon abraten, allein nach Berlin zu reisen. Schreib diesen Leuten lieber, oder ruf sie an.«

Sie nickte und ging von Bord. »Manchmal ist man einfach gezwungen, etwas zu tun, auch wenn die Vernunft dagegen spricht. Kennst du das nicht?«

52

Prenzlauer Berg, Berlin, 8. November 1989

Durch die Oberlichter der kleinen Sporthalle fiel das letzte Licht des Tages auf die schmächtigen Turnerinnen. In einer Reihe liefen sie auf das Sprungbrett zu und vollführten unter den Kommandos ihrer Trainerin, Frau Hertz, ihre Saltos. Am Ende der Halle übte Renate ihre Kombination auf dem Schwebebalken. Der kraftvolle Handstand sowie die beiden Rückwärtssaltos gelangen ihr perfekt, doch beim abschließenden Flickflack geriet sie ein wenig aus dem Gleichgewicht, sodass sie den Balken verfehlte und auf den Hallenboden stürzte. Mit Tränen in den Augen blieb sie liegen, sagte jedoch kein Wort. Frau Hertz klatschte in die Hände zum Zeichen, dass sie den nächsten Versuch starten sollte. Renate raffte sich auf und schwang sich erneut auf den Schwebebalken.

Durch das runde Fenster in der Tür der Sporthalle beobachtete Hausser die Mädchen. Die Tür erinnerte ihn an die Schiffstüren der Kiste, doch der Anblick dahinter unterschied sich fundamental von dem in Hohenschönhausen. Er bewunderte die Präzision, mit der die Mädchen ihre Übungen ausführten. Er schätzte ihren eisernen Willen, und er genoss ihre Anmut. Jeder, der diesen Mädchen etwas zuleide tat, war ein Dreckskerl. Das wurde ihm sofort klar. Aber auch, dass das Leben gnadenlos war.

Eine Stunde später waren die Mädchen auf dem Weg in die Umkleidekabine. Als Letzte in der Reihe kam Renate angehumpelt.

»Renate!«, rief er durch den Saal.

Sie blieb stehen und blickte quer durch die Halle zum anderen Ende hin, wo eine hohe Gestalt zwischen den verlassenen Geräten stand. »Komm mal her, ich hab eine Nachricht für dich.«

Sie zögerte, ehe sie sich von ihren Freundinnen löste und zu ihm ging.

Hausser lehnte sich gegen den Schwebebalken, um sein verletztes Bein zu entlasten. Seine Verbände war er inzwischen losgeworden, doch sein Gesicht war immer noch geschwollen. Er glich einem Boxer, der in der letzten Runde k. o. geschlagen worden war.

Renate schien sein Anblick zu erschrecken.

»Das sieht schlimmer aus, als es ist«, erklärte er mit heiserer Stimme.

»Eine Nachricht? Von wem?«

»Vielleicht weniger eine Nachricht, aber ich möchte mit dir reden.«

»Meine Mutter wartet draußen.«

Trotz ihrer schmächtigen Statur wirkte sie furchtlos, und Hausser konnte sich ein Lächeln nicht verkneifen. »Das weiß ich. Es dauert auch nur einen Augenblick. Weißt du, wer ich bin?«

»Unser Hausmeister.« Sie wandte den Blick ab. »Was wollen Sie mir sagen?«

»Setz dich«, sagte er und zeigte auf die gestapelten Turnmatten.

Sie schüttelte den Kopf. »Ich muss jetzt gehen.«

»Du brauchst nicht nervös zu sein, Renate. Setz dich hin.«

Sie setzte sich notgedrungen auf die äußerte Kante der oberen Matratze.

»Du weißt ja bestimmt, dass ich nicht nur euer Hausmeister bin. Ich bin mir sicher, dass deine Mutter oder dein Vater dir etwas erzählt haben. Über mich.«

Sie starrte auf den Boden.

»Du kannst ganz beruhigt sein. Erzähl mir einfach, was sie gesagt haben.«

»Sie haben nichts gesagt. Und jetzt muss ich gehen.« Als sie aufstehen wollte, zog Hausser seinen Ausweis hervor und gab ihn ihr. Renate starrte perplex auf das Wappen des Ministeriums für Staatssicherheit, das auf dem Ausweis prangte. »Sie arbeiten für den Staat … für die Staatssicherheit …«, sagte sie verlegen.

»Ja, und ich habe den Rang eines Obersts.« Er zeigte auf den Titel, der dem Namen auf der Karte vorangestellt war.

»Aber mein Vater hat gesagt, dass Sie ein Spion sind. Dass Sie uns ausspioniert haben.«

Hausser schüttelte den Kopf. »Ich habe euch im Auge behalten, das ist richtig, aber ich habe das getan, um euch zu beschützen. Um dich zu beschützen.«

Sie kniff die Augen zusammen und sah ihn misstrauisch an. »Mein Vater hat etwas anderes gesagt. Ich glaube, Sie lügen.«

»Ein hartes Wort, aber jedenfalls bist du ehrlich.« Er steckte den Ausweis in seine Tasche zurück. »Aber sag mir, Renate. Hat dein Vater immer recht?«

Sie nickte sehr schnell.

»Ach so? Und wenn er zu dir sagt, dass die ganze Turnerei nur ein Spiel ist und dass du dich nicht zu sehr mit so einem *Unsinn* abgeben sollst, hat er dann auch recht?«

Sie antwortete nicht.

»Oder wenn er dir droht, dass du mit dem Turnen aufhören musst, falls deine Noten nicht besser werden, hat er dann auch recht? Ist das gerecht?«

»Woher wissen Sie, was er gesagt hat?«

»Weil ich alles weiß. Was sagt dein Vater denn immer, worauf es im Leben am meisten ankommt?«

»Dass man eine gute Ausbildung hat, damit man später eine ordentliche Arbeit bekommt und genug Geld verdienen kann.«

»Aber das ist nicht *dein* Traum, Renate, oder?« Er versuchte, ihren Blick einzufangen. »Komm schon, du kannst mir ruhig von deinem Traum erzählen. Eigentlich kenne ich ihn ja schon. Er hat was mit dem Turnen zu tun, nicht wahr?«

Sie nickte.

»Erzähl mir von deinem Traum.«

»Olympisches Gold im Turnen für die DDR zu gewinnen.«

»Genau. Und weißt du was? Egal, was dein Vater sagt, das ist ein sehr schöner Traum.«

»Ein dummer Traum. Ich kann mich nicht einmal auf dem Schwebebalken halten.« Sie rieb sich ihr lädiertes Schienbein. »Ich bin eine Närrin, sagt Frau Hertz.«

Er beugte sich nah zu ihr hin. »Nein. Du bist das mutigste neunjährige Mädchen, das ich kenne. Darum werde ich dir auch etwas ganz Spezielles zeigen.«

»Ich bin neuneinhalb. Was wollen Sie mir zeigen?«

»Du musst mit mir kommen, wenn du es sehen willst.«

»Aber meine Mutter wartet draußen … sie will bestimmt nicht, dass …«

»… dass du mit einem Fremden mitgehst. Da hat deine Mutter auch völlig recht. Du darfst nie mit einem Fremden mitgehen. Aber wir beide kennen uns ja. Wir sind Nachbarn. Außerdem bin ich Oberst und damit auch dein Oberbefehlshaber.« Er lächelte und berührte kurz ihr blaues Jungpionierhalstuch. »Es geht auch ganz schnell, Renate. Und es ist wirklich etwas ganz Besonderes.«

* * *

Lena stand vor dem Schuleingang und rauchte eine Zigarette, während sie auf Renate wartete. Sie hatte unter dem Vordach Schutz vor dem Wind gesucht, und die meisten Mädchen aus Renates Turngruppe waren bereits an ihr vorbeigegangen. Sie warf einen Blick ins Gebäude, um nach ihrer Tochter Ausschau zu halten. In diesem Moment sah sie, wie Frau Hertz die Tür abschloss. Lena eilte die Stufen hinauf. »Frau Hertz?«

Die kräftige Frau drehte sich zu Lena um und nickte ihr kurz zu.

»Haben Sie Renate gesehen?«

»Die ist doch schon längst mit den anderen Mädchen gegangen.«

»Aber sie ist noch nicht herausgekommen.«

»Das kann nicht sein, hier drin ist jedenfalls niemand mehr.«

»Bitte schließen Sie noch mal die Tür auf.«

Die Turnlehrerin sah Lena verärgert an. »Ich habe mich soeben vergewissert, dass niemand mehr im Saal ist.«

»Machen Sie auf! Meine Tochter ist da drin!«

Frau Hertz zog den Schlüssel aus der Tasche und drehte ihn im Schloss. Lena riss die Tür auf und drängte sich an ihr vorbei. Ihre Schritte hallten von den Wänden wider, als sie auf dem dunklen Flur zum Gymnastiksaal rannte.

Sie warf sich förmlich gegen die Tür und schob sie auf. »Renate?« Sie tastete nach dem Lichtschalter und schaltete das Deckenlicht ein. Die Neonröhren flackerten kurz, ehe sie den leeren Saal in ein kaltes Licht tauchten. »Renate!«, rief

Lena erneut und lief zu den Umkleidekabinen. Doch auch sie waren leer.

* * *

Hausser half Renate das letzte Stück die Feuerleiter hinauf, die zu dem Flachdach des dreigeschossigen Schulgebäudes hochführte. Hier oben schien der Wind noch heftiger zu wehen als unten. »Für zwei verletzte Krieger wie uns gar nicht so einfach, hier raufzukommen«, sagte Hausser lächelnd.

»Was wollen Sie mir zeigen?«

»Geduld, meine Kleine. Da müssen wir lang.« Er führte sie an den Lichtschächten und dem großen Ventilator vorbei über das Dach. »Kennst du die Geschichte vom ›Rattenfänger von Hameln‹?«

»Ich glaube nicht. Wovon handelt die?«

»Die handelt von einer kleinen Stadt, in der es eine schreckliche Rattenplage gab. Eines Tages kam ein Rattenfänger vorbei, und die Leute haben ihn angefleht, sie von den Ratten zu befreien. Dafür wollten sie ihm ihren ganzen Besitz geben. Der Rattenfänger, der ein guter Sozialist war, antwortete, sie sollten ihm gerade so viel geben, dass er nicht hungrig zu Bett gehen musste. Und weißt du, was er dann getan hat?«

»Nein, ich kenne die Geschichte doch nicht.«

»Er holte eine kleine Blockflöte hervor und begann darauf zu spielen.« Hausser pfiff eine Melodie, während er die Finger vor seinem Mund bewegte, als spielte er auf einer unsichtbaren Flöte. »Es dauerte nicht lange, da kamen alle Ratten aus ihren Löchern gekrochen. Sie folgten den Tönen der Flöte, und so konnte der Rattenfänger sie einfach aus der Stadt herausführen.«

»Wo hat er sie hingebracht?«

»Zu einem kleinen Bach, den er überquert hat. Der Bach

war nicht besonders tief, aber tief genug, dass alle Ratten in ihm ertranken.«

»Er hat also den Einwohnern der Stadt geholfen?«

»Genau. Aber als er zurückkehrte, um sich seinen Lohn abzuholen, haben sie ihm den verweigert. Sie haben gesagt, dass er nur Glück gehabt hat und dass sie das selbst auch geschafft hätten.«

»Das war aber nicht nett von ihnen.«

»Nein, aber so sind die Kapitalisten nun mal. Gierig und verlogen. Deshalb hat der Rattenfänger dafür gesorgt, dass sie ihren Betrug niemals vergessen würden. Er begann erneut, auf seiner Flöte zu spielen.«

»Aber es waren doch keine Ratten mehr da?«

»Nein, aber diesmal waren es die Kinder der Stadt, die ihm folgten.«

Renate machte große Augen. »Hat er sie auch im Bach ertränkt?«

»Aber nein«, antwortete Hausser lachend. »Du hast ja wirklich eine makabre Phantasie. Er hat die Kinder in ein sozialistisches Land mitgenommen, in dem all ihre Träume in Erfüllung gegangen sind. Wo niemand den anderen übers Ohr gehauen hat.« Hausser tätschelte ihr den Kopf. »Siehst du die vier hohen Türme da hinten?« Er zeigte auf die vier Flutlichtmasten, deren Silhouetten in den Nachthimmel ragten.

»Ja, die gehören zum Friedrich-Ludwig-Jahn-Sportpark.«

»Richtig.« Er warf einen Blick auf die Uhr. »Pass jetzt gut auf«, sagte er. Im nächsten Moment begannen die Scheinwerfer in den vier Türmen zu leuchten. Das Licht wurde immer heller und vereinigte sich schließlich zu einem gleißend hellen Ring, der sich wie ein Heiligenschein über das Viertel senkte. »Ist das nicht schön?«

Sie nickte.

»Ein leuchtendes Symbol für die Größe unseres Staates. Benannt nach Turnvater Jahn, dem Begründer der stolzen deutschen Turnbewegung.«

»Frisch, fromm, fröhlich, frei«, sagte Renate. »Das ist unser Motto. Frau Hertz sagt, es kommt von ihm.«

»Ich bin wirklich beeindruckt, was du alles weißt, Renate. In diesem Stadion habe ich die großen Erfolge unserer Volkssportler miterlebt. Hier hat Uwe Hohn den Weltrekord im Speerwerfen gebrochen. Er war der erste Athlet, der über hundert Meter geworfen hat.«

Ihre Augen leuchteten. Sie lächelte ihn an.

»Renate? … Renate?«, rief ihre Mutter in der Dunkelheit unter ihnen.

Hausser und Renate gingen bis zur Dachkante und blickten auf den Schulhof hinunter, wo Lena und Frau Hertz verzweifelt nach Renate suchten.

»Ruf mal lieber nach ihr«, forderte Hausser sie auf und stellte sich dicht neben sie.

»Mama … Mama! Ich bin hier oben!«, rief Renate, so laut sie konnte.

Lena fuhr blitzschnell herum. Renate rief ein weiteres Mal. Lena und Frau Hertz legten die Köpfe in den Nacken und sahen sie beide gleichzeitig. Frau Hertz schlug sich erschrocken die Hand vor den Mund. Lena starrte wie versteinert zu Renate hinauf, hinter der Haussers dunkle Silhouette aufragte.

Hausser strich Renate über die Haare und blickte zum Stadion hin. Nur ein kleiner Stoß in Richtung des leuchtenden Heiligenscheins, und das Mädchen würde ihr Leben zu Füßen ihrer verräterischen Mutter aushauchen. Eine Tragödie, die Lena nie verwinden würde, ganz gleich, welcher Reichtum sie in Zukunft erwartete.

»Hausser, ich bitte Sie!«

Er lächelte zu ihr hinab. »Ich bin derjenige, der den Sand zwischen den Zahnrädern entfernt. Verstehen Sie das endlich?«

Sie antwortete nicht. Starrte ihn bloß an. Mit leerem Blick und hilflos geöffnetem Mund.

Sein Blick wanderte zu Renate.

»Geh hinunter zu deiner Mutter.«

Renate drehte sich um und lief über das Dach.

»Renate!«, rief er ihr nach. Sie blieb stehen und sah ihn an. »Erzähl mir noch mal, was dein großer Traum ist.«

»Die DDR bei den Olympischen Spielen zu vertreten und Gold zu gewinnen!«, rief sie.

Er entbot ihr einen kurzen militärischen Gruß.

53

Hausser sah auf dem Monitor, wie Christoph seinen Arm um Lena legte, während sie auf dem Treppenabsatz saßen. Er drückte sie an sich, was ihre Tränen jedoch nicht zum Stillstand brachte. »Wir müssen hier weg … noch heute Nacht.«

»Das geht nicht, Lena. Das wäre Selbstmord.«

»Es wäre Selbstmord hierzubleiben. Warum hast du nicht dafür gesorgt, dass sie ihn erschlagen?«

»Das war der Plan. Wir haben alle gedacht, dass er tot ist. Er sah absolut tot aus.«

»Du hättest dich vergewissern müssen, Christoph.«

»Ja, ich weiß.« Er strich ihr über die Haare und küsste sie auf die Stirn. »Wir müssen noch warten, Lena. In den Fernsehnachrichten haben sie heute gesagt, dass es Reformen geben wird. Mehr Freiheit. Ich bin sicher, dass sich jetzt alles in die richtige Richtung entwickelt.«

»Aber wann?«

»In den nächsten Wochen, ganz bestimmt.«

Sie löste sich aus seiner Umarmung und stand auf. »Wochen? Es ist nur eine Frage von Stunden, wann dieser Psychopath das nächste Mal zuschlägt. Wenn du nichts unternimmst, flüchte ich morgen allein mit Renate.«

»Aber Lena …«

Sie ging zur Küchentür. »Ich meine es ernst. Dann wirst du uns nie wiedersehen.«

Christoph stand auf, er war sofort bei ihr und schlang die

Arme um sie. »Wir flüchten zusammen, mein Schatz. Ich werde eine Lösung finden.«

»Wirklich?«

»Ja.«

»Kannst du … deine Beziehungen nutzen?«

»Welche Beziehungen? Die sind selbst schon über alle Berge oder untergetaucht …«

»Aber was dann?«

Er starrte nachdenklich vor sich hin. »Braun hat mal was von einem Plan erzählt. Seine ›Hintertürstrategie‹, hat er ihn genannt. Er ist zwar bei Weitem nicht so raffiniert wie Schröders Plan mit den Botschaftslimousinen, aber er müsste funktionieren.«

Hausser lehnte sich in seinem Sessel zurück. Nach all den Monaten und Wochen. Nach all den Schmerzen und Rückschlägen schien sein Plan endlich in Erfüllung zu gehen.

54

Christianshavn, April 2014

Ravn legte das Ladekabel, das er sich ausgeliehen hatte, vor Victoria auf den Tisch, die mit einer Zigarette im Mundwinkel auf der Ladentheke saß. Es waren keine weiteren Kunden im Antiquariat, und der kühle Blick, den sie ihm durch die Rauchwolke zuwarf, signalisierte ihm, dass sie am liebsten allein wäre.

»Ich dachte, du wärst froh, es wiederzukriegen«, sagte er.

Sie sah ihn schweigend an. Ravn wandte den Blick ab. »Jetzt hab ich endlich damit abgeschlossen. Das alles liegt definitiv hinter mir.« Er streckte sich auf seinem Stuhl und lächelte sie an.

Sie erwiderte sein Lächeln nicht.

»Was ist denn los?«, fragte Ravn, als er die Stille zwischen ihnen nicht mehr ertrug. »Kannst du vielleicht mal einen Kaffee machen, statt hier schlechte Laune zu verbreiten?«

»Ich hab keine Lust auf Kaffee«, erwiderte sie und drückte die selbst gedrehte Zigarette im Aschenbecher aus.

Ravn zuckte die Schultern. »Und warum bist du heute so mies drauf?«

»Wegen dir. Und nicht nur heute. Ich bin echt enttäuscht von dir, Ravn.«

»Was hab ich denn getan?«, fragte er und hob hilflos die Arme.

»Als du gesoffen hast wie ein Loch, hatte ich eigentlich gedacht, dass du nicht mehr tiefer sinken kannst.«

»Wie du bemerkt haben dürftest, bin ich inzwischen die meiste Zeit nüchtern.«

»Das habe ich bemerkt, allerdings kann ich nicht sagen, dass du mir so besser gefällst.« Sie zog eine Tabakpackung aus ihrer Westentasche.

»Ich verstehe absolut nicht, was ich dir getan habe, dass du so sauer bist.«

Sie schüttelte den Kopf. »Man drischt nicht einfach auf jemanden ein.«

»Ach, das ist es.« Ravn kniff die Augen zusammen und blickte sie durchdringend an. »Für das, was Mikkel getan hat, hätte er noch viel mehr Dresche verdient. Er ist echt billig davongekommen.«

»Wirklich?« Sie verteilte eine Portion Tabak auf dem Rizla-Papier und rollte sich eine Zigarette. »Gewalt ist deiner Meinung nach also ein gutes Mittel zur Lösung der Probleme dieser Welt.«

»Ich habe nie behauptet, die Probleme dieser Welt lösen zu können, weder mit noch ohne Gewalt. Lass mich mit der Weltsituation in Ruhe, ich habe genug zu tun.« Er lächelte sie kurz an, um die Stimmung aufzulockern.

Victoria zündete die Zigarette an und blies den Rauch in seine Richtung. »Ich habe dich davor gewarnt, dich mit dem Handy zu beschäftigen. Aber du konntest es ja nicht lassen. Hast Himmel und Hölle in Bewegung gesetzt, um herauszukriegen, wer diese SMS geschrieben hat. Und was hat dir das gebracht?«

»Die Wahrheit«, antwortete er achselzuckend.

»Ach so. Alles, was ich sehe, ist ein Mann mit einem blauen Auge, der jetzt einen Freund weniger hat.«

»Klingt fast wie aus einem dieser Selbsthilfebücher.« Er nickte zu den sich biegenden Regalen hin. »Außerdem scheinst du zu vergessen, dass nicht ich gelogen und betrogen habe.«

»Aber du bist gewalttätig geworden.« Sie ließ sich von der Theke auf den Boden herab. »Du hast dir ganz schön dein Karma versaut, das ist dir ja wohl klar.« Sie zeigte mit der glühenden Zigarette auf ihn.

»Ich kenne einen Haufen Leute, denen das Karma noch nie einen Besuch abgestattet hat. Soll *ich* jetzt den Kaffee machen, oder was?«

»Heute nicht.« Sie schüttelte den Kopf. »Außerdem hat mir Eduardo erzählt, dass du dich mit jemandem triffst. Was soll also der ganze Aufstand?«

Ravn verschränkte die Arme. »Eduardo redet viel, wenn der Tag lang ist. Ich *treffe* mich mit niemandem.«

»Aber er hat erzählt, dass ...«

»Ich helfe einer Frau, ihren verschwundenen Bruder zu finden, okay?«

Victoria schob ihre Brille hoch, die ihr auf die Nasenspitze gerutscht war. Zum ersten Mal schien sie ein wenig aufzutauen. »Etwas Vernünftiges tust du also immerhin.«

Er schüttelte den Kopf. »Es geht so. Viel kann ich da leider nicht machen.«

»Sie hat ihn also gefunden?«

»Ihren Bruder? Nein, der ist vermutlich irgendwo in Berlin.« Er lächelte. »Sie hat mich gefragt, ob ich sie dorthin begleite ...«

»Und?«

»Was und? Ich fahre nirgendwohin.«

Sie schüttelte den Kopf. »Nein, natürlich nicht!«, sagte sie mit einer Stimme, die vor Ironie nur so troff. »Dabei wäre

Berlin wie geschaffen für dich. Jedenfalls gibt es auf der ganzen Welt keine Stadt, die mehr mit sich selbst beschäftigt ist und die arrogantere Einwohner hat. Du würdest perfekt ins Bild passen.«

»Herzlichen Dank. Ich dachte eigentlich, dass die Schweden und vor allem die Stockholmer auf deiner Hassskala ganz oben stehen.«

Sie entgegnete nichts. Stattdessen drückte sie sich um die Theke herum und ging von dort aus zum nächsten Regal, in dem die Reiseführer standen. Sie ließ ihre Hand über die Buchrücken gleiten, während sie die Titel überflog. Als sie endlich fand, wonach sie gesucht hatte, warf sie Ravn das Buch in einem hohen Bogen zu.

Er fing es überrascht auf. »Was soll das?« Er drehte das Buch auf die Vorderseite. Es war ein zerfledderter Berlin-Reiseführer. »Hast du nicht zugehört? Ich werde nirgendwohin fahren.«

Victoria ging zu ihm und stemmte die Hände in die Hüften. »Ich will aber auch nicht, dass du hier rumsitzt und Däumchen drehst.«

Sein Blick wanderte zwischen dem Buch und Victoria hin und her. »Du meinst wirklich, dass ich dorthin fahren soll?«

Sie nickte.

»Aber ich kenne die Frau fast gar nicht. Ich weiß nicht einmal, wo sie wohnt oder so.«

»Sieh zu, dass du Land gewinnst, Ravn. Und wenn du nicht nach Berlin willst, dann fahr irgendwo anders hin.«

»Du wirfst mich raus?«

Sie nickte. »Ich kann deinen Anblick nicht mehr ertragen.«

Er sah sie überrascht an. »Nur weil ich Mikkel ein paar Schläge verpasst habe?«

»Genau. Du hast eine Woche Hausverbot.«

»Hausverbot? Was redest du denn da?« Er starrte sie sprachlos an. »Das ist doch kein Wirtshaus hier.«

»Aber es ist mein Laden, und in dem habe ich das Sagen.«

Ravn ging nörgelnd am Kanal entlang, der *Bianca* entgegen. Møffe konnte kaum mit seinem Herrchen Schritt halten und trippelte mit hängender Zunge hinterher. Es fiel Ravn schwer zu begreifen, warum sie ihm das alles so übelnahm. Hausverbot? Er schüttelte den Kopf. Und so wie sie es formuliert hatte, war das im Grunde genommen mehr als ein Rausschmiss gewesen. Als gehörte sie immer noch dem Lehrerkollegium des Gymnasiums in Christianshavn an, wo sie eine halbe Ewigkeit unterrichtet hatte, ehe sie plötzlich auf die Idee gekommen war, zu kündigen und ein Antiquariat aufzumachen. Wenn sie mit ihrem Verhalten ihre Sorge um seine moralische Integrität zum Ausdruck bringen wollte, dann hatte sie eine seltsame Art, das zu tun.

Als er seine Hände in die Jackentaschen steckte, stießen sie gegen den Reiseführer. Offenbar war er so perplex über den Rausschmiss gewesen, dass er ihn versehentlich eingesteckt hatte. Am liebsten hätte er ihn gleich in den Kanal geworfen, um zu sehen, ob er genauso viele Hüpfer machte wie das Nokia Handy, doch er hielt sich zurück und setzte sich stattdessen auf die Kaimauer. In diesem Moment wünschte er, er würde noch rauchen oder zumindest ein Bier in der Hand haben, das ihm Gesellschaft leistete. Møffe ließ sich zu seinen Füßen nieder. Er strich dem Hund über das Fell. Er dachte an Louise und dass er ihre Gegenwart mehr und mehr genoss. Gleichzeitig weckte das Verschwinden ihres Bruders seinen alten Jagdinstinkt. Und ebenso sehr, wie er seinen alten Job mit den starren Strukturen und den rigiden Vorschriften hasste, so vermisste er doch die damit verbundenen Aufgaben. Als

Ermittler war er ziemlich gut gewesen. Hatte Spuren entdeckt, die selbst die Techniker übersehen hatten. Hatte selbst den hartgesottensten Gangstern ein Geständnis entlockt. Er vermisste es, einen Tatort als Erster zu betreten. Das Gewicht der schusssicheren Weste am Körper und den kühlen Schaft seiner Glock in der Hand. Den metallischen Geschmack des Adrenalins im Mund und den Tunnelblick, der ihn sich wie ein Raubvogel auf die Beute konzentrieren ließ. Er war Polizist bis ins Mark, ob mit oder ohne Dienstmarke. Er dachte an die »Berlinerin«. Das war ein guter Name, er konnte fast Marlene Dietrich *Lili Marleen* singen hören. Vielleicht hatte es seit seiner ersten Begegnung mit Louise auf der Hand gelegen, dass er ihr helfen würde. Helfen, Mogens' mysteriöse Kontaktperson aufzuspüren.

55

Prenzlauer Berg, Berlin, 9. November 1989

Auf der Danziger Straße kroch der Morgenverkehr träge dahin. Aus dem Strom der Fahrzeuge scherte ein schwarzer Lada aus und hielt am Bordstein vor Hausser, der dort gewartet hatte. Er öffnete die Tür und stieg ein. Der Schmerz von seiner gebrochenen Rippe durchzuckte seinen Körper, dennoch lächelte er Müller hinter dem Steuer kurz zu.

»Du hast deinen Schnurrbart abrasiert«, stellte Müller fest.

Hausser nickte und strich sich über die glatte Haut über der Oberlippe. »Ein befreiendes Gefühl.«

»Du wirkst ja ziemlich aufgeräumt heute. Ich gehe einmal davon aus, dass du die jüngsten Nachrichten noch nicht gehört hast.«

»Ich scheiß auf die Nachrichten. Ich mach meine eigenen.«

»Es hat schon wieder Umbesetzungen im Politbüro gegeben.«

»Die können umbesetzen, soviel sie wollen.«

Müller hob die Brauen, offenbar erstaunt über die prompte Reaktion. »Aber das hier bedeutet, dass völlig neue Zeiten anbrechen. Auch für uns.«

»Was nichts daran ändert, dass die Aktion Midas zu ihrem Abschluss gekommen ist. Ich habe ihre Achillesferse entdeckt. Die Tochter ist der Schlüssel. Selbst Verräter haben Elterninstinkte. Daran müssen wir immer denken, Müller:

Ganz gleich, wie sehr wir diese Ratten verachten, sie haben trotz allem Gefühle für ihre Kinder.«

Müller nickte, ohne zu antworten.

»Midas' Flucht steht unmittelbar bevor.« Er gab Müller einen freundschaftlichen Klaps auf die Schulter. »Ich glaube, dass es schon heute Abend oder heute Nacht so weit ist. Er trifft gerade die letzten Vorbereitungen, wir haben keine Zeit zu verlieren.« Er nickte Müller zu, dass er weiterfahren sollte, doch Müller rührte sich nicht. »Worauf wartest du?«

Müller zündete sich eine Zigarette an. »Es spielt keine Rolle mehr, ob sie flüchten oder nicht.«

»Bist du verrückt? Natürlich tut es das!«

»Nicht mit dem neuen Amnestiegesetz. Eine Strafverfolgung ist so gut wie ausgeschlossen.«

»Lieber Müller, ich habe natürlich nicht vor, ihn festnehmen zu lassen. Ich suche nur nach einem legitimen Grund, ihn im Moment des Grenzübertritts zu erschießen.«

Müller starrte mit leerem Blick durch die Windschutzscheibe. »Den wirst du wohl nicht mehr finden. Ich verstehe ja, dass du ihn unbedingt drankriegen willst, aber ich fürchte, wir kommen zu spät.«

»Hörst du nicht, was ich sage? Sie werden heute Nacht flüchten!«

Müller drückte die halb aufgerauchte Zigarette im Aschenbecher zwischen ihnen aus. »Warum überfahren wir ihn nicht lieber oder werfen ihn in die Spree, wie wir es mit Braun getan haben? Wir sorgen einfach dafür, dass er irgendeinen Unfall hat, und danach können wir wieder gut schlafen.«

»Nein, verdammt! Ich will, dass er an der Grenze erschossen wird und alle von seinen Verbrechen gegen den Staat erfahren. Die Gerechtigkeit muss vollends wiederhergestellt werden.«

»Ich glaube, du bist der Einzige, der diese Form der Gerechtigkeit will, Hausser. Wir schließen gerade die Behörde und beseitigen alle Spuren. Bei uns laufen rund um die Uhr die Schredder, und du redest hier von einer öffentlichen Liquidierung. Das ist doch Wahnsinn!«

»Wir haben immer die Drecksarbeit erledigt. Im Dienst des Staates und der Wahrheit!« Seine Augen loderten. »Wenn unsere Politiker einknicken, müssen wir umso stärker sein, Müller. Denn eines ist sicher. Die Mauer vergibt niemandem!« Er lächelte beim Klang seiner eigenen Worte. Sie sollten sie in Großbuchstaben überall auf die Mauer schreiben, damit es das Letzte war, was die Republikflüchtlinge sahen, ehe sie ihr Leben aushauchten.

»Ich hab mir schon gedacht, dass du die jüngsten Gerüchte noch nicht gehört hast.«

»Gerüchte gibt es immer. Warum sollten die mich interessieren?«

»Weil sie direkt aus dem Politbüro kommen, aus Egon Krenz' eigenem Büro.«

»Der Homo ist mir völlig egal. Meinetwegen können sie ihn aufknüpfen.«

»Sie knüpfen ihn nicht auf. Aber meine Quelle sagt, dass er für die Pressekonferenz heute Abend eine Erklärung vorbereitet.«

»Eine Erklärung? Was für eine Erklärung? Seine Rücktrittserklärung?«

»Nein, eine Erklärung, in der bekanntgegeben wird, dass ab sofort bedingungslose Reisefreiheit für alle herrscht.«

»Das können sie nicht machen!«

Müller zuckte die Achseln. »Nach dem, was ich weiß, wird Schabowski das heute Abend auf der Pressekonferenz so gegenüber der Weltpresse bekanntgeben.«

Hausser blickte mit heruntergeklappter Kinnlade starr vor sich hin.

»Kannst du dir vorstellen, was dann passiert? Alle Straßen werden voller Menschen sein. Sie werden die Grenzübergänge regelrecht stürmen und die Mauer …«

»Was?«

»Einreißen.«

Hausser schüttelte den Kopf. Müllers Worte drangen nur langsam in ihn ein.

»Vergiss Midas. Vergiss den ganzen Fall. Schon morgen können *wir* die Gejagten sein. Höchste Zeit, zum Rückzug zu blasen, Oberst.«

»Nie im Leben! Raus aus dem Wagen!«, fauchte Hausser.

»Du kannst doch nicht …«

Als Müller nicht gleich reagierte, schob Hausser ihn einfach zur Tür. Er lehnte sich über Müller hinweg und öffnete die Fahrertür. »Raus!«

Müller stieg aus, worauf Hausser auf den Fahrersitz rutschte und den Motor startete. Er wendete den Lada direkt auf der Fahrbahn. Quietschende Bremsen und wütendes Hupen waren zu hören. Dann gab er Gas und fuhr Richtung Greifenhagener Straße.

56

Christianshavn, April 2014

Ravn betrat den Hörsaal der Technischen Hochschule, der sich in einem ehemaligen Lagerhaus der dänischen Marine auf Holmen befand. Der Saal platzte aus allen Nähten. Die Studenten hatten sämtliche Stühle sowie den Boden an den Wänden in Beschlag genommen. Louise stand mit einem Headset ausgerüstet hinter dem Rednerpult und hielt ihre Vorlesung. Aus dem Text an der Leinwand hinter ihr ging hervor, dass es um »Das Gedächtnis der Städte« ging, und obwohl Ravn nicht wusste, was das bedeutete, war er von der natürlichen Autorität, die sie ausstrahlte, fasziniert. Sie sprach mit ruhiger, fester Stimme, gestikulierte sparsam, aber entschieden. Als er Eva einmal am Amtsgericht erlebt hatte, war der Eindruck ähnlich gewesen. Er erinnerte sich nicht, um was es damals gegangen war, und hatte auch nicht wirklich darauf geachtet. Er hatte in einer der hinteren Reihen gesessen und ihr einfach zugesehen. Hatte es genossen, ihre Professionalität und ihre Überzeugungskraft zu erleben, und war stolz gewesen, dass das seine Freundin war, die mit ihren Worten alle in ihren Bann zog. Leider hatte er das Eva nie so gesagt, was er jetzt – trotz dieser verdammten SMS – bereute, doch er hoffte natürlich, dass sie trotzdem gemerkt hatte, wie stolz er auf sie war.

Vierzig Minuten später hatte Louise ihre Vorlesung beendet und verließ das Podium. Ein Strom von Studenten folgte ihr durch den Hörsaal, sodass es Ravn vollkommen unmöglich war, an sie heranzukommen. Also begnügte er sich damit, ihr mit einigem Abstand zu folgen, während sie den Hörsaal verließ und die Mensa ansteuerte, die mitten im Hof zwischen den niedrigen Gebäuden lag.

Ravn betrat den weitläufigen Raum, in dem es nach Pausenbroten und Frittiertem aus der Küche roch. Die Stimmung an den langen Tischen war laut und ausgelassen. Louise stand mit dem Rücken zu ihm in der Schlange. Er zog an Møffes Leine und steuerte auf sie zu. »Louise!«

Sie drehte sich um und sah ebenso überrascht wie erfreut aus, ihn zu sehen. »Hey … woher wusstest du, dass ich hier …« Sie hielt inne und schüttelte den Kopf. »Meine Visitenkarte, natürlich.«

Er nickte. »Das war eine interessante Vorlesung.«

»Du hast sie dir angehört?«, fragte sie lächelnd und zog Ravn mit sich fort, während sich die Studenten darüber zu wundern schienen, was ihre attraktive Dozentin von dem Typ in der Lederjacke mit dem übergewichtigen Hund wollte.

»Ich wusste gar nicht, dass du dich für Architektur interessierst.«

»Doch, doch, ›Das Gedächtnis der Städte‹ und so was ist genau mein Ding.« Er brachte sie zum Lächeln. »Gibt's was Neues von deinem Bruder?«

Sie schüttelte den Kopf. »Er antwortet weiterhin nicht. Ich habe auch noch mal versucht, dieser Renate Schumann zu schreiben, obwohl die Mails sofort an mich zurückkommen.«

»Und trägst du dich immer noch mit dem Gedanken, nach Berlin zu fahren?«

»Ja, in drei Tagen geht's los, sobald das Symposium hier zu Ende ist, warum?«

Ravn zog an der Leine, weil Møffe plötzlich ein großes Interesse an dem nächsten Mülleimer zeigte. »Wenn du immer noch willst, dass ich mitkomme, dann …«

Sie nahm seinen Unterarm und drückte ihn. »Meinst du das im Ernst?«

Er nickte.

Sie strahlte ihn an, und er sah, dass sie vor Eifer errötete. »Ich werde sofort ein Flugticket für dich bestellen und ein zweites Hotelzimmer reservieren. Wir wohnen direkt am Alexanderplatz, ich denke, das ist ein guter Standort, um …«

»Louise!«, unterbrach er ihren Redestrom. »Bevor du dich einverstanden erklärst, mich mitzunehmen, müssen wir ein paar Dinge klären.«

»Natürlich«, sagte sie und ließ seinen Arm los.

»Ich bezahle für mich selbst. Darüber gibt es keine Diskussion.«

Sie nickte. »Okay. Was noch?«

Er atmete tief durch und senkte die Stimme. »Natürlich weiß ich, was du für deinen Bruder empfindest, aber das ändert nichts an der Tatsache, dass er eine kriminelle Handlung begangen hat.«

Sie schlug den Blick nieder.

»Sollten wir Mogens ausfindig machen, bin ich dazu verpflichtet, die Behörden über seinen Aufenthaltsort zu informieren, wenn er sich nicht freiwillig stellt.«

»Das ist mir klar.« Sie blinzelte und nickte angespannt. »Noch was?«

»Ja. Das Geld, das noch vorhanden sein muss, gehört weder Mogens noch Lauritzen, sondern der Staatskasse. Auf Mogens wird also vermutlich eine empfindliche Strafe zukommen, und Lauritzen wird sich wegen versuchten Steuerbetrugs verantworten müssen.«

»Dann ist das eben so«, entgegnete sie und zuckte die Schultern. »Ich will ja nur sicher sein, dass Mogens gesund und unversehrt ist. Alles andere geht dann seinen normalen Gang.«

»Soll ich das so interpretieren, dass du immer noch willst, dass ich mitkomme?«

»Vergiss deine Zahnbürste nicht«, erwiderte Louise mit einem Lächeln.

Damit drehte sie sich um und mischte sich wieder unter ihre Studenten, die Louise und Ravn keine Sekunde aus den Augen gelassen hatten.

57

Prenzlauer Berg, Berlin, 9. November 1989

Hausser parkte den schwarzen Lada an der Greifenhagener Straße und behielt Schumanns glänzenden BMW im Auge. Er klappte das Handschuhfach herunter und nahm die Pistole heraus. Es war eine 9-mm-Makarov, in deren Magazin acht Patronen Platz hatten. Ein minderwertiges russisches Fabrikat, mit dem man nur aus naher Entfernung einigermaßen zuverlässig traf. Mit einem Klicken wurde die Patrone in die Kammer geschoben, als er die Pistole lud. Es ärgerte Hausser, dass er Müller nicht mehr gefragt hatte, wann das neue Ausreisegesetz verkündet werden sollte, bevor er ihn aus dem Wagen geworfen hatte. Denn wenn Christoph davon erfuhr, würde er seine Flucht mit Sicherheit abblasen. In diesem Fall würde Hausser ungeachtet der Konsequenzen die Stufen zu seiner Wohnung hinaufsteigen und ihm eine Kugel in den Kopf jagen. Hausser kramte in seiner Innentasche und fand das Gläschen mit den Schmerztabletten. Er zerbiss ein paar davon mit den Zähnen und ließ sich in den Sitz zurückgleiten. Das Autoradio war auf DDR 1 eingestellt, wo später die Pressekonferenz übertragen werden sollte. Bis auf Weiteres spielten sie Prokofjev. Den guten alten Sergej.

Als die Dämmerung schließlich einsetzte, öffnete sich die Tür von Haus Nummer 9. Hausser richtete sich im Sitz auf, um besser sehen zu können. Christoph schleppte zwei Sporttaschen. Hinter ihm ging Renate, die ihren Pionierrucksack über der Schulter trug. Kurz darauf traten Lena und Klara aus dem Gebäude und schleppten mit vereinten Kräften Lenas Koffer über die Straße zu ihrem Wagen. Christoph war offenkundig sauer auf Lena, dass sie so viel eingepackt hatte. Sie stritten sich etwas, während er das Gepäck im Kofferraum verstaute.

Im nächsten Moment rollte der BMW die Straße hinunter, während Klara ihnen nachwinkte, als würde die Familie Schumann in Urlaub fahren und nicht Republikflucht begehen wollen. Als Klara zum Eingangstor zurückging, gab Hausser Gas, hielt in voller Fahrt auf sie zu und machte neben ihr eine Vollbremsung, sodass die Reifen quietschten. Klara drehte sich erschrocken um.

»Wohin?«, knurrte Hausser aus dem offenen Fenster.

Klara starrte ihn mit offenem Mund an.

»Wo wollen sie hin, verdammt?«

»Nach ... zu Lenas Familie ... nach Dresden. Ihre Mutter ist krank geworden.«

»Ich hatte dir doch jeden Kontakt zu ihnen verboten! Das wird ein Nachspiel haben, Klara!«

Klara sah ihn erschrocken an. Hausser drückte das Gaspedal durch und jagte dem großen BMW hinterher, der in einiger Entfernung um die Ecke bog. Das war eine hübsche kleine Lügengeschichte, die sie Klara da aufgetischt hatten und die sie sicher unter den Nachbarn verbreiten würde, falls jemand nach der Familie Schumann fragte. Doch Hausser hatte immer noch keine Idee, wo sie die Grenze überqueren wollten. Wo sich Brauns »Hintertür« befand. Dann fiel ihm ein, dass Christoph möglicherweise im Besitz veralteter Ausreisepapiere oder gefälschter Visa war, die Braun ihm seinerzeit beschafft hatte, aber er glaubte nicht, dass das sein Plan war. Das würden die Grenzbeamten zu leicht aufdecken.

Auf der Schönhauser Allee schloss er zu dem BMW auf und lag nun direkt hinter ihm. Durch die Heckscheibe leuchtete Renates blaues Halstuch, das sie stets trug. Eine echte Parteisoldatin. Es quälte Hausser, dass er ihr das alles antun musste. Sie konnte ja nichts dafür, dass ihre Eltern Verräter waren. Im Grunde war es bewundernswert, dass sie von dem schleichenden Gift verschont geblieben war und sich ihre sozialistische Ideologie bewahrt hatte. Umso betrüblicher war es, dass auch ihr Schicksal besiegelt schien. Dass sich ihr Traum von der olympischen Goldmedaille niemals erfüllen würde. Denn im Westen wie im Osten erwartete sie eine traurige Zukunft. Für alle Zeit würde sie sich besudelt und unrein fühlen.

In diesem Moment begannen die Nachrichten auf DDR 1. Günter Schabowski verlas mit unsicherer Stimme die Presseerklärung des Zentralkomitees, der zufolge alle Einwohner der DDR die Grenze zum Westen überqueren durften. Als ein Journalist im Saal fragte, ob diese Regelung mit sofortiger Wirkung gelte, bejahte Schabowski dies nach einem kurzen Zögern.

Mit den Fäusten schlug Hausser auf das Lenkrad. Jetzt konnte er nur noch hoffen, dass die Schumanns gerade die Hitparade hörten oder das Radio ausgeschaltet hatten. Doch in jedem Fall war es nur eine Frage der Zeit, bis sämtliche Grenzbeamten von der neuen Regelung erfuhren. Falls Schumann einen der nördlicheren Übergänge ansteuerte, zum Beispiel den auf der Bornholmer Straße, würde er vielleicht schon ungehindert passieren können. Das war der reinste

Wahnsinn, und er wusste nicht, wie er alles noch aufhalten sollte.

Zehn Minuten später fuhren sie an der Bornholmer Straße vorbei, durchquerten Pankow und ließen Berlin hinter sich. Die Route wunderte Hausser, der sich am Rande der Panik befand. Sie fuhren weder in Richtung der Grenzübergänge noch in Richtung Dresden, wo Lenas Eltern wohnten. Allmählich wurde der Verkehr immer dünner. Außer den Lastwagen, die auf ihren offenen Ladeflächen Braunkohle transportierten, waren kaum noch andere Fahrzeuge unterwegs. Der BMW erhöhte die Geschwindigkeit, Hausser konnte ihm kaum folgen. Er blickte auf die Benzinanzeige und bemerkte erst jetzt, dass sie nicht funktionierte. Er hatte keine Ahnung, wie viel Sprit noch im Tank war.

Nach einer halben Stunde bogen sie in Richtung Neuruppin ab und hielten Kurs auf Wittstock. Langsam ging Hausser ein Licht auf. Mit der »Hintertür«, von der Braun gesprochen hatte, war kein Ort in Berlin gemeint. Ganz im Gegenteil. Jetzt erinnerte sich Hausser, dass Braun aus Salzwedel kam – einer Stadt, die unmittelbar an der deutsch-deutschen Grenze lag, so weit von Berlin entfernt und so nah an Westdeutschland wie nur irgend möglich. Braun musste sich in dieser Grenzregion ausgezeichnet ausgekannt und dieses Wissen an Christoph weitergegeben haben. Dort wollten sie versuchen, über die Grenze zu gelangen, und das sollte ihnen zum Verhängnis werden.

58

Seit über zwei Stunden folgte Hausser ihnen jetzt auf der düsteren Landstraße gen Westen. Es war fast elf, als sie durch die Kleinstadt Altmark kamen, die völlig ausgestorben war. Vor ihnen lag Salzwedel und dahinter die Grenze. Er glaubte nicht, dass Christoph den zentralen Grenzübergang nehmen würde, sondern dass Braun ihm einen anderen genannt hatte, der etwas außerhalb lag und weniger streng bewacht wurde.

Als sie aus Altmark heraus waren, beschleunigte Christoph plötzlich das Tempo. Hausser trat das Gaspedal durch, konnte jedoch nicht verhindern, dass die roten Rücklichter vor ihm immer kleiner wurden und schließlich verschwanden. Ein paar Kilometer weiter gabelte sich die Straße, und Hausser entschied sich für die, die von Salzwedel wegführte.

Er fuhr etwa eine Viertelstunde weiter, ohne anderen Fahrzeugen zu begegnen. In regelmäßigen Abständen kam er an schmalen Feldwegen vorbei, die alle in den Wald und zu den Grenzanlagen führten. Es war unklar, ob Christoph einen von ihnen genommen hatte, und Hausser fuhr weiter geradeaus, bis die Straße an einem kleinen Kontrollposten mit einem Schlagbaum und zwei Grenzbeamten endete, die in einem Schilderhaus saßen. Hier begann die sogenannte Sperrzone – ein fünf Kilometer breiter Sicherheitsstreifen vor der eigentlichen Grenze.

Einer der Grenzbeamten trat vor. Sein SKS-Maschinengewehr ließ er im Schilderhaus. Hausser kurbelte die Scheibe herunter und zeigte ihm seinen Ausweis. Der junge Grenzsoldat, der um die zwanzig sein musste, salutierte.

»Ist hier vor kurzem jemand vorbeigekommen?«

»Nur beim Wachwechsel um 21 Uhr, Herr Oberst.« Er zeigte in Richtung der Grenzanlagen.

»Sonst niemand?«

»Nein, Herr Oberst.«

Hausser nickte und wollte die Scheibe schon wieder schließen.

»Haben Sie schon gehört, Herr Oberst? Sie haben die Grenze geöffnet. Das kam vorhin im Radio.« Der Grenzsoldat lächelte.

Hausser fluchte durch zusammengebissene Zähne, und der Grenzer setzte sich in Bewegung und öffnete den Schlagbaum.

Auf dem schmalen Kiesweg rumpelte Hausser der Grenze entgegen. Er ging fest davon aus, dass Christoph einen der kleinen Feldwege genommen und sein Auto irgendwo im Wald zurückgelassen hatte, damit der Weg zur eigentlichen Grenze möglichst kurz war. Hausser sah Lena nicht als die große Wanderin an, Renate vielleicht, aber nicht ihre Mutter.

Er fuhr zu dem Wachtposten am Kontrollpunkt des ersten Grenzzauns. Vor ihm lag der hundert Meter breite Todesstreifen, der eine Schneise durch den Wald schlug. In der Ferne konnte er den drei Meter hohen Zaun ausmachen, der die eigentliche Grenze zwischen den beiden Staaten markierte. Das Schilderhaus am Kontrollpunkt war leer, und Hausser fuhr zur »Führungsstelle« weiter, wo er den Lada parkte. Der Wachturm war sechs Meter hoch und bestand aus armiertem Beton. Der verglaste obere Teil erlaubte den Grenzsoldaten einen Rundblick, und auf dem Dach ragte ein

Wirrwarr von Antennen in den Nachthimmel. Er stieg aus dem Wagen und ging zu dem Gebäude, aus dem Gelächter und Radiogeräusche drangen. Als er die Tür öffnete, sahen ihn die vier jungen Soldaten, die mit Teebechern um einen Tisch saßen, überrascht an. Hausser zog sofort seine Plastikkarte aus der Tasche. Doch die Soldaten, die dem Grenzbezirkskommando zwei angehörten, schienen weder von seinem Rang noch seinem Stasiausweis sonderlich beeindruckt. Es waren junge Burschen aus der Gegend, und genau so sahen sie auch aus.

»Ich habe Informationen, dass sich in diesem Gebiet ein Republikflüchtling aufhalten soll«, erklärte Hausser.

»Er sei uns willkommen«, murmelte einer der Soldaten.

»Was haben Sie gesagt?«

Der Kamerad des Soldaten grinste. »Die Grenze ist geöffnet worden, Herr Oberst. Vor mehreren Stunden. Das kommt überall im Radio. Die Leute in Berlin drehen total durch. Die Ersten haben wohl schon die Grenze passiert, und es stehen noch Tausende an den Übergängen.« Er schüttelte grinsend den Kopf.

»Und was ist daran so verdammt komisch?«

Der Soldat grinste immer noch.

»Der Oberst hat recht, daran ist nichts komisch. Wir werden alle arbeitslos, was bedeutet, dass ich zu Hause die Kühe hüten darf«, antwortete der Stämmigste von ihnen und grinste ebenfalls.

»Ist jemand oben?«, fragte Hausser und zeigte auf die Treppe.

Sie schüttelten die Köpfe und setzten ihre Gespräche fort. Hausser ging an ihrem Tisch vorbei und humpelte die Stufen hinauf. Dann trat er auf die oberste Plattform, von der aus er einen freien Ausblick hatte. Der Todesstreifen lag einsam und verlassen da. Fünfhundert Meter weiter stand der nächste Wachturm. Ein BT-9, der etwas schlanker und ein paar Meter höher war als der, in dem er sich befand. Er nahm das Fernglas von der Ablage und sah, dass der Turm unbemannt war. Er wettete darauf, dass zwei der Soldaten, die eine Etage tiefer saßen, dort drüben eigentlich ihren Dienst hätten versehen sollen. Im Interesse der Sicherheit des Staates hoffte er darauf, dass die anderen Wachtposten entlang der Grenze ihrer Aufgabe gewissenhafter nachgingen. In diesem Augenblick fing eine gelbe Lampe am Steuerpult an zu blinken. Auf einem Monitor war der Bereich gekennzeichnet, in dem der Alarm ausgelöst worden war. Dieser Bereich lag nur wenige hundert Meter weit entfernt. Er spähte durch das Fernglas, konnte jedoch nichts Auffälliges entdecken. Er überlegte, die Soldaten unten zu warnen, aber das hätte die ganze Sache nur verkompliziert. Dann sah er plötzlich Christoph mit Renate an der Hand und zwei Taschen über der Schulter aus dem Wald stürmen. Lena folgte ihnen mit leeren Händen. Offenbar hatte sie ihren Koffer zurücklassen müssen. Hausser erkannte, dass Christoph einen Bolzenschneider dabeihatte, mit dem er direkt auf den hohen Zaun zurannte. Der Abstand zwischen ihm und Christoph musste über zweihundert Meter betragen, und er wusste, dass er nicht die geringste Chance hatte, ihn aus dieser Entfernung mit der Pistole zu treffen. *Midas entkommt,* durchzuckte es ihn, und er spürte, wie ihm der kalte Schweiß ausbrach. Hausser drehte sich zu dem niedrigen Tisch um, auf dem einer der Soldaten seine Kalaschnikow liegengelassen hatte. Es war eine klapprige, mit Rostflecken überzogene AK-47, die aussah, als hätte die Rote Armee sie nach dem Zweiten Weltkrieg hier vergessen. Es gab weiß Gott präzisere automatische Waffen als die 47er, doch immer noch keine, die tödlicher war. Er griff nach der Waffe und entsicherte sie. Draußen im Todesstreifen war Christoph nur noch wenige Meter von dem Zaun entfernt, sein Atem wehte wie ein Schleier hinter ihm her. Hausser legte die Kalaschnikow an seine Wange. Nahm Midas ins Visier. Und drückte ab.

Der infernalische Lärm der Kalaschnikow schallte durch den Turm. Die Soldaten eine Etage tiefer zuckten erschrocken zusammen. Hausser drückte den Abzug durch und gab Dauerfeuer. Sein Körper wurde von den ständigen Rückstößen erschüttert. Die leeren Patronenhülsen, die aus dem Magazin geschleudert wurden, prasselten wie ein goldener Meteorregen auf ihn nieder, während die Projektile durch die Nacht flogen. In diesem Moment fühlte er sich wie ein Rachegott. Wie der wahre Beschützer der Republik.

Als das Magazin leer war, schlug der Schlagbolzen dumpf gegen die Wand der leeren Kammer. Haussers Finger lösten sich vom Abzug. Die Gewehrmündung dampfte. Er senkte die glühend heiße Waffe. Aus dem Todesstreifen waren gequälte Schreie zu hören. Durch die Staubwolke der aufgepeitschten Erde konnte er drei Gestalten am Zaun ausmachen. Es war nicht zu sagen, wer von ihnen noch am Leben war.

»Um Gottes willen …«, stieß der Soldat aus, der in den Raum gestürmt war und nun hinter Hausser stand.

59

Berlin, 20. September 2013

Mogens stieß den Kopf über die Wasseroberfläche. Die Ketten, die ihn unten hielten, scharrten an den Wänden der Wanne. Der Wasserpegel sank und ermöglichte es ihm zu atmen. Doch bei dem Versuch, Luft zu holen, begann er zu husten und erbrach sich. Nachdem das letzte Wasser abgelaufen war, lag er schluchzend in der Wanne und zitterte in dem undurchdringlichen Dunkel vor Kälte. Er hatte jegliches Zeitgefühl verloren und konnte sich auch nicht erinnern, wie oft man bereits versucht hatte, ihn zu ertränken. Er hatte um Gnade gebettelt, während das eiskalte Wasser ein ums andere Mal bis zum Rand der Wanne gestiegen war. Nichts an seiner Situation ergab irgendeinen Sinn. Nichts konnte erklären, warum ihn jemand solch einer Tortur aussetzte. Mogens hatte ein Stadium erreicht, in dem er nur noch sterben wollte.

Er wurde auf ein Geräusch aufmerksam, das weder von seinem eigenen Schluchzen noch von dem Rasseln der Ketten kam. Es klang wie Musik. Nicht wie die, die er auf dem Festival gehört hatte, ehe er verschwunden war, nein, es klang mehr wie ein Marsch, mit Trommeln und Flöten. Kurz darauf stimmte ein Kinderchor ein. Er sang auf Deutsch, und er hatte Schwierigkeiten, die einzelnen Worte zu verstehen, die aus den knisternden Lautsprechern drangen: *Wir tragen …*

wir tragen … die blaue Fahne … Das klang wie ein altes Pfadfinderlied. Er vermutete, dass ein Chor von Jungpionieren das sang. Aber warum spielte ihm jemand Musik vor? Er rief um Hilfe, worauf die Musik sofort lauter gestellt wurde, um ihn zu übertönen. In seinem nackten und angeketteten Zustand klang der muntere Kindergesang wie der reinste Hohn. Als die Musik kurz darauf verstummte, war wieder alles still. Er wartete darauf, dass jeden Moment eiskaltes Wasser auf ihn herabströmte, als wäre das Lied eine Vorwarnung gewesen, dass man ein weiteres Mal versuchen würde, ihn zu ertränken. Doch es kam kein Wasser. Stattdessen kam eine schwache helle Stimme aus den Lautsprechern, die sonderbar verzerrt klang und von den nackten Wänden zurückgeworfen wurde: »WO … IST … DAS … GELD? DU … HAST MIR … VON DEM GELD … ERZÄHLT.«

Er versuchte den Hals zu strecken. »Renate? Renate? Bist du das?«, fragte er in seinem gebrochenen Deutsch.

Es dauerte eine Weile, bis sich die Stimme erneut meldete: »JA … ICH BIN HIER … GENAU HIER … DU HAST MIR … DAS GELD … VERSPROCHEN.«

»Warum tust du mir das an?« Er schluchzte. »Warum?«

»MAN KANN … DIR NICHT VERTRAUEN … WO IST … DAS GELD?«

»Lass mich frei, Renate! Ich bitte dich!«

»DAS GELD … WO IST ES?«

»Das kriegst du erst …«, rief er hilflos, »… wenn du mich freilässt, Renate!« Seine Stimme brach. »Bitte … lass mich frei, Renate!«

»VERDAMMTER … SCHWACHKOPF!«

In diesem Moment ergoss sich ein Schwall eiskalten Wassers über seinen Kopf. Er bettelte um Gnade, aber der Pegel stieg und stieg. Erneut stimmten die Jungpioniere ihren

Gesang an, während das Wasser ihn langsam umschloss, und schließlich drang das muntere Flöten nur noch wie ein dumpfes hysterisches Echo an seine Ohren.

60

Berlin, 4. Mai 2014

Ravn und Louise saßen in der Sparcos Lounge des Park Inn Hotels, wo sie gerade eingecheckt hatten. Unter den deutschen Geschäftsleuten an der Bar hinter ihnen herrschte eine ausgelassene Stimmung. Die meisten von ihnen hatten ihre Sakkos abgelegt und ihre Krawatten gelockert und sangen lautstark zu der deutschen Popmusik mit, die aus den Lautsprechern kam. Es war kurz nach elf, und Ravn und Louise hatten mit einer eingeschränkten Auswahl an Speisen vorliebnehmen müssen. Louise hatte ihren Salade niçoise noch nicht angerührt und an ihrem Mineralwasser nur genippt. Stattdessen blätterte sie angespannt in ihren Unterlagen. Ravn warf einen Blick darauf, während er seinen Burger aß. Er hatte schon gesehen, dass sie die Ausdrucke aller Mails dabeihatte, die Mogens und Renate sich geschrieben hatten, sowie die Adressen der vier Frauen, die alle Renate Schumann hießen und die sie morgen besuchen wollten. Außerdem einen Stadtplan, in den sie die Adressen eingezeichnet hatte. Die übrigen Unterlagen betrafen den Flug und die Hotelreservierung.

»Du bist ja gut organisiert.«

Louise nickte. »Ich habe mit dem Fahrer abgemacht, dass er uns morgen früh um 8.30 Uhr abholt. Ich glaube, das müsste früh genug für unsere kleine Rundfahrt sein. Immerhin ist Sonntag.«

Ravn hatte sich an dem Burger verschluckt und spülte mit Bier nach. »Du hast einen Fahrer bestellt?«

Sie nickte. »Ich dachte, es wäre das Einfachste, wenn uns den ganzen Tag ein Wagen zur Verfügung steht.«

»Nachforschungen de luxe«, entgegnete er mit einem Lächeln. »Hört sich gut an, dann brauchen wir nicht die U-Bahn zu nehmen.«

Louise klappte den Schnellhefter zu. »Ich hoffe nur, dass eine von diesen Frauen weiß, wo Mogens ist.«

»Ich bin da ziemlich optimistisch. Bestimmt isst Mogens gerade den selbst gebackenen Apfelstrudel von Renate Schumann und trinkt Kaffee dazu.«

Louise wrang ihre Hände und wandte den Blick ab. »Mogens trinkt keinen Kaffee … Wir haben drei Tage, um ihn zu finden. Wenn das nichts bringt, weiß ich nicht, was wir tun sollen …«

Er legte das Besteck hin und sah sie an. »Lass uns morgen erst mal diese Frauen aufsuchen. Wenn dabei nichts herauskommt, können wir immer noch überlegen, wie's weitergeht.«

Sie nahm den Schnellhefter und steckte ihn in ihre Handtasche. »Ich wünschte, ich wäre so ruhig wie du.«

»Willst du gar nichts essen?« Er zeigte auf ihren unberührten Teller.

Sie schüttelte den Kopf und stand auf. »Ich bin schrecklich angespannt. Ich gehe jetzt rauf und schreibe Mogens eine Mail, dass wir da sind. Vielleicht bringt ihn das ja dazu, sich bei mir zu melden.«

Er zuckte mit den Schultern.

»Hältst du das für eine schlechte Idee?«

»Nein, nein. Ich denke nur, wenn er sich bisher nicht gemeldet hat, dann ist die Chance ziemlich gering, dass er es jetzt tut.«

Sie wandte frustriert den Kopf ab. »Wir sehen uns morgen. Sagen wir um acht, dann können wir noch zusammen frühstücken?«

Er nickte. »Gute Nacht, Louise.«

Sie durchquerte das dunkle Restaurant und die angrenzende Lobby, wo die Aufzüge waren. Ravn wischte sich den Mund ab und warf die Serviette auf den Tisch. Er wusste nicht genau, was er sich von dieser Reise versprochen hatte, und konnte Louises Nervosität gut nachvollziehen. Dennoch kam es ihm seltsam vor, dass sie bisher kaum ein Wort miteinander gewechselt hatten. Selbst wenn er versucht hatte, ein Gespräch in Gang zu bringen, war sie wortkarg und einsilbig geblieben. Als wollte sie ihn bewusst auf Distanz halten, ohne dass er verstand, warum. Fast als wäre es kein Zufall, dass die beiden Einzelzimmer, die sie gebucht hatte, zwölf Etagen auseinanderlagen.

Die Geschäftsleute begannen im Chor zu singen. Ravn leerte sein Glas. Das dünne Bier und der unschöne Gesang riefen einen Anflug von Heimweh nach dem Havodderen hervor. Er brauchte unbedingt frische Luft und ein besseres Bier als das, das sie hier ausschenkten.

* * *

Der Reiseführer, den ihm Victoria nachgeworfen hatte, führte Ravn über den Alexanderplatz, durch Berlin-Mitte, vorbei am Hackeschen Markt und weiter bis zur Oranienburger Straße. Es war ein lauer Abend, und auf der Straße waren viele Leute. Vor allem Touristen. Junge Leute, die meisten Studenten, tranken ihr Bier direkt aus den Halbliterflaschen und flirteten miteinander, beschwingt von dem Wissen, weit von zu Hause fort zu sein. Ravn suchte nach einer Kneipe und fand schließlich eine an der Ecke Oranienburger Straße/

Auguststraße, die ihm nicht übel erschien. In seinen Augen hieß das: gedämpfte Beleuchtung, ruhige Gäste und ein zufriedenstellendes Sortiment an Bier und Bourbon. Er nahm an der langen Mahagonibar Platz und bekam das, weswegen er gekommen war. Während er das dunkle Bier genoss, überlegte er kurz, ob Mogens vielleicht einmal hier gewesen war, kam jedoch zu dem Schluss, dass das nicht gerade sein Geschmack sein dürfte. Die spärlichen Kenntnisse, die er über diesen Mann besaß, ließen vermuten, dass die Großstadt ihm Angst machte, bot sie doch einen extremen Kontrast zu dem ruhigen und vertrauten Christianshavn. Andererseits war da diese Renate, die ihm wahrscheinlich den Rücken stärkte.

Durch das große Fenster am Ende der Theke betrachtete Ravn das junge Mädchen, das sich an den Laternenmast lehnte. Ihre kniehohen roten Lackstiefel und das hautenge Minikleid ließen keinen Zweifel an ihrer Profession. Ravn dachte an die Nigeria-Briefe, die sie zwischen Mogens' Mails gefunden hatten und die er klugerweise nicht beantwortet hatte. Aber das Risiko, dass er hier in Berlin einer etwas raffinierteren Betrügerin auf den Leim gegangen war, war nicht von der Hand zu weisen. Falls dem so war, blieb nur zu hoffen, dass er noch nicht das ganze Geld verloren hatte. Denn letztlich war es das, was die Menschen in solchen Fällen überleben ließ. Ravn leerte sein Shotglas und führte das Gedankenspiel nicht fort. Man musste den Teufel auch nicht gleich an die Wand malen.

Ein paar Stunden und etliche Gläser später trat er den Rückweg zum Hotel an, verlief sich jedoch in den Straßen um den Rosa-Luxemburg-Platz und landete schließlich vor dem b-flat. Die Klänge eines Klaviers und eines verstimmten Saxofons zogen ihn in den Jazzclub. Er fand einen leeren

Tisch hinten im Lokal und ließ sich auf einen Stuhl sinken. Sofort brachte ihm die Kellnerin einen Old Fashioned. Er war zu betrunken, um sich zu erinnern, ob er einen bestellt hatte, doch passte dieser Drink perfekt zu seiner Stimmung. Er lauschte der Musik und trank, lauschte und trank. Wünschte sich, dass Louise ihn begleitet hätte, statt sich auf ihr Zimmer zurückzuziehen. Auch sie hätte sich diesem magischen Augenblick bestimmt nicht entziehen können.

Neue Musiker betraten die Bühne, und er bestellte sich mehr zu trinken. Genoss die Geborgenheit des Moments, bis tief in seinem Reptiliengehirn die Alarmglocken zu klingeln begannen. Er nippte an dem Bourbon, während er seinen Blick durch den Raum schweifen ließ. Nur frohe, freundlich gesinnte Menschen umgaben ihn. Doch sein alter Polizeiinstinkt zweifelte keine Sekunde. Irgendjemand hatte ihn beobachtet, ihn angesehen, jemand, der ihm nichts Gutes wollte. Doch wer immer das auch gewesen war, er war inzwischen wieder verschwunden, außerdem sagte ihm sein Reptiliengehirn, dass der Trompeter auf der Bühne gerade eine ungemein schöne Version von *Summertime* spielte.

61

Berlin, 5. Mai 2014

Ravn war von wummernder Finsternis umgeben. Durch den Lärm konnte er Louises und Evas Stimmen hören. Auch Mikkel war da, und Møffe kläffte sie alle an. Der Lärm nahm zu, und er dachte, dass es der Rumpf der *Bianca* sein musste, der immer wieder gegen die Kaimauer krachte. Er fühlte sich kraftlos, wusste jedoch, dass er aufstehen musste, um sein Schiff zu retten, ehe es zu spät war. Als er die Augen aufschlug, blickte er in ein großes metallisches Auge, das ihn anstarrte. Nachdem er einigermaßen zu sich gekommen war, begriff er, dass das die Kuppel des Fernsehturms war, der vor seinem Hotelzimmerfenster stand, und dass das vermeintliche Krachen des Schiffsrumpfs von der Tür kam, an die draußen jemand hämmerte. »Einen Moment ... bitte!«, rief er mit heiserer Stimme.

Er schlang sich die dünne Bettdecke um die Hüften und schleppte sich zur Tür. Als er sie öffnete, spürte er seinen Kater mit aller Heftigkeit.

Draußen auf dem Gang stand Louise. Ihr Blick zeigte allzu deutlich, was sie von dem hielt, was sie sah. »Guten Morgen. Ich habe mehrmals versucht, dich anzurufen. Wir waren um acht im Restaurant verabredet.«

»Ich weiß«, entgegnete er und räusperte sich. »Wie spät ist es?«

»Viertel nach neun.«

»Gib mir fünf Minuten. Willst du reinkommen?«

Ihr Blick sagte mehr als jedes Wort. »Ich warte in der Lobby auf dich.«

Zehn Minuten später stand er im Lift, der ihn vom vierundzwanzigsten Stock ins Erdgeschoss brachte. Diese zehn Minuten hatten gereicht, um vier Kopfschmerztabletten zu schlucken, einen halben Liter Wasser zu trinken und vor allem: seine Ray-Ban-Sonnenbrille zu finden, die ihn vor dem Tageslicht und Louises missbilligenden Blicken schützte. Sie kannten sich erst kurze Zeit; dennoch war es bereits das zweite Mal, dass sie ihn geweckt hatte und er sich in Rekordzeit hatte fertig machen müssen. Er hoffte, dass das nicht zur Gewohnheit wurde, denn er liebte es auszuschlafen.

Als sich die Aufzugtüren öffneten und Ravn die Lobby betrat, stand Louise vom Sofa gegenüber dem Aufzug auf. Sie zeigte zum Ausgang, worauf sie nacheinander das Hotel verließen und gemeinsam den Parkplatz ansteuerten. Louise ging zielgerichtet zu einem schwarzen Mercedes S, aus dem in diesem Moment ein junger Mann in einem dunklen Anzug stieg und ihr die Tür öffnete.

»Den hast du gemietet?«, fragte Ravn mit heiserer Stimme.

Louise antwortete nicht, sondern nahm schweigend auf der Rückbank des Wagens Platz, der so lang war wie ein Panzerkreuzer. Ravn setzte sich neben sie. Der Fahrer fragte sie auf Deutsch, wo sie hinwollten. Louise blätterte in ihren Unterlagen und fand die Adresse der ersten Frau.

»Dieffen… bach… stra… ße … bitte.«

Der Fahrer drehte sich zu ihr um. Offenbar hatte er sie nicht verstanden. Louise versuchte es erneut, diesmal langsamer und deutlicher, was dem Fahrer aber offenbar nicht weiterhalf. Schließlich nahm Ravn ihr die Unterlagen aus der Hand, blätterte bis zu dem Stadtplan mit den eingezeichneten Adressen und zeigte dem Fahrer die erste.

»Ah, *Dieffenbachstraße*! Alles klar.« Er legte den ersten Gang ein und schwenkte auf die Karl-Marx-Allee ein.

Ravn lehnte sich zurück und nahm sich eine der kleinen Wasserflaschen, die sich glücklicherweise in einem Fach in der Tür befanden. Schweigend fuhren sie über die Spree in Richtung Kreuzberg, zu der ersten Renate Schumann.

Der schwarze Mercedes hielt unter den hohen Ulmen, von denen die Dieffenbachstraße gesäumt wurde. Louise und Ravn stiegen aus. Außer ein paar zwitschernden Vögeln war alles ruhig. Sie gingen zu dem roten Mietshaus mit der Nummer 34. Louise suchte Renates Namen auf dem Klingelschild, doch als sie ihn gefunden hatte, warf sie Ravn einen unsicheren Blick zu.

»Ich weiß gar nicht, was ich ihr sagen soll.«

»Versuch's mit der Wahrheit, das ist in der Regel das Einfachste. Sag, dass du nach deinem Bruder suchst. Dann wird sich alles Weitere ergeben.«

Sie wollte gerade auf den Klingelknopf drücken, als sich die Haustür des Mietshauses öffnete und zwei kleine Jungen herausgeflitzt kamen, die ihre Plastikschwerter über den Köpfen schwangen. Louise wich erschrocken zwei Schritte zurück, während Ravn den Griff der Tür packte, ehe sie sich wieder schließen konnte. »Kommst du?«, fragte er und trat ins Treppenhaus.

»Die Wohnung ist im zweiten Stock«, sagte sie.

Kurz darauf klopften sie bei Renate Schumann. Eine junge Frau, die etwa Mitte zwanzig sein mochte, öffnete ihnen. Aus der Wohnung kamen Kinderweinen und laute Musik.

Die Frau sah aus, als wäre sie gerade erst aufgestanden. Ravn und Louise bemerkten sofort ihren kugelrunden Bauch, der T-Shirt und Jogginghose bis aufs Äußerste spannte. Seiner Größe nach zu urteilen, konnte es jederzeit so weit sein. Die Frau schaute sie überrascht an. »Ja?«

»Sind Sie Renate Schumann?«, fragte Louise.

»Ja«, antwortete sie. »Was gibt's?«

Louise stellte sie beide vor und erklärte, so gut sie es auf Deutsch vermochte, dass sie auf der Suche nach ihrem Bruder Mogens Slotsholm seien, der seit über einem halben Jahr vermisst werde. Ihr einziger Anhaltspunkt sei eine Frau namens Renate Schumann, die in Westberlin wohne.

»Leider kenne ich keinen Mogens.«

Louise zog ihr iPhone aus der Tasche und zeigte ihr das Foto ihres Bruders. »Und Sie haben ihn noch nie gesehen?«

In diesem Moment erschien ein junger Mann mit einem kleinen Jungen auf dem Arm an der Tür. »Worum geht's?«, fragte er lächelnd.

»Sie suchen nach ihrem Bruder«, murmelte Renate und schüttelte den Kopf. »Leider habe ich ihn noch nie gesehen. Hast du?«, fragte sie und drehte sich zu dem Mann um. Er warf einen Blick aufs Display und schüttelte den Kopf.

»Tut mir leid«, sagte Renate und zuckte mit den Schultern. »Ich wünsche Ihnen viel Glück und hoffe, dass Sie Ihren Bruder finden.«

Als sie wieder auf die Straße traten, hatte ihr Chauffeur bereits die Wagentür geöffnet. Louise wandte sich an Ravn. »Sie hat die Wahrheit gesagt, meinst du nicht?«

Ravn nickte. »Ich denke, wir können sie von der Liste streichen.«

Sie setzten sich ins Auto und fuhren quer durch Kreuzberg. Ravn hatte dem Fahrer die nächste Adresse gezeigt, der jetzt in Richtung Charlottenburg fuhr, wo angeblich die zweite Renate Schumann wohnte.

Die Stadt schien an diesem Sonntagmorgen nur widerwillig zu erwachen, und selbst auf dem Kurfürstendamm mit seinen Designerboutiquen waren bis jetzt kaum Fahrzeuge zu sehen. Deshalb fiel es dem alten champagnerfarbenen BMW auch nicht schwer, ihnen zu folgen, so wie er das getan hatte, seit sie das Park Inn Hotel verlassen hatten.

62

Im wohlhabenden Charlottenburg, der ehemaligen preußischen Residenzstadt, reihten sich die noblen Villen mit ihren exakt gestutzten Rasenflächen aneinander. Der schwarze Mercedes S passte perfekt hierhin, und weder die Polizisten, die zu Fuß patrouillierten, noch die Wachhunde hinter den Eingangstoren nahmen Notiz von ihm. Als sie die Kreuzung Bismarckallee/Delbrückstraße erreichten, hielt der Fahrer am Bordstein an und zeigte auf das niedrige weiße Gebäude, das halb verborgen hinter einer riesigen Blutbuche lag. »Da sind wir, Delbrückstraße 4.«

Ravn betrachtete das Gebäude, das wie eine öffentliche Institution aussah. Er beugte sich zu dem Fahrer vor. »Wissen Sie, was das für ein Haus ist?«, fragte er auf Deutsch.

Der Fahrer nickte und wedelte mit der Hand, als suchte er nach der richtigen Beschreibung: »Wie sagt man … Place für old Mensch … before dead.«

»Was sagt er?«, fragte Louise mit einem Blick zu Ravn.

»Ich glaube, er meint ein Pflegeheim.«

Der Fahrer zeigte auf ein Schild, das ein paar Meter entfernt auf dem Grundstück stand. »Herthasee Seniorenzentrum«, stand da in geschwungener Schrift über dem Symbol einer untergehenden Sonne. »Ich glaube, Renate Nummer zwei können wir vergessen«, sagte Ravn.

Louise blickte zum Haupteingang hinüber, wo ein Pfleger den Rollstuhl eines älteren Mannes schob. »Es schadet doch nicht, einen Versuch zu machen, wenn wir schon mal da sind.« Sie öffnete die Tür und stieg aus.

Ravn holte tief Luft. »Haben die überhaupt Internet hier?«, murmelte er.

Ravn und Louise betraten den hellen Empfangsbereich des Seniorenheims. Es duftete nach Kaffee und Kuchen und Reinigungsmitteln. Letzteres lag daran, dass die blanken Fliesen gerade geputzt worden waren, was Ravns Unbehagen gegenüber diesem Ort nicht minderte. Sie gingen zur Rezeption, wo drei Frauen saßen, ihren Morgenkaffee tranken und schwatzten. Die Älteste von ihnen trug einen weißen Kittel, während die beiden Jüngeren rote Blusen anhatten.

»Ja bitte?«, sagte die Älteste.

Louise erklärte in aller Kürze auf Deutsch, worum es ging, und dass sie gerne mit Renate Schumann über Mogens' Verschwinden reden würden.

Die Frau lächelte sie kühl an. »Gehören Sie zur Familie von Frau Schumann?«

»Nein, aber sie kennt vielleicht meinen Bruder Mogens.«

»Tut mir leid, aber wenn Sie nicht zur Familie gehören und auch keine offizielle Funktion haben, dann können Sie unter keinen Umständen mit einer unserer Bewohnerinnen sprechen.«

Ihre hochgesteckten Haare und die grauen Zähne ließen Ravn an die Krankenschwester in dem Film *Einer flog übers Kuckucksnest* denken. »Können Sie denn gar nichts für uns tun, nachdem wir so eine weite Reise auf uns genommen haben?«, fragte Ravn und lächelte *Schwester Ratched* herzlich an.

»Und wenn Sie vom Mond kämen, es ist ausgeschlossen!« Die jungen Kolleginnen hinter ihr kicherten. »Schließlich haben wir eine Verantwortung gegenüber unseren Bewohnern und ihren Familien. Regeln sind dazu da, eingehalten zu werden.« In diesem Moment klingelte ihr Telefon. »Noch einen schönen Tag«, sagte sie und wandte sich dem Apparat zu.

Ravn und Louise verließen das Haus und blieben auf der Auffahrt stehen. »Was für eine unsympathische Frau«, murmelte Louise.

Ravn nickte und schaute sich vorsichtig um. »Wir könnten uns ja trotzdem mal ein bisschen umschauen und die Bewohner auf Renate ansprechen, wenn du meinst, dass das was bringt.«

Louise zuckte mit den Schultern. In diesem Moment kam eine der jungen Mitarbeiterinnen aus dem Haus. Sie hatte eine Zigarette zwischen den Lippen, die sie nun anzündete. Sie stieß den Rauch aus und lächelte Ravn im Vorbeigehen an. »Sie ist streng, Ihre Chefin«, sagte er zu ihr.

Die Frau setzte sich auf ein Geländer und klopfte die Asche ab. »Sie ist schon okay, solange man tut, was sie sagt. Aber aus Frau Schumann würden Sie sowieso nichts herauskriegen.«

»Sind Sie sicher?«, fragte Ravn lächelnd und trat zu ihr.

Die junge Frau erwiderte sein Lächeln. »Hundertprozentig. Sie ist achtundneunzig und lebt in ihrer eigenen Welt. Dement, Sie wissen schon, aber trotzdem eine sehr süße alte Dame … sitzt gern mit einem Haufen Decken im Garten. Und sie liebt Apfelwein.« Die Frau schnippte erneut die Asche von ihrer Zigarette, als wäre das eine nervöse Angewohnheit von ihr.

»Was ist mit ihrer Familie? Bekommt sie manchmal Besuch? Vielleicht von jemandem, der Louises E-Mails kennt?«

Die Frau lachte kurz. »Frau Schumann kriegt keinen Besuch. Deshalb sind wir ja da, damit die Verwandten nicht kommen müssen.« Sie kniff die Augen zusammen und lächelte ihn verschmitzt an. »Sind Sie eine Art Privatdetektiv oder so was?«

»Tja …« Plötzlich fühlte er sich geschmeichelt. »So was in der Art.«

»Wollen wir weiterfahren?«, fragte Louise. Sie wartete seine Antwort nicht ab, sondern ging bereits die Stufen hinunter.

Ravn nickte der jungen Frau zum Abschied zu und folgte Louise.

Die dritte Renate trafen sie im Stadtteil Adlershof im Garten vor ihrem Reihenhaus, in dem sie seit fast fünfundzwanzig Jahren wohnte. Inzwischen war sie verwitwet und hatte gerade ihre zwei kleinen Enkelkinder zu Besuch, die ihr um die Beine wuselten. Renate war um die sechzig und sah aus, als hätte sie ihr Leben lang hart gearbeitet, was dem Lächeln in ihren Augen jedoch nichts hatte anhaben können. Sie erzählte unaufgefordert, dass sie die Kinder heute zu sich genommen habe, damit ihre Tochter, die Ärztin sei, und ihr Schwiegersohn, ein Ingenieur, sich in Ruhe ein Haus nördlich von Pankow ansehen konnten. Man hörte ihr deutlich an, wie stolz sie war. Als es Louise und Ravn endlich glückte, das Gespräch auf Mogens zu lenken, entgegnete Renate, es tue ihr leid, aber diesen Namen habe sie noch nie gehört.

»Ich kann mir vorstellen, wie Sie sich fühlen«, fügte sie hinzu und warf Louise einen betrübten Blick zu. »Als Berlin noch geteilt war, bevor diese verdammte Mauer fiel, sind oft junge Leute einfach so verschwunden und nie mehr aufgetaucht, manchmal sogar ganze Familien. Das Regime hatte überall seine Geheimgefängnisse.« Renate vertiefte das Thema nicht, doch sie schien aus persönlicher Erfahrung zu sprechen.

»Vielen Dank, dass Sie sich die Zeit genommen haben«, sagte Louise.

Renate Nummer drei tätschelte ihr aufmunternd die

Schulter, ehe sie sich verabschiedeten. »Ich hoffe, ihm ist nichts Ernsthaftes zugestoßen, und Sie finden ihn bald. Die Familie ist das Wichtigste, was man hat.«

Es war bereits früher Nachmittag, als sie in Richtung Neukölln fuhren, wo Renate Nummer vier wohnte. Ravns Kater verflüchtigte sich allmählich und wich einem riesigen Appetit.

»Hungrig?«

Louise schüttelte den Kopf, während sie aus dem Fenster starrte. Sie wusste nur allzu gut, dass dies ihre letzte Chance war, auf eine wichtige Spur von Mogens zu stoßen. Ravn dachte bereits über Alternativen nach, falls ihre Suche sich als erfolglos herausstellen sollte. Doch keine dieser Alternativen war wirklich verlockend. Die meisten involvierten die deutsche Polizei, und er war ziemlich sicher, dass Louise davor zurückschreckte, diesen Weg einzuschlagen.

Das alte graue Wohnhaus, in dem die letzte Renate wohnte, lag gegenüber dem Treptower Park. Das rissige Gebäude mit der abblätternden Fassade hatte etwas Abweisendes und seine besten Tage zweifellos hinter sich. Ravn und Louise standen vor der Haustür und suchten Renates Namen auf dem Klingelschild. Doch unter den bunten Graffitis, die über die gesamte Sprechanlage gesprayt waren, konnten sie ihn nirgends erkennen.

»Wen suchen Sie?«, hörten sie eine näselnde Stimme von dem Balkon im ersten Stock links von ihnen.

Ravn und Louise traten einen Schritt näher und legten ihre Köpfe in den Nacken. Unter der fadenscheinigen Markise stand eine kräftige Frau mittleren Alters in einem grünen T-Shirt im Halbdunkel. In dem Glas in ihrer Hand klirrten Eiswürfel.

»Wir suchen nach einer Renate Schumann, die hier wohnen soll«, sagte Ravn. »Kennen Sie sie?«

»Ist das Ihr Auto?«, fragte die Frau und nickte zu ihrem Mercedes hin. »Sieht ganz schön teuer aus. Hat das was mit dem Haus zu tun? Sind Sie Anwälte oder so was?«

»Nein, wir haben nichts mit diesem Haus zu tun«, antwortete Ravn. »Wohnt hier eine Renate Schumann?«

»Allerdings. Das bin ich. Sind Sie Anwälte? Sie ist Anwältin, aber Sie nicht, oder? Habe ich recht?«

Ravn machte eine ausladende Geste. »Sie haben recht. Lassen Sie uns jetzt rein?«

Kurz darauf standen sie im Wohnzimmer von Renate Schumann, in dem ein munteres Durcheinander von Wäsche, Staffeleien, Leinwänden in allen Größen und Malutensilien herrschte. Ravn hatte beim Betreten der Wohnung rasch den Eingangsbereich gescannt und einen Blick ins Bad geworfen, ob hier möglicherweise auch ein Mann wohnte, wofür es jedoch keine Anzeichen gab.

»Hab ich geerbt, oder werd ich irgendwo vorgeladen?«, fragte Renate und nippte an ihrem Drink.

»Weder noch, wir suchen diesen Mann.« Ravn zeigte ihr das Foto von Mogens auf Louises Handy.

Renate beugte sich vor und kniff die Augen zusammen, während sie leicht hin und her schwankte. »Nee, kenn ich nicht, aber ein sehr stattlicher Mann.«

»Er heißt Mogens. Haben Sie sich keine E-Mails mit ihm geschrieben?«, fragte Ravn.

»E-Mails? Wollen Sie mich verarschen? Ich bin die Superlegasthenikerin. Kann nicht mal meinen Namen buchstabieren.«

»Ach wirklich? Sie haben also gar keinen Computer?« Er sah sich rasch im Wohnzimmer um.

»Was soll ich mit einem Computer?« Sie trank einen weiteren Schluck. »Wollen Sie vielleicht ein Bild kaufen? Hab noch ein paar schöne Sachen da.« Sie zeigte mit dem Glas auf ein paar Bilder, die auf dem Sofa lagen. »Manches würde sich auch gut in einer Anwaltskanzlei machen.«

Louise nahm auf der Rückbank ihres Wagens Platz, und Ravn wollte sich gerade neben sie setzen, als er plötzlich wieder dieses seltsame Gefühl hatte, beobachtet zu werden. Es war dasselbe Gefühl, das ihn bereits am gestrigen Abend im Jazzclub beschlichen hatte. Er spähte über das Dach des Mercedes hinweg und blickte die Straße hinunter, an der die Autos in einer Reihe parkten. Etwa zwanzig bis fünfundzwanzig Meter entfernt stand ein champagnerfarbener BMW zwischen zwei Lieferwagen. Er glaubte, eine Person hinter dem Steuer zu erkennen, doch er war sich nicht sicher, da sich die knotigen Äste der Bäume in der Frontscheibe spiegelten.

»Kommst du?«, fragte Louise auf dem Rücksitz.

Er stieg ein und zog die Tür hinter sich zu. Die Sonne war verschwunden und von einem leichten Nieselregen abgelöst worden, der auf die getönte Windschutzscheibe tropfte. Ravn blickte zu Louise hinüber, die auf ihre Schuhe starrte. Ihre Atmung verriet, dass sie mit den Tränen kämpfte. Er legte seine Hand auf ihre und streichelte sie sanft. »Die Chance, sie zu finden, war im Grunde minimal. Du solltest stolz darauf sein, es jedenfalls versucht zu haben.«

Sie zog ihre Hand weg. »Ich komme mir so dumm vor. Ich weiß nicht, was ich mir dabei gedacht habe. Es war ein Riesenfehler hierherzukommen.«

63

Der schwarze Mercedes rollte auf den Parkplatz des Park Inn. Der Regen war stärker geworden, und die Scheibenwischer kämpften einen ungleichen Kampf gegen die Wassermassen, die auf die Windschutzscheibe prasselten. Der Fahrer entschuldigte sich dafür, keine Regenschirme mitgenommen zu haben, doch am Morgen hatte das Wetter so gut ausgesehen, dass er das nicht für nötig befunden hatte. Er fuhr direkt vor den Eingang, damit sie beim Aussteigen nicht allzu nass wurden. Louise öffnete das Postfach ihres iPhones.

Ravn schaute sie an. »Irgendetwas von Mogens?«

Sie schüttelte den Kopf.

»Vielleicht kommt er ja zurück.«

»Verstehst du denn nicht, dass die Sache vorbei ist?« Ihre Stimme ging im prasselnden Regen fast vollständig unter. Im nächsten Augenblick sprang sie aus dem Wagen und hastete zum Eingang.

»Louise, warte!«, rief er und holte sie in der Lobby ein. »Es gibt keinen Grund, jetzt schon aufzugeben.«

»Ich wüsste nicht, was wir noch anderes tun könnten.«

»Wir könnten die Polizei dazu bringen, ihn zur Fahndung auszuschreiben.«

Louise blieb stehen und sah ihm in die Augen. »Ich werde meinen Bruder keinesfalls anzeigen, falls du das denkst.«

»Okay, das verstehe ich. Wir könnten auch die Obdachlosenheime durchgehen.«

Sie schüttelte den Kopf. »Wozu?«

»Das war nur so ein Gedanke. Wenn er alles verloren hat und übers Ohr gehauen worden ist, dann kann es doch sein, dass er das als letzten Ausweg angesehen hat.«

»Er wurde aber nicht übers Ohr gehauen. Außerdem wäre Mogens viel zu stolz, um so eine Einrichtung in Anspruch zu nehmen. Wir reden hier schließlich von meinem Bruder …«

»Louise, ich versuche doch nur zu helfen.«

»Ja, wenn du nicht zufällig stockbetrunken oder verkatert bist oder mit irgendwelchen jungen Frauen flirtest, statt …«

Sie drehte sich um und lief zum Aufzug.

»Jetzt warte doch!« Er folgte ihr, doch als er am Aufzug war, schlossen sich die Türen vor ihm. Er überlegte, ob er den nächsten Lift nehmen und zu ihr hochfahren sollte, dachte dann aber, dass sie vermutlich ein wenig Ruhe brauchte.

Ravn saß allein am Ende des Tresens in der Hotelbar, aß ein Clubsandwich und trank ein Weizenbier. Beides schmeckte ihm nicht. Durch das große Fenster sah er, wie wahre Sturzbäche auf die Alexanderstraße niedergingen und diese Gegend noch trauriger machten, als sie ohnehin schon war. Der Anblick versetzte ihn in die Zeit vor dem Fall der Mauer zurück. Er musste an die Worte der dritten Renate denken, dass damals ganze Familien spurlos verschwanden. Er trank von seinem Bier, das bereits schal geworden war. Louises Frustration konnte er gut verstehen, und er bereute, dass er ihr heute Morgen total verkatert gegenübergetreten war. Das Bier, das jetzt vor ihm stand, sollte das letzte auf dieser Tour sein. Er blätterte in Louises Unterlagen und begann, aufs Geratewohl ein paar der Mails zu lesen, die Mogens und Renate ausgetauscht hatten. Ihre Beziehung schien wirklich zu existieren. Die Gedanken, die sie teilten, ihr gemeinsames Interesse für Geschichte und klassische Musik, die Komplimente, die sie einander machten, und der Traum von einer gemeinsamen Zukunft, all das wirkte durchaus echt. Ravn konnte sehr wohl verstehen, wie verlockend ein Leben mit Renate Mogens vorgekommen sein musste. Seinen Mails war deutlich anzumerken, dass er sich immer mehr bemühte, mit ihren wohlgesetzten Formulierungen mitzuhalten, ob er nun auf Englisch antwortete oder sich an ein paar deutschen Wendungen versuchte. Doch ob ihn der Kontakt zu Renate dazu verleitet hatte, ein Verbrechen zu begehen und sich aus Dänemark abzusetzen, darauf gaben die Mails keine Antwort. Aber Ravn fiel etwas anderes auf. Es waren nur Fragmente, doch möglicherweise konnten sie sich zu einer Spur verdichten. Er bat den Barkeeper um einen Kugelschreiber und begann, bestimmte Passagen in Renates Mails zu unterstreichen. Kurz darauf bestellte er noch ein Bier, obwohl er sich gerade erst vorgenommen hatte, es bei dem einen bewenden zu lassen. Das Problem bestand einfach darin, dass er mit etwas Hopfen im Blut besser denken konnte, und im Moment brauchte er seine volle Hirnkapazität.

* * *

Louise lag in ihrem Hotelbett. Vor den Fenstern hatte sich die Dunkelheit über den Alexanderplatz gesenkt, und die erleuchtete Kuppel des Fernsehturms blickte über den Platz. Es klopfte an der Tür. Sie setzte sich auf. »Wer ist da?«

»Zimmerservice«, antwortete eine wohlbekannte Stimme.

Louise öffnete die Tür. Vor ihr stand Ravn mit einem großen Tablett in der Hand. Er hatte ihr eine Kanne Tee besorgt, ein bisschen Obst, ein paar Sandwiches und eine Flasche Perrier. »Ich dachte, dass du vielleicht Hunger hast.«

»Danke«, sagte sie. »Das ist sehr nett von dir.«

Er trat ein und stellte das Tablett auf den kleinen Tisch vor dem Fenster, das auf den Alexanderplatz hinausging. »Man bekommt richtiggehend Paranoia von dem da«, sagte er und zeigte auf den Fernsehturm.

Sie lächelte. »Tut mir leid, dass ich meinen Frust vorhin an dir ausgelassen habe. Das war nicht fair. Würdest du eine Entschuldigung annehmen?«

»Schon vergessen. Ich kann dich gut verstehen.« Er schenkte ihr Tee ein und setzte sich an den Tisch. Louise leistete ihm Gesellschaft. »Aber ich glaube, dass ich etwas gefunden habe, das uns weiterbringen könnte.«

»Wirklich?«

»Hast du die Mails gelesen?« Er zog die Klarsichthülle mit den Mails aus seiner Jacke und legte sie auf den Tisch.

»Ja natürlich. Sie sind sehr persönlich.«

»Genau«, entgegnete er. »Und vor allem die E-Mails von Renate sind in einer äußerst blumigen Sprache gehalten. Sie ist, ohne zu übertreiben, eine große Romantikerin.«

»Aber wie soll uns das helfen, Mogens zu finden?«

»Ich habe mal versucht, mich nur auf die Tatsachen zu konzentrieren und nicht so sehr auf die Poesie.« Er zeigte Louise eine bestimmte Mail und drehte sie halb zu ihr herum, damit Louise sie lesen konnte. »Hier schreibt sie beispielsweise: *Vom Küchenfenster aus blicke ich in den Klostergarten hinunter, wo die Büsche und Bäume schon ihre Blätter abgeworfen haben.* Das gibt doch einen wichtigen Hinweis auf ihren Wohnort.«

»In Berlin gibt es doch Tausende von Kirchen.«

»Sie schreibt aber ausdrücklich von einem *Klostergarten*. Und das ist nicht das Einzige, was mir aufgefallen ist«, fügte Ravn hinzu. Er blätterte zur nächsten Mail weiter und las das vor, was er unterstrichen hatte: *Frühstücke auf dem Helm-*

holtzplatz in der Morgensonne … spiele mit dem Gedanken, dies zu einer festen Angewohnheit zu machen, zu meinem Morgenritual.« Ravn schaute Louise an. »Die Wahrscheinlichkeit spricht dafür, dass sie in der Nähe dieses Platzes wohnt. Der befindet sich in einem Stadtteil namens Prenzlauer Berg.« Er zeigte Louise die Stelle auf der Karte, die er mit rotem Filzstift markiert hatte.

»Ist aber immer noch ein ziemlich großes Gebiet, um nach jemandem zu suchen, dessen Adresse wir nicht kennen«, entgegnete Louise.

Er nickte. »Ich glaube aber, dass wir unsere Suche auf eine einzige Straße beschränken können.« Er blätterte zur nächsten Mail weiter. »Hier schreibt Renate, dass sie Geranien in ihrem Lieblingsblumenladen gekauft hat, der sich in derselben Straße befindet. Ich hab mich vorhin mal an den Computer in der Lobby gesetzt und bin ins Internet gegangen. Im Prenzlauer Berg gibt es genau drei Blumenläden. Und derjenige, der dem Helmholtzplatz am nächsten ist, befindet sich in der Greifenhagener Straße. Ich hab noch nicht herausgefunden, ob es dort ein Kloster gibt, aber eine Kirche gibt es auf jeden Fall.«

Louise studierte die Karte. »Es wundert mich, dass sie Mogens nie ihre Adresse verraten hat.«

»Vielleicht hat sie das zu einem späteren Zeitpunkt getan, in anderen Mails, die er versteckt hat, oder sie haben telefonisch ihre Adressen ausgetauscht.«

»Du meinst also, dass sich Mogens in diesem Stadtteil aufhalten könnte?«

»Das wäre vielleicht zu viel erhofft, aber ich glaube, dass es dort eine Renate Schumann gibt, die weiß, wer er ist.«

»Aber warum bin ich bei meinen Nachforschungen dann nicht früher auf ihren Namen und ihre Adresse gestoßen?«

»Weil manche Leute es verstehen, unter dem Radar zu fliegen.«

»Nicht unter deinem Radar«, entgegnete sie lächelnd. »Also, was ist jetzt der nächste Schritt?«

»Wir fahren morgen dorthin und sondieren das Terrain. Suchen einfach so lange, bis wir entweder Renate oder deinen Bruder gefunden haben.« Er wollte gerade aufstehen, als sie sich zu ihm hinbeugte und ihre Hand auf seinen Oberschenkel legte. »Gehst du?«

»Ich wollte dich nicht länger stören.«

»Du störst mich nicht. Vielleicht ein bisschen, aber auf eine angenehme Weise.« Sie stand auf und setzte sich mit gespreizten Beinen auf seinen Schoß. Schmiegte sich an ihn, sodass er ihre Wärme spüren konnte. Sie senkte ihren Kopf, fand seine Lippen und küsste ihn. Er legte die Arme um sie und drückte sie an sich. Sie küssten sich lange und innig, bevor er aufstand und sie zum Bett trug. Sie halfen sich aus den Kleidern und sanken eng umschlungen auf die Matratze. Ravn spürte sein Begehren nach ihr. Er sah ihr in die Augen, als er in sie eindrang. Nahm ihre Handgelenke und hielt sie über ihrem Kopf fest. Spürte ihre Zähne, als sie ihn in den Hals und die Schulter biss. Die seufzenden Laute, die sie ausstieß, erregten ihn noch mehr, und zusammen mit ihr gab er sich dem Akt hin.

64

Sieben Monate zuvor
Berlin, 23. September 2013

Mogens erwachte in undurchdringlicher Finsternis. Die Wanne war leer, und er spürte, wie die Ketten an Fuß- und Handgelenken sowie am Hals scheuerten. Er wusste nicht, wie lange er bewusstlos gewesen war, konnte sich nur noch erinnern, wie sich die Wanne zum Marsch der Jungpioniere erneut mit Wasser gefüllt und Renate immer wieder gefragt hatte, wo er seine Beute versteckt habe.

Seine Kehle brannte, wenn er zu schlucken versuchte, und es schien ihm eine Ironie des Schicksals zu sein, dass er zum einen quälenden Durst und zum anderen panische Angst vor dem Ertrinken hatte. Er stemmte die Füße gegen den Wannenrand, um sich ein klein wenig aufrichten zu können und den Wasserhahn zu erreichen, der sich direkt über seinem Kopf befand. Aber die Ketten hielten ihn unbarmherzig fest, und er ließ sich mit einem leisen Schluchzen wieder zurücksinken. Er schlug mit der Hand gegen den Rand der Wanne und spürte, dass an der Kette um sein Handgelenk ein kleiner Gegenstand befestigt war. Es musste sich um ein Vorhängeschloss handeln. Als er ein wenig ausholte, um dem Schloss einen weiteren Schlag zu versetzen, spürte er sofort, wie sich die Kette um seinen Hals zuzog. Doch statt wieder in Panik zu verfallen, zwang er sich zur Ruhe und merkte, wie die Kette wieder nachgab. Er hatte in der totalen Finsternis nie die Möglichkeit gehabt zu sehen, wie er angekettet war, und war davon ausgegangen, dass verschiedene Ketten seine Glieder fixierten. Doch nun deutete alles darauf hin, dass es eine einzige Kette war, die durch mehrere an der Wanne befestigte Ösen lief. Eine perfide Methode, die dafür sorgte, dass sich die Kette jedes Mal spannte, wenn er sich bewegte. Die einzige Schwäche bestand darin, dass es nur ein einziges Schloss gab. Sollte es ihm gelingen, dieses zu knacken, war er frei.

Mogens zog an der Kette, um dem kleinen Schloss einen ordentlichen Schlag zu versetzen. Mit aller Kraft hämmerte er seine Hand mit dem Schloss gegen den Rand der Wanne. Das Geräusch erschreckte ihn. Für einen Moment lag er ganz still da und lauschte, ob Renate womöglich durch den Krach alarmiert worden war. Doch kein Laut drang durch das Dunkel. Nachdem er sich gesammelt hatte, startete er einen weiteren Versuch. Er riss an der Kette, doch das Schloss schien noch keinen Schaden genommen zu haben. Er versuchte es immer wieder, holte stets weiter aus, um genug Kraft für seine Schläge zu haben, wodurch die Kette immer tiefer in seinen Hals einschnitt. Schließlich gab er erschöpft auf und versetzte dem Schloss einen letzten halbherzigen Schlag. Seine Hand pochte und war so stark geschwollen, dass er fürchtete, sie sich gebrochen zu haben. In diesem Moment fiel etwas klirrend auf den Boden der Wanne. Er zog an der Kette, die sein Handgelenk freigab. Hektisch zog er ein weiteres Mal, worauf die Glieder der Kette über seine Fußgelenke glitten. Plötzlich konnte er seine Beine bewegen, und es dauerte nur Sekunden, bis er auch sein linkes Handgelenk und seinen Hals befreit hatte. Er stützte sich an den Wannenrändern ab und stemmte sich hoch. Seine Beine trugen ihn kaum, und er stürzte fast über den Rand der Wanne und landete auf dem Zementboden. Ein paar Minuten blieb er dort liegen, um sich zu erholen. Allein die Tatsache, sich aus der Wanne befreit zu haben, fühlte sich wie ein Sieg an. Doch er wusste genau, dass es nur eine Frage der Zeit sein würde, bis Renate auftauchte und ihn wieder festkettete, wenn er nicht schnellstmöglich einen Weg aus diesem Dunkel fand. Mühsam richtete er sich auf und streckte tastend die Arme aus. Mit wackligen Schritten setzte er sich in Bewegung. Er musste die nächste Wand erreichen und sich an ihr entlangtasten, bis er einen Ausgang fand. Als er mit dem Fuß gegen etwas Hartes stieß, hätte er fast das Gleichgewicht verloren. Er fuchtelte mit den Armen, woraufhin ein Gegenstand krachend zu Boden fiel. Es war ein altes Tonbandgerät, das sofort ansprang. Die hellen Stimmen eines Jungpionierchors hallten durch das Dunkel. Mogens überlegte, die Musik abzustellen, tastete sich jedoch panisch weiter in Richtung Wand. Als er im nächsten Moment die kalte feuchte Mauer unter seinen Handflächen spürte, ging er auf die Knie und kroch an ihr entlang. Er hoffte inständig, jeden Augenblick eine Tür zu finden, durch die er diesen Ort verlassen konnte. Über die Musik hinweg nahm er das Quietschen von Scharnieren wahr und drehte den Kopf. In der Türöffnung ihm gegenüber sah er für den Bruchteil einer Sekunde die Umrisse einer groß gewachsenen Person mit blonden Haaren, ehe die Tür wieder geschlossen wurde. Erneut war alles finster. »Renate … ich bitte dich … ich kann nicht mehr … ich hab dir alles erzählt … lass mich hier raus …«

Die Musik verstummte. Er hörte nichts als sein eigenes verzweifeltes Keuchen. So leise wie möglich tastete er sich an der Wand entlang. Spürte das kalte Mauerwerk an seinem Rücken. »Ich werde auch niemandem etwas erzählen … das verspreche ich … bitte …«

Als niemand antwortete, hielt er inne, um zu lauschen, ob sich etwas in dem Dunkel bewegte. Er roch ihr süßliches Parfum. Sie musste ihm ganz nahe sein. Er zweifelte daran, dass er sie in seinem entkräfteten Zustand überwältigen konnte, doch er wollte versuchen, sich ihr entgegenzuwerfen. Sie zu erwürgen. Er ballte seine gesunde linke Hand und schlug ein paarmal in die Luft. Ein Geräusch ganz in der Nähe ließ ihn den Kopf umdrehen, und im nächsten Augenblick spürte er etwas Kühles an seinem Hals. In den blauen Funken der Elektroschockpistole sah er kurz ihre blonden Haare und ihre blutroten Lippen, ehe er einen Schlag auf die Schläfe bekam, der ihn zurück in die Dunkelheit schickte.

Das eiskalte Wasser lief über Mogens' Gesicht und brachte ihn zu sich. Er trank ein wenig von der nach Rost schmeckenden Flüssigkeit. Der Druck des Wassers nahm zu, er versuchte, den Kopf zu drehen, aber das war unmöglich. Er war wieder an die Wanne gekettet, die sich allmählich mit Wasser füllte.

»GELD … DU VERRÄTER … WO IST ES? … DU HAST MICH BETROGEN … VERSTEHST DU DAS ÜBERHAUPT?«, hörte er Renates metallische Stimme durch die Dunkelheit und das strömende Wasser.

65

Prenzlauer Berg, Berlin, 6. Mai 2014

Es war schon Vormittag, als Ravn und Louise die Raumerstraße hinunterspazierten, die am Helmholtzplatz vorbeiführte. Die Temperaturen waren mild, und vom Spielplatz in der Mitte des kleinen Parks drangen fröhliche Stimmen zu ihnen herüber. Sie waren beide früh aufgewacht und hatten gemeinsam im Hotelrestaurant gefrühstückt. Louise schien ihre Nacht nicht zu bereuen, hatte aber auch nicht zu erkennen gegeben, dass dies der Beginn von mehr sein könnte oder dass sie sich eine Wiederholung wünschte. Ravn war vor allem erleichtert, dass er Eva gegenüber kein schlechtes Gewissen hatte.

Der Sonnenschein hatte die Leute scharenweise in die Straßencafés gelockt, und sie konnten nicht anders, als unter den Gästen nach Mogens Ausschau zu halten. »Das wäre aber auch ein *zu* großes Glück gewesen«, sagte Louise, als sie am letzten Tisch vorbeigingen.

Ravn nickte.

Eine Viertelstunde später erreichten sie endlich die Greifenhagener Straße, die ruhig im Schatten der hohen Ulmen lag. Sie folgten dem idyllischen Weg Richtung Gethsemanekirche und ließen unwillkürlich ihre Blicke schweifen, als könnte Mogens jeden Moment irgendwo auftauchen.

Kurz darauf waren sie an dem Platz mit der Kirche, die inmitten eines Parks mit niedrigen Bäumen und dichten Büschen stand. In einem der Beete jätete ein älterer Mann in Arbeitskleidung Unkraut.

»Ob das der Garten ist, den Renate erwähnt hat?«, fragte Louise.

Ravn schüttelte den Kopf. »Ich habe die Beschreibung anders in Erinnerung.« Das scharfe Sonnenlicht spiegelte sich in den Scheiben des gegenüberliegenden Gebäudes. Es war nicht zu erkennen, ob dort jemand am Fenster stand und sie beobachtete. Dennoch hatte Ravn wieder dieses paranoide Gefühl, das er schon früher gespürt hatte.

»Ist etwas nicht in Ordnung?«, fragte Louise.

Ravn schüttelte den Kopf und ging auf den älteren Mann zu. »Ein wunderschöner Garten«, sagte er zu ihm auf Deutsch. Der Mann nickte, ohne mit einer Arbeit innezuhalten.

»Wir suchen nach einem Kloster, das hier in der Nähe sein soll.«

»Einem Kloster?«, murmelte der Mann und schüttelte den Kopf, ohne aufzublicken.

»Ja, genauer gesagt, einem Klostergarten.«

»Einem Klostergarten?« Erneut schüttelte der Mann den Kopf, diesmal noch energischer. »Keine Ahnung.«

Ravn wünschte ihm noch einen guten Tag und wandte sich an Louise. »Vielleicht ist das hier trotzdem der Garten, von dem Renate geschrieben hat.«

Louise zuckte die Achseln. Sie schien nicht wirklich daran zu glauben.

»St. Josefs!«, rief der alte Mann plötzlich. Es klang fast wie ein Fluch.

Ravn und Louise drehten sich zu ihm um.

»Das St.-Josefs-Seniorenheim, das von den katholischen Schwestern geführt wird. Aber das liegt drüben an der Pappelallee. Dafür erstreckt sich der Garten bis zur Greifenhagener Straße. Sie müssen schon an der Backsteinmauer vorbeigegangen sein, die um den Garten herumführt.« Er schüttelte den Kopf über sich selbst. »Natürlich! Das gute alte St. Josefs!«, murmelte er und setzte seine Arbeit fort.

Sie eilten zur Greifenhagener Straße zurück und erblickten die rote Backsteinmauer, die über und über mit Graffitis besprüht war. »Komm«, sagte Ravn und lehnte sich gegen die Mauer, während er leicht in die Knie ging und eine Räuberleiter machte.

Louise schaute ihn überrascht an. »Was machst du da?«

»Ich helfe dir, damit du einen Blick über die Mauer werfen kannst. Komm!«

Nach kurzem Zögern setzte sie den vorderen Teil ihres Stiefels in seine gefalteten Hände und zog sich an der Mauer hoch. Es gelang ihr so gerade, über die Kante zu spähen.

»Siehst du den Garten?«

»Ja«, keuchte sie.

»Bist du sicher? Was siehst du?«

»Nonnen. Lass mich wieder runter.«

Er ließ sie herunter, und sie rieb ihre Hände gegeneinander. »Der Garten sieht so aus … wie Renate ihn beschrieben hat, mit dem kleinen Teich in der Mitte und den Blumenbeeten.«

Ravn trat ein paar Schritte zurück und musterte die umliegenden Gebäude. Nur von dem Haus zu seiner Rechten hatte man einen direkten Blick auf den Garten. Sie gingen zum Eingang der Nummer 9 weiter.

Die Tür war verschlossen. Am Klingelbrett, das an der Hausmauer befestigt war, standen die etwa vierzig Namen der Mieter, die im Vorder- sowie im Hinterhaus wohnten.

»Kannst du ihren Namen irgendwo entdecken?«, fragte Ravn, dessen Blick über die Namensschilder wanderte.

Louise schüttelte den Kopf.

In diesem Moment öffnete sich die Haustür, und eine junge Frau in einer eleganten Jacke und mit einer kleinen Strickmütze kam mit einem Kinderwagen heraus. Ravn hielt ihr rasch die Tür auf. Die Frau bedankte sich, während sie den Kinderwagen halb herumdrehte.

»Entschuldigung, vielleicht könnten Sie uns helfen«, sprach er sie lächelnd an. »Wir suchen nach einer Renate Schumann, die hier wohnen soll. Kennen Sie sie?«

Die Frau schüttelte den Kopf. »Tut mir leid. Wir sind gerade erst eingezogen und kennen noch nicht so viele Leute hier.« Sie wollte ihren Kinderwagen schon weiterschieben, als ihr Louise das iPhone mit dem Foto von Mogens entgegenhielt. »Kennen Sie diesen Mann? Er ist mein Bruder und seit über einem halben Jahr verschwunden.«

Die Frau schüttelte den Kopf. »Leider nein.«

Ein junger Mann mit Vollbart, der einen Cordanzug trug, rollte auf einem Fahrrad heran, stieg vor der Haustür ab und grüßte die junge Frau.

»Vielleicht können Sie diesen Leuten helfen«, sagte sie. »Wissen Sie, ob eine Renate … Schumann hier wohnt?«

»Der Name sagt mir nichts.« Er kratzte sich seinen Bart. »Hier ziehen ständig Leute ein und wieder aus, ohne dass man sie persönlich kennenlernt. Und diejenigen, die bleiben«, fügte er lächelnd hinzu, »haben genug mit sich selbst zu tun. Wir sind schon eine egozentrische Generation.« Er hob entschuldigend die Hand und schob sein Fahrrad durch die offene Tür.

Als er schon fast im Treppenhaus verschwunden war, drehte er sich noch einmal um. »Versuchen Sie's doch mal bei

Frau Graf im ersten Stock. Die wohnt schon ewig hier und kennt jeden einzelnen Mieter.«

Louise und Ravn traten rasch in den Hauseingang. »Wie war noch mal der Name?«, fragte Ravn.

»Graf … Frau Klara Graf.«

66

Klara Graf streckte vorsichtig ihren Kopf durch den Türspalt und blickte sie durch ihre dicken Brillengläser an. Die Perücke mit der Pagenfrisur saß schief auf ihrem Kopf, als hätte sie sie hastig aufgesetzt, als es an der Tür klopfte. Ravn entschuldigte sich für die Störung und stellte sich und Louise kurz vor. Dann erklärte er, von einem Nachbarn auf sie verwiesen worden zu sein, weil sie als Einzige in der Anlage sämtliche Mieter kenne. Was als Kompliment gemeint war, schien Klara Grafs Misstrauen zu wecken. »Ein Nachbar?«, fragte sie mit dunkler Reibeisenstimme und mit ausgeprägtem Berliner Dialekt. »Und wer soll das gewesen sein?«

»Ich weiß seinen Namen nicht, aber er hat einen Vollbart und ist ungefähr Ende dreißig.«

»So jemanden gibt es hier nicht.« Sie wollte bereits die Tür schließen, als Louise einen Schritt vortrat.

»Wir sind extra aus Dänemark gekommen, Frau Graf, um nach meinem Bruder zu suchen, der hier in Berlin verschwunden ist.«

Klara Graf öffnete die Tür ein wenig weiter. »Ihr Bruder? Verschwunden? Und Sie sind aus Dänemark?«

Louise nickte und zeigte ihr das Foto von Mogens auf ihrem iPhone.

Klara betrachtete das Foto und schien ein wenig verwirrt. »Sieht ziemlich dick aus. Hab ich hier noch nie gesehen. War's das?«

»Kennen Sie eine Renate Schumann?«, schaltete sich Ravn ein.

»Renate?«, fragte sie überrascht. »Natürlich kenne ich Renate. Warum fragen Sie?«

»Wir müssen sie dringend sprechen«, erklärte Louise lächelnd.

»Das geht leider nicht.«

Ravn atmete tief durch. »Wohnt sie noch hier?«

»Renate? Nein.«

»Wissen Sie, wo sie hingezogen ist?«

»Renate ist seit fast fünfundzwanzig Jahren tot.«

* * *

Sie wurden in die kleine Wohnung gebeten, in der es säuerlich nach angebranntem Kohl roch. Klaras Wohnzimmer mit den groß gemusterten Tapeten, den vinylbezogenen Esstischstühlen und dem Regalsystem aus Sperrholz sah wie ein Relikt aus der DDR aus. Auf den Regalbrettern drängten sich Fotos und Souvenirs aus der ehemaligen Sowjetunion, darunter ein Bierseidel mit dem Antlitz von Leonid Breschnew.

»Renate wohnte mit ihren Eltern im fünften Stock des Hinterhauses.« Klara stand am Fenster, das auf den Hof hinausging, und zeigte auf die oberste Etage des angrenzenden Gebäudes.

Durch das Laubwerk der hohen Bäume konnte Ravn den benachbarten Klostergarten erkennen. Vom fünften Stock aus hatte man freie Sicht darauf, so wie es Renate in ihren Mails an Mogens beschrieben hatte. »Wer wohnt jetzt in der Wohnung?«

»Gaby und Wolfgang mit ihrem Baby. Gaby hat immer so schicke Strickmützen auf. Ich glaube, die macht sie selber.«

Ravn dachte, dass diese Beschreibung auf die Frau passte,

der sie am Hauseingang begegnet waren. »Seit wann gibt es diesen Klostergarten?«

»Also, als ich hier eingezogen bin, das war vor fast vierzig Jahren, da war er schon da.«

»Und wie lange hat Renate hier gewohnt?«

»Bis sie neun oder zehn war. Ich kann mich an ihr Alter nicht genau erinnern. Das arme Kind …«, fügte Klara hinzu. Sie schüttelte den Kopf und zog die dünne Gardine vor, als fürchtete sie, jemand könnte zu ihr hineinsehen. »Sie war so ein nettes Mädchen. Ich hab immer auf sie aufgepasst, wenn die Eltern ihre Gesellschaften gegeben und sich sonst wo *herumgetrieben* haben.« Sie verdrehte die Augen, um ihre Verachtung zu zeigen.

»Sie mochten Renates Eltern nicht?«

»Nein. Das waren Klassenfeinde. Natürlich weiß ich, dass dieses Wort heute keine Bedeutung mehr hat, wo alle nur noch an sich selber denken und die Armen und Schwachen vergessen. Aber damals …« Sie nickte energisch. »Das war eine andere Zeit.«

»Eine bessere Zeit, nehme ich an.« Ravn lächelte empathisch in dem Versuch, sich bei ihr einzuschmeicheln. »Aber was war es denn genau, das Renates Eltern zu Verrätern gemacht hat?«

»Sie haben sich anderen überlegen gefühlt. Dachten, sie wären was Besseres. Der Vater hatte eine leitende Position bei der Staatsbank, und sie, Lena, war ein ehemaliges Model. Die warfen mit dem Geld nur so um sich, natürlich mit ausländischen Währungen.« Sie rieb vielsagend zwei Finger aneinander. »Die konnten den Hals nicht vollkriegen, so was muss ja böse enden.«

»Was ist passiert?«

»Die Stasi hat das ganze Gebäude observiert. Sogar ich als

treues Parteimitglied wurde ausgehorcht. Nicht dass ich viel zu erzählen gehabt hätte. Ich stecke meine Nase nicht in Dinge, die mich nichts angehen.«

»Wurde die Familie festgenommen?«

»Nein, die … sind geflüchtet. Sind allerdings nicht weit gekommen. Manche sagen, dass sie von einer Grenzpatrouille erschossen worden sind. Andere behaupten, ihnen ist eine Mine zum Verhängnis geworden. Jedenfalls sind sie gestorben. Arme kleine Renate.« Klara hatte Tränen in den Augen.

»Und Sie sind sich da ganz sicher, ich meine, dass Renate auch tot ist?«

Sie warf die Arme in die Luft. »Das ist jedenfalls das, was ich gehört habe. Und ich hab auch nie wieder was von ihr oder ihren Eltern gesehen. Einen Monat nach der Wiedervereinigung ist ihre Wohnung geräumt worden. All die teuren Möbel und das exklusive Zeug sind in einem Container am Straßenrand gelandet. Ich weiß nicht, wer das veranlasst hat, die Behörden oder die Hausverwaltung. Jedenfalls waren die Leute so scharf auf die Sachen, dass der Container noch vor dem Abend leer war.« Sie senkte den Blick und zog die Kante der orangefarbenen Tischdecke gerade. »Ich selbst hab mir auch ein paar Kleinigkeiten genommen, aber das war mehr wegen der Erinnerung an Renate. Einen Moment bitte«, sagte sie und verließ das Wohnzimmer. Kurz darauf kehrte sie mit einem verblichenen Foto in einem billigen Rahmen und einer goldfarbenen Plastikmedaille zurück. »Die hat Renate bei einem Wettkampf in Leipzig gewonnen. Sie war so eine tüchtige Turnerin, hatte so viele Träume.« Ravn und Louise betrachteten die Aufnahme der drei Mädchen in Turntrikots, die Medaillen um den Hals trugen. Klara zeigte auf das mittlere Mädchen. »Sie wollte später unbedingt an den Olympischen Spielen teilnehmen und Gold gewinnen. Gold für die

DDR.« Klara blickte zu ihnen hoch. »Es tut mir leid, dass Sie Ihren Bruder nicht finden können, aber Renate kann mit seinem Verschwinden nichts zu tun haben.«

»Fällt Ihnen außer den Leuten im Haus noch jemand ein, der Renate Schumann gekannt hat?«, fragte Ravn.

Klara schüttelte den Kopf. »Ich bin die Letzte, die von damals noch übrig ist. Jetzt wohnen hier lauter junge Leute, die viel Geld, aber keinen Gemeinschaftssinn haben. Leute, die nichts von ihrer eigenen Vergangenheit wissen.« Ihre abgenutzte Perücke wackelte im Takt mit ihrem ohnmächtigen Kopfschütteln.

67

Ravn und Louise saßen an einem der Tische vor dem Café Anna Blume am Kollwitzplatz. Louise schob ihr Schinkensandwich weg, das sie nicht angerührt hatte. Sie hatte eine Ewigkeit gebraucht, um sich zu entscheiden, und nun bereute sie offenbar ihre Wahl. Ravn merkte ihr an, dass sie immer noch erschüttert war von dem, was Klara ihnen erzählt hatte. Er wischte sich mit der Serviette den Mund ab und war fast fertig mit seinem Sandwich und seinem Berliner Pilsner. »Das ändert natürlich die Sachlage, Louise.«

»Das weiß ich.«

»Wer auch immer die Mails an Mogens geschrieben hat, verfolgt offenbar ganz eigene Interessen.«

Sie ließ ihren Blick über den Platz schweifen. »Wer soll denn ein Interesse daran haben, den Namen eines verstorbenen Mädchens zu benutzen, um Mails an fremde Männer zu schreiben?«

»Entweder jemand, der sehr krank ist, oder …«

Sie sah Ravn fragend an. »Oder?«

»Oder Renate lebt noch. Bis jetzt haben wir ja nur von Klara gehört, dass Renate tot ist, und die wusste es auch nur vom Hörensagen.«

»Aber wenn es wirklich Renate war, die an Mogens geschrieben hat, wieso hat sie dann so getan, als würde sie noch in ihrem Elternhaus wohnen? Warum hat sie ihm nicht gesagt, wo sie wirklich wohnt?«

»Weil sie das Leben, das sie führt, lieber verheimlicht?« Er trank einen Schluck Bier. »Egal, wer hinter diesen Mails steckt … Mogens wurde jedenfalls unter falschen Voraussetzungen hierhergelockt.«

»Vielleicht wurde er sogar zu dem Diebstahl verleitet.«

»Ja, schon möglich. Wenn dem so ist, muss die entsprechende Person große Macht über ihn haben. Die entscheidende Frage lautet jedoch: Was ist mit ihm passiert, als sie sich schließlich begegnet sind?«

»Du machst mir Angst.«

»Vielleicht ist es in diesem Fall das einzig Gesunde, ein bisschen Angst zu haben. Ich denke, wir sollten die deutsche Polizei einschalten.«

»Und was soll das bringen?«

Er wollte ihr nicht sagen, was für Gedanken ihm durch den Kopf gingen, doch drehten sie sich unter anderem um eine Fahrt zum lokalen Leichenschauhaus, um zu sehen, ob Mogens sich dort im Kühlraum unter den nicht identifizierten Leichen befand. »Wenn wir unangemeldet bei der Polizei auftauchen, kann das jedenfalls nicht schaden. Ich bin mir ziemlich sicher, dass noch kein Verfahren gegen ihn läuft. Wahrscheinlich wissen sie hier allenfalls, dass er bei Europol unter den Vermissten aufgelistet wird.«

»Aber wird nach solchen Personen nicht automatisch gefahndet?«

»Nur wenn man gehörig Druck macht. Polizisten sind von Natur aus faul und träge.« Er zeigte auf sich selbst.

Louise zog ihr Handy heraus. »Ich versuche jetzt ein letztes Mal, Mogens zu erreichen, ehe wir uns an die Polizei wenden. Vielleicht kehrt er ja zurück, wenn ich ihm schreibe, dass wir über Renate Bescheid wissen und dass es ihm nicht peinlich sein muss, falls ihn jemand übers Ohr gehauen hat.«

»Du solltest hinzufügen, dass du dich gezwungen siehst, die deutschen Behörden einzuschalten, wenn er nicht zurückschreibt.«

Sie blickte kurz von ihrem Handy auf und nickte.

Die Sonne war erneut hinter einer dichten Wolkendecke verschwunden, und es begann langsam zu regnen. Im nächsten Moment ging ein wahrer Sturzregen auf sie nieder. Ravn und Louise rannten zum nächsten Taxistand, sprangen in den ersten Wagen und ließen sich zum Hotel zurückfahren.

Die zahlreichen Blitze am nächtlichen Himmel ließen es so aussehen, als würde Berlin erneut bombardiert. Das hohe Park Inn Hotel, durch dessen lange Flure unheimlich der Wind pfiff, schwankte im Sturm. Im Zimmer 3429 standen Ravn und Louise nackt und eng umschlungen an dem Panoramafenster, das auf den Alexanderplatz hinausging. Er presste sie gegen die kalte Scheibe, während er mit langen, tiefen Stößen in sie eindrang. »Versprich mir, dass wir ihn finden«, flüsterte ihm Louise ins Ohr.

»Ich verspreche es«, keuchte Ravn.

* * *

Die Uhr näherte sich halb zwei, und der Sturm raste mit unverminderter Stärke über die Stadt. Im Internetcafé am Rosenthaler Platz waren dennoch die meisten Computerplätze belegt. In dem schummrigen Lokal roch es säuerlich nach abgestandenem Automatenkaffee, Käsechips und den nassen Kleidern der Gäste. Die meisten von ihnen waren ausländische Studenten, die sich auf Facebook oder Youtube eingeloggt hatten oder mit Freunden und Verwandten skypten. Niemand nahm von der Person Notiz, die am hintersten Computer saß und einen langen Regenmantel trug, dessen

Kapuze sie sich tief ins Gesicht gezogen hatte. Die Person loggte sich unter der Mailadresse MOGENSDK69 ein. Louises Mail vom Nachmittag stand ganz oben und war als ungelesen markiert. Ein leises Summen erklang unter der Kapuze. Es klang wie ein Marsch der Jungpioniere.

Mit einem Klick wurde die Mail geöffnet.

68

Berlin, 7. Mai 2014

Helles Morgenlicht fiel durch das große Hotelfenster. Louise drehte sich halb auf die Seite und glitt aus Ravns Armen. Sie streckte sich schläfrig. Als er ihr sanft über den Rücken strich, bekam sie eine Gänsehaut. »Guten Morgen«, sagte sie.

Er antwortete mit einem Kuss auf ihren Nacken und schmiegte sich erneut an sie. Spürte ihren Po an seinem Schoß und bekam wieder Lust auf sie. In diesem Moment sprang der Wecker ihres iPhones an, das auf dem Nachttisch lag. Sie streckte die Hand danach aus. Nach ein paar Versuchen glückte es ihr, den Alarm auszuschalten. Sie schaute aufs Display und sah, dass im Laufe der Nacht eine Mail eingegangen war.

Louise setzte sich auf und öffnete das Postfach.

»Ist was passiert?«, fragte Ravn.

»Mogens … hat sich gemeldet.«

Ravn lehnte sich gegen das Kopfende des Betts. »Was schreibt er?«

Louise starrte schweigend auf das Display. Dann begannen die Tränen zu fließen.

»Dass es ihm gut geht … dass er ein neues Leben begonnen hat und ich nicht nach ihm suchen soll …«

»Aber das ist doch eine gute Nachricht, dass er sich zumindest mal gemeldet hat.«

Das Handy rutschte ihr aus der Hand und landete zwischen ihnen auf dem Bett. »Schon …« Sie schaute ihn ängstlich an. »Wenn das wirklich Mogens geschrieben hat.«

Ravn nahm das Handy und las die Nachricht. Es war eine sehr kurze Mitteilung, die ebenso abgehackt klang, wie Louise sie wiedergegeben hatte.

Hallo Schwester.

Danke für Brief. Such nicht mehr. Geht gut. Keine Polizei, danke.

Will nicht gefunden werden. Danke für Sorge.

Leb wohl.

Dein Bruder Mogens

»Der Absender der Mail hat vermutlich ein automatisches Übersetzungsprogramm benutzt, um sie ins Dänische zu übersetzen. Durch deine Mail fühlte er sich offenbar zu einer raschen Antwort genötigt.« Ravn legte das Handy auf die Matratze.

»Glaubst du, Mogens ist tot?«

»Das weiß ich nicht, aber wir müssen jetzt unbedingt die Polizei verständigen.«

Sie nickte und stand aus dem Bett auf.

»Was hast du Mogens alles geschrieben? Wie viel weiß der Absender dieses Schreibens über uns?«

»Ich habe nur geschrieben, dass ich mir Sorgen um ihn mache und hierhergekommen bin, um nach ihm zu suchen. Von dir habe ich nichts geschrieben. Ich dachte, das könnte ihn abschrecken und davon abhalten, mir zu antworten. Außerdem habe ich natürlich alles auf Dänisch geschrieben. Vielleicht hat diese Person ja gar nicht alles verstanden.«

»Wir müssen aber davon ausgehen, dass deine Mails mit demselben Programm ins Deutsche übersetzt wurden. Und trotz der miesen Qualität versteht man doch zumindest, worum es geht. Hast du geschrieben, in welchem Hotel du wohnst? Deine Zimmernummer?«

Louise nickte beklommen.

»Vielleicht sollten wir deine Sachen zu mir bringen, ehe wir uns mit der Polizei in Verbindung setzen.«

Während Louise ihre Sachen zusammenpackte, rief Ravn an der Rezeption an und bat um die Telefonnummer und Adresse der nächsten Polizeiwache.

Eine halbe Stunde später saßen sie in einem Taxi auf dem Weg zur Keithstraße 30, in der die »4. Mordkommission des Landeskriminalamts« untergebracht war.

69

In der großen Eingangshalle der Polizeiwache war Ravn und Louise ein Platz auf einer der Bänke am Fuße der massiven Steintreppe zugewiesen worden, die zu den verschiedenen Abteilungen hochführte. Mit ihren hohen Säulen und Wölbungen erinnerte die Dienststelle an eine Ritterburg. Sie warteten bereits seit einer halben Stunde, und da sie die Einzigen im Eingangsbereich waren, wussten sie nicht, warum es so lange dauerte.

»Hallo … kommen Sie bitte!«, hörten sie über sich eine Stimme.

Ravn stand auf und betrachtete den mageren Mann im kurzärmligen Hemd, der ihnen auf der Treppe ein paar Stufen entgegengekommen war. Er hatte eine Dokumentenmappe unter den einen Arm geklemmt und winkte mit der freien Hand. Ravn zeigte fragend auf sich und Louise, worauf der Mann ungeduldig nickte.

Sie stiegen die Stufen hinauf und grüßten. Statt ihren Gruß zu erwidern, sagte er bloß: »Folgen Sie mir«, drehte sich um und setzte sich in Bewegung.

Im ersten Stock führte er sie in ein kleines Büro am Ende des Ganges. Es war gerade groß genug für einen Schreibtisch und zwei Besucherstühle. Vom Fenster aus blickte man direkt gegen eine Mauer im Innenhof. »Sie wollen eine Vermisstenanzeige aufgeben, richtig?« Seine helle Stimme hatte einen fast schrillen Klang.

Ravn nickte.

»Sie kommen beide aus Dänemark?«, fragte er und nahm auf dem Stuhl hinter dem Schreibtisch Platz.

»Auch richtig«, antwortete Ravn und zog den Stuhl für Louise heran, ehe er sich neben sie setzte.

Der Kommissar betrachtete die Notiz mit den Informationen, die Louise und Ravn abgegeben hatten und die er am Empfang bekommen hatte.

»Wie lange ist Ihr Bruder schon verschwunden? Seit über vierundzwanzig Stunden? Wenn das nicht der Fall ist, können wir nichts tun«, fügte er hinzu und verschränkte die Arme.

»Louises Bruder ist seit über einem halben Jahr verschwunden«, erklärte Ravn geduldig. Er kannte diesen Beamtentypus, der weder Klugheit noch Empathie besaß, nur zu gut. Solche Typen machten in der Regel schnell Karriere und landeten irgendwann auf dem Stuhl des Polizeipräsidenten.

Der Kommissar lehnte sich zurück. »Ich glaube, ich verstehe Sie nicht. Ist er in Dänemark oder hier in Berlin verschwunden?«

Louise erzählte von Mogens' Diebstahl und dass er danach nach Berlin geflüchtet war. Sie musste sehr langsam sprechen, weil der Kommissar ihr Deutsch nur schwer verstand.

»Deshalb fürchten wir um sein Leben«, warf Ravn ein. Der Kommissar schaute zwischen ihnen hin und her. »Entschuldigen Sie, aber wollen Sie mir sagen, dass nach Ihrem Bruder bereits gefahndet wird?«

Louise nickte.

»Auf der Homepage von Europol können Sie unsere Informationen überprüfen«, sagte Ravn.

Der Kommissar streckte den Arm aus, sodass er mit den Fingern an die Maus und die Tastatur kam. Er öffnete die Homepage von Europol und klickte sich zu den vermissten dänischen

Staatsbürgern durch. Ein Foto von Mogens, das vor Jahren auf einem Betriebsfest aufgenommen worden war, erschien zwischen einer Reihe von Menschen, die wegen Steuerbetrugs gesucht wurden, und ein paar brutal aussehenden Drogenschmugglern. Der Kommissar blickte mit ernster Miene vom Bildschirm auf. »Würden Sie mir bitte Ihre Pässe zeigen?«

Louise öffnete sogleich ihre Handtasche und begann zu suchen. Ravn zögerte. »Sie verstehen schon, dass wir eine Vermisstenanzeige aufgeben wollen, oder? Weil wir davon ausgehen, dass der Mann in akuter Lebensgefahr schwebt.«

»Ihre Ausweise, bitte!«

Ravn zog den Reißverschluss seiner Jacke nach unten und warf seinen Pass in einem hohen Bogen auf den Tisch.

Der Kommissar studierte die Pässe eingehend. Dann erhob er sich von seinem Stuhl. »Ich muss Sie bitten, hier zu warten, bis ich die Sache näher untersucht habe.«

»Was wollen Sie denn da untersuchen? Wir sind gekommen, um eine Vermisstenanzeige aufzugeben.«

»Nach diesem Mann muss nicht gesucht, sondern gefahndet werden. Das sind zwei grundverschiedene Dinge. Und Letzteres ist sehr ernst.«

»Aber was hat das mit uns zu tun? Warum nehmen Sie unsere Pässe mit?«

»Weil mir Ihre Rolle in dieser Sache nicht klar ist. Sie könnten ja zum Beispiel mitschuldig sein.« Er zog eine Augenbraue nach oben, vermutlich um seine Autorität zu demonstrieren, was ein wenig lächerlich wirkte.

Ravn stand auf. »Jetzt hören Sie schon auf. Ich habe selbst bei der Kopenhagener Polizei gearbeitet, und Ihr Verhalten ist wirklich das albernste, das mir je untergekommen ist. Auf beiden Seiten der Landesgrenze.«

»Setzen Sie sich«, entgegnete der Kommissar.

Louise warf Ravn einen kurzen Blick zu. »Tu lieber, was er sagt.«

Ravn hob resigniert die Hände und setzte sich. Im nächsten Moment war der Kommissar aus dem Büro verschwunden.

Ravn atmete tief durch. »Entschuldige. Wir hätten niemals die Polizei kontaktieren sollen.«

»Uns blieb doch keine andere Möglichkeit«, erwiderte sie.

Nachdem sie erneut eine halbe Stunde gewartet hatten, hörten sie Stimmen auf dem Gang. Im nächsten Moment wurde die Tür geöffnet, und der Kommissar kam mit einem kleinen rundlichen Mann herein. Der Mann war um die vierzig, trug eine abgewetzte Lederjacke und ein Halstuch mit dem Logo von Hertha BSC Berlin. »Entschuldigen Sie die Wartezeit«, sagte er auf Englisch mit unverkennbarem deutschem Akzent und gab Louise die Hand. »Mein Name ist Arnold Kurtz, Hauptkommissar.« Danach streckte er auch Ravn die Hand hin. »Mein Kollege Matheus hat mich gerade noch erwischt, als ich schon fast aus der Tür war«, erklärte Kurtz und griff sich vielsagend an sein blau-weiß gestreiftes Halstuch. »Das ist nämlich ein großer Tag heute: das Pokalfinale.« Er setzte sich auf die Schreibtischkante und ließ sich von seinem Kollegen ein paar Papiere geben, die dieser zuvor ausgedruckt hatte. Kurtz befeuchtete den Finger und blätterte sie schnell durch. »Thomas Ravnsholdt … wie ich sehe, sind wir Kollegen.«

»Ich bin nicht mehr bei der Polizei«, entgegnete Ravn auf Englisch.

»Früher gehörten Sie aber zu einer Spezialeinheit, waren wohl einer von den harten Jungs, nehme ich an.«

Ravn schüttelte den Kopf. »Ich hab mich stets still und leise im Hintergrund gehalten.«

Kurtz lachte. »Ich vermute doch sehr, dass Sie untertreiben. Ich selbst bin ganz zufrieden damit, mich hinter meinem Schreibtisch verschanzen zu können.« Er sah Louise an. »Ihr Bruder ist demnach geflohen, nachdem er einen Diebstahl begangen hat, und jetzt vermuten Sie, er könnte sich in Berlin aufhalten?«

»Ja, wir sind uns ziemlich sicher, dass er bis zu seinem Verschwinden hier in Berlin war.«

»Das muss eine schwierige Situation für Sie sein«, entgegnete Kurtz und warf ihr einen betrübten Blick zu.

Louise nickte.

»Wir können auf jeden Fall sein Verschwinden aufnehmen und eine Personenbeschreibung an die Schutzpolizei weiterleiten. Wir haben zahlreiche tüchtige und aufmerksame Einsatzkräfte auf den Straßen«, fügte er hinzu und lächelte Louise erneut an. »Wir werden Ihren Bruder schon finden.«

Kurtz ließ sich von der Tischkante hinunter, zog die Pässe aus einer Klarsichthülle und gab sie ihnen zurück. »Entschuldigen Sie nochmals, dass Sie so lange warten mussten.« Er reichte ihnen die Hand, ehe er sein Hertha-Halstuch strammzog. »Mein Sohn wartet zu Hause, der ist nämlich genauso fußballverrückt wie sein Vater. Matheus wird alles Nötige in die Wege leiten.« Kurtz öffnete die Tür.

»Herr Kommissar?«, sagte Ravn.

Kurtz drehte sich zu ihm um.

»So tüchtig Ihre Beamten auch sein mögen, aber ich glaube nicht, dass sie Mogens an einer der Berliner Sehenswürdigkeiten aufspüren werden. Louises Bruder ist einem Verbrechen zum Opfer gefallen.«

Kurtz blieb in der Türöffnung stehen. »Wenn ich das richtig verstanden habe, war *er* es, der ein Verbrechen begangen hat und geflüchtet ist.«

»Das stimmt, aber wir glauben, dass er hier einen Komplizen hat oder jemanden kennt, dem er sich anvertraut hat. Auf jeden Fall ist er von jemand anders hierhergelockt worden.«

»Aha? Wie hoch war der Betrag, den er gestohlen hat?«

»Ungefähr hundertfünfzigtausend Euro in bar.«

»Wow.« Kurtz zog beeindruckt die Brauen hoch. »Und haben Sie auch eine Idee, wer dieser Komplize sein könnte?«

»Wir wissen nur, dass mein Bruder auf eine gefälschte Kontaktanzeige hereingefallen ist«, antwortete Louise.

»Ein Profil von einer Frau, die seit vielen Jahren tot ist«, erklärte Ravn.

Kurtz' jungenhaftes Lächeln verschwand. Er schloss die Tür wieder. »Auf eine Kontaktanzeige?«

»Ja, aber das angegebene E-Mail-Konto wurde inzwischen deaktiviert«, antwortete Ravn. »Und heute Nacht hat sich jemand Zugang zu Mogens' E-Mails verschafft und unter seinem Namen eine Nachricht geschrieben. Die betreffende Person hat uns aufgefordert, nicht zur Polizei zu gehen.«

»Noch etwas?«

Louise berichtete in Kürze von allem, was sie bisher herausgefunden hatten. Sie gab dem Hauptkommissar die Mappe mit den ausgedruckten E-Mails, damit er sich einen Eindruck von Mogens' Korrespondenz mit dem Unbekannten machen konnte. Kurtz blätterte die Seiten durch, während er von ihren Nachforschungen in Berlin erfuhr, die sie schließlich in die Greifenhagener Straße zu Klara Graf geführt hatten.

»Und Frau Graf hat also diese … Renate Schumann persönlich gekannt?«

»Ja. Sie hat auf Renate aufgepasst, als diese ein Kind war, bis die Familie bei einem Fluchtversuch offenbar ums Leben gekommen ist.«

Kurtz wandte sich an Louise. »Hat die betreffende Person Ihrem Bruder Fotos von sich geschickt?«

»Nein, jedenfalls haben wir keine gefunden, und in den Mails, die er ausgedruckt hat, deutet auch nichts darauf hin. Doch Frau Graf hatte ein Kinderfoto von Renate.«

Kurtz nahm sein Halstuch ab, setzte sich an den Computer seines Kollegen und schrieb etwas auf der Tastatur. Sie sahen nicht, was er dort tat, und im nächsten Moment stand er wieder auf. »Bitte folgen Sie mir.«

»Ich nehme an, dass Sie uns nicht ins Stadion mitnehmen«, sagte Ravn.

»Leider nicht. Ich habe mir gerade die Datenbank der Charité angesehen.«

»Wurde Mogens dort eingeliefert?«, platzte es aus Louise heraus.

Kurtz schüttelte den Kopf. »Nein. Dort befindet sich das rechtsmedizinische Institut. Seit Januar liegt dort ein Mann, der bis heute nicht identifiziert werden konnte. Ich möchte gern, dass Sie ihn sich ansehen. Sehen Sie sich dazu in der Lage?«

Louise schluckte. »Passt seine Beschreibung auf Mogens?«

Kurtz schüttelte den Kopf. »Es steht ja keinesfalls fest, dass er es ist.«

70

Eine Dreiviertelstunde später schritten sie in Begleitung einer jungen Pathologin einen langen kühlen Gang in der rechtsmedizinischen Abteilung entlang. Ravn vermutete, dass sie das gleiche Reinigungsmittel wie im Charlottenburger Seniorenheim benutzten, doch möglicherweise bildete er sich das auch nur ein. Er legte Louise den Arm um die Schultern, während sie dem Kühlraum entgegengingen.

»Kennen Sie die Todesursache?«, fragte Ravn.

Die Pathologin warf Kurtz einen raschen Blick zu, als wollte sie sich vergewissern, ob sie antworten durfte. Kurtz nickte.

»Alles deutet darauf hin, dass er ertrunken ist«, sagte sie.

»Irgendwelche Spuren von Gewalt?«

»Es gibt Spuren am Hals sowie an den Hand- und Fußgelenken. Möglicherweise hat man ihn gefesselt.«

Sie blieben vor den zwölf Kühlboxen stehen, die in vier Reihen übereinanderlagen. Die Pathologin schob einen schweren Hydraulikwagen zur vorletzten Reihe und drückte auf einen Knopf, woraufhin die Bahre nach oben fuhr. Als sie sich auf Höhe der zweiten Box von oben befand, hielt sie die Bahre an, stellte sich auf die Zehenspitzen und öffnete die Klappe. In der Box sah man zwei wächserne Füße, die unter einer weißen Plastikdecke hervorlugten. Am rechten großen Zeh war mithilfe eines Bindfadens ein gelber Zettel befestigt. Die Pathologin zog die Schublade ganz heraus und platzierte die

Leiche auf der Bahre. Dann trat sie auf ein kleines Pedal am Ende des Wagens, worauf sich der tote Körper nach unten senkte.

»Wie lange ist er schon hier?«, fragte Ravn.

Die Pathologin drehte den gelben Zettel um und las: »Seit dem 12. Januar … also seit sechs Monaten.«

Kurtz blickte über die Leiche hinweg zu Louise. »Sind Sie bereit?«

Louise schluckte und nickte. In diesem Moment zog die Pathologin die weiße Plastikplane zurück. Das laute Rascheln, das dabei entstand, wurde von den nackten Wandfliesen zurückgeworfen. Vor ihnen lag eine Leiche mit pergamentartiger Haut, deren Farbe zwischen gelb und violett changierte. Der große y-förmige Schnitt entlang dem Torso war mit einem dicken schwarzen Faden notdürftig zugenäht worden. Dem Toten fehlten ein Ohr und ein Teil der Nase, die vermutlich die Fische in der Spree abgenagt hatten. »Erkennen Sie ihn?«, fragte Kurtz.

Louise drehte sich zu Ravn um und legte ihren Kopf an seine Brust. Er legte beschützend die Arme um sie.

»Ist dieser Mann Ihr Bruder?«

Louise blickte auf und wischte sich die Tränen von den Wangen. »Nein. Das ist nicht Mogens«, antwortete sie hörbar erleichtert. »Ich kenne diesen Mann nicht.«

Kurtz vergrub seine Hände in den Taschen und nickte zu dem Toten hin, als Zeichen für die Pathologin, dass sie ihn wieder nach oben fahren konnte.

»Wir sehen uns ja bald wieder, Herr Kurtz«, entgegnete sie trocken und zog die raschelnde Plastikplane erneut über die Leiche.

Der Hauptkommissar nickte.

Louise und Ravn folgten ihm den langen Gang hinunter.

»Es freut mich, dass das nicht Ihr Bruder war. Dann besteht also immer noch Hoffnung.«

Ravn betrachtete ihn aus dem Augenwinkel heraus. Trotz seiner aufmunternden Worte stand Kurtz eine gewisse Enttäuschung ins Gesicht geschrieben.

»Was wollen Sie jetzt tun?«, fragte Louise.

»Nach ihm suchen. Vielleicht sollten wir uns mal die IP-Adressen der Person oder der Personen ansehen, die Ihren Bruder kontaktiert haben.«

»Das wird nicht viel bringen«, schaltete sich Ravn ein. »Vermutlich wird man auf Internetcafés, Bibliotheken oder öffentliche Einrichtungen stoßen, deren Computer frei zugänglich sind.«

»Ich behaupte ja nicht, dass es einfach wird, aber mit kleinen Schritten, Frau Slotsholm, werden wir Ihren Bruder hoffentlich finden und herausbekommen, was mit ihm geschehen ist.«

Kurtz wollte die Tür öffnen, doch Ravn legte rasch die Hand auf die Klinke und ließ ihn in seiner Bewegung innehalten. »Was verschweigen Sie uns, Herr Kurtz?«

Kurtz sah ihn perplex an.

»Kommen Sie schon.« Ravn lächelte ihm vertraulich zu. »Ich spüre doch, dass Sie irgendetwas für sich behalten.«

»Da irren Sie sich. Gehen wir«, antwortete Kurtz und griff nach der Klinke.

»Es gab noch andere Fälle, richtig? Andere Menschen, die verschwunden sind.«

Kurtz zwinkerte nervös. Dann öffnete er die Tür und ging in Richtung des hell beleuchteten Eingangsbereichs. Hier herrschte solch ein Gedränge, dass Kurtz fast in der Menge verschwunden wäre. »Schulden Sie uns nicht zumindest eine Erklärung, was die Gefahr angeht, in der wir uns befinden?«, rief Ravn ihm nach.

Kurtz blieb stehen und kam zu ihnen zurück. »Ich denke nicht, dass Sie in Gefahr sind, und nein, es gibt auch keine anderen Fälle.« Er wandte den Blick ab. »Jedenfalls nicht offiziell.«

»Aber Sie haben da Ihre eigene Theorie.«

»Meine Theorien spielen hier keine Rolle.«

»Für uns schon«, widersprach Louise.

Kurtz sah ihr in die Augen. »Wenn ich Ihnen einen guten Rat geben darf, dann kehren Sie nach Dänemark zurück und überlassen es uns, nach Ihrem Bruder zu suchen. Sobald wir ihn gefunden haben, rufe ich Sie persönlich an. Das verspreche ich Ihnen.«

Ravn schüttelte den Kopf. »Das reicht uns nicht. Wir sind hierhergekommen, um Mogens lebend zu finden und nicht in einem Leichenhaus. Was verschweigen Sie uns? Was ist hier los?«

Kurtz wischte sich nervös den Mund ab. »Darüber kann ich mit Ihnen nicht reden.«

»Dann bleibt uns wohl nichts anderes übrig, als zu Ihrer Dienststelle zu fahren und irgendjemanden aufzutreiben, der uns reinen Wein einschenkt.«

Kurtz warf ihm einen langen Blick zu, und Ravn erwiderte ihn mit einem Starren, das er von Møffe kopiert hatte und das keinen Zweifel daran ließ, dass er sich nicht vom Fleck rühren würde, selbst wenn sich in diesem Moment die Erde auftäte. Kurtz atmete schwer, ehe er sich aufmerksam umsah, als fürchtete er, die Wände hätten Ohren. »Nicht hier«, entgegnete er. »Kommen Sie.«

71

Ravn und Louise überquerten gemeinsam mit Kurtz die Turmstraße und betraten den Kleinen Tiergarten, der den Gebäuden der Charité gegenüberlag. Sie spazierten die breite Allee entlang, vorbei an den Jugendlichen, die an staubigen Betonplatten Tischtennis spielten, und weiter in den Park hinein.

»Es handelt sich weniger um einen Fall als um ein Gefühl«, sagte Kurtz endlich. »Etwas, womit man sehr vorsichtig sein muss.«

»Warum?«

Er schaute Ravn an. »Ich weiß nicht, wie das bei der dänischen Polizei läuft, aber hier wird man rasch gefeuert, wenn man nicht den Anordnungen seiner Vorgesetzten, sondern seinen Gefühlen folgt. Ich habe schon ein paar Verwarnungen bekommen, mehr wird es nicht geben.«

»Ist bei uns nicht anders«, entgegnete Ravn. »Aber worauf beruhen Ihre Gefühle?«

»Darauf, dass ein unbekannter Mörder seit fünf Jahren in Berlin sein Unwesen treibt, vielleicht auch länger, und bereits an die zehn Menschen getötet hat.«

Louise schaute Kurtz erschrocken an. »Und … und Sie glauben, dass Mogens sein letztes Opfer geworden sein könnte?«

Kurtz schüttelte den Kopf. »Nach unserem Besuch in der Pathologie habe ich wieder so meine Zweifel, ob es so einen Mörder überhaupt gibt.«

»Weil der Tote nicht Mogens war?«, fragte Ravn.

»Nicht nur deshalb. Da ist vieles, das nicht richtig zusammenpasst.«

»Hat der Mörder eine bestimmte Vorgehensweise?«

»Auch das ist schwer zu sagen. Ich weiß nur, dass in der Spree ungewöhnlich viele männliche Leichen aufgetaucht sind, die alle bestimmte Merkmale aufwiesen.«

»Und die wären?«

»Bei allen handelt es sich um weiße Männer mittleren Alters aus dem Ausland, die zum ersten Mal nach Berlin gekommen und sofort verschwunden sind. Abgesehen von einem Einzigen, der gerade entlassen worden war, hatten zu Hause alle einen guten Job. Gemeinsam ist ihnen auch, dass sie gar keinen oder nur sporadischen Kontakt zu ihren Familien hatten und von Nachbarn und Kollegen stets als Sonderlinge oder Einzelgänger bezeichnet wurden. Was vielleicht erklärt, warum sie so plötzlich alles hinter sich gelassen haben, aber nicht, was sie hier wollten. Gewohnt haben sie alle in günstigen Zwei- oder Drei-Sterne-Hotels oder in Privatpensionen, und von ihren Konten wurden stets hohe Summen abgehoben.«

»Wie hoch?«

»Zwanzig-, dreißig- bis fünfzigtausend Euro. Ein britischer Staatsbürger hat sogar sein Reihenhaus verkauft und die gesamte Summe abgehoben, sobald sie auf seinem Konto war. Das Geld ist nie wieder aufgetaucht.«

»Die Recherchen müssen sehr kompliziert gewesen sein.«

Kurtz rollte mit den Augen. »Und wie. Vor allem weil alle Leichen nackt waren und in keinem Vorstrafenregister auftauchten. Es hat Monate gedauert, ihre Identität festzustellen.«

»Mogens taucht immerhin im Register von Europol auf.«

»Ja, wollen wir hoffen, dass das ein gutes Zeichen ist.«

»Sie scheinen nicht sicher zu sein.«

»Ich bin mir bei gar nichts sicher. Was Mogens betrifft, gibt das viele Bargeld natürlich Anlass zur Sorge. Außerdem die Tatsache, dass er schon so lange verschwunden ist.«

»Gibt es Ähnlichkeiten bei der Tötungsmethode?«

»Ja, abgesehen davon, dass sich nicht eindeutig beweisen lässt, dass die Männer auch wirklich ermordet wurden.«

»Warum nicht?«

»Alle wurden, wie gesagt, nackt in der Spree gefunden. Es wäre jedoch auch möglich, dass der Tod schon eingetreten war, bevor sie in den Fluss geworfen wurden.«

»Es gab also keine äußeren Verletzungen?«

»Die Körper waren natürlich stark in Mitleidenschaft gezogen, da sie über eine lange Zeitspanne Fischen, Vögeln und Ratten ausgesetzt waren. Bei manchen waren Arme und Beine abgetrennt, weil sie in die Schiffsschrauben der Touristenboote geraten waren.«

Louise schluckte.

Ravn schaute sie an. »Alles okay mit dir?«

Sie nickte. »Das ist nur alles ein bisschen viel … da wir Mogens immer noch nicht gefunden haben.«

Sie fanden eine Bank und setzten sich. Louise zog eine kleine Wasserflasche aus ihrer Tasche, die sie aus der Minibar in ihrem Hotelzimmer mitgenommen hatte. In der Ferne hörte man das Klacken der Tischtennisbälle, sonst herrschte völlige Stille im Park.

»Wissen Sie, ob es in anderen Polizeibezirken zu ähnlichen Fällen gekommen ist?«

»Nein, aber ich war so intensiv mit den Ermittlungen beschäftigt, dass ich das mit ziemlicher Sicherheit ausschließen kann.«

»Sie sagten, es gäbe da ein gewisses Muster …«

Kurtz beugte sich vor und faltete seine Hände. »Ich bin die ganze Zeit von der Theorie ausgegangen, dass der Täter seine Opfer hier in der Stadt ausgesucht hat. Zufällig ausgewählte Touristen, denen er ihr Geld abgepresst, sie danach getötet und ihre Leichen in den Fluss geworfen hat. Doch diese Theorie hat viel zu viele lose Enden. Deswegen sind Ihre Hinweise so interessant für mich. Weil sie darauf hindeuten, dass der Täter seine Opfer schon gekannt hat, ehe sie in die Stadt gekommen sind. Dass er sie mit falschen Kontaktanzeigen gezielt hierhergelockt hat. Was wiederum erklären würde, warum es sich ausschließlich um alleinstehende Männer handelt.«

»Haben Sie auch bei den anderen irgendwelche Mails oder Briefe gefunden?«

Er schüttelte den Kopf. »Die Todesfälle wurden alle als Unglücksfälle eingestuft, deshalb wurde in dieser Richtung auch nicht ermittelt.« Er machte eine bedauernde Geste. »Mein Chef versteht sowieso nicht, warum ich mich immer noch damit beschäftige.« Er klopfte sich auf die Schenkel. »Doch zumindest liegt das Motiv des Täters auf der Hand.«

»Und das wäre?«

Kurtz warf Ravn einen überraschten Blick zu. »Habgier natürlich.«

Ravn schüttelte den Kopf. »Tut mir leid, aber ich glaube, das reicht als Motiv nicht.«

»Was für ein Motiv sollte er denn sonst noch haben?«

»Das weiß ich nicht, aber nach allem, was Sie erzählen, kann es ihm nicht bloß ums Geld gehen.« Ravn stand von der Bank auf.

»Ich verstehe nicht, was Sie meinen«, entgegnete Kurtz.

»Wenn Sie damit recht haben, dass es sich um ein und denselben Täter handelt, dann versetzen Sie sich einmal in seine Denkweise. Als er das erste Mal jemanden tötet und in den Fluss wirft, ist das wahrscheinlich das Ergebnis eines lange ausgebrüteten Plans. Das zweite Mal tut er es, weil das erste Mal eine Wiederholung verträgt. Nach dem dritten Mal kommt er sich zweifelsfrei unbesiegbar vor. Sein Ego wird immer größer. Er genießt seine Macht, die mit den Taten verbunden ist, und die Tatsache, dass er mit ihnen davonkommt. All das wird ihm durch die Morde vier und fünf bestätigt. Aber Ihr Täter, Herr Kurtz, hat es bis zu zehn Mal getan.« Ravn streckte Kurtz die gehobenen Finger hin. »Vergessen Sie das Geld. Hier geht es um etwas ganz anderes …«

»Und das wäre?«, fragte Kurtz, der sich ein wenig überrumpelt vorkam.

»Der Täter ertränkt seine Opfer, weil er sich von Wasser angezogen fühlt. Weil ihn der Moment des Ertrinkens fasziniert und er die Macht genießt, die er im Augenblick des Todes über sein Opfer hat. Die Tötungsmethode ist ihm ganz und gar nicht gleichgültig. Und auch, was die Beseitigung der Leichen angeht, gibt es effektivere Methoden. Er will, dass seine Opfer im Fluss gefunden werden. Ertrunken. Dasselbe gilt für die Methode, wie er an seine Opfer herankommt. Das Ganze folgt einem sorgsam ausgeklügelten Plan, nicht nur weil der besonders praktisch ist, sondern weil es für ihn einen bestimmten Sinn ergibt, es genau so zu machen. Das Ganze ist ein langes Ritual.«

»Wie zum Beispiel sich im Internet als eine Frau auszugeben, die seit fünfundzwanzig Jahren tot ist?«, murmelte Kurtz.

»Vielleicht auch das. Doch im Moment wissen wir ja noch nicht, ob Mogens' Verschwinden etwas mit Ihren Fällen zu tun hat und ob es nur einen Täter gibt. Genauso wenig wie wir wissen, was wirklich mit Renate Schumann passiert ist. Das alles ist reine Spekulation.«

»Aber eine, die Hand und Fuß hat.« Kurtz nickte anerkennend. »Ich wundere mich, dass Sie nicht im Morddezernat gearbeitet haben.«

»Auf der Straße hat es mir immer am besten gefallen.«

»Warum sind Sie mit Ihren Ermittlungen auf taube Ohren gestoßen?«, wollte Louise wissen.

Kurtz drehte den Kopf und sah sie an. »Weil meine Vorgesetzten das Wort *Serienmörder* ebenso hassen wie die führenden Politiker dieser Stadt. Die Presse ist natürlich ganz wild darauf. Doch niemand im Rathaus will, dass sich das Gerücht von einem Psychopathen verbreitet, der in Berlin reihenweise Touristen umbringt. Schon gar nicht im Jubiläumsjahr.«

»Was für ein Jubiläum?«

»Vor fünfundzwanzig Jahren ist die Mauer gefallen.«

»So lange ist das schon her?«

Kurtz nickte. »Ja, mir kommt es auch vor, als sei es erst gestern gewesen.« Er stand auf. »Welchen Eindruck hatten Sie von Klara Graf?«

»Sie wirkte vollkommen klar im Kopf«, antwortete Ravn, »obwohl sie gewissermaßen in ihrer eigenen Welt lebt.«

»Sie kannte Renate und ihre Familie sowie sämtliche Leute in der Wohnanlage«, fügte Louise hinzu.

Kurtz ließ seinen Blick über den Park schweifen. »Ich werde ihr morgen mal einen Besuch abstatten. Vielleicht bekomme ich ja noch etwas mehr aus ihr heraus. Und wer weiß, vielleicht kennt sie ja die Person, die Ihrem Bruder geschrieben hat, ohne es zu wissen.«

72

Acht Monate zuvor
Berlin, 9. Oktober 2013

Mogens war von seinen Ketten befreit worden und lag zusammengekrümmt auf dem Boden der Wanne. Seine Haut sah schrumpelig und fast durchsichtig aus, nachdem er wochenlang im Wasser gelegen hatte. Seine Muskeln waren durch Passivität und mangelnde Ernährung geschwunden. Er fühlte sich wie ein unförmiges totes Stück Fleisch, wie ein Klumpen Dreck, der sich weigerte, vom Wasser in der Wanne einfach weggespült zu werden.

»DU … LÜGST … MICH IMMER AN. WARUM?«, fragte Renate im Dunkeln.

»Ich lüge nicht«, murmelte Mogens. »Hab alles erzählt.«

»Ich hab dort gesucht, wo du gesagt hast, aber das Geld war nicht da.«

»Ich weiß nicht, wo es geblieben ist. Jemand … muss es genommen haben.«

»DU FÜHRST MICH HINTERS LICHT … MIT VOLLER ABSICHT.«

»Nein … in der Festung … im dritten Raum links … Wenn da nichts ist … wurde es … gestohlen.«

»LÜGNER! Ich hab den ganzen Teufelsberg abgesucht, Mogens. Das Geld ist nicht da, was bedeutet, dass du ein verdammter Lügner bist, der den Tod verdient hat.«

»JA … STERBEN … TRÄUMEN … UND STERBEN …«

Mogens schloss die Augen. Nicht dass es irgendeine Bedeutung gehabt hätte, ob er sie offen oder geschlossen hielt. Er bildete sich ein, dass es nicht nur Renates metallische Stimme war, die er gehört hatte. Dass da noch eine zweite Stimme im Raum gewesen war. Eine Stimme, die zugleich sanfter und tiefer war. Vielleicht die Stimme eines Mannes? Aber das musste an der Dunkelheit liegen, die ihm einen Streich gespielt hatte. Er hörte, wie Musik erklang. Der Chor der Jungpioniere. Schritte, die sich entfernten. Er wusste, dass er bald sterben würde. Egal, ob er verhungerte oder ertrank, er würde sterben. Er war schwach gewesen und hatte ihr alles gesagt, was er wusste. PIN-Codes. Internetpasswörter. Selbst das Versteck des Geldes. Mehr konnte er nicht tun. Mehr konnte sie nicht aus ihm rauskriegen. Er vermisste seine Schwester. Wärmte sich an dem Gedanken, dass sich Louise immer um ihn gekümmert hatte. Dass sie der einzige Mensch auf der Welt war, der ihn gemocht hatte. Ihn nie verurteilt, sondern ihm stets Mut gemacht hatte. Mit diesem Gedanken wollte er sein Leben aushauchen. Wie er Hand in Hand mit Louise einem ewigen Sommer entgegenging. Einem Sommer, in dem es keine Dunkelheit gab. Wie sehr sie ihm doch fehlte. Wie sehr er sie liebte. *Sie* und niemand sonst war immer die Frau seines Lebens gewesen – das wurde ihm jetzt klar.

73

Berlin, 7. Mai 2014

Monsieur Vuong, das vietnamesische Restaurant mit den scharlachroten Wänden, platzte aus allen Nähten. Zu lautem Elektropop ließen sich die Gäste das exotische Essen und die knallbunten Drinks schmecken. Ravn und Louise saßen eingeklemmt an einem Zweiertisch, der von kleinen Schälchen mit nach Kräutern und Gewürzen duftenden Gerichten überquoll. Wäre die Sache mit Mogens nicht gewesen, hätte dies der Beginn eines richtig schönen Abends sein können. Doch nun aßen sie in bedrückender Stille.

»Tut mir leid, wir hätten uns einen ruhigeren Ort suchen sollen«, sagte Ravn.

»Ist schon okay«, entgegnete Louise, die mit ihren Stäbchen einer Frühlingsrolle zu Leibe rückte.

»Du hast dich in der Pathologie wirklich gut geschlagen.«

»Danke«, murmelte sie. »Ich hoffe nur, dass wir bald herausfinden, was mit Mogens geschehen ist.«

»Wir werden ihn schon finden.« Ravn hörte, wie hohl seine Worte klangen, und trank rasch einen Schluck Bier.

»Ich habe den Glauben daran verloren, dass er noch am Leben ist. Ich spüre es ganz sicher«, sagte Louise und sah ihn an. »Glaubst du wirklich, dass er einem … Serienmörder zum Opfer gefallen ist?«

»Nein«, antwortete er, was nicht einmal gelogen war. »Wir

wissen schließlich nicht, wie gründlich Kurtz' Recherchen sind und ob die Fälle überhaupt etwas mit Mogens' Verschwinden zu tun haben. Hoffen wir mal, dass sein Besuch bei Klara irgendwelche neuen Erkenntnisse bringt.«

»Und wenn nicht? Dann fahren wir morgen Abend wieder nach Hause, ohne einen Schritt weitergekommen zu sein?«

»Meinetwegen können wir die Heimreise ruhig noch hinausschieben, aber du musst dich darauf einstellen, dass die Recherchen Zeit brauchen, ganz gleich, was sich tut.«

Louise kämpfte immer noch mit ihrer Frühlingsrolle. Sie gab es auf und nippte an ihrem Mineralwasser. »Können wir demjenigen nicht antworten, der sich als Mogens ausgibt?«

»Was sollte das bringen?«

»Wir könnten ihm schreiben, dass wir wissen, dass nicht Mogens die Mail geschrieben hat, aber dass er das Geld behalten kann, wenn er uns mitteilt, wo Mogens ist ... und dass wir sonst zur Polizei gehen.«

»Ich glaube nicht, dass wir in unserer Situation mit irgendetwas drohen können«, entgegnete Ravn und legte die Stäbchen weg. »Wir haben ja keine Ahnung, wie viel derjenige weiß, was das Geld oder Mogens' Aufenthaltsort angeht. Wenn wir Pech haben, machen wir alles nur noch schlimmer.«

»Und wenn wir einfach so tun, als würden wir ihn für Mogens halten ... vielleicht können wir ihm dann irgendwelche Informationen entlocken.«

Ravn schüttelte den Kopf. »Es ist das Beste, die Ruhe zu bewahren und ihn nicht aufzuschrecken. Mogens' E-Mail-Konto besteht ja noch. Das ist zumindest positiv und könnte sich noch als nützlich erweisen.«

»Tut mir leid, aber ich habe nicht deine Geduld.« Sie versuchte ein weiteres Mal, der Frühlingsrolle mit ihren Stäbchen zu Leibe zu rücken, doch es misslang, und sie warf die Stäbchen auf den Teller.

»Hey!«, rief Ravn aufmunternd. »Ich hab immer noch Energie genug, mir Pensionen und Ferienwohnungen vorzunehmen. Vielleicht finden wir Mogens ja auf diese Weise.«

»Aber das dauert doch ewig …«

Ravn nickte. »Bevor du zu mir gekommen bist, war Mogens auch schon ein halbes Jahr verschwunden, und sieh mal, wie weit wir trotz allem schon gekommen sind.«

»Stimmt«, sagte sie und nickte. »Entschuldige, dass ich … so kleinmütig bin.« Sie rang sich ein Lächeln ab.

»Das ist schon okay … Soll ich dir mal zeigen, wie man widerspenstige Frühlingsrollen isst?« Er wartete nicht auf eine Antwort, sondern nahm ein Stäbchen von ihrem Teller, durchbohrte damit die Frühlingsrolle und hielt sie ihr hin. Sie schnappte ihm das Stäbchen aus der Hand. »Hast du für alles eine Lösung?«

»Für das meiste«, antwortete er ironisch.

74

Klara saß auf dem Sofa und sah sich die Spätnachrichten auf NDR an, während sie sich einen Zigarillo und den letzten Schluck Kaffee aus der Thermoskanne gönnte. Eigentlich wollte sie gar keinen Kaffee mehr trinken, weil sie wusste, dass sie dann Probleme mit dem Einschlafen bekommen würde, doch andererseits brachte sie es nicht übers Herz, den Rest wegzuschütten. Sie streckte die Hand aus und ließ ihre Finger über die Kacheln des Couchtischs gleiten. Morgen würde sie Staub wischen, vielleicht auch saugen. Falls sie die Energie aufbrachte, würde sie vielleicht sogar ein paar Kleider aus dem überquellenden Wäschekorb waschen. In diesem Moment klopfte es an ihrer Wohnungstür. Klara zuckte zusammen. Sie konnte sich nicht vorstellen, wer so spät noch bei ihr klopfte, also öffnete sie nicht. Als sich das Klopfen kurz darauf wiederholte, drückte sie den Zigarillo im Aschenbecher aus und schlich in die Diele. In sicherem Abstand zur Wohnungstür blieb sie stehen, während sie sich wünschte, einen dieser Spione zu haben, durch die man sehen konnte, wer draußen vor der Tür stand. Erneutes Klopfen. Diesmal härter und fordernder. Aus Neugier und einer Spur Pflichtgefühl schloss sie die Tür auf und öffnete.

Klara blickte den Fremden, der vor ihr stand, fragend an. »Ja bitte?« Der Mann antwortete nicht, sondern stand aufrecht und regungslos vor ihr. Klara schob ihre Brille zurecht und kniff die Augen zusammen. Irgendwie kam ihr dieses Gesicht bekannt vor, doch das musste sehr lange her sein. »Sind wir uns schon mal begegnet?«

»Das sind wir, Klara.«

Nach all den Jahren erkannte sie die Stimme wieder. »Sie sind das? Ich dachte, Sie wären tot … Das habe ich jedenfalls gehört.«

»Eine grobe Übertreibung. Ich lebe noch, obwohl wir alle bessere Zeiten erlebt haben, nicht wahr?«

Klara nickte. »Aber kommen Sie doch herein. Zumindest einen Kaffee kann ich Ihnen anbieten.«

»Wenn es nicht zu viele Umstände macht und Sie selbst noch eine Tasse am Abend trinken, sage ich nicht nein.«

Sie öffnete die Tür ganz und bat ihn herein.

»Tut mir leid, dass es hier so unordentlich ist«, sagte sie, als sie ins Wohnzimmer zurückkam, nachdem sie das Kaffeewasser aufgesetzt hatte. Der Mann stand mit dem Rücken zu ihr vor dem Regal und betrachtete die vielen Nippsachen aus früheren Tagen. Sie ließ ihn auf dem Sofa Platz nehmen und setzte sich in den Sessel. Sie legte rasch das Strickzeug auf die durchgescheuerte Stelle an der Armlehne. »Was für eine Überraschung … nach all den Jahren«, sagte sie und sah ihn ehrfürchtig an.

Erhardt Hausser lächelte in sich hinein. Obwohl er Anfang sechzig und sein Haar dünn und die Haut faltig war, machte er einen gesunden und vitalen Eindruck. Seine kohlschwarzen Augen hatten sich noch tiefer in ihre Höhlen zurückgezogen, waren aber so aufmerksam wie eh und je.

»Sie haben sich gut gehalten, das muss man sagen …«

»Danke, Klara … danke gleichfalls«, fügte er aus reiner Höflichkeit hinzu, obwohl sie mit krummem Rücken im Sessel hockte.

»Was haben Sie in all den Jahren getan, wenn ich fragen darf?«

»Dieses und jenes. Vor allem habe ich versucht, im neuen Deutschland irgendwie zu überleben. Obwohl die verdammte Wiedervereinigung schon fünfundzwanzig Jahre her ist, werde ich mich nie daran gewöhnen.«

Klara schüttelte den Kopf. »Nein, etwas Gutes ist dabei nicht herausgekommen. Die Politiker haben uns damals das Blaue vom Himmel versprochen, und was ist daraus geworden? Arbeitslosigkeit, Kriminalität und Gewalt. Ich traue mich nach Einbruch der Dämmerung gar nicht mehr auf die Straße.« Sie schien sich ein Herz für die nächste Frage zu fassen. »Für Sie, ich meine … als ehemaligen Mitarbeiter der Staatssicherheit … war es sicher besonders schwierig, oder? Ihr Einsatz ist bestimmt nicht von allen gewürdigt worden.«

Er schüttelte schweigend den Kopf. »Das nennt man wohl Siegerjustiz. Leute wie mich haben sie unerbittlicher verfolgt als die Nazis nach dem Zweiten Weltkrieg. Die reinste Hexenjagd und keine Chance, eine anständige Arbeit zu bekommen. Die miesesten Jobs mussten wir annehmen, um irgendwie über die Runden zu kommen, bis irgendwann die Jugos und die Polacken gekommen sind. Die haben's dann für noch weniger Geld gemacht, während unsereins Sozialhilfe beantragen musste.«

»Das ist so ungerecht …«

»Deshalb muss man sein Schicksal selbst in die Hand nehmen, Klara. So ist das im Kapitalismus. Still und beharrlich muss man es formen, so wie das Wasser die Steine eines Flussbetts formt.« Hausser lehnte sich zurück und atmete tief durch.

»In der alten Republik wehte ein ganz anderer Wind. Jedenfalls haben wir von der Staatssicherheit für Ruhe und Ordnung gesorgt. Es gibt keinen Respekt mehr, das ist die Wurzel allen Übels. Keinen Zusammenhalt.«

Sie nickte. »Heute denken alle nur noch an sich.«

»Der Kapitalismus hat uns besiegt. Uns unsere Seelen genommen«, sagte Hausser und blickte zu Boden.

Klara versuchte, erneut Blickkontakt mit ihm aufzunehmen. »Ihre Seele nicht, Herr Hausser. Ihre Treue zum Sozialismus ist unzerstörbar. Sie sind sein letzter Verteidiger.«

»Das ist allzu freundlich …«

»In all den Jahren habe ich immer wieder an Sie gedacht. Haben Sie jemals geheiratet?«

Er schüttelte den Kopf. »Nein, das hat sich nicht ergeben.«

In diesem Moment pfiff der Wasserkessel in der Küche. Klara stand auf. Das breite Lächeln entblößte ihre grauen Zähne. »Ich glaube, es sind auch noch ein paar Kekse da.«

Hausser erhob sich ebenfalls.

»Aber bleiben Sie doch sitzen. Sie sind doch mein Gast.«

»Kein Grund, Ihnen nicht zu helfen«, antwortete Hausser und folgte Klara in die Küche.

Klara goss vorsichtig das kochende Wasser über das Kaffeepulver im Filter, während Hausser auf der Schwelle stand und ihr zusah. Der Kaffee, der mit einem tropfenden Geräusch in die Thermoskanne lief, duftete verführerisch. Klara öffnete den Hängeschrank und nahm eine durchsichtige Plastikdose mit Keksen heraus, die sie auf einem Teller verteilte.

»Sie sind eine gute Gastgeberin, Klara. Sie verwöhnen Ihre Gäste.«

»Danke«, entgegnete Klara. »Es kommt ja immer seltener vor, dass man Besuch bekommt.«

»Dabei hatten Sie doch erst kürzlich Besuch.«

Sie drehte sich überrascht zu ihm um. »Nein, das …«

»Doch, Klara, ich weiß genau, dass hier vor ein paar Tagen ein junges Paar vorbeigekommen ist, zwei Ausländer, waren es nicht Dänen?«

Klara blinzelte hinter ihren dicken Brillengläsern. »Ach, die. Woher wissen Sie …?«

»Was wollten sie von Ihnen wissen, Klara?«

Sie stellte den Wasserkessel ab. »Der Bruder der Frau ist verschwunden. Sie meinten, dass er Kontakt zu Renate hatte. Können Sie sich an Renate erinnern?«, fragte Klara, obwohl sie die Antwort kannte.

»Und was haben Sie ihnen erzählt?«

»Dass das nicht sein kann, weil Renate schon lange tot ist.«

»Und was haben die Dänen dazu gesagt?«

»Nicht viel.«

»Denken Sie an den Kaffee«, sagte Hausser und zeigte auf den Filter. Klara goss heißes Wasser nach. »Haben Sie etwas von mir erzählt?«

»Aber nein, kein Wort. Ich habe ihnen gesagt, dass die Familie Schumann kriminell war und deshalb observiert wurde und schließlich einen Fluchtversuch unternommen hat.«

»Und was noch?«

Klara schluckte. »Nur, dass sie nie zurückgekehrt sind … und dass es das Gerücht gibt, dass sie von der Grenzpolizei erschossen wurden. Mehr weiß ich doch auch nicht. Es ist ja auch schon so lange her.«

»Das ist richtig«, antwortete Hausser. »Darf ich mir mal die Hände waschen?« Hausser ging an Klara vorbei und trat an die Spüle, ehe sie antworten konnte. Er drehte den Wasserhahn auf und drückte den Stöpsel in den Abfluss. Dann nahm er das kleine Stück Seife, das neben der Spüle lag.

»Wissen *Sie* eigentlich … was damals passiert ist?«, fragte sie vorsichtig.

»Passiert?« Hausser drehte sich halb herum, während er seine Hände einseifte.

»Ich kann mich daran erinnern, dass das Ihr Fall war. Dass

wir es Ihnen zu verdanken hatten, dass dieser Schumann überführt wurde«, sagte sie lächelnd. »Ich weiß noch, dass Sie mich damals gefragt haben, wohin die Familie fahren wollte. Und dass Sie ihnen hinterhergefahren sind. Ist es damals passiert, an diesem Tag, dass sie … erschossen wurden?«

»Sie haben ein gutes Gedächtnis«, stellte er fest und drehte sich wieder zur Spüle um, die fast bis zum Rand mit eiskaltem Wasser gefüllt war. Er steckte seine Hände hinein. »Ich glaube, Ihr Abfluss ist verstopft.«

»Oh nein«, entgegnete sie mit verärgerter Stimme und ging zu ihm. »Wirklich?«

»Sehen Sie selbst«, sagte Hausser und trat einen Schritt zur Seite.

Klara beugte sich über die Spüle und starrte in das trübe Seifenwasser. Blitzschnell packte Hausser sie im Nacken und drückte ihren Kopf unter Wasser. Sie fuchtelte mit den Armen und versuchte sich zu befreien. Hausser drückte noch fester zu und legte sich mit seinem ganzen Gewicht auf ihren Rücken, sodass sie gegen die Spüle gepresst wurde. Mit seiner freien Hand öffnete er den Hahn, um das Wasser, das aus dem Becken schwappte, nachzufüllen. »Ganz ruhig, kleine Klara, gleich ist es vorbei.«

Klara trat mit beiden Beinen nach hinten aus und traf ihn schmerzhaft, doch Hausser hielt sie eisern fest. Kaskaden von Blasen entwichen ihrem Mund. Kurz darauf wurde sie von heftigen Krämpfen geschüttelt. Er redete beruhigend auf sie ein. »Ganz ruhig, lass es einfach zu.«

Als Klaras Glieder erschlafften und ihre Arme an den Seiten herunterhingen, drehte er den Wasserhahn zu. Er betrachtete die Perücke, die ihr vom Kopf gerutscht war und wie eine losgerissene Schlingpflanze an der Oberfläche schwamm.

Die Tote hatte etwas eigentümlich Friedliches an sich. Als

hätte das Wasser, das in ihre Lunge eingedrungen war, auch ihre Seele gereinigt. Seit der Zeit mit der Kiste in Hohenschönhausen hatte er das nicht mehr so empfunden.

* * *

Hausser trug Klaras Leiche ins Badezimmer und zog sie dort aus. Ihr Kleid, die schmuddelige Unterwäsche und ihre braune Strumpfhose legte er neben der Badewanne auf den Boden. Er betrachtete die nackte und aufgedunsene Leiche auf dem Grund der Wanne. Ein attraktives Äußeres konnte man ihr weder im Leben noch im Tod bescheinigen. Klara war von Natur aus für harte körperliche Arbeit und die Aufzucht von Nachwuchs geschaffen gewesen, womit sie dem Staat gute Dienste geleistet hatte. Er öffnete beide Wasserhähne und ließ das Wasser mit kräftigem Strahl auf ihren kahlen Körper strömen. Plötzlich fiel ihm ein, dass er die Perücke vergessen hatte. Er kehrte in die Küche zurück, um sie zu holen. Nachdem er wenig später alles aufgeräumt hatte, schloss er die Wohnungstür hinter sich, während im Bad weiter das Wasser rauschte. Er trat aus der Haustür ins Dunkel und hinaus auf die Greifenhagener Straße, die einsam und verlassen dalag. Er ließ kurz den Blick umherschweifen, um sich zu vergewissern, dass ihn niemand beobachtete. Dann schlenderte er zu dem betagten champagnerfarbenen BMW und setzte sich hinter das Steuer. Er schätzte den alten 735er außerordentlich. Einst hatte er den Besitzer, den er vor langer Zeit erschossen hatte, um diesen Wagen beneidet. Hausser ließ den Motor an und spürte das sanfte Vibrieren des Lenkrads. Er legte den ersten Gang ein und genoss das Summen des Motors, während er im Dunkeln davonfuhr.

75

Berlin, 8. Mai 2014

Im Bad, das nur durch eine Glaswand von dem übrigen Hotelzimmer getrennt war, stand Louise angezogen und schminkte sich. Ravn betrachtete sie vom Bett aus, während er sein Croissant aß. Er merkte, dass er den Frieden und die Harmonie solcher Stunden vermisst hatte. Die Leidenschaft der Nacht, gefolgt von einem Frühstück im Bett. Mit Louise würde er sich daran gewöhnen können. Es sah ganz so aus, als würden sie am Abend mit leeren Händen nach Hause fliegen, aber sie hatten zumindest versucht, Mogens zu finden, und Kurtz auf seine Spur gesetzt. In Wahrheit grauste ihn vor Mogens' Schicksal, und etwas sagte ihm, dass die Chancen, ihn noch lebend zu finden, zusehends kleiner wurden. Falls Mogens ermordet worden war, hoffte er zumindest, dass die Polizei seinen Mörder finden würde, damit Louise nicht mit derselben Ungewissheit leben musste wie er, was Evas Tod anging. Er schaute aus dem Fenster, ließ seinen Blick über die Stadt schweifen und kam nicht umhin zu denken, wie viele Mörder dort draußen herumliefen und ihrer Strafe entgingen. Plötzlich klopfte es an der Tür. Er warf sein Croissant auf den Teller.

»Hast du nicht das Schild vor die Tür gehängt?«, fragte Louise und sah ihn durch die Glasscheibe an.

»Doch.« Er stand auf und zog seine Unterhose an. Es klopfte erneut. »Ja, ja!«, rief Ravn.

»Du willst doch wohl nicht aufmachen?«, sagte sie und hielt ihre Mascara in der Hand, als wäre sie eine Lanze.

»Das hatte ich vor«, antwortete er und schlurfte zur Tür.

»Aber wenn das nun …«, hörte er Louise hinter sich. Ravn schloss auf und öffnete.

Auf dem Gang stand Hauptkommissar Kurtz. »Guten Tag. Entschuldigen Sie die Störung.«

Ravn bat ihn herein. Auch der Kommissar sah ein wenig übernächtigt aus. Er trug dieselbe abgewetzte Lederjacke wie beim letzten Mal, hatte sein Hertha-BSC-Halstuch allerdings zu Hause gelassen, woraus Ravn schloss, dass dies ein dienstlicher Besuch war.

Ravn entdeckte ein T-Shirt auf der Stuhllehne und zog es sich über den Kopf. »Es tut mir leid, aber wir haben keinen Kaffee mehr.«

Kurtz grüßte kurz Louise, als sie aus dem Badezimmer kam. »Ich habe schlechte Neuigkeiten«, sagte er und schaute sie beide an.

»Haben Sie Mogens gefunden?«, fragte sie.

Kurtz schüttelte verneinend den Kopf. »Nein, noch nicht. Es geht um Klara Graf.« Kurtz holte tief Luft. »Am frühen Morgen hat der Mieter der Wohnung unter ihr den Hausmeister der Anlage verständigt, weil von oben das Wasser tropfte. Da sie auf sein Klingeln nicht öffnete, hat der Hausmeister die Tür aufgeschlossen und sie tot in der Badewanne gefunden. Er hat den Rettungsdienst verständigt, der einen Wagen hingeschickt hat. Ich bin erst informiert worden, nachdem sie bereits in die Charité gebracht worden war.«

»Was ist die Todesursache?«

»Der zuständige Arzt meint, dass ihr vermutlich in der Badewanne schlecht geworden ist und dass sie ertrunken ist. Es gibt keine Anzeichen für eine äußere Gewalteinwirkung. Ich habe dennoch eine Obduktion veranlasst.«

»Was ist mit ihrer Wohnung? War die Spurensicherung schon dort?«

»Die Techniker haben nichts entdeckt, das auf einen Einbruch oder Kampf schließen lässt. Frau Graf ist einfach ertrunken. Ein tragisches Unglück?«, fügte er skeptisch hinzu.

»Wer außer uns wusste davon, dass Sie ihr einen Besuch abstatten wollten?«

»Niemand. Wie ich schon sagte, muss ich mich meinen Vorgesetzten gegenüber bedeckt halten. Heute ist mein freier Tag. Warum?«

»Jemand muss den Täter auf ihre Spur gebracht haben.«

»Wie meinen Sie das?«

»Seit wir in Berlin sind, werden wir von irgendjemandem beschattet.«

Kurtz und Louise schauten ihn überrascht an. »Wirklich?«

»Ja, davon bin ich überzeugt. Wenn Klara von demselben Täter ertränkt wurde, der auch die Touristen getötet hat und für Mogens' Verschwinden verantwortlich ist, dann ist er bei ihr ein extremes Risiko eingegangen. Wir haben ihn aus seinem Versteck gelockt.«

»Was schlagen Sie vor?«

»Dass wir selbst noch mal Klaras Wohnung durchsuchen. Wäre das möglich?«

Eine Stunde später betraten sie das Haus Nummer 9 in der Greifenhagener Straße. Die dicken Schläuche der Pumpen, die sowohl aus Klaras als auch aus der darunterliegenden Wohnung das Wasser abgepumpt hatten, lagen immer noch in den Räumen und im Treppenhaus. Die Tür zur Erdgeschosswohnung stand offen. Im Eingangsbereich stand ein jüngerer Mann mit Gummistiefeln und warf ein paar nasse Bücher, die den Wasserschaden nicht überstanden hatten, in einen Müllsack. Der Mann blickte auf, als Kurtz durch die Tür trat und ihm seinen Polizeiausweis zeigte. »Was für eine Überschwemmung.«

»Mein Büro und das Zimmer der Kinder standen total unter Wasser«, sagte der Mann entnervt.

»Haben *Sie* den Wasserschaden gemeldet?«

Der Mann nickte. »Ich bin aufgewacht, weil hier ein richtiger Wasserfall runterkam.«

»Wie spät war es da?«

»Vier, halb fünf. Das mit Frau Graf ist wirklich traurig, obwohl sie schon ziemlich alt war.«

»Kannten Sie sie näher?«

Er zuckte mit den Schultern. »Wir haben uns gegrüßt, wenn wir uns begegnet sind, das ist alles. Sie lebte ziemlich zurückgezogen.«

»Gestern Abend, haben Sie sie da gehört oder gesehen?«

»Nein, warum?« Der Mann sah Kurtz neugierig an, der abwiegelnd den Kopf schüttelte.

»Reine Routine. Sie haben also keine auffälligen Geräusche gehört oder mitbekommen, dass sie vielleicht Besuch hatte?«

»Weder noch. Ich habe sie überhaupt noch nie zusammen mit anderen Leuten gesehen. Sie lebte, wie gesagt, sehr zurückgezogen.«

Ravn und Louise folgten Kurtz die Treppe hinauf in den ersten Stock. Die Tür zu Klaras Wohnung war angelehnt, durch den Spalt lief einer der Schläuche. Mit zwei Fingern schob Kurtz die Tür auf.

»Ich glaube, wir brauchen uns wegen der Fingerabdrücke keine Gedanken zu machen«, sagte Ravn. »Bei all den Leuten, die hier ein und aus gehen.« Er bückte sich, um das Schloss und den Türrahmen zu inspizieren. »Sieht nicht so aus, als hätte jemand versucht, die Tür aufzubrechen. Entweder hat der Täter einen Schlüssel gehabt, oder Klara hat ihm die Tür geöffnet.«

Sie betraten die Wohnung und folgten dem Schlauch ins Badezimmer, das am Ende des Flurs lag. Im Bad war immer noch Wasser auf dem Boden. Auf dem Klodeckel lagen Klaras nasse Kleider und ihre Perücke.

»Ich frage mich, wie der Täter sie in die Wanne gelockt hat, um sie dort zu ertränken«, sagte Ravn.

»Gute Frage«, bestätigte Kurtz.

»Vielleicht hatten sie ein intimes Verhältnis«, mutmaßte Louise, »und sind zusammen in die Wanne gegangen.«

Ravn schüttelte den Kopf. »Der Mann unten hat doch gesagt, dass sie sehr zurückgezogen gelebt hat.« Er wandte sich an Kurtz. »Wäre es möglich, dass er sie erst erwürgt und dann ins Bad getragen hat?«

»Nein, es gibt keine Anzeichen, dass ihr Gewalt angetan wurde.«

Sie gingen ins Wohnzimmer, das immer noch genauso aussah, wie Ravn und Louise es in Erinnerung hatten. Der einzige Unterschied waren das Strickzeug auf der Armlehne des Sessels und die Kaffeetasse, die neben dem vollen Aschenbecher auf dem Couchtisch stand. Ravn starrte vor sich hin, während sein Gehirn mit Hochdruck arbeitete. »Der Täter hat sie beim Abendkaffee überrascht«, murmelte Ravn. »Er wird von ihr in die Wohnung gelassen, fragt vielleicht, ob er mal die Toilette benutzen darf. Ruft sie von dort aus und ertränkt sie in der Wanne. Ihre Tasse lässt er stehen, damit es so aussieht, als wäre sie die ganze Zeit allein gewesen. So ungefähr könnte es gewesen sein …«

»Zu umständlich«, wandte Kurtz ein. »Warum sollte sie sich ins Bad locken lassen?«

Ravn nickte. »Sie haben recht … zu umständlich und zu intim. Aber wie sonst?«

»Wenn er sie ertränkt hat, bleibt nur noch die Küchenspüle«, schaltete Louise sich vorsichtig ein.

Sie gingen in die kleine dunkle Küche. Ravn trat ans Spülbecken, bückte sich und öffnete die Tür darunter. Louise reichte ihm ihr iPhone, mit dem er hineinleuchtete. Auf dem Regalbrett stand das Wasser, und die Tapete an der Rückwand war durchfeuchtet. »Also entweder hat Klara noch einen Riesenabwasch erledigt, ehe sie starb, oder sie wurde hier ertränkt. Ich tippe auf Letzteres.«

Er richtete sich auf und warf einen raschen Blick in den Mülleimer. Ganz oben lagen zwei gebrauchte Kaffeefilter, und darunter lag eine durchsichtige Plastikdose mit ein paar Keksen. »Vielleicht kannte sie den Täter so gut, dass sie ihn auf einen Kaffee eingeladen hat. Vielleicht ein alter Freund, der unvermutet aufgetaucht ist?«

»Sie glauben also, dass der Täter gesehen hat, wie Sie Frau Graf besucht haben? Und dass er deshalb die einzige Person eliminiert hat, die ihn hätte identifizieren können?«, fragte Kurtz.

»Das könnte ein Teil der Erklärung sein. Doch was verbindet Klara, den Täter und unseren Besuch miteinander?«

»Mogens«, antwortete Louise. »Dass wir nach meinem Bruder suchen.«

Ravn nickte. »Doch auch wieder nur zum Teil. Klara kannte Mogens schließlich nicht … das hat sie zumindest behauptet.«

»Dafür kannten sie vielleicht alle Renate Schumann«, sagte Kurtz.

»Richtig. Klara muss etwas über Renate gewusst haben, das auf den Täter hinwies. Etwas, das ihn belastete.«

»Aber was? Wenn Renate eine Gefahr für ihn darstellte, warum hat er dann ihr Profil benutzt und Mogens und vielleicht auch die anderen Männer hierhergelockt?«

Ravn schüttelte den Kopf. »Keine Ahnung. Aber es ist wichtig für ihn, Renate zu benutzen. Genau wie es wichtig für ihn ist, seine Opfer zu ertränken. Vielleicht geht es da um Begierde, Eifersucht oder Rache, wer weiß.«

»Wo auch immer das Motiv liegt, wir haben es mit einer ziemlich gestörten Persönlichkeit zu tun«, brummte Kurtz.

76

Als sie das Haus verließen und auf die Straße traten, meldete sich Kurtz' Handy. Er nahm kurz den Anruf an und legte sogleich wieder auf. »Unsere Computerexperten haben die IP-Adresse der letzten Mail lokalisiert, die von Mogens' Postfach aus verschickt wurde.«

»Und?«

»Der Absender hat sie von einem Internetcafé aus verschickt. Dürfte also schwierig werden, das nachzuverfolgen. Dafür hatten sie Glück und sind an das Postfach Ihres Bruders gekommen.«

»Darf ich mir die Mails mal ansehen?«, fragte Louise, von neuer Hoffnung erfüllt.

Kurtz schüttelte den Kopf. »Die Mail aus dem Café ist die einzige, die nicht gelöscht wurde. Ansonsten war das Postfach leer, tut mir leid«, antwortete Kurtz und kehrte die Handflächen nach oben.

Schweigend gingen sie die Straße hinunter, bis Louise abrupt stehen blieb und ihr iPhone aus der Tasche riss. Sie öffnete das Mailprogramm, scrollte sich in der Kontaktliste zu Mogens' Adresse und gab in rasender Geschwindigkeit eine Nachricht ein.

Ravn begriff, was sie im Sinn hatte. »Ich glaube, es ist keine gute Idee, ihm jetzt zu schreiben.«

»Ist mir scheißegal!«, gab sie zurück. »Das Schwein hat meinen Bruder längst umgebracht.«

»Das ist doch nicht sicher, Louise.«

Sie kämpfte mit den Tränen. »Bist du wirklich so blind? Zuerst hat er Renates Konto gelöscht, dann hat er Klara getötet, und jetzt hat er Mogens' Mails gelöscht.«

»Louise, ich bitte dich, die Nachricht nicht abzuschicken. Damit verlieren wir das letzte bisschen Hoffnung, deinen Bruder doch noch zu finden.«

Sie schüttelte den Kopf. »Dieser Scheißkerl darf einfach nicht gewinnen. Er darf damit nicht durchkommen.«

»Da sind wir uns alle einig.«

Ravn schaute zu Kurtz hinüber, der den dänischen Wortwechsel nicht verstanden hatte, Louises Frustration jedoch schon.

»Gibt es irgendein Register über die Leute, die hier Ferienwohnungen vermieten?«, fragte Ravn.

»Sie glauben, dass sich Mogens irgendwo privat eingemietet hat?«

»Gut möglich. In einem Hotel wäre seine Identität doch sofort aufgeflogen.«

Kurtz nickte. »Das Problem ist nur, dass es über dreitausend offizielle Adressen gibt und bestimmt noch einmal doppelt so viele, die unter der Hand vermieten. Steuerbetrug ist ja gewissermaßen ein Volkssport geworden.«

»Ich habe doch gesagt, dass es hoffnungslos ist. Wir werden Mogens nie finden.« Louise tippte ein paar weitere Verwünschungen in ihr Handy.

»Es ist wirklich nicht zweckdienlich zurückzuschreiben«, bemerkte Kurtz.

»Und zu wem sollen wir sonst Kontakt aufnehmen? Es sind doch alle tot oder verschwunden.«

Kurtz zuckte die Schultern. »Zumindest befinden wir uns in einer Stadt, in der selbst die Toten plaudern.«

»Wie meinen Sie das?«, fragte Ravn.

»Ich habe einen guten Freund, einen alten Schulkameraden, der für ein Archiv arbeitet. An den könnten wir uns wenden.«

»Für welches Archiv?«

»Das Stasiarchiv.«

»Und was soll das bringen?«

»Wenn Renates Eltern von der Stasi überwacht wurden, dann bin ich sicher, dass wir auch einiges an Informationen über die Tochter finden. Mit wem sie Kontakt hatte und mit wem sie gesprochen hat, einfach alles, von den Nachbarn über Freunde bis zu ihren Lehrern.«

»Die Stasi hat auch Kinder ausspioniert?«

Kurtz nickte. »Die Stasi wusste, dass Kinder das schwächste Glied in der Kette sind. Man konnte sie entweder als Druckmittel gegen die Eltern benutzen, oder man hat sie direkt dazu gebracht, ihre Familien anzuzeigen. Manchmal wurden Kinder von ihren Eltern auch als Informanten missbraucht, um Gleichgesinnten geheime Botschaften zukommen zu lassen. Deshalb hatte die Stasi immer die gesamte Familie im Auge. Wenn Renate der Verbindungspunkt zwischen Klara, Mogens, den ermordeten Touristen und dem Täter ist, dann könnten uns die alten Überwachungsberichte vielleicht auf die richtige Spur bringen.«

»Einen Versuch ist es wert«, sagte Ravn mit einem Blick zu Louise.

Sie nickte und steckte ihr Handy ein.

Auf dem Weg zum Helmholtzplatz rief Kurtz seinen Freund an. Als er ihn endlich erreichte, dröhnte so laut Rammstein aus dem Hörer, dass Kurtz ihn vom Ohr nehmen musste.

»Alex!«, rief Kurtz in das Handy.

Der ohrenbetäubende Hardrock wurde von einer Stimme übertönt. »Wie geht's?«

Kurtz erzählte in aller Kürze, dass er ein paar Informationen aus dem Archiv brauchte. Dass das eine inoffizielle Anfrage sei, als Belohnung jedoch zwei Karten für Hertha BSC dabei herausspringen würden. Eine Ankündigung, die ihre Wirkung nicht verfehlte. Kurtz teilte Alex daraufhin das wenige mit, das er über die Familie Schumann wusste: die Namen von Renate und ihrer Mutter Lena, die ehemalige Adresse der Familie sowie das Gerücht, dass sie alle bei einem Fluchtversuch an der deutsch-deutschen Grenze erschossen worden waren.

»Weißt du eigentlich, wie lange so was dauert?«

»Wenn jemand etwas rauskriegt, dann du, Alex. Also, wann kann ich vorbeikommen?« Alex schien ziemlich ungehalten zu reagieren. »Natürlich heute!«, unterbrach ihn Kurtz. Kurz darauf steckte er das Handy wieder ein. »Wir können heute Abend vorbeikommen, wenn das Archiv geschlossen hat. Dann wird Alex hoffentlich das eine oder andere herausgefunden haben.«

»Aber heute Abend geht unser Rückflug«, entgegnete Ravn.

»Zum Teufel damit«, entschied Louise. »Ich bleibe so lange, bis wir ihn gefunden haben, und wenn ich dazu auswandern und ins Park Inn ziehen muss.«

77

Die Sonne tauchte den Himmel über der alten Stasizentrale, deren düstere Hochhäuser wie Monolithen in den Himmel ragten, in ein orangefarbenes Licht. Kurtz, der auf dem Beifahrersitz des Taxis saß, drehte sich zu Louise und Ravn um und zeigte auf Haus 1, das mit seinen pompösen Säulen nicht zu übersehen war. »Hier haben all die Banditen gearbeitet, Mielke und die ganze Stasispitze.«

Der bärtige Taxifahrer mittleren Alters warf Kurtz einen missbilligenden Blick zu. Es war schwer zu sagen, ob das an dessen Bemerkung oder an dem intensiver werdenden Geruch der dampfenden Currywurstschachteln lag, die Kurtz auf dem Schoß hatte. Alex hatte sie instruiert, sein Abendessen, Currywurst mit Pommes rot-weiß, bei Curry 26 und nur dort zu kaufen. Alex' Bestellung hatte Ravn an Victoria und ihre ausgeprägte Leidenschaft für die Zimtschnecken des Lagkagehuset erinnert, die in ihrem Antiquariat als Zahlungsmittel akzeptiert wurden. Trotz ihrer Auseinandersetzung vor ein paar Tagen vermisste er sie.

»Hier haben neuntausend fest angestellte Agenten gearbeitet und zweihundertsiebzigtausend inoffizielle Mitarbeiter, die ihnen Bericht erstattet haben«, erklärte Kurtz. »Jeder siebte Einwohner der DDR war praktisch ein Agent. Selbst Stalin oder Hitler können da nicht mithalten.«

»Wo sind Sie aufgewachsen?«, fragte Louise.

»In Pankow, in einem der Wohnsilos. Ich wohne immer

noch da draußen, jetzt aber in einem Reihenhaus mit meiner Frau und meinem Sohn. Einmal Ossi, immer Ossi.«

Das Taxi blieb vor dem Eingang des Archivs stehen, das sich in Gebäude Nummer 7 befand. Kurtz bezahlte den Fahrer. Alex stand in der Tür. Er trug ein schwarzes Rammstein-T-Shirt mit dem hakenkreuzähnlichen Logo auf der Brust. Sein blonder Oberlippenbart, die Locken und seine altmodische Vokuhilafrisur erinnerten an den Rudi Völler früherer Tage. »Wen bringst du da mit, verdammt? Ich dachte, du kommst allein.«

Kurtz lächelte, als sie die Treppe zu ihm hinaufstiegen. »Gute Freunde, Alex. Ravn ist ein Kollege aus Dänemark, und Louise ist eine wichtige Zeugin«, log er. »Ihr Bruder ist verschwunden, deshalb sind wir hier.«

»Das Archiv ist doch keine verdammte Touristenattraktion. Das Museum ist da drüben.« Er zeigte mit seinen streichholzdünnen Armen zu Haus 1 hinüber, in dem sich das Stasimuseum befand. »Und was Ihren Bruder angeht, der ist nicht unten im Archiv. Hier ist es scheißleer – zum Glück, sonst werd ich noch gefeuert, wenn die herausfinden, dass ich jemand reingelassen habe, der hier nichts zu suchen hat!« Er versuchte, sich in der Türöffnung so breit wie möglich zu machen, und verschränkte die Arme.

»Lass gut sein, Alex. Ich hab deine Currywurst dabei, von Curry 36, versteht sich. Außerdem weiß ich genau, dass du uns unbedingt zeigen willst, was du herausgefunden hast. Komm schon, jetzt hab dich nicht so.«

Alex riss ihm alle drei Schachteln mit Currywurst aus der Hand. »Und wo sind die Fußballkarten?«

»Die besorg ich dir schon. Lässt du uns jetzt rein?«

»Na logo«, antwortete er und stieß mit seinem Hintern die Tür auf.

Sie folgten Alex durch die dunkle Halle zu der Treppe, die in den Keller führten, aus dem dumpfe Musik schallte. »Ich weiß, dass der Schein trügt, doch Alex ist einer der größten Experten für die Zeit des Kalten Krieges«, erklärte Kurtz. »Auch wenn er seine Unsicherheit durch Fluchen kompensiert.«

»*Der* größte!«, rief Alex, der Kurtz' Worte offenbar gehört hatte. »Und ich kompensiere gar nichts, weil ich genau weiß, dass ich hier der König bin.«

Sie betraten den Vorraum des Archivs, in dem sich die Aktenschränke mit vergilbten Karteikarten aneinanderreihten. »Und das ist mein Königreich«, fügte er hinzu und machte mit einer der Currywurstschalen eine ausladende Geste. »Fünfzig Regalkilometer und achtzehn Millionen Karteikarten.« Sie folgten Alex in den riesigen Archivraum, der vom Boden bis zur Decke mit Regalen ausgestattet war, die sich vor Klarsichthüllen, Kisten und vergilbten Mappen bogen. Aus den Deckenlautsprechern dröhnte *Amerika* von Rammstein. »Das hier ist das Gedächtnis der alten DDR. Und obwohl die verdammten Stasischweine versucht haben, alles zu vernichten, sind wir dabei, den ganzen Scheiß zu rekonstruieren. Wir sind Gehirnchirurgen, verdammt.« Im stampfenden Rhythmus der Musik marschierte er durch die Gänge und wirkte dabei wie ein Teenager, der zum ersten Mal allein zu Hause bleiben durfte. Er grölte den Text mit. *We're all living in America ... wunderbar ... Coca-Cola, sometimes WAR ... We're all living in America ...*

Sie kamen zu einer Aussparung, wo ein langer Tisch von ein paar Stühlen umgeben war. Alex drehte sich zu ihnen um und versuchte, sie zu animieren, den Refrain mitzusingen, doch stattdessen ging Kurtz zu der Musikanlage in der Ecke und stellte die Musik ab. Die plötzliche Stille dröhnte in den Ohren. »Faschist!«, murmelte Alex.

»Ich gehe mal davon aus, dass du uns was Bestimmtes zeigen willst.«

Alex warf die Schalen mit Currywurst auf den Tisch. »Klar, was hast du denn gedacht?«

»War es schwierig?«

»Ja, aber nur weil du mich mit dem ganzen Müll gefüttert hast. Du hättest auch einfach sagen können, dass es um die ›Aktion Midas‹ geht.« Alex zog einen Rollwagen heran, auf dem mehrere Kisten voller Aktenordner und Videokassetten standen.

»Ist das alles über Renate Schumann?«, wollte Ravn wissen.

»Nein, über ihren Vater Christoph Schumann alias Midas. Aber Renate taucht natürlich in einigen Berichten auf. Außerdem gibt es Videoaufzeichnungen aus ihrem Zimmer.« Alex nahm die oberste Videokassette aus einer der Kisten. »Diese Dreckskerle hatten die ganze Wohnung verwanzt und mit Minikameras ausgestattet.«

Ravn ging zu dem Rolltisch und betrachtete das umfangreiche Material. »Das hört sich ja so an, als würden Sie den Fall bereits kennen.«

»Das tun alle, die ein bisschen Grundwissen haben. Das gemeine Volk hat ihn natürlich längst vergessen so wie alles, was nicht nach einer Sensation schreit. Bei der Familie Schumann handelt es sich um die letzten Opfer des geteilten Deutschlands. Sie starben quasi zeitgleich mit dem Fall der Mauer. Da sie jedoch in irgendeinem fernen Wald und nicht am Brandenburger Tor umkamen, kann sich keiner mehr daran erinnern.«

»Ziemlich viel Arbeit, das alles zu sichten«, sagte Kurtz und klopfte auf den obersten Aktenordner, als hätte er Ravns Gedanken gelesen.

»Das da ist gar nichts«, sagte Alex. »Leider ist ein Großteil der Unterlagen im Fall Midas geschreddert worden, was im Übrigen absolut typisch für die Abteilung Z ist.«

»Was ist die Abteilung Z?«, fragte Ravn.

»Die Geheimabteilung des Geheimdienstes«, schnaubte Alex. »Nur die ganz hohen Tiere in der Stasi wussten von ihrer Existenz. Die Abteilung Z hat sich um die heiklen Fälle gekümmert, die den Sicherheitsapparat selbst, die Partei oder den Finanzsektor betrafen. Letzteres traf auch auf Schumann zu, der eine führende Position bei der Staatsbank hatte. Die Z-Sachen endeten für die Leute, die sich im Fadenkreuz der Ermittlungen befanden, in der Regel tödlich. Die meisten wurden im Untersuchungsgefängnis Hohenschönhausen ermordet.« Er fuhr sich mit dem Finger vielsagend über die Kehle.

Ravn nahm den ersten Unterlagenstapel und legte ihn auf den Tisch. »Wir müssen die Unterlagen aufteilen und alles aussortieren, was mit Renate zu tun hat.«

Kurtz und Louise nahmen sich ebenfalls einen Stapel vom Wagen und leisteten ihm am Tisch Gesellschaft.

»Danach finden wir heraus, mit wem sie Kontakt hatte und in welchem Umfang. Und vielleicht könnten Sie, Alex, dann direkt nachsehen, ob diese Personen noch in anderen Zusammenhängen auftauchen und ob sie eventuell noch am Leben sind.«

»Ich bin hier ausschließlich für die Vergangenheit zuständig, Herr Dänemark. Wenn Sie was über lebende Personen wissen wollen, müssen Sie sich an Ihren deutschen Kollegen wenden.« Er nickte in Richtung Kurtz.

»Setz dich einfach und iss, Alex«, forderte Kurtz ihn auf. »Danach kannst du dann den Fernseher anstellen, damit wir uns die alten Bänder ansehen können.«

»Jawohl, mein Führer.«

78

Sie gingen die Dokumente durch und legten alles, was Renate betraf, in der Mitte des Tisches auf einen Stapel. Im Laufe der nächsten Stunden zeichnete sich ein zunehmend beklemmendes Bild der Überwachungsmaßnahmen ab, denen die Familie Schumann ausgesetzt gewesen war. Obwohl Christophs Betrügereien außer Frage standen, stellte die lückenlose Observierung der Wohnung eine skrupellose Grenzüberschreitung dar.

Auf dem Fernseher am Ende des Tisches sah Alex die alten Videobänder durch. Ravn und die anderen spähten hin und wieder zum Bildschirm hin. Was sie dort sahen, wirkte wie die filmische Umsetzung dessen, was sie in den Unterlagen lasen. Eine Aufzeichnung zeigte ein Treffen zwischen Schumann und einer Reihe von Leuten, mit denen er die Flucht in den Westen plante. Danach sahen sie ein vertrauliches Gespräch zwischen Schumann und einem Mann namens Braun, in dem diese Fluchtpläne offenbar begraben wurden.

»Renates Mutter war sehr hübsch«, stellte Louise fest, als Lena auf der Mattscheibe zu sehen war.

»Sie war früher Model. Sie hat für die exklusive Boutique Madeleine gearbeitet, in der nur mit Westgeld bezahlt werden konnte. Später wurde sie gefeuert, angeblich wegen ›Gefährdung der Staatssicherheit‹.« Letzteres las Kurtz aus dem Bericht vor, der vor ihm lag.

»Leute in einem Land, in dem es eigentlich Arbeit für alle

gab, aus ihren Jobs zu feuern war eins der typischen Druckmittel der Stasi«, erklärte Alex.

Als es schon nach Mitternacht war, hatten sie den größten Teil der Dokumente gesichtet. In der Mitte des Tisches war ein kleiner Stapel mit Unterlagen über Renate Schumann zusammengekommen. Alex spielte gerade ein Band ab, das zeigte, wie das Mädchen in ihrem Zimmer die Uniform der Jungpioniere aus- und ihren Schlafanzug anzog. Sie waren alle peinlich berührt, und nicht einmal Alex hatte eine provokante Bemerkung auf Lager. Nachdem sich Renate ins Bett gelegt hatte, kam ihr Vater zu ihr ins Zimmer und setzte sich auf die Bettkante. Im Verhältnis zu seiner mächtigen Statur wirkte Renate ungeheuer schmächtig. Alex drehte die Lautstärke ganz auf, sodass sie durch das elektrostatische Knistern hindurch mit Mühe ihre Worte verstehen konnten. Christoph erzählte, dass sie eine längere Ferienreise auf die andere Seite der Grenze nach Westdeutschland machen würden. Doch falls jemand fragte, sollte sie sagen, dass sie ihre Großmutter besuchen wollten.

»Man darf aber nicht lügen«, sagte Renate.

»In diesem Fall machen wir eine Ausnahme.«

»Wann fahren wir los?«, wollte Renate wissen.

»Schon morgen Abend.«

»Aber morgen hab ich Training.«

»Da kannst du leider nicht hingehen.«

Der Vater versuchte erfolglos, seine enttäuschte Tochter zu beruhigen. Sie wurde immer wütender, und am Ende stritten sie lautstark miteinander, ehe der Bildschirm schwarz wurde.

Lange Zeit saßen sie schweigend da. Es war eine bedrückende Vorstellung, dass Vater und Tochter keine vierundzwanzig Stunden nach dieser Aufzeichnung nicht mehr am Leben sein würden.

Sie studierten eingehend die Berichte, in denen Renate erwähnt wurde, und listeten alle Personen auf, mit denen sie Kontakt gehabt hatte. Dazu gehörten mehrere Freunde ihrer Eltern sowie ein paar Nachbarn, vor allem Klara, die regelmäßig auf sie aufgepasst hatte. Darüber hinaus fanden einige Mitschüler sowie die Turnlehrerin Erwähnung. Alex sah unter den entsprechenden Namen nach und kam mit den Informationen zurück, dass Braun nur wenige Wochen vor dem Fluchtversuch der Familie Schumann tragisch verunglückt und ertrunken war und dass sowohl Klara Graf als auch Renates Turnlehrerin Irene Hertz als geheime Informanten für die Stasi gearbeitet hatten.

Ravn stand vom Tisch auf und gähnte. Er warf einen Blick auf seine Armbanduhr und sah, dass es Viertel vor drei war. Kurtz sah aus, als sei er auf seinem Stuhl eingeschlafen. Nur Louise machte immer noch einen frischen Eindruck und blätterte gerade den letzten Bericht durch. »Aus Renate hätte wirklich etwas Großes werden können«, sagte sie. »Alle loben ihre Fähigkeiten, sogar der Geheimdienstoffizier, der die Berichte verfasst hat.«

Kurtz streckte sich und drehte sich auf dem Stuhl herum. »Von Klara abgesehen hatte die Turnlehrerin wohl den engsten Kontakt zu ihr. Vielleicht sollten wir mal nachsehen, ob sie noch am Leben ist.«

»Ich glaube nicht, dass sie etwas damit zu tun hat«, entgegnete Ravn. »Aber wer hat Renate erschossen? *Wer* hat sie erschossen?«

Sie richteten ihre Blicke auf Alex, der herzhaft gähnte. »Niemand.«

»Was soll das heißen? Sind die beteiligten Grenzsoldaten denn nicht vor Gericht gestellt worden?«, fragte Kurtz.

»Natürlich gab es einen Prozess, es wurde aber niemand

schuldig gesprochen.« Alex setzte sich an seinen PC. »Grenzbeamte wurden sowieso fast nie verurteilt. In diesem Land konnte man sich schon immer darauf berufen, nur Befehle ausgeführt zu haben. Wovon auch mein nächstes Buch handeln wird.«

»Dieses Buch ist schon ziemlich lange in der Planung«, murmelte Kurtz.

Alex überhörte die Bemerkung und wandte sich wieder dem Bildschirm zu. »In Midas' Fall lagen die Dinge allerdings etwas anders.« Er scrollte ein paar Ordner hinunter und öffnete einen mit einem §-Zeichen. Dann klickte er nacheinander auf ein paar Unterverzeichnisse und fand schließlich die Datei mit der Abschrift des Prozesses, der vor über zwanzig Jahren geführt worden war. »Laut Zeugenaussage der fünf Grenzsoldaten, genauer gesagt der vier Grenzsoldaten und eines Nachrichtenoffiziers, wurde die Familie Schumann von zwei SM-70ern getötet.«

»Und was ist eine SM-70er?«, fragte Ravn.

»Das waren die Selbstschussanlagen, die mit einem unsichtbaren Draht verbunden waren. Wenn jemand versuchte, über den Zaun zu klettern, wurden sie aktiviert, und eine Ladung von mehreren hundert Stahlkugeln wurde abgefeuert. Die Schumanns waren sofort tot.«

»Gab es eine Obduktion?«

Alex überflog den Bericht auf dem Monitor. »Durch den kleinen Waldbrand, der durch die Sprengladungen ausgelöst wurde, waren die Leichen total verkohlt.«

»Und es steht hundertprozentig fest, dass alle drei ums Leben kamen?«

»Laut dem Gerichtsprotokoll und den Zeugenaussagen, ja. Warum?«

Ravn kratzte sich die Bartstoppeln. »Falls doch jemand aus

der Familie überlebt hat, könnte das Motiv Rache sein. Rache an der Gesellschaft oder an den Männern im Allgemeinen.«

»Denken Sie an Renate, an das kleine Mädchen?«, fragte Kurtz und sah ihn skeptisch an.

Ravn machte eine ausladende Geste. »Warum nicht? Sie wäre jetzt Mitte dreißig und zumindest imstande, Mogens die Mails zu schreiben. Wer weiß, was in dem Waldgebiet an der Grenze damals wirklich passiert ist? Wie zuverlässig die Zeugen waren? Sie standen ja schließlich selbst unter Anklage.«

Alex lächelte ihn schief an. »Normalerweise bin ich für jede Verschwörungstheorie zu haben, aber ich sehe nicht, warum die Grenzsoldaten damals hätten lügen sollen.«

»Vielleicht haben sie sich auf eine gemeinsame Version geeinigt, damit sie alle freigesprochen wurden. Vielleicht haben sie irrtümlich geglaubt, dass keiner aus der Familie überlebt hat. Da kommen viele Motive infrage. Sie haben vorhin gesagt, dass auch ein Stasioffizier vor Ort war. Ist das nicht ziemlich ungewöhnlich?«

»Die Stasi hatte ihre Leute überall, auch an den Grenzposten. Das Regime hat allen misstraut.«

»Aber trotzdem … was für einen Rang hatte dieser Stasimann?«

Alex schaute auf den Bildschirm. »Er war Oberst. Oberst Erhardt Hausser.«

»Könnten wir uns mal seine Akte ansehen?«, fragte Ravn.

»Falls die nicht auch geschreddert wurde …«, brummte Alex. Dann notierte er sich Haussers Archivnummer, stand auf und ging zu den Aktenschränken mit den Karteikarten.

»Glauben Sie wirklich, dass Renate noch am Leben sein könnte?«, fragte Kurtz müde.

»Jedenfalls können wir diese Möglichkeit nicht völlig ausschließen.« Ravn setzte sich auf den Stuhl neben Louise. Alle betrachteten das erstarrte Schwarz-Weiß-Bild von Renate auf dem Fernsehschirm. Ein kleines frustriertes Mädchen im Schlafanzug. »Egal, was passiert ist, sie tut mir sehr leid«, sagte Louise.

Niemand von ihnen hätte sagen können, wie viel Zeit vergangen war, bis sie Alex' eilige Schritte hörten. Im nächsten Moment erschien er mit mehreren Mappen und Ordnern im Arm, die er auf den Tisch warf. »Hausser hat auch für die Abteilung Z gearbeitet! Außerdem hat er die Observierung der Familie Schumann veranlasst und war persönlich für die Aktion Midas verantwortlich!«

»Dann ist er ihnen wahrscheinlich selbst bis zur Grenze gefolgt.«

Alex nickte.

Ravn nahm die oberste Mappe und blätterte darin. »Was ist das hier?«

»Ich habe ein paar seiner alten Fälle herausgesucht. Unmittelbar vor der Aktion Midas. In diesem hier geht es um ein Netzwerk von Menschenschmugglern, das Hausser infiltriert hat. Der Anführer war ein Leo Danzig, ich bin auch in anderen Zusammenhängen auf ihn gestoßen, eine schillernde Persönlichkeit, die schließlich im Untersuchungsgefängnis Hohenschönhausen ums Leben kam.«

»Wie ist er gestorben?«

»Offiziell an einer Lungenentzündung, wie viele andere Häftlinge auch. Die saßen in den feuchten Zellen im Keller, bis sie krank wurden und irgendwann zugrunde gingen. Es gibt sogar Gerüchte, dass es in Hohenschönhausen zu Waterboarding gekommen ist.«

»Ebenfalls von Hausser veranlasst?«

Alex zuckte die Achseln. »Das sind, wie gesagt, nur Gerüchte. Wir wissen natürlich nicht, ob Hausser bei den Verhören dabei war.«

Ravn warf Kurtz, der wieder wach geworden zu sein schien, über den Tisch hinweg einen Blick zu. »Zehn männliche Touristen, die ertrunken sind, Klara Graf tot in der Badewanne, Schumanns Freund Braun ertrunken in der Spree, und jetzt die Gerüchte von Wasserfolter in Hohenschönhausen, die vermutlich auf das Konto von Hausser geht. Bin ich der Einzige, der hier ein Muster sieht?«

»Vielleicht sollten wir mal überprüfen, ob dieser Hausser noch lebt und, falls ja, wo«, entgegnete Kurtz und stand auf.

79

Berlin, 9. Mai 2014

Die Genslerstraße mit ihren hohen Wohnblocks und alten Lagerhäusern lag still in der Morgensonne. Ein Konvoi von Polizeifahrzeugen, bestehend aus dem Mannschaftswagen des Sonderkommandos und zwei Streifenwagen, wurde von Kurtz' dunklem Audi angeführt. Ravn saß neben Kurtz, dessen Hände sich so fest um das Lenkrad krampften, dass seine Fingerknöchel weiß waren. Ravn drehte sich halb zu Louise um. »Alles okay mit dir?«, fragte er. Sie nickte mit zusammengebissenen Zähnen und wirkte entschlossener denn je. Keiner von ihnen hatte auch nur eine Minute geschlafen, das Adrenalin pumpte mit Hochdruck durch ihre Körper.

»Willkommen in Stasiland«, murmelte Kurtz und warf den Lagerhäusern zur Rechten einen verächtlichen Blick zu. »Das ganze Viertel gehörte früher dem Geheimdienst und war bis zum Fall der Mauer auf keinem Stadtplan verzeichnet.«

»Also ein passender Ort für einen früheren Oberst.«

Kurtz nickte.

In den Stunden nach ihrem Besuch im Stasiarchiv war es Kurtz gelungen, einen richterlichen Durchsuchungsbefehl zu erwirken und ein Sondereinsatzkommando zu mobilisieren. Ravn und Louise hatten mitbekommen, dass er seinem Chef gegenüber den Verdacht verschwiegen hatte, dass Erhardt Hausser womöglich ein gesuchter Serienkiller war. Stattdessen hatte er ihn als geflohenen Kriegsverbrecher hingestellt, der mit einer Reihe ungeklärter Todesfälle sowie dem spurlosen Verschwinden eines dänischen Staatsbürgers in Verbindung gebracht wurde. Keiner von Kurtz' Vorgesetzten wusste, wer Ravn und Louise, die Kurtz als »internationale Beobachter« vorgestellt hatte, wirklich waren.

Als sie die Schleizer Straße erreichten, bog der Konvoi in die monotone Wohnstraße ab und fuhr bis zu dem kleinen grauen Haus, in dessen Einfahrt ein betagter champagnerfarbener BMW stand. Kurtz parkte seinen Wagen auf der anderen Straßenseite. Sie stiegen alle drei aus. Über den Hausdächern sahen sie die Wachtürme der ehemaligen Haftanstalt Hohenschönhausen, die in der Nebenstraße lag und inzwischen zu einem Museum eingerichtet worden war.

»Bestimmt hat er in all den Jahren die Aussicht genossen«, bemerkte Kurtz trocken.

Mit einem kurzen Heben der Hand signalisierte er dem Einsatzleiter im Mannschaftswagen, dass die Operation beginnen konnte. Im nächsten Moment rückten die Beamten in Kampfmontur mit erhobenen Maschinenpistolen auf das Grundstück vor. Sie marschierten den Kiesweg hinunter, der zum Haus führte, wo fünf Männer mit einem Rammbock vor der Tür stehen blieben. Die Übrigen setzten ihren Weg zum Garten fort. Als das Haus umstellt war, wies der Einsatzleiter die Männer mit dem Rammbock an, die Tür einzuschlagen. Ein zielgerichteter Schlag genügte, und die Tür sprang auf. Die hinteren Beamten drängten bereits ins Haus, als ihnen weißer Rauch entgegenschlug. »Zurück! Zurück! Zurück!«, rief der Einsatzleiter. Die Beamten sprangen die Eingangsstufen und den schmalen Kiesweg hinunter.

Ravn zog Louise vorsichtshalber hinter den ersten Streifenwagen in Deckung und spähte über die Kühlerhaube. Die

Rauchentwicklung im Haus nahm zu, inzwischen quoll dicker Qualm aus der Türöffnung. Ein Beamter lief mit einem Feuerlöscher zum Haus und begann im Flur zu löschen. Im nächsten Moment stürmten die Einsatzkräfte in das Gebäude.

»Kommen Sie«, sagte Kurtz, der seine Dienstpistole gezückt hatte.

Ravn und Louise folgten ihm über die Straße. Im Vorgarten blieben sie stehen und warteten auf das Signal, dass das Gebäude gesichert war. Kurz darauf erschien der Einsatzleiter in der Tür und machte Kurtz ein Zeichen, dass alles okay sei. Als sie bei ihm waren, nahmen sie sofort den beißenden Benzingestank wahr, der aus dem Haus drang. »Die Wohnung ist gesichert und leer«, sagte der Einsatzleiter.

Sie betraten die kleine Diele, deren Teppich von Benzin durchtränkt war. Zwei grüne Benzinkanister lehnten an der Wand. »Wir haben den Strom abgeschaltet, um die Explosionsgefahr zu verringern.«

»Wie kam es zu der Rauchentwicklung?«, fragte Kurtz.

»Beide Türen waren mit Sprengladungen versehen. Glücklicherweise war bei der ersten der Zündmechanismus defekt. Die zweite Ladung haben wir entschärft.«

»Wie explosiv waren die?«

»Vom Haus wäre nichts mehr übrig geblieben, wenn sie hochgegangen wären. Zum Glück waren das uralte russische Panzerminen.«

»Hausser hat gewusst, dass es nur eine Frage der Zeit war, bis wir ihn finden würden«, sagte Ravn. »Deshalb wollte er sämtliche Spuren verwischen.«

»Und uns den Garaus machen«, ergänzte Kurtz.

Sie betraten die beiden ineinander übergehenden Wohnzimmer, die mit der Sitzecke aus Leder, den bequemen Fernsehsesseln und dem spärlich gefüllten Bücherregal, das die gesamte eine Wand einnahm, ganz und gar durchschnittlich aussahen. Neben den wenigen Büchern fielen einige Nippfiguren aus Porzellan ins Auge, spielende Kinder und ein Flötenspieler mit einem weißen Bart, die einen Ehrenplatz in der Mitte des Regals bekommen hatten.

Sie gingen ins Schlafzimmer, wo das große Doppelbett mit den beiden Nachttischen akkurat bezogen war. Die beiden Schranktüren standen weit offen, und auf dem Boden lagen überall Kleider herum, als hätte jemand in aller Eile ein paar Sachen gepackt. Ravn warf einen Blick in den ersten Schrank. »Sind hier noch andere Bewohner außer Erhardt Hausser gemeldet?«

»Nein, warum?«, fragte Kurtz.

Ravn trat einen Schritt zur Seite, damit der Kommissar und Louise den Inhalt des Kleiderschranks sehen konnten. Auf den Kleiderbügeln hingen mehrere Frauenkleider, Röcke und Seidenblusen, und im untersten Fach standen mehrere Paar hochhackiger Schuhe. »Sieht auf jeden Fall so aus, als hätte Hausser hier nicht allein gewohnt.«

Kurtz schluckte. »Vielleicht hat Renate doch überlebt und wurde von Hausser in all den Jahren hier gefangen gehalten.«

Ravn nickte. »Ob sie weiterhin bloß ein Opfer ist, wird sich zeigen.«

»Sie halten es für möglich, dass die beiden die Verbrechen zusammen begangen haben?«

Aus dem Flur rief der Einsatzleiter nach ihnen. Sie gingen zu ihm.

»Herr Hauptkommissar, Sie sollten sich mal den Keller ansehen!« Er warf einen beunruhigten Blick die Kellertreppe hinunter.

Im Keller standen zwei Beamte mit Stirnlampen und je einer Taschenlampe in der Hand, mit denen sie den Raum ausleuchteten. Wie im übrigen Haus roch es auch hier stark nach Benzin. An einer Wand zogen sich Aktenschränke entlang. Ravn öffnete den ersten Schrank und zog ein paar vergilbte Mappen heraus. »Sieht so aus, als hätte Hausser das halbe Stasiarchiv mitgenommen.«

Kurtz nahm ebenfalls ein paar Mappen und blätterte ein wenig darin. Soweit sie dies auf die Schnelle beurteilen konnten, stammten sämtliche Unterlagen aus der Abteilung Z und betrafen Hausser persönlich. Ob er sie an sich genommen hatte, um seine Verbrechen zu verschleiern oder aus reiner Nostalgie, war nicht zu sagen. Alex würde in jedem Fall *verdammt* glücklich sein, diese Dokumente für sein Archiv zu bekommen.

Mitten im Raum stand ein langer Arbeitstisch, der über und über mit Dokumentenmappen, Videokassetten und Fotos bedeckt war. Kurtz ließ seine Taschenlampe über den Tisch wandern. Er betrachtete die oberen Fotos, die eine Reihe von Männern mittleren Alters zeigten. Die Männer waren offenbar heimlich aufgenommen worden, ohne dass sie gewusst hatten, dass sie fotografiert wurden.

»Erkennen Sie jemanden?«, fragte Ravn.

Kurtz nickte. »Das sind einige der Männer, die ertrunken sind«, antwortete er. Kurtz nahm ein paar Bilder und legte sie vor sich auf den Tisch. Er hielt Ravn eins hin. »Hausser hat nicht nur diese Männer fotografiert.«

Die Aufnahme zeigte Ravn und Louise auf dem Weg zu dem Wohnblock, in dem Klara Graf gewohnt hatte.

In diesem Moment fiel Louises Blick auf die hintere Kellerwand. Sie nahm sich die Taschenlampe vom Tisch und richtete den Lichtkegel auf eine Reihe von Koffern, die dort nebeneinanderstanden. Entschieden zog sie einen heraus und studierte ihn von allen Seiten, auf der Suche nach einem Namensschild. Schließlich fand sie Mogens' Namen und Adresse auf einem kleinen Schild, das am Handgriff befestigt war. Louise legte den Koffer hin und öffnete ihn. Er enthielt seine Kleider, seine Schuhe und sein Necessaire. Sie ließ ihre Finger über die Kleidungsstücke gleiten, während sie fast lautlos zu weinen begann. Ravn ging zu ihr und kniete sich neben sie. Er legte seinen Arm um ihre Schultern. »Das tut mir so leid, Louise.«

Sie lehnte den Kopf an seine Brust. »Warum hat er Mogens' Sachen aufbewahrt? Warum all diese Koffer?«

»Ich weiß es nicht, vielleicht … um seine Spuren zu verwischen …« Er hätte auch sagen können *als Trophäe*, doch es gab keinen Grund, in dieser Hinsicht Spekulationen anzustellen.

»Ich glaube, das dürfte Sie beide interessieren«, sagte Kurtz über den Tisch hinweg.

Ravn half Louise vom Boden auf, und sie traten zu Kurtz, der in einer Dokumentenmappe blätterte. Die Mappe enthielt nicht nur Mogens' E-Mails, sondern auch Renates Antworten. Ganz hinten lagen zahlreiche Schwarz-Weiß-Fotos von Mogens, die alle während seines Aufenthalts in Berlin entstanden waren. Angefangen von dem Moment, als er aus dem Zug gestiegen war, bis zu seiner Wanderung durch die Straßen von Friedrichshain. Ein paar Bilder zeigten ihn in einem Waldgebiet.

Ravn sah sich die Fotos genau an. »Irgendeine Idee, wo die entstanden sein könnten?« Mogens stand desorientiert in einer Schar junger Leute, die vor einer Bühne tanzten. Kurtz nahm das Bild in die Hand und betrachtete es eingehend. Im Hintergrund waren die Umrisse einer großen Radarkuppel zu erkennen.

»Das könnte auf dem Teufelsberg sein«, antwortete er.

»Dem Teufelsberg?«

»Eine ehemalige Überwachungsstation aus der Zeit des Kalten Krieges. Dort gibt es jedes Jahr ein großes Musikfestival: *Teuflische Party* oder *Teufelsfest* oder so ähnlich. Vor ein paar Jahren hat da eine riesige Drogenrazzia stattgefunden.«

»Und die Überwachungsanlage, ist die immer noch in Betrieb?«

»Nein, für den Rest des Jahres ist es dort still und friedlich.«

»Wenn Mogens extra dorthin gelockt wurde, dann glaube ich nicht, dass geplant war, dass er jemals zurückkehrt«, mutmaßte Ravn. »Vielleicht haben Hausser und Renate dort selbst Zuflucht gesucht.«

Kurtz legte das Foto auf den Tisch. Dann wandte er sich an den Einsatzleiter und bat darum, das Sondereinsatzkommando zu mobilisieren.

80

Dunkle Wolken ballten sich über dem Teufelsberg und der ehemaligen Militäranlage, deren Radarkuppeln über dem dunklen Wald thronten. Donner grollte, und mit dem Donner kam der Regen, der schwer auf die Polizeieinheiten niederging, die das gesamte Gebiet umstellt hatten. Ravn und Louise folgten Kurtz und der Haupteinheit auf dem asphaltierten Weg bis zum Haupteingang, während sich ein paar kleinere Einheiten auf die schmalen Wege verteilten, die das dichte Gebüsch auf allen Seiten des Berges durchzogen.

Als sie den Haupteingang erreichten, zog die Einheit zu den düsteren Gebäuden weiter, die im strömenden Regen nur schemenhaft zu erkennen waren. Der Einsatzleiter dirigierte die ganze Zeit kleine Gruppen von Beamten zusammen mit den Hundeführern und ihren speziell ausgebildeten Hunden zu den einzelnen Ruinen, an denen sie vorbeikamen, während die restlichen Einsatzkräfte zu dem baufälligen Hauptgebäude weiterzogen. Vor dem Gebäude standen immer noch Überbleibsel der Bühne, die sie auch auf dem Foto von Mogens gesehen hatten. Die Erde war mit zersplitterten Flaschen und Müll übersät. Ravn und Louise folgten Kurtz und den Beamten die Treppe hoch zum Hauptgebäude. Die Beamten begannen, das Gebäude Stockwerk für Stockwerk systematisch abzusuchen. Schließlich erreichten sie das Dach, auf dem drei der größten Radarkuppeln standen. Die zerfledderten Planen, die die Metallskelette der Radarkuppeln umgaben, knatterten ohrenbetäubend im böigen Wind. Ravn und Louise suchten mit Kurtz hinter dem höchsten Turm Schutz vor dem Regen und ließen ihren Blick über das Terrain schweifen. Unter ihnen rückten die Einheiten, angeführt von den Polizeihunden, von Gebäude zu Gebäude vor.

Vierzig Minuten später kam der Einsatzleiter zu Kurtz. »Wir haben alles abgesucht, Herr Hauptkommissar, ohne Ergebnis.«

Kurtz nickte und wandte sich an Ravn. »Einen Versuch war es immerhin wert.«

Ravns Blick wanderte zu einer kleinen Gruppe von Beamten, deren Hunde wütend bellten und kaum zu beruhigen waren. »Warum sind die Hunde dann so aufgeregt, wenn sie keine Spur wittern?«, fragte er den Einsatzleiter.

»Schwer zu sagen. Könnte am Gewitter liegen, oder im Gebüsch liegt irgendein totes Tier.«

»Ja, oder irgendwas liegt direkt da unten«, meldete sich ein Mann mittleren Alters zu Wort, dessen Tarnanzug viel zu groß für ihn war. Der Mann, der in den 1980er-Jahren in der Radaranlage gearbeitet hatte, war als Späher hinzugezogen worden. Die Uniform, die er trug, hatte er vermutlich irgendwann aus Überschussbeständen erstanden, weil er sie für seinen regelmäßigen Einsatz als Touristenführer benutzte.

Kurtz warf ihm einen kühlen Blick zu. »Wie meinen Sie das?«

»Nach dem Zweiten Weltkrieg, als Berlin völlig zerbombt war und der Wiederaufbau begann, haben Nazikriegsverbrecher im Zuge der Zwangsarbeit hier fünfundsiebzig Kubikmeter Schlacke hergebracht und …«

»Lassen Sie den Geschichtsunterricht, kommen Sie zur Sache!«

»Die Sache ist die, dass sich unter unseren Füßen die größte Bunkeranlage in der Geschichte Berlins befindet. Die Radarkuppeln sind sozusagen nur die Spitze des Eisbergs …« Er lachte über seine eigene Bemerkung.

»Wie kommen wir da runter?«

»Das ist unmöglich. Als sich die Amis von hier zurückgezogen haben, wurden alle Treppenschächte mit Beton ausgegossen und die Eingänge versiegelt. Es würde ewig dauern, sich dort Zugang zu verschaffen.«

»Hausser scheint ein geduldiger Mann zu sein«, sagte Ravn zu Kurtz.

Kurtz nickte. »Überprüfen Sie alle Eingänge«, wies er den Einsatzleiter an.

In diesem Moment hörten sie die schrille Pfeife eines Hundeführers von der Rückseite des Gebäudes. Der Einsatzleiter versuchte, mit dem Walkie-Talkie Kontakt aufzunehmen, erhielt jedoch keine Antwort.

Als Ravn und die anderen aus dem Hintereingang herauskamen, sahen sie sofort die Beamten, die gemeinsam versuchten, eine schwere Stahltür aufzudrücken, während ein Hundeführer sich bemühte, seinen wild kläffenden Vierbeiner unter Kontrolle zu halten.

»Was habt ihr gefunden?«, rief Kurtz.

Der Hundeführer drehte sich zu ihm um. »Der Hund hat durch diesen Spalt hier Witterung aufgenommen«, antwortete er und zeigte ins Dunkel.

Nachdem die Stahltür ganz auf war, kam ein etwa eineinhalb Meter großes Loch zum Vorschein, das in den grauen Beton gegraben war. Kurtz knipste seine Taschenlampe an und presste sich durch die schmale Öffnung, die jemand durch den meterdicken Betonmantel gebohrt hatte. Der Lichtkegel wanderte an der Wand entlang und offenbarte, wie lang der Treppenschacht war. Aus der Tiefe schlug ihm ein scharfer Geruch nach Schimmel sowie ein ekelerregender süßlicher Gestank entgegen, der den Hund hinter ihm laut anschlagen ließ.

»Vielleicht sollten Sie lieber hier oben warten«, sagte Kurtz zu Ravn und Louise.

»Auf gar keinen Fall«, erwiderte Louise mit entschlossenem Blick.

»Dann kommen Sie«, sagte Kurtz und forderte sie mit einer Geste auf, ihm zu folgen.

Die Lichtkegel von den Taschenlampen der Beamten tanzten an den Wänden entlang und über die Stufen der steilen Stahltreppe. Die Stufen führten etwa fünfzig Meter in die Tiefe des Bunkers und endeten in einem schmalen Gang. Der penetrante Gestank in der klaustrophobischen Tiefe erschwerte das Atmen. Das wilde Kläffen des Spürhunds, der heftig an seiner Leine zerrte, wurde von den nackten Wänden zurückgeworfen. Der Einsatzleiter wies seine Leute an, die nächsten Türen zu öffnen, worauf die ersten beiden Räume rasch gesichert waren. Das Spezialkommando wandte sich zwei Türen am Ende des Ganges zu. Ravn leuchtete in den ersten Raum hinein, der, abgesehen von ein paar umgeworfenen Bürostühlen und einem Whiteboard, das schief an der Wand hing, vollkommen leer war. Gemeinsam mit Louise ging er in den gegenüberliegenden Raum weiter, der ebenfalls leer war. Die abgestandene und sauerstoffarme Luft verursachte bei Louise einen kurzen Hustenanfall.

»Bist du sicher, dass du nicht hochwillst?«, fragte Ravn.

Louise nickte entschieden, während sie ihre Atmung unter Kontrolle brachte.

Plötzlich schallte Marschmusik durch den Bunker, und sie kehrten auf den Gang zurück.

In der Türöffnung zum hintersten Raum stand der Einsatzleiter und winkte Kurtz zu sich. »Herr Hauptkommissar!«, rief er laut, um den Chor der Jungpioniere zu übertönen. »Wir haben ihn gefunden …«

Der Einsatzleiter schaute zu Louise hinüber. »Nicht sie … ersparen Sie ihr den Anblick.«

»Louise!«, rief Ravn, als sie sich an ihm vorbeidrängte und auch Kurtz überholte.

Der Einsatzleiter versuchte, ihr den Weg zu versperren.

»Lassen Sie mich durch!« Ehe er auf sie einreden konnte, hatte sie auch ihn hinter sich gelassen. Der Gestank in dem Raum war unbeschreiblich und ließ sie innehalten. Das schwirrende Licht der Taschenlampen offenbarte die Konturen einer rostigen Badewanne ganz hinten im Raum. Über der Wanne war ein großer Wassertank mit einer Pumpe an der Wand festgeschraubt. Von der Pumpe aus verliefen zwei Schläuche, von denen einer mit einem Wasserhahn über der Wanne verbunden war, während der andere mit dem Abfluss darunter in Verbindung stand. Dieser geschlossene Kreislauf sorgte dafür, dass man abwechselnd Wasser in die Wanne einlassen und nach Belieben wieder abpumpen konnte. Daneben stand ein kleiner Klapptisch mit einem Tonbandgerät, das mit den letzten Reserven einer 12-Volt-Batterie soeben noch in Gang gehalten wurde. Der Marsch der Jungpioniere hörte sich wie ein verzerrtes Klagelied an.

»Stellt das Band ab!«, rief der Einsatzleiter. Doch niemand hörte ihn. Alle Blicke waren starr auf die Wanne gerichtet. Ravn betrat zusammen mit Kurtz den Raum und eilte zu Louise. Gemeinsam traten sie an die Wanne, in der eine verfärbte, teils schon in Verwesung übergegangene Leiche lag. Ein geleeartiger Klumpen Fleisch, der von einer Schicht rötlicher Pilze überzogen war. Trotz der deutlichen Verwesungsspuren erkannten sie Mogens' schwindende Gesichtszüge. Louise wich zurück und stolperte. Ravn hielt sie im letzten Moment fest. »Komm, Louise, lass uns gehen.«

Das Lied der Jungpioniere wurde von einer dunklen Stimme abgelöst, die aus den Lautsprechern plärrte: »DU LÜGST … WO IST … DAS GEEELD …« Es war Renates Stimme.

81

Berlin, 10. Mai 2014

Die beiden uniformierten Beamten hatten alle Hände voll zu tun, um die Fotografen und Journalisten vom Eingang der Polizeiwache fernzuhalten. Wenn irgendjemand das Gebäude verließ, lief eine Welle der Erregung durch die Vertreter der Medien. Seit die ersten Meldungen von Oberst Erhardt Hausser und den vielen Morden, die er begangen hatte, an die Öffentlichkeit gedrungen waren, spielten die Medien verrückt. Kurtz hatte sich gezwungen gesehen, sowohl Haussers Haus als auch den gesamten Teufelsberg absperren zu lassen, um die Schaulustigen von den Tatorten fernzuhalten. Die Nachrichtensendungen versuchten, sich an makabren Details über die Gräueltaten des Stasioberst s und seiner Opfer zu übertreffen. Sowohl was die Mordserie in Westberlin als auch was seine Verbrechen in düsterer Vorzeit als Mitarbeiter der Abteilung Z anging.

Als Louise und Ravn vor dem Polizeirevier aus dem Taxi stiegen, wurden sie sogleich von Presseleuten umringt. Das Blitzlichtgewitter, das auf sie niederging, war nicht weniger intensiv als das gestrige Unwetter auf dem Teufelsberg. Auf Englisch, Deutsch und Dänisch riefen die Journalisten ihnen Fragen zu. Ravn hatte Louise den Arm um die Schultern gelegt und bahnte sich gemeinsam mit ihr einen Weg durch die Menge. Die beiden Bediensteten, die Wache standen, hielten ihnen die hartnäckigsten Verfolger vom Leib und öffneten ihnen rasch die Tür, sodass sie ins Innere des Gebäudes schlüpfen konnten. Im Gegensatz zu ihrem letzten Besuch mussten sie heute nicht eine Sekunde warten. Ein Beamter nahm sie sogleich in Empfang und brachte sie zu Kurtz' Büro im ersten Stock.

»Alles okay mit dir?«, fragte Ravn, obwohl sie beide am Rande der völligen Erschöpfung waren.

Louise nickte. Keiner von ihnen hatte in der Nacht auch nur ein Auge zugemacht. Louise hatte die meiste Zeit geweint, und nicht einmal die Schlaftabletten, die Ravn ihr beschafft hatte, hatten ihr zu ein wenig Ruhe verhelfen können. Schließlich hatte sie ihren Kopf in seinen Schoß gebettet, und er hatte ihre Haare gestreichelt, bis es draußen zu dämmern begann. Am Morgen hatten sie die Fernsehnachrichten gesehen, die über das Grauen berichteten, das sie selbst erst Stunden zuvor erlebt hatten. Was sie zumindest ein klein wenig beruhigte, war die Tatsache, dass nicht nur in Deutschland, sondern in ganz Europa eine der größten Personenfahndungen in der Geschichte eingeleitet worden war. Es war kaum vorstellbar, dass es Hausser über einen längeren Zeitraum gelingen würde, sich zu verstecken. Im Fernsehen hatten sie Kurtz gemeinsam mit dem Polizeidirektor eine Presseerklärung abgeben sehen, woraus sie schlossen, dass die internen Probleme des Kommissars der Vergangenheit angehörten. Sein Chef runzelte nicht einmal die Stirn, als Kurtz Hausser als Serienmörder bezeichnete. Was sicherlich daran lag, dass die Fälle der ermordeten Touristen nun als aufgeklärt galten und nicht mehr unter der Decke gehalten werden mussten, sondern die Effektivität und Handlungskraft der Berliner Polizei bewiesen.

»Entschuldigen Sie den Trubel. Ich hätte Sie durch den

Hintereingang ins Gebäude schleusen sollen«, sagte Kurtz. Er bat sie in sein Büro, das kaum größer als das seines Assistenten Matheus war, jedoch einen besseren Blick aus dem Fenster bot, das auf die Straße hinausging. Kurtz wies beiden einen Stuhl vor dem Schreibtisch an. Er hatte dunkle Ringe unter den Augen und schien ebenfalls nicht geschlafen zu haben, doch der erhöhte Adrenalinspiegel sowie der Kaffee in der Thermoskanne hielten ihn wach. Er bot Ravn und Louise eine Tasse an, aber sie lehnten dankend ab. Kurtz ließ sich erschöpft auf seinen Bürostuhl sinken und sah sie an. »Es tut mir sehr leid für Sie, Louise. Es ist so traurig, dass wir Ihren Bruder nicht rechtzeitig finden konnten.«

»Sie haben sicher alles getan, was in Ihrer Macht stand«, entgegnete sie mit gesenktem Blick.

»Hausser ist weltweit zur Fahndung ausgeschrieben worden.«

»Ja, das haben wir in den Nachrichten gehört. Hoffentlich kriegen Sie ihn bald.«

Kurtz nickte. »Ja, das hoffen wir alle.«

»Sie klingen ja nicht sehr optimistisch«, sagte Ravn.

Kurtz faltete die Hände. »Mit der Zeit werden wir ihn schon kriegen, aber er hatte reichlich Gelegenheit, sich zu verstecken, und hat möglicherweise auch die Mittel dazu. Wir sind uns ziemlich sicher, dass Hausser die Beute Ihres Bruders in seinen Besitz gebracht hat. Zusätzlich zu dem, was er den anderen Opfern gestohlen hat.«

Louise blickte auf. »Wie können Sie so sicher sein, dass er das Geld hat, das Mogens gestohlen hat?«

Kurtz atmete tief durch. »Es fällt mir nicht leicht, mit Ihnen darüber zu sprechen.«

»Sagen Sie mir einfach die Wahrheit. Ich muss wissen, was mit meinem Bruder passiert ist.«

»In Ordnung«, sagte Kurtz und beugte sich vor. »Hausser hatte Mogens in der Wanne festgekettet, in der wir ihn gefunden haben. Außerdem hat er ein System installiert, mit dessen Hilfe er die Wanne jederzeit mit Wasser füllen und wieder leeren konnte.«

»Waterboarding?«, fragte Ravn.

»Ja, in gewisser Weise. Die Tonbänder, die wir im selben Raum gefunden haben, beweisen, dass Hausser die Verhöre aufgenommen hat, denen er Mogens und die anderen Opfer unterzogen hat. Die meisten Bänder sind durch die Feuchtigkeit so beschädigt, dass sie sich nicht mehr abspielen lassen, doch auf einem ist zu hören, wie Mogens den Ort beschreibt, an dem er das Geld versteckt hat. Er sagt, dass es sich in der Festung befindet, im dritten Raum.«

»Und Sie sind sicher, dass Hausser es gefunden hat?«

»Wir haben den gesamten Teufelsberg abgesucht, auch den Teil der Anlage, zu dem Hausser Zugang hatte, ohne etwas zu finden. Deshalb gehen wir davon aus, dass er mit der Beute geflohen ist und sich irgendwo versteckt hält, vielleicht außerhalb des Landes.«

»Was ist mit Renate? War es ihre Stimme, die wir auf dem Band gehört haben?«

Kurtz nickte.

»Wird auch nach ihr gefahndet?«, fragte Ravn.

»Wir sind ziemlich sicher, dass Renate Schumann vor fünfundzwanzig Jahren gemeinsam mit ihren Eltern an der deutsch-deutschen Grenze erschossen wurde. Die Grenzsoldaten, die damals Dienst taten, werden in Kürze noch einmal vernommen werden, um herauszufinden, was damals wirklich passiert ist …

Ravn schüttelte den Kopf. »Das verstehe ich nicht ganz … Wenn das Mädchen damals erschossen wurde, was ist dann mit der Tonbandaufnahme und den Frauenkleidern in Haussers Schrank?«

Kurtz machte eine ausladende Geste. »Wir haben in Haussers Keller zahlreiche Aufnahmen von Renates Stimme gefunden. Sie stammen vermutlich noch von 1989, als die Familie überwacht wurde. Offenbar hat er Teile der damaligen Aufzeichnungen zusammengeschnitten und sie benutzt, um Mogens zu verhören und ihm Fragen zu stellen.«

»Das ist doch total krank«, sagte Louise. »Gibt es dafür irgendeine Erklärung?«

»Da können wir alle nur spekulieren. Er wollte sich offenbar die Illusion erschaffen, dass sie noch lebte. Und das nicht nur, um seine Opfer hinters Licht zu führen. Im Haus haben wir mehrere Videoaufnahmen und Mappen mit Fotos von ihr gefunden, die Hausser selbst gemacht hat. In einer seiner Nachttischschubladen waren sogar ein altes Turntrikot und eine Jungpionieruniform, die sicher beide Renate gehört haben.«

»Also hat Hausser die Mails an meinen Bruder geschrieben?«

»Ja, höchstwahrscheinlich.«

»Er scheint ja regelrecht besessen von ihr zu sein«, sagte Ravn.

Kurtz nickte.

»Wann wird Mogens' Leiche freigegeben, sodass ich sie nach Dänemark überführen kann?«, fragte Louise.

»Sobald die Obduktion abgeschlossen ist. Das wird allenfalls ein paar Tage dauern. Wann wollen Sie nach Hause zurückkehren?«

»Ich möchte Mogens gern selbst nach Hause bringen«, antwortete Louise.

»Ja, ich bleibe auch noch«, sagte Ravn.

»Ausgezeichnet. Ich werde mich dafür einsetzen, dass hier alles schnell erledigt wird.« Kurtz griff nach einer Plastiktüte, die neben seinem Stuhl stand, und legte sie auf den Tisch. »Die Techniker untersuchen noch die Kleidung Ihres Bruders und seinen Koffer, den Sie selbstverständlich zurückerhalten, sobald sie fertig sind. Diese persönlichen Dinge hier können Sie schon jetzt mitnehmen.« Er gab Louise die Tüte.

Sie warf einen kurzen Blick hinein und bedankte sich.

Kurtz begleitete sie zur Tür und entschuldigte sich ein weiteres Mal dafür, dass es ihnen nicht gelungen war, ihren Bruder zu retten. Dann lächelte er Ravn an und erklärte mit festem Händedruck: »Ich muss schon sagen, dass Sie einer der besten Ermittler sind, die ich je kennengelernt habe.«

»Vielen Dank, allerdings bin ich nicht mehr im Dienst«, entgegnete Ravn. »Und Louise hat einen ebenso großen Anteil an der Aufklärung.«

»Wirklich eine Schande, dass Ihre Fähigkeiten nicht mehr genutzt werden. Ich bin mir jedenfalls sicher, dass die dänische Polizei Sie immer noch gut brauchen könnte.«

»Die Frage ist eher, ob ich die dänische Polizei brauche. Ich hoffe, Sie werden bald Gelegenheit haben, mit Ihrem Sohn zum Fußball zu gehen«, fügte er hinzu und zeigte auf das Hertha-BSC-Halstuch, das über der Architektenlampe auf Kurtz' Schreibtisch hing.

»Wahrscheinlich würde er sich nur ärgern. Das Team ist derzeit völlig von der Rolle.« Kurtz klopfte Ravn auf die Schulter.

82

Der zivile Polizeiwagen setzte Ravn und Louise am Gendarmenmarkt ab. Sie nahmen unter der grünen Markise von Lutter & Wegner Platz, wo sich bereits eine bunte Mischung aus Touristen, Geschäftsleuten und Medienpersönlichkeiten zum Mittagessen eingefunden hatte. Als sie ihre Getränke bekamen, nippte Louise an ihrem Weißwein und sagte, dass die steifen weißen Tischdecken sie an Leichentücher erinnerten.

»Du sagst Bescheid, wenn du zurück ins Hotel willst, ja?«

Louise schüttelte den Kopf. »Nein, nein, nach dem gestrigen Tag tut es mir ganz gut, unter Leuten zu sein.«

Er nickte. »Vielleicht hätten wir Kurtz und die Einsatzkräfte nicht zum Teufelsberg begleiten sollen.«

»Ja, vielleicht. Andererseits war es wichtig für mich, den Ort zu sehen, an dem Mogens gefangen gehalten und getötet wurde.« Sie nahm die Tüte, die Kurtz ihr gegeben hatte, und leerte ihren Inhalt auf dem Tisch aus. Neben seinem verschlissenen Lederportemonnaie waren da ein Schlüsselbund, ein Taschenkalender, ein Stadtplan von Berlin sowie ein paar Ein-Euro-Münzen. Als sie in dem Kalender blätterte, sah sie, dass er ihren Geburtstag markiert hatte. Ansonsten gab es kaum eine Eintragung.

»Darf ich?«, fragte Ravn und zeigte auf den Stadtplan. Louise nickte, woraufhin er ihn auseinanderfaltete. Er wollte sehen, ob Mogens bestimmte Punkte darauf gekennzeichnet hatte, doch da das nicht der Fall war, faltete er den Plan wieder zusammen.

Louise öffnete das Portemonnaie. Mogens' Krankenversicherungskarte war immer noch darin. Außerdem steckten dort, wo sonst die Scheine sind, zwei Quittungen eines Ladens im Hauptbahnhof und eine von einer Bäckerei in Friedrichshain. Ferner ein U-Bahn-Ticket und eins von einer Hafenrundfahrt in Kopenhagen. »Die haben wir oft zusammen gemacht, als wir Kinder waren«, erklärte Louise und hielt das Ticket hoch, sodass Ravn es sehen konnte. »Mogens ist zwar immer seekrank geworden, aber er mochte es trotzdem.« Sie steckte alles in das Portemonnaie zurück und entdeckte im hintersten Fach ein kleines Foto. Es war ein verblasstes Porträt von ihr und Mogens, das gut zehn Jahre alt sein mochte. »Das haben wir in einem Fotoautomaten im Hauptbahnhof gemacht. Zu Beginn meiner Studienzeit. Unglaublich, dass er es in all den Jahren aufgehoben hat.«

»Er muss dich sehr geliebt haben, Louise.«

Sie nickte und kämpfte mit den Tränen. »Verdammt, es hätte alles anders sein können, wenn ich doch nur …« Sie schüttelte den Kopf und wischte die Tränen fort, die ihre Wangen hinunterliefen. »Wenn ich mehr für ihn da gewesen wäre, ihn hin und wieder besucht oder öfter angerufen hätte.«

»Du darfst dir jetzt keine Vorwürfe machen.«

»Mogens hätte etwas Besseres verdient gehabt. Eine bessere … Schwester.«

»Ich glaube, du warst das Beste, was ihm in seinem ganzen Leben passiert ist.«

»Das zu denken macht es fast noch schlimmer.«

Ravn streckte über den Tisch den Arm aus und griff nach ihrer Hand. »Ich kann mir vorstellen, wie du dich fühlst.«

Sie zog ihre Hand zurück und schüttelte den Kopf.

»Du trägst keine Schuld an Mogens' Tod.«

»Warum fühlt es sich dann so an?«

Ravn nippte an seinem Bier und holte tief Luft. »Als Eva starb und ich ihren Täter nicht finden konnte, war ich vollkommen am Boden. Ich habe mich gehasst, dass ich nicht zu Hause war und sie beschützt habe. Ich habe mich dafür gehasst, dass der Täter immer noch frei herumlief. Ich habe mich für alles gehasst, was ich ihr nicht mehr hatte sagen können. Für alles, was ich nicht mehr für sie hatte tun können, für das, was wir hätten zusammen machen sollen und nicht haben. Und schließlich habe ich alle um mich herum gehasst, meine Freunde, meine Nachbarn und meine Kollegen. Der Hass wurde so mächtig, dass ich nicht mehr leben wollte und alles im Alkohol ertränkt habe.«

»Wie hast du es geschafft, da rauszukommen?«

»Ich weiß nicht genau, vielleicht lag es an der Zeit, an meinen Freunden, die mich aufgefangen haben. Oder vielleicht fand ich auch einfach, dass es zu lange dauert, sich totzusaufen, und habe es deshalb aufgegeben. Irgendwie habe ich's jedenfalls geschafft, all den Hass und die Verbitterung hinter mir zu lassen ... bis ich vor kurzem entdeckt habe, dass sich Eva mit einem anderen Mann getroffen hat, da begann alles wieder von vorne, und die Verbitterung kehrte mit voller Kraft zurück.«

»Willst du mir damit sagen, dass das niemals aufhört?«

»Nein. Sondern dass man sich an all das Schöne erinnern muss, das man trotz allem gemeinsam hatte. Wenn einem das gelingt, kann man die Reue und die Selbstvorwürfe im Zaum halten.« Er zuckte mit den Schultern. »Andernfalls, und das weiß ich sehr genau, frisst einen so ein Erlebnis von innen auf und macht einem das Leben zur Hölle.«

Louise nickte und wischte sich die Wangen ab, auf denen

die Mascara schwarze Streifen hinterlassen hatte. Als sie es merkte, entschuldigte sie sich und verschwand auf die Toilette.

Ravn schaute ihr nach und leerte sein Bierglas. Sie tat ihm leid, und er zweifelte daran, dass seine Worte ihr eine Hilfe sein würden. Er selbst hasste es, wenn irgendjemand, vor allem Johnson, glaubte, ihm lebenskluge Ratschläge erteilen zu müssen.

83

Louise betrat die leere Damentoilette, deren sechs Kabinen eine entsprechende Anzahl an Waschbecken gegenüberlagen. Ein großer Panoramaspiegel, der die gesamte Wand einnahm, spiegelte den gesamten Raum wider. Sie ging zum letzten der Waschbecken und zog ein Tuch aus dem Spender. Behutsam begann sie, die Spuren der verlaufenen Wimperntusche auf einer Wange zu entfernen. Die Eingangstür öffnete sich, und aus dem Augenwinkel heraus sah Louise die Frau, die hereinkam. Da sie sich nicht gern im Beisein anderer zurechtmachte, holte sie rasch ihren Schminkbeutel heraus und erneuerte ihr Make-up. Die andere Frau, die diese Hemmungen offenbar nicht kannte, trug einen knallroten Lippenstift auf.

Louise ließ den Schminkbeutel wieder in ihrer Handtasche verschwinden, während sie einen kurzen Blick in den Spiegel warf und entschied, dass es so in Ordnung war. Sie drehte sich um und ging zur Tür, doch als sie an der großen Frau mit den blonden Haaren vorbeikam, drehte diese sich plötzlich zu ihr um und versperrte ihr den Weg. Ihre Gesichtszüge waren derb, ihr Make-up billig und schlampig aufgetragen. Ihre Haare waren in Wirklichkeit eine billige Perücke, die ein wenig schief auf ihrem Kopf saß. Die Frau starrte sie mit ihren tief liegenden dunklen Augen an. »Nicht so schnell, Louise«, sagte sie mit einer tiefen Männerstimme. »Wir beide haben einiges zu besprechen …«

»Hau… Hausser«, stotterte Louise.

»Du kannst mich gerne Renate nennen«, erwiderte er lachend.

Haussers grobe Hand mit den lackierten Nägeln schloss sich wie ein Schraubstock um ihren Hals. Er hob sie ein wenig hoch und schob sie gleichzeitig rückwärts zu der ersten Toilettenkabine. Louise wollte um Hilfe rufen, doch der feste Griff um ihren Hals machte es ihr unmöglich. Er schloss die Toilettentür hinter ihnen und presste sich an sie. Sein ekelhaft süßes Parfum vermischte sich mit dem scharfen Geruch seines Schweißes.

Er schaute auf sie herab und strich ihr mit seiner freien Hand über das Haar. »Du bist hübsch, Schätzchen. Bildhübsch. Sehr merkwürdig, dass dieser Schwächling dein Bruder war. Du kannst dir gar nicht vorstellen, was für einen Ärger ich mit ihm hatte.« Hausser verdrehte die Augen. »Jedes Mal wenn ich den Wasserhahn aufgedreht habe, hat er gequiekt wie ein Tier, das abgestochen wird. War er als Kind schon so wasserscheu?«

»Sie … verdammtes … Schwein!«

»Das sind aber keine netten Worte, die aus deinem kleinen Kussmund kommen.« Er legte den Kopf auf die Seite und betrachtete sie. »Du erinnerst mich an Renate. Vielleicht wäre Renate genauso hübsch und unverdorben geworden wie du. Nicht so wie diese betrübliche Parodie.« Er zeigte auf sich selbst. »Aber weil mein Foto im Fernsehen und in allen Zeitungen zu sehen ist, war ich gezwungen, Renate ein weiteres Mal zum Leben zu erwecken.«

»Sie sind krank …«

»Überhaupt nicht, höchstens … ein bisschen verzweifelt. Aber ich gebe zu, dass sich meine Verkleidung auf dem Teufelsberg besser macht als hier am helllichten Tag. Es ist wirklich erstaunlich, was gefesselte Männer, die nahe am Ertrinken sind, einer hübschen Frau gegenüber alles ausplaudern.« Hausser lachte glucksend und verstärkte den Druck auf ihren Hals. »Und jetzt sagst du mir, wo das Geld deines Bruders ist. Ich weiß, dass du hergekommen bist, um danach zu suchen …«

»Sie sind wahnsinnig … Ich bin gekommen, um meinen Bruder zu suchen. Sie haben das Geld doch, Sie haben meinen Bruder gequält, damit er verrät, wo es ist.«

»Ich frage dich jetzt zum letzten Mal, Louise. Wo ist das Geld?«

»Ich weiß es nicht! Aber es freut mich, dass Sie es nicht haben. Und Sie haben keine Chance, der Polizei zu entkommen.«

Er drückte noch fester zu. Sie schnappte nach Luft. »Sag es mir, sonst …«

»Sonst was? Bring mich doch um, wie du es mit den anderen getan hast … und mit Renate …«

Hausser schüttelte den Kopf. »Ich habe Renate nicht umgebracht. Was denkst du von mir. Die Männer ja, das waren gierige Schweine, die glaubten, sich Liebe kaufen zu können. Die ihre Machtposition ausnutzen wollten. Erbärmliche Gestalten, dein Bruder mehr als alle anderen …« Letzteres rief er so laut, dass ihr die Speicheltropfen ins Gesicht spritzten.

»Sie sind keinen Deut besser … Sie verdammter Psychopath!«

Er schaute sie überrascht an, als wunderte er sich, dass sie immer noch Widerstand leistete. »Das ist nicht wahr … Ich habe nur versucht, mich der neuen Zeit anzupassen.«

Louise stieß ihn hart vor die Brust, sodass er einen halben Schritt zurücktaumelte. Sie hob das Knie und rammte es ihm in den Schritt. Er stöhnte auf und sackte in sich zusammen. Louise riss die Tür auf. Hausser versuchte sie festzuhalten, doch sie riss sich los und stürmte aus der Toilette und weiter ins Restaurant, wo sie um Hilfe schrie. Die Kellner liefen ihr entgegen und sahen sie ratlos an, ohne zu wissen, was sie tun sollten.

Ravn sprang auf und stürzte zu ihr hin. »Was ist los?«

»Hausser ... er hat mich überfallen ... als Frau verkleidet ... auf der Toilette«, keuchte sie.

Ravn drängte sich an den zwei Kellnern vorbei und rannte auf die Damentoilette. Auf dem Boden lag ein roter hochhackiger Schuh. Er sah in die einzelnen Toiletten und stellte fest, dass alle leer waren und dass Hausser verschwunden war. Dann lief er zu Louise zurück, die auf den Oberkellner einredete und ihn bat, sofort die Polizei zu verständigen. Der Oberkellner, ein förmlicher älterer Herr, zögerte zunächst, bis Louise ihn überzeugen konnte, dass sich der meistgesuchte Verbrecher des Landes eben noch in diesem Restaurant aufgehalten hatte.

Ravn lief nach draußen und spähte die Straße hinunter, auf der dichter Verkehr herrschte. Kurz darauf gesellte sich Louise zu ihm. »Sie verständigen die Polizei, aber vielleicht ist es besser, auch Kurtz anzurufen.«

Ravn nickte, steckte die Hand in die Tasche, zog die Visitenkarte des Hauptkommissars heraus und gab sie Louise, ohne die Straße aus den Augen zu lassen.

In diesem Moment hörten sie hinter sich wildes Hupen. Am anderen Ende der Charlottenstraße war der Verkehr zum Erliegen gekommen. Mitten auf der Fahrbahn gab es ein Handgemenge. Ravn lief auf die Straße, um besser sehen zu können, was dort vor sich ging. Er erkannte Hausser, der im Tumult seine Perücke verloren hatte und versuchte, eine Frau aus ihrem Wagen zu zerren. Ein älterer Mann kam ihr zu Hilfe und zerrte an Haussers Kleid.

»Warte hier!«, sagte Ravn zu Louise und spurtete die Straße hinunter. In diesem Moment stieß Hausser dem älteren Mann seinen Kopf gegen die Stirn, worauf dieser zu Boden ging. Hausser wollte sich in den Wagen setzen, doch dessen Besitzerin gab sich nicht so leicht geschlagen und prügelte mit ihrer Handtasche auf ihn ein. Als Hausser Ravn erblickte, gab er den Kampf auf und rannte los.

Ravn erreichte die Frau und den älteren Mann, der immer noch auf dem Asphalt lag. Mehrere Passanten bemühten sich darum, ihm aufzuhelfen. Ravn bahnte sich einen Weg durch die Menge und nahm die Verfolgung auf.

Hausser hatte einen beträchtlichen Vorsprung, war in seiner auffälligen Garderobe aber leicht im Auge zu behalten. Ravn erhöhte das Tempo, doch schon bald übersäuerten seine Waden, und er hatte das Gefühl, in feuchtem Zement zu laufen. Es war Jahre her, dass er jemanden zu Fuß verfolgt hatte, und die unzähligen Biere, die er seitdem getrunken hatte, machten die Sache nicht besser. Dennoch kam er Hausser langsam näher. Um die Kondition des alten Stasimanns musste es mindestens so schlecht bestellt sein wie um seine eigene, und das enge Kleid, das er trug, behinderte ihn zusätzlich.

»Haltet den Mann fest!«, rief Ravn außer Atem. »Haltet ihn fest!« Doch keiner der Passanten reagierte.

Hausser rannte über die Kreuzung an der Mauerstraße. Ravn war nur noch wenige Meter hinter ihm. Er hörte Haussers Stöhnen und roch das süßliche Parfum, das wie eine Duftfahne hinter ihm herwehte. Es war eine Frage von Sekunden, bis er ihn eingeholt haben würde. Ravn freute sich schon darauf, ihn zu Boden zu reißen. In diesem Moment hörte er quietschende Reifen und spürte im nächsten Moment, wie die Beine unter ihm weggerissen wurden. Für den Bruchteil einer Sekunde flog er durch die Luft, ehe er gegen eine Windschutzscheibe krachte, die unter seinem Gewicht in Scherben ging. Er rollte über die Kühlerhaube und blieb auf der Fahrbahn liegen. Während er sich mühsam aufrappelte, versuchte er, wieder zu Atem zu kommen. Alles drehte sich, und er musste sich am Kühler des Porsche Boxsters abstützen, der ihn auf die Hörner genommen hatte. Nach dem Schock des Aufpralls wollten ihm seine Glieder noch nicht wieder richtig gehorchen. Er wusste, dass er jetzt schnell handeln und weiterlaufen, den Adrenalinschub nutzen musste, ehe die Schmerzen die Oberhand gewannen. Ein älterer Mann in einem rosa T-Shirt stieg aus dem Wagen und begutachtete den Schaden. Er rief Ravn, der bereits die Straße hinunterlief, irgendetwas hinterher.

In etwa fünfzig Metern Entfernung parkten einige Touristenbusse zu beiden Seiten der Straße. Ravn konnte gerade noch einen Blick auf Hausser erhaschen, ehe er hinter den vorderen Bussen verschwand. Ravn bahnte sich seinen Weg durch die Touristenhorden und spurtete an den Bussen vorbei. Er blieb kurz stehen und ließ seinen Blick über das riesige Holocaust-Mahnmal schweifen, dessen verschieden hohe graue Betonquader ein unüberschaubares Labyrinth bildeten. Die Touristen spazierten zwischen den meterhohen Stelen hin und her und machten Fotos. Ravn hielt angestrengt nach Hausser Ausschau, konnte ihn aber nirgendwo erblicken. Er wollte sich jedoch nicht in das Labyrinth begeben, ohne den geringsten Anhaltspunkt zu haben. In seinem rechten Fußgelenk meldete sich ein stechender Schmerz. Er musste etwas tun. Hausser würde alles daransetzen, das Labyrinth schnellstmöglich wieder zu verlassen. Die Frage war nur, ob er von hier aus Richtung Tiergarten laufen würde oder in die andere Richtung, Unter den Linden, um dort im Touristengewimmel unterzutauchen.

Ravn erblickte einen älteren Wohnwagen, der ein Stück weit entfernt parkte. An seinem Heck führte eine schmale Treppe zur Dachreling hoch. Er lief zu dem Wagen und kletterte mit schmerzverzerrter Miene aufs Dach. Von hier aus konnte er den gesamten Platz überblicken, inklusive der schmalen Gänge, die sich zwischen den Stelen befanden. Er entdeckte Hausser am Ende des Stelenfelds, das an das Brandenburger Tor und den Boulevard Unter den Linden grenzte.

Ravn stieg die Leiter im Eiltempo wieder herunter und rannte die Cora-Berliner-Straße hinunter, die an der einen Seite des Mahnmals entlanglief. Sein rechter Knöchel war geschwollen und bereitete ihm bei Laufen zunehmend Probleme.

In einiger Entfernung trat Hausser zwischen den Stelen heraus, hielt inne und schöpfte ein wenig Luft. Er wischte sich den Schweiß vom Gesicht, das wegen der verschmierten Schminke einer grotesken Fratze glich. In diesem Moment erblickte er Ravn. Er schien überrascht, dass er ihn immer noch nicht abgehängt hatte, und setzte sich wieder in Bewegung.

Auf dem Boulevard Unter den Linden hatte die Rushhour begonnen, sodass es auf allen vier Fahrbahnen nur schleppend voranging. Hausser lief im Zickzack zwischen den Autos hindurch, die ihm hupend auswichen. Fünfzehn, zwanzig Meter dahinter war ihm Ravn auf den Fersen. Die Autos fuhren gefährlich nah an ihm vorbei. Er spürte den Fahrtwind und hätte zwischen den Fahrbahnen fast sein Gleichgewicht verloren. Hausser hatte den Grünstreifen in der Mitte der vier Spuren erreicht und hetzte über die Straße. Ravn war gezwungen, ein paar Autos auf der Innenspur passieren zu lassen. Als die Ampel an der nächsten Kreuzung auf Rot sprang, kam die Autoschlange zum Stehen. Ravn nutzte den

Moment, um auf die andere Straßenseite zu gelangen und die Wilhelmstraße hinaufzurennen. Er sah Hausser, der an der kleinen Brücke, die über die Spree führte, stehen geblieben war. Er stemmte die Hände in die Hüften und reckte den Hals, als versuchte er verzweifelt, ein wenig Luft in seine Lunge zu bekommen. Dann drehte er sich zu Ravn um und schüttelte ohnmächtig den Kopf. Ravn strebte direkt auf ihn zu. Humpelte ihm entgegen, ohne zu wissen, ob er überhaupt genug Kraft haben würde, den ehemaligen Stasimann zu überwältigen. In dem Augenblick machte Hausser einen Schritt auf das Geländer zu, schwang ein Bein darüber und kroch auf den kleinen Sims. Einen kleinen Moment stand er unbeweglich da und schaute auf den Fluss. Dann sprang er.

Ravn beschleunigte das Tempo, bis er an der Stelle des Geländers war, wo Hausser eben noch gestanden hatte. Unter ihm fuhr ein Touristenboot vorbei. Auf dem obersten Deck stand Hausser inmitten einer Gruppe verblüffter Chinesen in orangefarbenen Windjacken und rang nach Luft.

Ravn sank zu Boden und zog sein Handy aus der Tasche. Es blieb ihm nichts anderes übrig, als die Polizei anzurufen und ihnen mitzuteilen, wo er Hausser zuletzt gesehen hatte. Doch ihm war völlig klar, dass der längst verschwunden sein würde, ehe eine Polizeieinheit am richtigen Ort war, um ihn festzunehmen.

84

Als Ravn zwanzig Minuten später in einem Taxi zu Lutter & Wegner zurückkehrte, war das Restaurant von uniformierten Beamten umstellt. Louise saß mit Kurtz an einem der Tische im Innenbereich.

Er nickte ihnen kurz zu und ließ sich ächzend auf einen Stuhl auf der anderen Seite des Tisches fallen. »Gibt's was Neues?«

Louise sah ihn überrascht an. »Hast du dich verletzt?«

»Bin mit einem Porsche zusammengestoßen, glücklicherweise mit einem kleineren Modell.«

Louise riss die Augen auf. »Mit einem Auto? Sollen wir dann nicht lieber ins Krankenhaus …«

»Nicht nötig.« Er sah Kurtz an. »Was ist mit Hausser?«

»Der ist von Bord gegangen, ehe die Wasserschutzpolizei zugreifen konnte. In der Nähe der Anlegestellen wird intensiv nach ihm gesucht.«

»Jedenfalls wissen wir jetzt, dass er immer noch in der Stadt ist, und zwar ohne Mogens' Geld.«

Kurtz nickte. »Das dürfte ein entscheidender Vorteil für uns sein. Ob verkleidet oder nicht, Hausser entkommt uns nicht.«

»Ich dachte eigentlich, dass Mogens ihm verraten hat, wo das Geld ist.«

Kurtz zuckte mit den Schultern. »Entweder ist ihm jemand zuvorgekommen, oder Mogens hat ihm nicht die volle

Wahrheit gesagt. Tatsache ist, dass auch wir nichts von seiner Beute gefunden haben, weder auf dem Teufelsberg noch in Haussers Haus oder in der Wohnung in Friedrichshain, die Mogens gemietet hatte.«

»Mogens ist doch mit dem Zug hergekommen. Was ist mit den Schließfächern am Hauptbahnhof?«, fragte Ravn.

»Die haben wir kontrolliert, aber keins ist über einen längeren Zeitraum benutzt worden. Kann natürlich auch sein, dass er das Geld woanders deponiert oder irgendwo vergraben hat.«

»Tja, dann wird das wohl ein ungelöstes Rätsel bleiben«, entgegnete Ravn.

Kurtz stand vom Tisch auf. »Ich denke, Sie haben Hausser so gründlich in die Flucht geschlagen, dass er nicht mehr in Ihre Nähe kommt. Dennoch habe ich für Sie beide Personenschutz angeordnet, solange Sie in Berlin sind.«

»Danke«, sagte Louise. »Im Moment freue ich mich nur noch darauf, nach Hause zu kommen.«

»Mir geht's genauso«, stimmte Ravn ihr zu und fasste sich an seinen geschwollenen Knöchel. Die Schmerzen meldeten sich langsam, und obwohl er einen Arztbesuch abgelehnt hatte, war ihm die Hilfe eines Barkeepers durchaus willkommen.

85

Christianshavn, 19. Mai 2014

Die Orgel der Erlöserkirche in Christianshavn spielte Wagner. Einen Teil des Vorspiels aus *Tristan und Isolde,* zu Ehren von Mogens, dessen irdischen Reste sich in dem dunklen Sarg vor dem Hauptaltar befanden. Ravn stand ganz hinten in dem riesigen Kirchenschiff und betrachtete Louise und ihre engsten Angehörigen, die in den ersten Reihen saßen, nahe der großen weißen Marmorengel. Seit Evas Begräbnis war er nicht mehr in dieser Kirche gewesen. Damals hatte der Organist Kim Larsens *Bald wird es still* gespielt, und die Kirche war voller fremder Menschen gewesen, die in der Presse von Evas Tod erfahren hatten und gekommen waren, um ihr die letzte Ehre zu erweisen. Fast hatte es den Anschein gehabt, als wollte ganz Christianshavn von ihr Abschied nehmen. Eine Ehre, die Mogens in der nahezu leeren Kirche nicht zuteilwurde.

Seit sie seine Leiche nach Dänemark überführt hatten, war fast eine Woche vergangen. Die Freigabe sowie der Rücktransport waren unproblematisch verlaufen. Der einzige Grund, warum sich die Beerdigung ein wenig verzögert hatte, war der, dass Louise darauf bestanden hatte, dass die Zeremonie in der Erlöserkirche stattfinden sollte.

Ravn musterte Louise, die ganz in Schwarz gekleidet war. Selbst wenn sie trauerte, sah sie außergewöhnlich attraktiv aus. Seit ihrer Heimkehr sah er sie heute zum ersten Mal.

Sie hatten auf der *Bianca* übernachtet und sich geliebt und waren zusammen in einen tiefen Schlaf gefallen, doch als er am nächsten Morgen aufgewacht war, war sie verschwunden gewesen. In den folgenden Tagen hatte er sie mehrmals angerufen und ihr zahlreiche SMS geschrieben, die sie nicht beantwortet hatte. Aus Sorge um sie hatte er schließlich an der Technischen Hochschule angerufen und sich erkundigt, ob sie zur Arbeit erschienen sei, was man ihm bestätigt hatte. Er hatte eine Nachricht für sie im Sekretariat hinterlassen, aber auch darauf hatte Louise nicht reagiert.

Ravn dachte, dass die Erklärung für ihr beharrliches Schweigen direkt neben ihr saß, und zwar in Gestalt ihres Exmanns, falls es denn ihr Exmann war, der seinen beschützenden Arm um sie gelegt hatte. Er musste etwa zehn bis fünfzehn Jahre älter sein als sie, war teuer gekleidet, braun gebrannt und hatte stahlgraue Haare. Auf Louises anderer Seite saß ihr halbwüchsiger Sohn, der lange blonde Haare hatte und eine zerknitterte Smokingjacke trug. Er musste aus dem Internat nach Hause gekommen sein, damit er an der Trauerfeier für seinen Onkel teilnehmen konnte. Für Ravn sah es so aus, als hätte die gemeinsame Trauer sie gestärkt und einen neuen Zusammenhalt hervorgerufen. Da er keinen Grund sah, bis zum Ende der Zeremonie zu bleiben, hinkte er aus der Tür und verließ die Kirche.

Ravn füllte Møffes Näpfe mit Futter und Wasser und stellte sie aufs Achterdeck. Von ihrem Platz in der Ecke aus warf ihm die Englische Bulldogge einen stumpfen Blick zu und machte keine Anstalten, sich zu erheben. Der Hungerstreik war nur eine von Møffes Taktiken, seine Unzufriedenheit, so lang allein gelassen worden zu sein, zum Ausdruck zu bringen. Er hatte mehrere T-Shirts zerfetzt und einem Paar von

Ravns Schuhen den Garaus gemacht. »Jetzt reicht's aber langsam, Møffe!«, schnauzte Ravn seinen Hund an. »Bei Eduardo hast du es sehr gut gehabt, während ich weg war. Es gibt also überhaupt keinen Grund, so ein Gesicht zu machen.«

Møffe brummte und fing an zu schmatzen.

»Das ist jedenfalls nicht die richtige Art, jemandem zu zeigen, dass man ihn vermisst hat«, fügte Ravn hinzu, während er die Treppe zur Flybridge hochstieg. »Jetzt reiß dich mal zusammen.«

Ravn setzte sich ans Steuerpult und legte die Beine hoch. Obwohl ein kühler Wind wehte, wärmte ihn die Sonne, und er zog die Zeitung aus seiner Jackentasche. Er blätterte ein wenig und entdeckte, dass sich ein längerer Artikel mit den Ereignissen in Berlin beschäftigte. Gefolgt von einem düsteren Foto des Teufelsbergs und einem Porträt von Hausser. Ravn las, dass die deutsche Polizei ihn immer noch nicht gefunden hatte, was den Druck auf die ermittelnden Behörden und vor allem auf Kommissar Kurtz erhöhte. Zumal die Anzahl der möglichen Todesopfer inzwischen auf neunzehn angestiegen war. Außerdem war der Presse zu Ohren gekommen, dass immer noch nach einem größeren Geldbetrag gesucht wurde, der sich womöglich irgendwo auf dem Teufelsberg befand, was die Berliner Bevölkerung massenweise zur Schatzsuche zu dem Berg wallfahren ließ.

Ravn schaute von der Zeitung auf und ließ seinen Blick quer über den Kanal zu dem großen Gebäudekomplex schweifen, in dem Mogens gewohnt hatte. Es war ein seltsamer Gedanke, dass Mogens auf dem Weg von und zur Arbeit stets hier vorbeigegangen sein musste. An manchen Tagen vermutlich voller Hoffnung, wenn er eine Mail von »Renate« erhalten hatte. Hier hatte er seinen Coup geplant und seine Zukunftspläne geschmiedet. Ein lautes Schmatzen vom

Achterdeck riss Ravn aus seinen Gedanken. Er stand auf und ging zum anderen Ende der Flybridge.

»Sind wir wieder Freunde?«

Møffe kaute in Ruhe fertig und warf ihm einen seiner schwermütigen Blicke zu. Dann nieste er und brummte, was Ravn als Zeichen betrachtete, dass ihrer Versöhnung nichts mehr im Wege stand.

In der Nacht träumte er von Sex mit Louise. Härter und wilder, als sie ihn je gehabt hatten. Animalisch, knurrend und nacheinander schnappend. Er legte die Hände um ihren Hals und drückte zu. Spürte, wie er sie allmählich erdrosselte. Erst jetzt bemerkte er, dass sie sich unter Wasser befanden und gemeinsam ertranken, während sie miteinander schliefen.

Abrupt setzte er sich auf und stieß sich den Kopf an der Kajütendecke. Er schaute in die Kombüse, die in Mondlicht gebadet dalag. Møffe stand in der Tür und bellte in Richtung Achterdeck. Ravn konnte nicht erkennen, ob dort jemand stand, doch im nächsten Moment hörte er schnelle Schritte auf der Kaimauer. Er rief nach Møffe, der es sich kurz darauf auf seiner Decke unter dem Steuerpult gemütlich machte. Ravn ließ sich zurücksinken und lauschte dem gluckernden Wasser, das sanft an den Rumpf schlug. Er schloss die Augen und versuchte wieder einzuschlafen. Er hätte sich niemals auf diese Sache oder auf Louise einlassen dürfen.

86

Christianshavn, 20. Mai 2014

Am nächsten Tag schien die Sonne über dem Kanal und vertrieb den Nebel. Der Frühling schien endlich auch Christianshavn erreicht zu haben. Und wie immer, wenn das der Fall war, war der Kai plötzlich voller Menschen, die ihre Pizzas und Caffè Latte, ihre Biere und Joints genossen. Auf der *Bianca* schleifte Ravn die Holzplanken der Luke über der vorderen Kajüte ab. Jetzt, wo die Meteorologen für ein paar Tage trockenes Wetter versprochen hatten, wollte er die Planken an Deck frisch lackieren. Er erblickte Eduardo, der sein Fahrrad auf dem Kai abstellte und sich seine Ledermappe vom Gepäckträger schnappte. Er winkte ihm mit der Mappe zu, und Ravn winkte zurück.

»Viel Stress im Büro?«, fragte er.

»Sauregurkenzeit«, entgegnete Eduardo. Er sprang auf seine Ketsch, deren offenes Cockpit an den Achtersteven der *Bianca* grenzte. »Ich würde gern ein bisschen mehr über diese Sache in Berlin erfahren. Ich verspreche dir auch, dass du mit keiner Silbe erwähnt wirst.«

»Es gibt nichts mehr zu erzählen«, entgegnete Ravn, der sich Eduardo gegenüber bisher vollkommen bedeckt gehalten und lediglich auf Hauptkommissar Kurtz verwiesen hatte. Der spärlichen Berichterstattung nach zu urteilen, die die *Information* bisher an den Tag gelegt hatte, hatte Eduardo sich noch nicht die Mühe gemacht, den Kommissar persönlich anzurufen. Alles in allem gehörten Serienmörder nicht unbedingt zu den klassischen Themen dieses Blatts.

Eduardo legte die Mappe weg und offenbarte einen außerordentlich schmächtigen und blassen Oberkörper, als er sich das T-Shirt über den Kopf zog. »Du könntest mir ja zumindest erzählen, was zwischen dir und Louise so läuft. Ich werde schon dafür sorgen, dass wir daraus keine Titelstory machen«, fügte er ironisch hinzu.

»Kein Problem. Da läuft nichts.«

»Da hatte ich aber einen ganz anderen Eindruck.«

Ravn schüttelte den Kopf. »Wir sind gute Freunde, das ist alles.«

Er begutachtete die Planken und bearbeitete eine Stelle mit dem Schleifgerät. »Könnte es sein, dass du noch einen braunen Umschlag bei dir liegen hast?«

Eduardo nickte und ging in seine Kajüte. Im nächsten Moment kehrte er mit einem großformatigen Kuvert zurück und gab es Ravn. »Den hier?«

Ravn nickte und bedankte sich. »Hast du heute Nacht eigentlich was gehört?«

»Was meinst du?«

»Ich bin aufgewacht, weil Møffe plötzlich gebellt hat, was er sonst nie tut.«

Eduardo schüttelte den Kopf. »Nö, ich hab geschlafen wie ein Stein. Glaubst du etwa, dass jemand bei dir einbrechen wollte?«

»Wäre ja nicht das erste Mal«, entgegnete Ravn und zuckte mit den Schultern. »Könnte aber auch irgendein Besoffener gewesen sein, der sich zufällig auf mein Boot verirrt hat.«

»Vielleicht sollte ich mir auch einen Wachhund anschaffen. Aber einen, der nicht so ein Morgenmuffel ist wie deiner.«

Eduardo streckte sich auf der Bank aus und genoss die wärmenden Strahlen der Sonne.

Am späten Nachmittag saß Ravn in der Kajüte am Tisch. Vor ihm lag die Tüte mit Mogens' persönlicher Habe und Louises Reiseunterlagen sowie ihrem Ordner mit den ausgedruckten E-Mails. Sie hatte das alles dagelassen, als sie neulich in aller Frühe verschwunden war, und da es nicht so aussah, als würde sie sich noch einmal bei ihm blicken lassen, hatte er beschlossen, ihr die Sachen mit der Post zu schicken. Das Problem bestand allerdings darin, dass er ihre Adresse nicht kannte. Er wusste nur, dass sie irgendwo draußen in Østerbro wohnte, sicher in einer exklusiven Wohnung. Er würde alles in einen großen Umschlag stecken und ihn ihr mittels eines Fahrradkuriers an ihrem Arbeitsplatz zukommen lassen. Er kämpfte immer noch mit dem Begleitschreiben. Er wollte nicht den Anschein erwecken, dass er verletzt war, denn eigentlich war er vor allem überrascht von ihrem beharrlichen Schweigen. Andererseits verstand er ihr Bedürfnis, das alles hinter sich zu lassen, ihn eingeschlossen. Schließlich schrieb er, dass es ihr hoffentlich gut gehe und sie gern irgendwann einmal zusammen einen Kaffee trinken könnten. Er las die Nachricht noch einmal durch, fand den Inhalt okay, seine Handschrift jedoch hässlich. Früher hatte er seiner Handschrift nie Beachtung geschenkt.

Ravn steckte den Ordner in den Umschlag und leerte die Tüte mit Mogens' Sachen auf dem Tisch aus. Das verschlissene Portemonnaie ließ er ebenfalls im Umschlag verschwinden und wollte den Stadtplan von Berlin und die Tickets, die Mogens gekauft hatte, schon wegwerfen. Doch dann kam ihm der Gedanke, dass auch diese Dinge für Louise eine persönliche Bedeutung haben könnten. Er selbst hatte schließlich jahrelang eine alte Haarspange von Eva aufgehoben. Deshalb beschloss er, ihr einfach alles zu schicken, damit sie selbst entscheiden konnte, was sie behalten wollte und was nicht.

Als ein Touristenboot auf seiner Hafenrundfahrt an ihm vorbeiglitt, nahm er Mogens' altes Ticket in die Hand. Er wollte es gerade in den Umschlag stecken, als er über das Datum und die Uhrzeit stolperte, die daraufgedruckt waren. Dem Ticket zufolge war Mogens um 12.52 Uhr zugestiegen. Also unmittelbar nachdem er in der Mittagspause das Firmengeld gestohlen hatte. Ravn legte das Ticket auf den Tisch. Auch wenn Mogens ein noch so großer Fan von Hafenrundfahrten gewesen sein mochte, so war es doch höchst verwunderlich, dass er sich erst einmal eine Schiffstour gegönnt hatte, bevor er sich definitiv aus dem Staub gemacht hatte. Denn zum einen ging ihm somit wertvolle Zeit auf seiner Flucht verloren, zum anderen fuhr das Boot direkt an der Firma vorbei, die er soeben bestohlen hatte. Warum hätte er das riskieren sollen? Man wusste zwar von Pyromanen, dass sie oft an den Ort ihrer Brandstiftung zurückkehrten, doch Ravn zweifelte, dass Mogens sich so verhalten hatte.

Er stand vom Tisch auf und ging aufs Achterdeck. Mogens hatte alles penibel geplant, daher konnte die Tour mit dem Touristenboot keiner zufälligen Laune entsprungen sein. Warum hatte er sich nicht sofort von einem Taxi zum Hauptbahnhof bringen lassen? Er marschierte auf und ab, während er versuchte, Mogens' Diebstahl und Flucht zu rekonstruieren. Entweder hatte Mogens seinen Koffer schon vorher auf dem Bahnhof deponiert oder unmittelbar nach dem Coup aus seiner Wohnung geholt. Etwas sagte Ravn, dass Ersteres wahrscheinlicher war, sodass er sofort verschwinden konnte. Er musste auch an diesem Morgen auf dem Weg zur Arbeit an der *Bianca* vorbeigegangen sein. Vermutlich hatte er einen Riesenbammel gehabt, aber auch so etwas wie Vorfreude verspürt. Hatte sich zum ersten Mal richtig lebendig gefühlt bei dem Gedanken, seinem Leben an diesem Tag eine neue Richtung zu geben. An seinem Arbeitsplatz hatte er alle hinters Licht geführt. Alle, die ihn in all den Jahren ignoriert und gedemütigt hatten. Und während der Chef im Nebenzimmer eine Besprechung abgehalten hatte, hatte er kaltblütig den Safe geleert. Das musste ein unglaublicher Triumph für ihn gewesen sein. Rache ist süß, dachte Ravn, lief auf dem Deck hin und her und murmelte vor sich hin und kümmerte sich nicht um die Passanten auf dem Kai, die ihm verwunderte Blicke zuwarfen. »Mogens fühlt sich wie ein Rachegott. Wie Vishnu thront er über dem Unternehmen, das er gerade um fast eine Million in bar erleichtert hat. Mit diesem Geld will er ein neues Leben anfangen, und Renate ist eine Art Belohnung … Aber was soll die Hafenrundfahrt?« Ravn schüttelte den Kopf. »Warum, Mogens? Du *hast* gewonnen. Du *hast* dich gerächt. Es gibt keinen Grund für diese Fahrt. Warum zögerst du?« Ravn rieb sich seine Bartstoppeln. War das die Antwort? Mogens hatte gezögert. Er hatte sich nicht einfach in den nächstbesten Zug setzen und einer glücklichen Zukunft mit Renate entgegenfahren wollen. Vielleicht verstand Ravn ihn sehr gut. Mogens hatte ihr ja immer nur geschrieben. Sie waren sich nie begegnet. Nicht einmal ein Foto von ihr hatte er gesehen, es sei denn, Hausser hatte ihm ein falsches geschickt, aber das glaubte er nicht. Es gab nur ihren intimen Briefwechsel. Der offenbar ausgereicht hatte, sich auf den Weg zu machen, doch hatte er ihr auch vertraut? Vielleicht hatte er das Risiko, dass es mit ihnen in Berlin nicht klappen würde, bereits einkalkuliert. Deshalb war auch diese Bootsfahrt so sorgfältig geplant gewesen wie alles andere, was Mogens an diesem Tag getan hatte. Ravn beugte sich über die

Reling und ließ seinen Blick über die spiegelblanke Fläche des Kanals schweifen. Warum hatten Hausser, Kurtz und die halbe Berliner Bevölkerung das Geld auf dem Teufelsberg nicht gefunden? Vielleicht aus dem einfachen Grund, weil Mogens das Geld gar nicht mitgenommen hatte. Und wenn er es hier versteckt hatte, bevor er sich auf den Weg gemacht hatte? Was gegen diese Theorie sprach, war die Tatsache, dass Mogens Hausser das Versteck verraten hatte. Und Ravn war ganz sicher, dass Mogens nicht zu den Typen gehörte, die einer Folter lange standhielten. Deshalb hatte er rasch die Wahrheit gesagt. Deshalb hatte er wahrheitsgemäß erklärt, die Beute sei in der *Festung* versteckt …

Ravn kehrte in die Kajüte zurück und nahm das Ticket vom Tisch. Soweit er wusste, war Canal Tours das einzige Unternehmen, das die Trekroner-Festung an der Mündung des Hafens anlief. Vielleicht war die Antwort ganz einfach. Sie hatten alle in der falschen Festung gesucht.

87

Auf Louises Handy sprang sofort die Mailbox an. Ravn hinterließ ihr eine Nachricht. Er sagte, er habe eine Idee, wo Mogens seine Beute versteckt haben könnte. Vermutlich befinde sie sich irgendwo auf der Trekroner-Festung statt auf dem Teufelsberg. Dann bat er sie, ihn umgehend zurückzurufen, damit sie das weitere Vorgehen abstimmen konnten. Er legte das Handy vor sich auf den Tisch und starrte es in der sehnsüchtigen Hoffnung an, dass Louise sich sofort meldete. Er musste sich eingestehen, dass sein Jagdinstinkt wach geworden war. Hätte die *Bianca* einen funktionstüchtigen Motor gehabt, hätte er auf der Stelle den Schlüssel umgedreht und wäre zu der Festung gefahren. Natürlich hätte er auch seine ehemaligen Kollegen anrufen und ihnen die Sache auf dem Silbertablett servieren können, doch bei seinem Glück würde sich wahrscheinlich Mikkel den Fahndungserfolg an die Brust heften, und das durfte nicht geschehen. Vermutlich befand sich auch das Rechnungsbuch mit der doppelten Buchführung unter der Beute, und es wäre ein Akt posthumer Gerechtigkeit, wenn er Mogens im Nachhinein dabei helfen könnte, einen letzten Schlag gegen das korrupte Unternehmen zu führen. Pondus Lauritzen würde in jedem Fall für ein paar Monate in den Knast wandern.

Ravn wartete eine Stunde, genau genommen fünfundvierzig Minuten, ehe er mit seiner Geduld am Ende war. Er nahm einen alten Rucksack und stopfte eine Jacke, einen

Wasserkanister, eine Taschenlampe und ein Brecheisen hinein. Sein Leatherman-Multitool mit den vierzehn verschiedenen Werkzeugen steckte er in die Vordertasche. Møffe wedelte mit dem Schwanz und sah ihn erwartungsvoll an, als er auf das Achterdeck stieg. »Du bleibst hier«, sagte er zu dem Hund, der ein missmutiges Schnauben ausstieß. Ravn wusste, dass nicht viel dazugehörte, um den brüchigen Hausfrieden aufs Neue zu gefährden. Er ging aufs Vordeck und rief nach Eduardo. Als der nicht antwortete, sprang Ravn in dessen Cockpit und warf einen Blick in die Kajüte, aber das Boot war leer. Er zog sein Handy aus der Tasche und rief ihn an. Im nächsten Augenblick war Eduardo am Apparat, doch seine Stimme war durch die vielen Stimmen im Hintergrund nur schwer zu verstehen. »Wo bist du?«, fragte Ravn.

»Im Restaurant Kanalen. Ich trinke gerade Rosé mit … mit der süßesten Señorita.«

»Kannst dich also nicht mal an ihren Namen erinnern … Sag mal, würdest du mir dein Schlauchboot leihen?«

»Klar. Wo willst du hin?«

»Trekroner.«

Eduardo gluckste und schien ihm nicht zu glauben.

»Jedem das Seine, viel Spaß dabei.«

Einen Moment später löste Ravn die Vertäuung des kleinen Schlauchboots, das an der Reling von Eduardos Ketsch befestigt war. Er setzte sich auf die Bank, hielt sich am Griff fest und ließ den Außenbordmotor an.

88

Ein Schatten löste sich aus dem Eingang auf der gegenüberliegenden Seite des Kanals. Seit über vierundzwanzig Stunden hatte er im Dunkeln Zuflucht gesucht und ebenso geduldig wie vollkommen lautlos die *Bianca* im Auge behalten. Weder gegessen noch getrunken. Kaum geschlafen. Es war eine Kunst, sich für so lange Zeit unsichtbar zu machen. Eine Kunst, die nur die besten Ermittler beherrschten. Das Alter schenkte einem zwar Geduld, aber auch eine schwache Blase. Der Schatten verrichtete seine Notdurft, während er in der Ferne sah, wie Ravn mit dem kleinen Schlauchboot unter der Brücke am Christianshavns Torv verschwand. Als er fertig war, trat Hausser auf die Straße. Die vielen Tage auf der Flucht hatten sichtbar an ihm gezehrt, doch in seinen Augen loderte immer noch das Feuer eines hungrigen Raubtiers. Sechsunddreißig Stunden hatte er gebraucht, um mit verschiedenen Güterzügen heimlich hierherzugelangen. Er nahm den weißen Ohrstöpsel heraus und wickelte das Kabel um den kleinen Radioempfänger, mit dem es verbunden war. Die Abhörausrüstung war älteren Datums und hatte ihre Grenzen. Doch dank des Senders, den er letzte Nacht an der Kajütentür angebracht hatte, war es ihm möglich gewesen, die Gespräche mit anzuhören, die an Bord geführt worden waren. Wäre dieser Köter nicht gewesen, hätte er den Sender im Innern der Kajüte anbringen können, wo die Akustik sehr viel besser war. Doch er hatte genug verstanden. Genug, um sich aus den Worten *Mogens, Beute, Teufelsberg* und *Trekroner* einen Reim zu machen. Er wusste, wo die Trekroner-Festung lag. Das wusste jeder, der eine Touristenbroschüre aufschlug. Sie waren stolz auf ihre Geschichte, die Dänen. Eine Geschichte voller Niederlagen. Aber es war auch ein Volk, das nicht im Gleichschritt marschierte, ein eigenwilliges Volk, das manchmal auf seltsame Lösungen verfiel. Dieser Ravn war das lebende Beispiel dafür. Hausser hatte keine Ahnung, wie dieser Däne ihm hatte auf die Schliche kommen können, doch er wusste, dass nicht die deutsche Polizei, sondern er selbst die Schuld daran trug, dass er nun auf der Flucht war. Die Beharrlichkeit, mit der ihn dieser Mann durch die Straßen Berlins gejagt hatte, zeigte allzu deutlich, dass er sich nicht aufhalten ließ. Er hatte denselben Killerinstinkt wie er, denselben Blutdurst, auch wenn er ihn unterdrückte. Und wenn irgendjemand die Beute finden konnte, dann dieser Ravn. Hausser wusste, dass er mit seiner Fahrt hierher eine Grenze überschritten hatte und ein ernsthaftes Risiko eingegangen war, doch es sah so aus, als würde ihm eine reiche Belohnung winken. Sollte es ihm gelingen, Mogens' Beute an sich zu bringen, dann konnte er mit diesem Geld und dem von Renates Anbetern einem entspannten Lebensabend entgegensehen. Noch wusste er nicht, wo. Vielleicht auf Kuba? Hatte ihm Strauss damals nicht selbst Kuba vorgeschlagen? Er lächelte bei diesem absurden Gedanken. Vielleicht würde es ihm ja gelingen, an Bord eines Frachtschiffs zu gelangen, die richtigen Leute zu bestechen und schließlich in Havanna als einer der letzten sozialistischen Helden gefeiert zu werden. Denn war er das nicht immer noch?

89

Ravn hielt sich an dem Tau fest, das am Bug des Zodiac-Schlauchboots befestigt war, und lehnte sich nach hinten, sodass der Steven des Boots aus dem Wasser ragte. Er fuhr an den Kreuzfahrtschiffen vorbei, die am Langelinie-Pier lagen, und hielt Kurs auf die alte Festung auf der anderen Seite des Hafenbeckens. Bei einer steifen Brise, wie sie jetzt vom Sund herwehte, kam man sich im Hafenbecken wie auf dem offenen Meer vor, und der hohe Seegang brachte selbst weitaus größere Touristenschiffe ins Schlingern. Ravn warf dem instabilen Außenbordmotor, der knatternde Geräusche von sich gab, einen skeptischen Blick zu. Er hatte vergessen nachzuschauen, wie viel Benzin noch im Tank war. Wenn der Motor jetzt aussetzte, würde er unweigerlich die Kontrolle über das Boot verlieren und kentern. Er drosselte die Geschwindigkeit, wodurch der Motor wieder ruhiger lief. Nachdem er ein paar Minuten gefahren war, tauchte vor ihm die Einfahrt zu der alten Festungsanlage auf. Ravn ließ das Zodiac in das kleine Hafenbecken gleiten, in dem das Wasser vollkommen ruhig war.

Ein Touristenboot hatte gerade vor der großen Kasemattenfestung angelegt, und die Menschen gingen von Bord. Ravn steuerte das Schlauchboot auf die Südseite und vertäute es nahe der Baracke, die früher den Kommandeur der Anlage beherbergt hatte und in der nun ein Café war. Er ging zu dem Café und schaute durch die offene Tür. Ein Kellner, der gerade die Tische abwischte, hob den Kopf. »Wir schließen in zehn Minuten«, sagte er.

Ravn nickte. »Wann geht das letzte Boot?«

»In zwanzig Minuten.«

Ravn erklomm die Böschung, unter der sich das überwucherte ehemalige Munitionsdepot befand. Von hier aus konnte er die gesamte Festungsinsel überblicken. Mit ihren grauen Betongebäuden und dem weißen Leuchtturm hatte sie ihn immer an Alcatraz erinnert. Allerdings hatte er die Anlage ein wenig kleiner in Erinnerung und dachte, dass Mogens hier zahlreiche Möglichkeiten gehabt hatte, seine Beute zu verstecken. Plötzlich kam ihm sein Plan ein wenig unüberschaubar vor.

In dem kleinen Hafenbecken legte ein weiteres Touristenboot an. Fünf, sechs Leute gingen von Bord und steuerten schnurstracks auf die Kasemattenfestung zu. Falls er sich richtig erinnerte, war in einem der Räume derzeit eine Ausstellung über die Geschichte der Festung zu sehen, während der übrige Teil der Anlage ungenutzt war.

Ravn dachte, dass Mogens nur wenig Zeit auf der Insel zur Verfügung gehabt hatte, da er ja seinen Zug nach Berlin erreichen musste. Vermutlich hatte er sich im Voraus ein Versteck ausgesucht, war schnurstracks dorthin gegangen, hatte seine Beute deponiert und war sogleich wieder ins Boot gestiegen. Ein Problem dürften allenfalls die anderen Touristen dargestellt haben. Die meisten waren bestimmt sofort im Innern der Festung verschwunden, doch einige waren sicher auch draußen auf der Böschung zwischen dem Munitionsdepot und den Kanonen umherspaziert. Mogens war also gezwungen gewesen, den einsamen nördlichen Teil der Festungsinsel aufzusuchen, der am weitesten von dem Kasemattengebäude und dem Café entfernt lag, oder im Hauptgebäude selbst einen Platz zu finden, an dem ihn niemand beobachtete. Ravn ging die Böschung hinunter, dem Kasemattengebäude entgegen.

Im Erdgeschoss war die Luft muffig und abgestanden und erinnerte ihn fast an den Gestank im Bunker auf dem Teufelsberg, nur ohne den süßlichen Leichengeruch. Von irgendwoher hörte er die Stimmen der Touristen, die zwischen den Betonwänden ein hohles Echo erzeugten. Mit seinen vielen Speichern und Tonnengewölben war dieses Stockwerk wie ein Labyrinth. Alle Räume waren miteinander verbunden und die meisten davon so kahl, dass es unmöglich schien, hier irgendetwas zu verstecken. Er setzte seinen Weg in die nächste Etage fort. Hier waren keine menschlichen Stimmen, sondern nur noch die Schreie der Möwen zu hören. Ansonsten war dieses Stockwerk identisch mit dem darunter, und auch hier gab es keinen Raum, der so verborgen lag, dass es Mogens hätte riskieren können, in ihm seine Beute zu deponieren. Als Ravn am anderen Ende wieder herunterkam, nahm er die Treppe zu der Aussichtsplattform, wo noch die Stellen zu erkennen waren, an denen früher die Kanonen gestanden hatten. Er warf einen Blick auf das Touristenboot, das sich allmählich wieder füllte. Im letzten Moment kam der Kellner aus dem Café angelaufen und sprang an Bord. Es war das letzte Boot des Tages, und nachdem es abgelegt hatte, würde Ravn vollkommen allein auf der Insel sein.

Er kehrte zum Munitionsdepot zurück und stieg die Stufen zu den unteren Kasematten hinab. In den Gängen war es so dunkel, dass er seine Taschenlampe benutzen musste. Er hörte die Wellen an die Mauern schlagen, und in den Magazinen, die zum Sund hinausgingen, hingen die Salzablagerungen wie Stalaktite von der Decke. Hier schien alles dem Verfall preisgegeben. Vor einigen Kasematten hatte sich so viel Geröll angesammelt, dass sie nicht mehr zugänglich waren. Ravn leuchtete über die Gesteinsbrocken hinweg und musste einsehen, dass er hier nicht weiterkam. In Anbetracht von Mogens' korpulenter Statur wäre dieser kaum ein paar Meter weit gekommen.

Eine halbe Stunde später stand Ravn wieder an dem kleinen Hafenbecken. Er trank einen Schluck aus dem Wasserkanister und spazierte zum nördlichen Teil der Insel, wo sich das Seeminendepot befand. Er untersuchte die alten Magazine, die zum Becken hinausgingen. Das ehemalige Seeminendepot war abgeschlossen, doch ein Blick durch das Fenster zeigte ihm, dass es vom Café als Lagerraum benutzt wurde. Als er sich aus dem Windschatten der Mauern löste, wäre er von der steifen Brise, die über den Sund fegte, fast umgeworfen worden. Ihm grauste jetzt schon vor der Rückfahrt mit dem Schlauchboot durch das dunkle Hafenbecken. Kurz darauf kehrte er zu dem Kasemattengebäude zurück, ohne die geringste Spur von Mogens' Beute entdeckt zu haben. Mit hängenden Schultern trottete er durch die Passage, die zu dem kleinen Hafenbecken zurückführte. Auf halbem Weg entdeckte er einen schmalen Eingang, dessen zwei Türen nur angelehnt waren. Er schob sie vorsichtig auf und blickte in einen düsteren Gang, der zum Munitionsdepot führte. Er schaltete die Taschenlampe ein und ging an den ersten drei Räumen vorbei, die alle vollkommen leer waren. Der Gang erwies sich als Sackgasse, die an einem Haufen von Gesteinsbrocken ihr Ende fand. Er ließ den Lichtkegel darüber hinweggleiten. Er schlug mit dem Brecheisen darauf ein und begriff, dass jeder Versuch, etwas in diesem Steinhaufen zu verstecken, unendlich viel Zeit beanspruchen würde. Er hielt inne und trank einen Schluck Wasser. Mogens hatte gesagt, die Beute liege im dritten Raum. Falls er dieses Magazin gemeint hatte, musste das Geld in dem Raum hinter ihm versteckt sein. Er drehte sich um und leuchtete in den leeren Munitionsraum. Ihm fiel auf, wie still es hier war. In allen anderen Räumen hatte man das Wasser und die Möwen gehört. Er leuchtete an der niedrigen Decke entlang und erblickte eine rostige Lüftungsklappe, die einen Durchmesser von etwa zwanzig Zentimetern hatte. Ravn stellte sich darunter, steckte die Hand in die Öffnung und stellte fest, dass kein Luftzug zu spüren war. Die Verstopfung konnte verschiedene Gründe haben. Dennoch zog er sein Multitool aus der Tasche und klappte das größte Messer aus. Vorsichtig drückte er das Blatt in den schmalen Spalt zwischen Mauer und Klappe. Als er es ein wenig drehte, fiel die Klappe herunter und landete vor ihm auf dem Boden. Er leuchtete in den Belüftungskanal hinein und sah etwas Schwarzes aus Plastik. Er streckte die Hand danach aus und zerrte daran. Langsam kam eine zylinderförmige Plastiktüte zum Vorschein, die immer länger wurde, während er daran zog, und plötzlich schwebten die ersten Scheine auf ihn herab.

90

Ravn betrachtete den Berg aus Banknoten. Er wollte das Geld nicht zählen, ging aber davon aus, dass es ein Großteil von Mogens' Beute war. Neben dem Geld lag das eingerollte Rechnungsheft, das von einem Gummiband zusammengehalten wurde. Als er kurz darauf aus der Tür und hinunter zum Hafenbecken ging, bemerkte er, wie dunkel es bereits geworden war. Er lief an der Kaimauer entlang, den Rucksack über der Schulter, das Brecheisen in der freien Hand. Als er bei seinem Boot auf der Südseite der Insel war, bückte er sich und löste die Leine. Als er sich aufrichtete, traf ihn ein heftiger Schlag am Hinterkopf, und er sank zu Boden. Es klingelte in seinen Ohren, und seine Glieder fühlten sich an wie Gelee. Er spürte, dass jemand an seinem Rucksack zerrte, und begriff im selben Moment, dass er immer noch das Brecheisen in der Hand hielt. Aufs Geratewohl warf er sich herum und schlug damit in die Luft. Im nächsten Moment wurde ein Stiefel auf seine Brust gesetzt und zwang ihn auf den Rücken. Der Druck war so groß, dass er kaum atmen konnte. Mit aller Kraft versuchte er, den Fuß wegzuschieben, aber das war unmöglich.

»Perfekt, Sie haben großartige Arbeit geleistet«, sagte die Stimme über ihm auf Deutsch. Hausser blickte auf ihn herab. In seiner gehobenen Hand hielt er einen Gummiknüppel, der seinem Aussehen nach zu urteilen noch aus seiner Zeit bei der Stasi stammte. »Ich mag Sie. Ihren Instinkt, Ihren Blutdurst. Sie sind ein wahrer Jäger, ein Raubtier, so wie ich.«

»In Frauenkleidern haben Sie mir besser gefallen.« Ravn spürte, dass seine Rippen unter dem Druck nachgaben. »Und wir … haben gar nichts gemeinsam.«

Hausser verstärkte den Druck seines Stiefels auf Ravns Brustkasten.

»Natürlich nicht. Ich bin ein Gewinner, während Sie gleich Ihren letzten Atemzug tun werden.«

»Leck mich am Arsch, Hausser.«

»Zu Bitterkeit besteht kein Anlass. Es ist mein Schicksal, die Schwächsten auszusortieren.«

»Und deshalb … haben Sie Renate getötet?«

Haussers Hand krampfte sich um den Knüppel. »Mit ihrem Tod habe ich nichts zu tun.«

»Sie brauchen nicht zu lügen. Sie sind ein Kindsmörder.«

Hausser beugte sich vor, sodass der Druck seines Stiefels noch größer wurde. »Ich habe ihrem Vater in den Kopf geschossen und mit der Kalaschnikow eine ganze Salve in ihre Mutter hineingejagt. Ich kann Ihnen versichern, dass diese Dum-Dum-Geschosse eine verheerende Wirkung haben. Aber Renate habe ich nicht angerührt. Gott hat es verboten. Sie war die Einzige, die rein und unbefleckt war.«

Ravn zwang sich zu einem höhnischen Lächeln. »Verdammter Lügner. Einen Kindsmörder erkenne ich auch auf einen Kilometer Abstand, und jetzt steht gerade einer über mir.«

Als ihn Haussers Knüppel an der Schläfe traf, hatte Ravn das Gefühl, sein Kopf würde explodieren. »Schnauze!«, schrie Hausser. »Ich hab sie nicht angerührt.«

Ravn spuckte grinsend ein wenig Blut. »Sie können mich schlagen, so viel Sie wollen. Das ändert nichts daran, dass Sie … ein Kindsmörder sind. Ich hab den Bericht gelesen. Sie haben den Wald angezündet, um Ihre Spuren zu verwischen …«

Hausser lehnte sich ein wenig zurück, sodass der Druck auf Ravns Brust nachließ. »Sie haben recht. Wir haben den Wald angezündet, um die Leichen zu verbrennen, aber vorher habe ich noch versucht, Renate zu retten. Das ist die Wahrheit. Ich hätte diesem Engel kein Haar krümmen können.« Er blickte über das Hafenbecken hinweg, das von der Dunkelheit fast verschluckt wurde. »Sie könnte heute noch am Leben sein … sollte noch am Leben sein. Aber sie hatte Angst vor mir.« Er schaute Ravn an. »Wenn Sie wirklich wissen wollen, wie es gewesen ist, dann hören Sie zu. Ich bin durch den Todesstreifen bis zum Zaun gelaufen, wo sie zwischen ihren Eltern auf der Erde hockte. Sie trug ihre Pionieruniform. Das weiße Hemd war vom Blut ihrer Eltern durchtränkt. Sie war Deutschlands Zukunft. Sie hat davon geträumt, die Deutsche Demokratische Republik bei den Olympischen Spielen zu vertreten.«

»Und warum haben Sie sie dann getötet?«

Hausser schüttelte den Kopf und sah dabei fast menschlich aus. »Das habe ich nicht getan … Sie bekam es mit der Angst zu tun, als sie mich gesehen hat. Obwohl ich ihr gesagt habe, dass alles gut werden würde. Ich glaube, sie hat verstanden, dass ich nicht anders handeln konnte. Dass Verräter Verräter sind, ganz gleich, wie nahe man ihnen steht. So wie ich als Kind meine eigenen korrupten Eltern angezeigt habe, glaubte ich, dass auch Renate die Notwendigkeit dieses Opfers einsah. Aber die Kugeln und das Blut hatten sie erschreckt, und so ist sie … ist sie direkt in den Zaun hineingelaufen.« Er zuckte mit den Schultern. »Ich hätte mich gnädig gezeigt, aber die Selbstschussanlagen kannten keine Gnade. Sie hat gleich zwei davon ausgelöst. Ein schrecklicher Anblick«, fügte Hausser hinzu und trocknete sich den Mund. »Als würde man ein Kind durch den Fleischwolf drehen. Ihr Tod ist das Einzige, was mich heute noch schmerzt. Mir blieb nichts anderes mehr übrig, als die Spuren zu verwischen. Im wiedervereinigten verrückt gewordenen Deutschland hätte das niemand verstanden.«

»Was verstanden? Dass Sie eine ganze Familie abgeschlachtet haben?«

»Keiner hätte die Notwendigkeit meiner Handlungen begriffen.« Hausser nahm den Fuß ein wenig zurück und holte zum entscheidenden Schlag aus. Ravn mobilisierte seine letzten Kräfte und drehte Haussers Fuß halb um. Das reichte ihm, um sich zur Seite zu rollen und nach dem Brecheisen zu greifen. Er richtete sich auf, doch Hausser war sofort über ihm und schwang wie wild seinen Knüppel. Ravn parierte die Schläge mit dem Brecheisen. Das Blut lief ihm in die Augen und nahm ihm die Sicht. Hausser hämmerte ihm den Knüppel in die Rippen. Er spürte einen stechenden Schmerz im Zwerchfell und klappte zusammen. Ein Kopfstoß von Hausser, der ihn schräg an der Stirn traf, ließ es für einen Moment schwarz vor seinen Augen werden. Er taumelte nach hinten und suchte Halt an der Böschung. Hausser schnappte sich den Rucksack und löste die Vertäuung des Schlauchboots. In einem verzweifelten Versuch, ihn aufzuhalten, schleuderte Ravn das Brecheisen hinter ihm her. Er traf Hausser im Rücken, doch der kletterte unbeeindruckt die schmale Leiter an der Kaimauer hinab zu dem Zodiac. Ravn, der sich kaum auf den Beinen halten konnte, schwankte zu der Mauer. In diesem Moment hörte er, wie der Außenbordmotor brüllend ansprang. Mit einem Ruck schoss das Boot vorwärts. Hausser klammerte sich an die Bank, während er das Boot unter Kontrolle bekam und es der Einfahrt entgegensteuerte. Ravn humpelte auf die andere Seite des Cafés und blickte über das Hafenbecken. Als Hausser etwa hundert Meter weit gekommen war, begann der Motor zu stottern und erstarb schließlich mit einem lauten Knall. Hausser riss am Startkabel, um ihn wieder in Gang zu bekommen, konnte in dem schwankenden Boot, das jeden Moment zu kentern drohte, aber kaum sein Gleichgewicht halten. Ravn sah, wie das Boot von einer starken Strömung erfasst wurde. Ohne Vorwarnung wurde es von einer hohen Welle überspült und füllte sich mit Wasser. Es begann sofort zu sinken, und Hausser sprang über Bord. Er klammerte sich an den einen Ponton, aber das weiter einströmende Wasser sowie der schwere Motor zwangen das Boot nach unten. Hausser fuchtelte mit den Armen und versuchte, sich über Wasser zu halten. Ravn konnte nicht verstehen, warum er nicht einfach an Land schwamm, bis er begriff, dass Hausser verzweifelt darum kämpfte, sich den großen Rucksack von den Schultern zu streifen. Schließlich verließen ihn die Kräfte. Ein paarmal tauchte Haussers Gesicht noch zwischen den dunklen Wellen auf, dann versank er endgültig in der Tiefe.

91

Christianshavn, 26. Mai 2014

Zwei Tage nachdem Hausser ertrunken war, wurde seine Leiche bei dem Langelinie Pavillon, nahe der Kleinen Meerjungfrau, angeschwemmt. Sie wurde von ein paar Joggerinnen entdeckt, doch erst später, als ihn die Rettungskräfte bargen, wurde der Rucksack geöffnet und das Geld entdeckt. Die Presse stürzte sich auf die Story, denn es ging schließlich nicht nur um einen Serienmörder, der nahe der Nationalikone an Land gespült worden war. Auch das viele Geld sorgte für Schlagzeilen, auf die Axel Pondus Lauritzen gerne verzichtet hätte. Das Heft mit der doppelten Buchführung hatte die Aufmerksamkeit der Steuerbehörde auf die Firma gelenkt. Haussers Tod wurde als Unglücksfall dargestellt, der irgendwie mit dem ermordeten Mogens Slotsholm und dem Geld, das dieser gestohlen hatte, in Verbindung stand. Doch weder die Journalisten noch die Polizei konnten sich erklären, wie Hausser im Hafenbecken von Kopenhagen gelandet war.

Ravn strich mit dem breiten Pinsel sorgsam über die Holzplanken der Luke, sodass sich ein feiner Firnis bildete. Zwölf Mal würde er das tun. Seit Hausser ihn mit seinem Knüppel traktiert hatte, wurde ihm bei der geringsten Bewegung übel, und auch der Kopfschmerz war noch da. Glücklicherweise hatte er sich nichts gebrochen. Der Arzt in der Notaufnahme hatte sich damit begnügt, die beiden tiefen Risse in seiner Kopfhaut zu nähen und seine Wunden zu verbinden, sodass jetzt sein ganzer Kopf bandagiert war.

Eduardo hatte ihm verziehen, dass sein Schlauchboot versenkt worden war, und war so nett gewesen, sein Date an jenem Abend abzubrechen und Ravn mit seiner Ketsch an der Festung abzuholen. Das Einzige, was er Ravn bisher nicht verziehen hatte, war sein beharrliches Schweigen, was die Ereignisse dieses Tages anging. Ein Schweigen, an dem auch das Auftauchen von Haussers Leiche nichts änderte.

»So eine Story kannst du mir doch nicht vorenthalten!«

»Ich dachte, du arbeitest für die *Information*«, gab Ravn ungerührt zurück. »Also für die Zeitung, die sich immer noch mit der Kubakrise beschäftigt.«

Nach dieser Auseinandersetzung hatte Ravn nichts mehr von Eduardo gehört. Er war jedoch ziemlich sicher, dass sich sein Freund wieder bei ihm blicken lassen würde, wenn sein spanisches Temperament ein wenig abgekühlt war. Dessen ungeachtet hielt Ravn bereits nach einem neuen Schlauchboot für ihn Ausschau.

»Das sieht ja sehr gut aus«, hörte er eine wohlbekannte Stimme am Kai.

Ravn drehte sich zu Louise um und legte den Pinsel weg. »Willst du an Bord kommen?«, fragte er lächelnd.

Sie schüttelte den Kopf. Er ging zum Vordersteven und sprang von dort aus an Land. Die Erschütterung ließ seinen Kopf dröhnen, doch der Duft ihres Parfums vertrieb den Schmerz. »Wie schön, dich zu sehen«, sagte er und umarmte sie rasch.

»Danke, gleichfalls. Tut es noch sehr weh?«, fragte sie und zeigte auf den Verband.

Er zuckte die Achseln. »Hast du den Umschlag mit Mogens' Sachen bekommen?«

Sie nickte. »Das war sehr nett von dir.«

»Nicht der Rede wert …«

Sie lächelte verlegen. »Es tut mir so leid, dass ich … einfach verschwunden bin. Das war nicht besonders souverän von mir. Entschuldige!«

»Denk nicht mehr daran, Louise. Du musst dich nicht entschuldigen.«

»Doch, das muss ich. Aber da war so viel, was ich erst einmal verarbeiten musste, und dann die Vorbereitungen zu Mogens' Begräbnis …« Sie machte eine ausladende Geste.

»Du brauchst mir das wirklich nicht zu erklären. Es war übrigens eine sehr schöne Trauerfeier.«

»Du warst da?«, fragte sie und errötete.

Ravn nickte.

»Ja, gut, dann … weißt du es ja wahrscheinlich schon. Andreas und ich, wir … wir wollen es noch einmal miteinander versuchen. Hört sich das pathetisch an?«

»Nein, im Gegenteil. Man muss um die Dinge kämpfen, die einem … Ich verstehe dich voll und ganz.«

Sie nickte. Ihre Lippen formten ein lautloses *Danke*. »Ich hoffe, dass auch du eines Tages …«

»Ich komme schon klar, Louise«, entgegnete er und nahm ihre Hände. »Ich bin froh, dass wir uns kennengelernt haben und ich dir helfen konnte.«

»Du weißt nicht, wie dankbar ich dir für alles bin«, sagte sie und schmiegte sich an ihn.

Er spürte die Wärme ihres Körpers, schloss die Augen und vergrub seine Nase in ihren Haaren. Es wirkte beruhigend und ein wenig berauschend. Dann trat er einen Schritt zurück und lächelte sie an. »Wir trinken bald mal zusammen einen Kaffee, ja?«

Sie lächelte. »Abgemacht.«

Louise spazierte zu ihrem kleinen Fiat hinüber. Sie wussten beide, dass es nie dazu kommen würde, doch es war eine schöne Vorstellung, während sie sich zum Abschied zuwinkten und Louise davonfuhr.

92

»Mit dem Kopfverband siehst du aus wie ein Sikh.« Victoria lehnte sich mit ihrem Queue über den Tisch und konzentrierte sich auf ihren nächsten Stoß. Doch er verfehlte sein Ziel. Stattdessen räumte die rote Kugel sämtliche Kegel ab.

»Verdammt! Ich kann mich einfach nicht konzentrieren, wenn du so aussiehst.«

Ravn kreidete die Queuespitze ein und warf Victoria über den Tisch hinweg einen amüsierten Blick zu. »Vielleicht solltest du dich mal fragen, wie sich andere bei *deiner* Garderobe konzentrieren sollen.«

Victoria schaute an ihrem Tweedjackett hinunter und wischte sich den blauen Kreidestaub vom Revers. »Tweed ist ein aristokratischer Stoff. Ich versuche eben, ein wenig Klasse und Eleganz zu zeigen.«

In diesem Moment brachte Johnson die bestellten Getränke. »Die Baronin zahlt«, bemerkte Ravn.

»Du musst ja völlig von der Rolle sein, wenn du nicht mal *den* schlagen kannst«, sagte Johnson zu ihr.

»Sein Kopfverband macht mich ganz irre.«

Ravn präparierte den Tisch für eine neue Runde.

»Hab gehört, dass du Eduardos Beiboot versenkt hast«, sagte Johnson, während er die leeren Flaschen abräumte. »Vielleicht solltest du mal deinen Segelschein machen.«

Ravn setzte zum Stoß an. »Da haben die Buschtrommeln ja mal wieder ganze Arbeit geleistet.«

Johnson lachte, ehe er den Mann bemerkte, der in der Türöffnung zum Billardraum stand. »An deinem Hausverbot hat sich nichts geändert!«, rief er ihm zu.

»Ist schon okay«, entgegnete Mikkel. »Ich wollte bloß *den da* erwischen.«

Ravn führte den Stoß nicht aus, sondern sah zu Mikkel hinüber, der seinem Blick auswich wie ein geprügelter Hund. »Können wir kurz miteinander reden?«

Ravn richtete sich auf und fasste mit beiden Händen um den Queue.

»Gibt es etwas zu reden?«

Mikkel nickte. »Nur eine Minute, Ravn.«

Ravn stellte den Queue ab und zwängte sich um den Billardtisch herum.

Sie schlenderten zum Kai und stellten sich unter den kleinen Baum, in dessen Blättern der Wind raschelte. Zwei Kajaks glitten lautlos vorbei.

»Du wolltest reden, also rede!«

»Mir lässt das, was passiert ist, einfach keine Ruhe«, begann Mikkel.

»Damit musst du selbst klarkommen. Ich habe jedenfalls keine Lust, mir dein Geflenne anzuhören.«

»Das weiß ich. Ich hoffe nur, dass wir beide irgendwann wieder Freunde sein können.«

Ravn sah ihn an und schüttelte den Kopf. »Ich bin nicht nachtragend, Mikkel. Passiert ist passiert. Ich will den Blick nach vorn richten. Aber dass wir noch mal miteinander befreundet sein können, das kannst du vergessen. Schon allein deshalb, weil ich dir nie wieder vertrauen könnte.«

»Ich kann dich sehr gut verstehen, und ich will das alles wiedergutmachen. Dein Vertrauen zurückgewinnen.«

Ravn schüttelte den Kopf. »Ich sehe nicht, wie das möglich sein sollte, sorry.« Er hatte genug gehört und drehte sich um, um zurück zum Havodderen zu gehen.

»Ravn.«

Ravn sah Mikkel an, der darum kämpfte, die richtigen Worte zu finden. »Ich bin gekommen, um dir zu sagen, dass wir Kaminski zur Fahndung ausgeschrieben haben. Wir haben grünes Licht bekommen, seinen Club in der Colbjørnsensgade zu überwachen. Die Techniker haben schon Kameras installiert. Die Beschattung läuft rund um die Uhr.«

»Woher das plötzliche Interesse an Kaminskis Kartenspielen?«

»Weil wir durch eine zuverlässige Quelle erfahren haben, dass es dort nicht nur um Glücksspiele geht. Kaminski ist die Kommandozentrale für viele der osteuropäischen Diebesbanden, die hier ihr Unwesen treiben. Außerdem ist er selbst tief in Drogenschmuggel und Menschenhandel mit osteuropäischen Prostituierten verstrickt.«

»Wie zuverlässig ist deine Quelle?«

»Das kommt alles direkt von Slavros, der seit neun Monaten im Knast sitzt. Die beiden haben sechs Jahre lang zusammengearbeitet.«

»Sind trotzdem aber nicht gerade Freunde gewesen«, erwiderte Ravn trocken. »Warum packt Slavros plötzlich aus?«

»Heimweh. Er will den Rest seiner Haft in Schweden absitzen. Wo seine Familie ihn besuchen kann.«

»Und warum erzählst du mir das?«

»Wenn irgendjemand weiß, wer damals den Einbruch bei dir verübt und Eva getötet hat, dann Kaminski. Die Überwachung könnte so einiges ans Tageslicht bringen. Vielleicht auch, wer Evas Mörder ist.«

»Na, dann viel Glück. Ich hoffe, ihr kriegt ihn.«

Mikkel schluckte. »Ich … ich wollte dir etwas anbieten.«

»Etwas anbieten?«

Mikkel spähte den Kai hinunter, als wollte er sich vergewissern, dass sie allein waren. Er senkte die Stimme. »Wenn ich weiß, wer der Täter ist, wirst du es als Erster erfahren. Noch vor dem Polizeidirektor. Vor allen anderen.«

Ravn kniff die Augen zusammen. Er spürte den alten Blutdurst wieder. Den Blutdurst, den auch Hausser bemerkt hatte. Er ließ seinen Blick über den Kanal schweifen. »Falls Kaminski je irgendjemanden ans Messer liefert, dann will ich, dass die Sache unter uns bleibt.«

Mikkel nickte. »Wie ich schon sagte, ich möchte dein Vertrauen zurückgewinnen.«

»Du könntest mir einfach sagen, wo wir den Typen finden können.«

»Ich melde mich bei dir, sobald ich was rausgefunden habe.«

»Aber keinen Tag eher«, entgegnete Ravn. Er steckte die Hände in die Taschen, spazierte zum Havodderen zurück und verschwand in dem dunklen Eingang.

Michael Katz Krefeld

1966 geboren, lebt und arbeitet in Kopenhagen. Er hat bereits mehrere Drehbücher für namhafte dänische TV-Serien und erfolgreiche Spannungsromane geschrieben. 2012 wurde er als bester dänischer Thrillerautor ausgezeichnet. Seine neue Serie um den Ermittler Ravn wurde in 18 Länder verkauft.

Ebenfalls von Michael Katz Krefeld bei Goldmann erschienen:

Totenbleich (auch als E-Book erhältlich)

GOLDMANN
Lesen erleben